TRA BO DWY

*Gwen Parrott*

# TRA BO DWY

## Nofel Maeseifion

Gomer

Cyhoeddwyd yn 2015 gan
Wasg Gomer, Llandysul, Ceredigion SA44 4JL

ISBN 978 1 84851 744 8

Dymuna'r cyhoeddwyr gydnabod cymorth
Cyngor Llyfrau Cymru.

Argraffwyd a rhwymwyd yng Nghymru gan
Wasg Gomer, Llandysul, Ceredigion

# I
Donna a Roger –
cwmni da a chyfeillion didwyll.

'Co hi'n dod. Wedd hi'n hwyr heno 'to. Hanner awr arall a bydden i wedi rhoi'r ffidil yn y to. Damo hi. 'Sdim dal shwd ddaw hi gartre o gwbwl. Weithe mae hi ar y bws, weithe ar droed. Dim trefen. Mae hi'n cael lifft nawr ac yn y man. Rhyw dwpsyn mowr o'r dafarn, gallwch chi fentro, sy'n ffansïo menywod bach tene, di-siâp. 'Sdim byd yn fenywaidd yn ei chylch hi. Seni 'ddi'n gwneud unrhyw ymdrech 'da'i golwg. Dwi bwti trengi fan hyn. Dylen i fod wedi gwisgo ar gyfer yr oerfel. Ac mae cwato wedi mynd yn anodd nawr bod tymor y Nadolig yn ei anterth, am fod hyd yn oed y stad fel blydi gole dydd. Coeden Nadolig ym mhob ffenest, goleuade'n pwlso fel calon. O 'styried bod pawb 'ma'n byw ar fudd-daliade, o ble mae'r arian yn dod i dalu'r bil trydan? Ond mae wastod digon o arian at dwpdra. Ffags a diod a dyn eira plastig, anferth, wyth troedfedd o daldra'n sefyll yn yr ardd ffrynt. Bues i bron â chael haint wrth ddod rownd y gornel. Wedd e'n symud lan a lawr yn y gwynt, fel 'se fe'n fyw. Mae'n rhaid fod ryw weiar yn 'i gadw fe'n sownd, neu bydde fe wedi hedfan bant cyn hyn. Falle'r tro nesa, rhoia i siswrn yn fy mhoced. Un snip bach fyddai 'i angen, 'na i gyd.

O jawl, mae'n rhedeg. I beth? Falle bod y dwlpen swrth 'na Llio wedi boddi yn y bath. Annhebygol, er na fyddai'n ddim colled. Ody 'ddi wedi gweld rhwbeth o gornel ei llygad? 'Sneb yn ei chwrso hi. Wel, ddim 'to, ta beth. Sena i 'di gweld unrhyw un arall heno. Mae'n rhy oer, ac wedd y gawod gesair 'na gynne'n *ddigon i gadw'r iobs yn eu tai. Ro'n i'n falch o hynny pan gyrhaeddes i. Bydda i'n gorfod cadw llygad ar agor amdanyn nhw. Wthnos dwetha, welodd un ohonyn nhw fi, dwi'n siŵr. Un bach o'dd e, diolch i'r drefen. Gafodd e gymint o sioc â fi. 'Sdim byd galla i neud yn 'i gylch e, 'blaw dod o hyd i rywle arall i sefyll. Dwi ddim isie gwneud 'ny, achos mae'r lle bach hwn mas o olwg pawb. Galla i weld blaen ei bloc hi ar draws y patshyn gwyrdd, a draw i'r chwith lle ma' 'ddi'n cerdded lawr y ffordd at y fflat. Galla i glywed pob smicyn o sŵn hefyd. Fel rheol, mae'r groten â'r babi yn y fflat canol ar y llawr ucha'n chware cerddoriaeth swnllyd ddydd a nos, ac mae'r hen fenyw yn y fflat ar y chwith ar y llawr cynta'n fyddar ac yn cadw sain y teledu'n uchel. Falle nag yw hi'n fyddar, ond mai dyna'r unig ffordd mae'n gallu clywed y rhaglenni dros y sŵn sy'n dod o lan llofft. Mae'n rhaid fod byw rhwng y ddwy yn uffern ar y ddaear. Sy'n ddelfrydol, a gweud y gwir. Dyw hi ddim yn haeddu dim gwell.*

# PENNOD 1

Crensiai gweddillion y cesair o dan draed Anna, a chwibanai'r gwynt yn ei chlustiau wrth iddi redeg, ond nid oedd yn bwriadu arafu nes iddi gyrraedd y grisiau. Bu'n lwcus heno – roedd y bws olaf i'r stad yn dynesu o'r cylchfan wrth iddi adael yr Afr, y dafarn lle gweithiai. Clywodd lais Rob, y rheolwr, yn galw ffarwél o'r cwrt blaen, a chododd law frysiog arno wrth lamu ar draws y ffordd fawr. Gwelodd gyrrwr y bws hi'n rhedeg, ac aros amdani. Doedd hi ddim yn bell i gerdded, ond ar ôl shifft galed, ac mor hwyr y nos, y bws oedd y dewis cyntaf. Bron iddi syrthio i gysgu yn y gwres cysurlon. Yn ôl ei harfer, taflodd gipolwg dros ei hysgwydd i weld a oedd unrhyw un arall yn dod oddi ar y bws ar gyrion y stad, ond hi oedd yr unig un. Er gwaethaf ei blinder, yr eiliad y camodd i'r strydoedd cyfarwydd, roedd hi'n effro i bob sŵn a symudiad. Am ryw reswm, teimlai'n anesmwyth y noson honno, ac nid oedd ei gwyliadwraeth arferol yn ddigon. Cafodd ei hun yn rhedeg mwyaf sydyn, ac yn syllu i bob ale dywyll, er nad oedd neb i'w weld.

Nefoedd, roedd hi'n oer. Hwyrach bod yr wyth awr a dreuliodd yn chwysu yng nghegin brysur y dafarn yn rhoi min ychwanegol i'r gwynt. Gwthiodd ei dwylo'n ddyfnach i bocedi ei chot, er nad oedd hynny'n ddoeth a'r palmant mor llithrig. O leiaf roedd y sgrepan lle cadwai ei dillad gwaith yn cysgodi ei chefn. Byddai angen iddi eu rhoi yn y peiriant golchi heno, er bod hynny'n golygu gorfod aros i'r cylch orffen a'u rhoi i sychu cyn mynd i'r gwely. Fyddai ganddi ddim trowsus glân at yfory fel arall, ac roedd y rhai a wisgai heddiw yn staeniau drostynt gan yr olew a dasgodd o'r badell ffrio.

Sôn am losgi, gallai deimlo ei hanadl yn treiddio'n ddwfn i'w hysgyfaint fel petai'n anadlu tân. Llithrodd ei throed, ond daliodd ei hunan mewn pryd. Gwelodd y bloc mawr o fflatiau'n codi o'i blaen. Canllath eto, a byddai wrth droed y grisiau allanol a arweiniai at ei chartref. Nid am y tro cyntaf, meddyliodd y gallent fod wedi rhoi rhyw fath o do dros y grisiau. Nid oedd unrhyw gysgod rhag y gwynt a'r glaw nes cyrraedd y canopi cwta dros y landin, a ymestynnai o flaen y tri fflat ar y llawr cyntaf. Wedi'i adeiladu 'nôl yn y saithdegau, roedd y bloc yn un concrid moel, diaddurn.

Paid â meddwl am hynny nawr, dwrdiodd ei hun. Canolbwyntia ar gyrraedd adref yn ddiogel. Roedd wedi dysgu ymddiried yn ei greddf dros y blynyddoedd ar y stad. Roedd 'na reswm dros redeg, er na wyddai beth oedd hwnnw. Pum llath eto, ac roedd hi'n ddigon agos i afael yn y ganllaw fetel. Dringodd y grisiau'n fwy gofalus, a'i chalon yn taranu yn ei chlustiau. Gwingodd y tu mewn i'w chot, fel petai'n disgwyl i law drom ddisgyn ar ei hysgwydd. Trodd ei phen yn ofnus, ond nid oedd neb yno, a rhuthrodd heibio i ddrws ei chymydog, Mrs Gray, at ei drws ei hun. Roedd y golau'n dal i ddisgleirio yn stafell fyw yr hen ddynes, a sŵn y teledu'n ddi-baid. Adnabu seiniau peraidd rhyw fideo cerddoriaeth rap llawn rhegfeydd ar MTV – fwy na thebyg fod Mrs Gray wedi pwyso'r botwm anghywir eto, ac wedi syrthio i gysgu yn y gadair freichiau.

Tynnodd ei maneg er mwyn gafael yn allwedd y drws, a gadwodd yng nghledr ei llaw ers gadael yr Afr. Taflodd gipolygon i'r dde wrth wneud. Nid oedd neb wedi'i dilyn i fyny'r grisiau i'r chwith, ond roedd 'na risiau'r ochr arall hefyd. Ym marn Anna, roedd gormod o lawer o setiau o risiau'n arwain at y fflatiau. Teimlodd y gwres bendithiol wrth i'r drws agor. Cyn cynnau'r golau, caeodd y drws a'i gloi'n ofalus y tu ôl iddi. Tynnodd ei chot a'i hongian yn dawel. Er nad oedd yn debygol y byddai Llio'n dihuno, gan fod plant yn eu harddegau'n cysgu fel y meirw, aethai cripian o amgylch ganol nos yn arfer ganddi. Teimlodd y rheiddiadur yn y cyntedd. Roedd yn dal yn weddol gynnes, er y gwyddai fod y gwres canolog wedi'i ddiffodd ei hun ers awr a mwy. Yn y tywydd hwn, byddai'n braf medru ei adael ymlaen drwy'r nos, ond ni allai fforddio hynny. Dyna un fantais o fod yn fflat canol mewn bloc o naw dros dri llawr – manteisio ar wres y fflatiau eraill o bob tu iddi. Yn anffodus, roedd sŵn yn cario lawn cystal â gwres.

Brasgamodd ar hyd y cyntedd byr i'r gegin, a wynebai gefn yr adeilad. Rhoddodd y tegell i ferwi a stwffio'i dillad gwaith budr i'r peiriant golchi. Roedd stafell wely Llio drws nesaf ar y dde, a'i un hi ar y chwith. Wynebent y cefn, ond roedd y stafell ymolchi a'i ffenest fechan, gymylog, yn wynebu'r landin, fel y stafell fyw yr ochr arall i'r drws a'i ffenest fawr. Hyd y gwyddai Anna, roedd y fflatiau i gyd yr un fath â'i gilydd, a ddangosai ddiffyg dychymyg ar ran y penseiri, ond efallai y dylai fod yn ddiolchgar eu bod wedi llwyddo i sicrhau bod gan bob stafell ei ffenest ei hun, yn enwedig yn y fflatiau canol heb fur allanol bob ochr. Eisteddodd ar stôl galed wrth y bwrdd, yn yfed coffi heb gaffîn ac yn shifflan y llythyron, biliau gan mwyaf, a orweddai arno. Ceisiodd weithio allan pa rai yr oedd yn rhaid eu talu'n ddi-oed, a pha rai allai aros fymryn yn hwy, ond roedd hi wedi blino gormod i hidio. Cystal iddi baratoi i fynd i'r gwely wrth i'r peiriant golchi wneud ei waith.

Ymhen pum munud, roedd yn rhedeg y dŵr yn y gawod dros y bath wrth lanhau ei dannedd wrth y sinc. Teimlodd yn euog am eiliad ei bod yn gwneud y fath sŵn mor hwyr, ond roedd hi'n nos Wener, a fyddai Llio ddim yn meddwl codi tan ganol y prynhawn ar ddydd Sadwrn. Ta beth, daeth tymor yr ysgol i ben heddiw. Gwyddai hynny, nid gan Llio, a ystyriai fod gwybodaeth ddefnyddiol felly'n gyfrinachol, ond gan y llu o bobl ifanc a heidiodd i'r Afr y noson honno â'u cardiau adnabod ffug. Nid oedd eu presenoldeb yn ddim iddi hi, oherwydd roedd eu holl fryd ar yfed yn hytrach na bwyta, ond roeddent yn dreth ar amynedd y staff y tu ôl i'r bar.

Gostyngodd ei cheg at y tap am lymaid o ddŵr i waredu'r past dannedd. Rhyw symudiad tu allan a wnaeth iddi godi'i phen yn gyflym, a neidiodd yn ôl o weld amlinelliad llaw yn ymddangos ar y gwydr. Rhaid ei bod wedi gwneud rhyw sŵn a rybuddiodd pwy bynnag oedd yno, oherwydd tynnwyd y llaw oddi yno'n sydyn, a chlywodd Anna sŵn traed yn symud yn gyflym heibio i'r drws blaen. Pwy ar y ddaear oedd yno? Camodd Anna o'r stafell ymolchi a gafael yn y pastwn a safai o dan y bachau cotiau. Cymerodd eiliad iddi ddatgloi'r drws, ac erbyn iddi wneud, doedd dim i'w glywed ond camau olaf y person yn neidio'r ddau ris olaf a diflannu rownd cornel yr adeilad i'r tywyllwch. Safodd yno am ennyd, yn pwyso dros y rheiliau, gan wrando'n astud a syllu i lawr. Ni ddaeth neb i'r golwg. Roedd ganddynt ddigon o synnwyr i beidio â rhedeg ar draws y patshyn glaswellt lle gallai Anna fod wedi'u gweld. Camodd yn ôl i'r fflat a chloi'r drws unwaith eto.

Rhyw sinach bach brwnt fu yno, roedd hi'n siŵr; rhywun a wyddai taw ffenest stafell ymolchi oedd y tu ôl i'r gwydr â phatrwm rhedyn arno. Yr adeg hyn o'r nos, roedd unrhyw oleuadau yn y fflatiau i'w gweld o bell, a'r landin agored yn cynnig lle cyfleus i bipo trwy'r ffenestri, a dihangfa bob ochr. Ei bai hi oedd e i raddau, meddyliodd Anna, am nad oedd hi'n trafferthu tynnu'r llen roler i lawr yn fynych, am ei bod yn dueddol o wrthod mynd 'nôl i'r brig.

Doedd dim amdani heno, felly, ond ei thynnu i lawr,

ond ni oedodd yn hir o dan y dŵr poeth hyd yn oed wedyn. Roedd hi wedi anghofio cynnau'r gwresogydd aer ar y mur cyn rhedeg y gawod, ac roedd anwedd wedi cymylu'r drych dros y sinc. Safodd yn rhwbio'i gwallt â'r tywel yn y cwthwm cynnes, a gweld ei hwyneb yn araf ymddangos wrth i'r niwl glirio. Roedd hi'n heneiddio, penderfynodd, ond byddai'n edrych yn well ar ôl noson o gwsg. Nid oedd pwynt rhoi crib drwy ei gwallt byr, cyrliog. Byddai'n bigau anystywallt bore fory waeth beth wnâi. Dywedodd Mal, ei chyn-ŵr a thad Llio, wrthi droeon ei bod yn edrych fel crwt bach drwg heb golur. Yn nyddiau eu carwriaeth, roedd yn jôc rhyngddynt, yn enwedig am fod Mal, hyd yn oed yn ei ugeiniau, yn ddyn mawr, trwm, a gadwai ei wallt tonnog braidd yn hir. Roedd Mal yn hwyl bryd hynny, yn ei het fedora a'i ddillad bohemaidd. *Ry'n ni'n edrych fel Oscar Wilde a'i sboner, Bosie.*

Erbyn iddi wisgo'i choban yn ei stafell wely roedd cylch troelli'r peiriant golchi'n chwyrnu ac yn gwichian yn y gegin. Pum munud arall a byddai'n distewi. Cysgai Llio drwy hyn oll bob tro. Rhaid cyfaddef nad oedd hi'n poeni rhyw lawer am darfu ar gwsg y cymdogion. Doedden nhw ddim yn cadw'n dawel er ei mwyn hi, heblaw am Dilwyn, yr ochr arall iddi. Roedd e mor dawel nes nad oedd modd gwybod a oedd e'n fyw neu'n farw. Serch hyn, arhosodd ennyd y tu allan i ddrws stafell Llio a gwrando, cyn mentro troi'r bwlyn a'i agor. Pan welodd y gwely gwag, llamodd ei chalon i'w gwddf, ond yna cofiodd. Rywbryd yn ystod adeg brysuraf y gegin, marcie wyth o'r gloch, roedd ei ffôn wedi crynu yn ei phoced. Prin yr edrychodd ar y neges destun swta, gan fod archeb am bedwar *mixed grill* a dwy stecen wedi ymddangos ar y sgrin ar y mur, ac roedd Carmel, ei chyd-gogyddes, yn eu rhestru'n uchel. Gwelodd y gair 'Celyn' ymhlith y byrfoddau annealladwy arferol, ac yna caeodd y ffôn yn glep. Dyna lle'r oedd Llio, yn treulio'r nos yn nhŷ ei ffrind, Celyn. Gorffennodd y cylch troelli'n sydyn, a bu tawelwch. Trodd Anna'n flinedig am y gegin.

Dihunodd yn ffwndrus o'i thrwmgwsg, yn meddwl bod haid o wenyn meirch yn y stafell, cyn sylweddoli bod ei ffôn yn suo ar wyneb pren y cwpwrdd wrth erchwyn ei gwely. Ymbalfalodd amdano'n gysglyd, yn dylyfu gên. Dangosai bysedd fflworoleuol ei chloc chwarter i bedwar.

'Helô?'

Gallai glywed anadlu'r pen arall. Gwthiodd ei hunan i fyny yn y gwely, yn gyndyn o adael y nyth cynnes, ond os taw anadlwr trwm ydoedd, dymunai fod yn ddigon effro i roi llond pen iddo. Eto, roedd rhywbeth yn ansawdd yr anadlu'n awgrymu'n wahanol.

'Llio? Ti sy 'na?' Clywodd igian aneglur, a rhywun yn llyncu.

'Mam?' meddai llais bach. 'Ble odw i?'

'Beth wyt ti'n feddwl? Dwyt ti ddim yn nhŷ Celyn?' Ond ni ddaeth ateb, dim ond distawrwydd llwyr.

Pwysodd Anna'r botymau i alw rhif Llio'n syth, ond peiriant a'i hatebodd. Rhoddodd gynnig arall arni, ond heb lwc. Ceisiodd Anna feddwl wrth iddi daflu'r cwrlid oddi arni. Gallai Llio fod yn nhŷ Celyn, mewn stafell wely ddieithr, ac wedi gafael yn ei ffôn, yn null awtomatig y genhedlaeth ifanc, heb ddihuno'n llwyr. Roedd hi wedi galw Anna o'i stafell wely cyn hyn, a hithau'n eistedd yn y stafell fyw. Ni olygai'r alwad, o reidrwydd, ei bod mewn perygl. Ond roedd hefyd yn bosib nad oedd hi yn nhŷ Celyn o gwbl, ac mai anwiredd llwyr oedd yn ei neges destun. Aeth Anna i chwilio am y llyfr ffôn. Beth oedd cyfenw Celyn? Ni wyddai lawer amdani, heblaw ei bod yn byw mewn tŷ mawr ym mhen arall y dref, ar stryd nid nepell o'r ysgol gyfun yr oedd y ddwy yn mynd iddi. Crafodd bellafoedd ei meddwl am unrhyw gliw. Nid oedd pwynt edrych yn stafell Llio. Ffliciodd yn ddiflas drwy'r llyfr cyfeiriadau. Gwthiwyd cant a mil o sgrapiau papur a rhifau arnynt blith draphlith i'r llyfr. Agorodd un dudalen A4, a rhoi ochenaid o ryddhad o weld mai papur swyddogol Ysgol Gyfun Maeseifion ydoedd. Y gaeaf cynt, bu Llio ar wyliau yn Ffrainc gyda'r ysgol (ei thad a dalodd), a darparwyd rhestr o enwau, cyfeiriadau a rhifau ffôn pawb oedd yn mynd, er mwyn i rieni fedru gydlynu â'i gilydd i drefnu rhannu ceir i gwrdd â'r bws. Ni fu angen i Anna ddefnyddio'r rhestr cyn nawr, ond roedd hi wedi'i chadw, rhag ofn. Pwysodd y botymau priodol ar ei ffôn, ond canodd a chanodd heb ateb. Nid oedd dim amdani ond ffonio tacsi.

'Grondwch nawr,' meddai gyrrwr y tacsi wrth i Anna ei dalu, 'os nad yw hi gyda'i ffrind, ffonwch fi 'to. Ddwa i 'nôl i'ch mofyn chi. Ma' 'da fi grotesi'n hunan. Ma'n nhw'n gallu bod yn ddigon o farn.'

Gwenodd Anna'n ddiolchgar arno, yn falch ei bod wedi goresgyn ei swildod gwreiddiol ac esbonio pam roedd angen tacsi arni am bedwar o'r gloch y bore. Gallai ei weld yn crychu ei dalcen mewn cydymdeimlad yn y drych ôl.

Cododd law arno o'r palmant a cherdded i fyny'r llwybr at y drws blaen. Nid oedd golau yn y tŷ. Camodd i'r portsh agored a chanu'r gloch. Ni ddaeth ateb. Difarodd Anna nad oedd wedi ystyried y gallent fod wedi mynd ar wyliau. Edrychai'r tŷ fel petai'r perchnogion yn mynd i sgïo bob gaeaf. Os nad oedd neb adref, ni wyddai ble i fynd nesaf. Cwtsiodd allan o afael y gwynt yn erbyn un o'r muriau mewnol. Yr heddlu neu Mal oedd y ddau ddewis. Doedd yr un o'r ddau'n apelio. Fyddai gan yr heddlu ddim lot o ddiddordeb, a byddai'n edrych fel mam orbryderus. Byddai Mal yn gweithredu'n syth, ond yn ei beio hi am y sefyllfa. Damo di, Llio, sibrydodd dan ei hanadl. Neidiodd pan oleuodd y cyntedd yn sydyn, gan obeithio nad edrychai'n rhy anniben a bygythiol. Agorodd y drws ryw fodfedd yn unig.

'Ai dyma lle mae Celyn yn byw?' gofynnodd Anna. 'Anna Morrissey, mam Llio ydw i. Dwi'n gwbod ei bod hi'n ganol nos, ond yw hi yma? Ces i neges yn gynharach yn gweud y bydde hi'n treulio'r nos gyda Celyn, ond dwi newydd gael yr alwad ffôn ryfedda oddi wrthi, a dwi'n pryderu.' Bu saib bach a thynnwyd y tsiaen yn ei ôl. Safai dyn yn yr adwy. Edrychodd arni'n rhynnu ar y trothwy.

'Seimon Picton-Jones, tad Celyn,' meddai, gan estyn ei law'n gwrtais. 'Dewch miwn o'r oerfel. Dyw Llio ddim yma.' Syllodd i lawr ar draed Anna. 'Mae'n ddrwg 'da fi,' ychwanegodd. 'Fydde ots 'da chi dynnu'ch sgidie?' Ni fyddai ots gan Anna petai wedi gofyn iddi sefyll ar ei phen yr eiliad honno.

'Dim problem o gwbwl. Carped newydd, ife?' Nid atebodd Seimon, ond edrychodd o'i amgylch fel pe na bai wedi gweld yr erwau o garped hufen o'r blaen.

'Dyna'r broblem gyda lliw gole,' meddai o'r diwedd, a rhedeg ei law dros ei wallt tywyll, a frwsiwyd yn galed 'nôl o'i dalcen. 'Pryd gafoch chi'r neges gan Llio?' Tynnodd Anna'i ffôn o'i phoced er mwyn gwirio'r amser.

'Marcie wyth. Falle dylen i fod wedi holi mwy, ond roedd gwaith yn brysur iawn heno.' Amneidiodd y dyn.

'Mm, wel, dyw hi ddim wedi bod yma. Ond roedd Celyn eisiau mynd mas heno, hefyd.'

'Aeth hi ddim?' Edrychodd braidd yn chwith arni.

'Naddo. Chafodd hi ddim mynd. Ro'n i wedi dod i gytundeb ynghylch y gwyliau hyn. Mae ganddi fodiwlau arholiadau Safon Uwch ym mis Ionawr, a phentwr o waith i'w wneud. Doedd ei chanlyniadau TGAU hi ddim yn wych, yn benna oherwydd iddi fynd o un parti i'r llall yn ystod gwyliau'r Pasg eleni.' Ni chlywodd Anna lawer o hyn, heblaw am un gair.

'Felly roedden nhw'n bwriadu mynd i barti?' Amneidiodd Seimon eto.

'Ddwedodd hi ymhle?'

'Yn anffodus, naddo. Aeth hi'n fater o weiddi a slamo drysau.' Ochneidiodd. 'Yr unig beth fedra i ei wneud yw ceisio'i dihuno a gofyn iddi. Cofiwch, alla i ddim addo y cewch chi ateb synhwyrol.' Gwthiodd ei ddwylo i bocedi ei ŵn wisgo, ac agorodd y brethyn. Cafodd Anna ei hun yn syllu ar driongl dwfn o frest noeth ac arlliw o liw haul arno, a thynnodd ei llygaid oddi wrtho'n gyflym.

'Bydden i'n ddiolchgar iawn. Dwi ddim yn gwbod ble i fynd nesa, ch'weld. Os na alla i ddod o hyd iddi, bydd angen i fi fynd at yr heddlu.'

Cododd ei law. 'Wrth gwrs. Os hoffech chi eistedd fan hyn am funud, af i i weld.'

Pwyntiodd at gadair bren gerfiedig ger y bwrdd ffôn yn y cyntedd eang, a suddodd Anna'n ddiolchgar iddi. Gwyliodd ef yn dringo'r grisiau. Dyna pam y cymerodd gymaint o amser iddo ddod at y drws, meddyliodd.

Roedd e wedi gwisgo'i drowsus a'i sgidiau ond nid ei sanau. Byddai hi wedi llusgo i'r fan heb sliperi, hyd yn oed, ond byddai wedi gafael yn y pastwn. Clywodd ddrws yn agor a chau uwch ei phen, ac yn y tawelwch dilynol, edrychodd o'i hamgylch yn chwilfrydig. Heblaw am ddrych anferth, roedd y cyntedd bron yn glinigol noeth. O ran maint, roedd y lle'n ddigon tebyg i dŷ olaf ei rhieni yn y wlad hon, ond roedd ei mam wedi llenwi hwnnw â cherfluniau o ferched mewn ffrogiau hir ar siliau'r ffenestri, blodau sych mewn ffiolau ar fyrddau bach tila, a phlatiau dirifedi ar y muriau. Nid oedd wedi gweld eu tŷ ym Mhortiwgal, lle buont yn byw ers rhyw ddwy flynedd, ond tybiai ei fod yn union yr un peth. Ar y cyfan, roedd yn well gan Anna'r olwg finimalaidd hon, er ei bod braidd yn foel. Rhywbeth rhwng y ddau oedd ei eisiau, penderfynodd. Edrychodd ar ei thraed a gweld bod ganddi dwll yn ei hosan chwith. Ni sylwodd arno wrth wisgo ar ras. Roedd wedi plygu er mwyn ceisio ei guddio pan glywodd sŵn traed yn dod i lawr y grisiau.

'Dyma fam Llio,' meddai'r dyn. Roedd e wedi diosg ei ŵn wisgo erbyn hyn ac roedd siwmper gwddf uchel amdano yn ei lle. Roedd merch bwdlyd yn ei ddilyn. 'Ry'ch chi'n nabod Celyn, sbo.'

Doedd Anna ddim yn gyfarwydd iawn â Celyn, a dweud y gwir. Hi oedd y ddiweddaraf mewn cyfres o ffrindiau mynwesol Llio, i gyd yr un ffunud â'i gilydd, yn marn Anna. Ni chredai fod Llio'n hoffi eu gwahodd i'r fflat, ac ni fyddai Anna'n eu gweld yn fynych, heblaw am achlysuron fel noson rieni yn yr ysgol. Y peth mwyaf trawiadol am Celyn oedd ei gwisg nos, sef siwt binc a'i gorchuddiai o'i gwddf i'w thraed, a sip gwyn ar y blaen a chwcwll ar ei gwar. Bu Llio'n sôn am gael un, ond cwynai eu bod i gyd yn rhy fyr iddi. Etifeddodd gorff a choesau hirion ei thad. Cododd Anna'n lletchwith.

'Mae'n ddrwg 'da fi dy ddihuno di,' dechreuodd, 'ond dwi'n poeni am Llio.' Esboniodd unwaith eto am yr alwad ffôn ddagreuol. Syllodd ar y ferch o'i blaen, ond ni allai Anna ddirnad unrhyw emosiwn na diddordeb ynddi. Yn hytrach, plethodd Celyn ei gwefusau, fel petai'n benderfynol o beidio â gadael i air ddianc o'i cheg.

Ymestynnodd y tawelwch ar ôl i Anna orffen, nes i dad Celyn beswch. Trodd at ei ferch.

'Ti'n gweld,' meddai, mewn llais isel, 'mae rheswm i gredu fod Llio mewn trafferth. Wyt ti'n cofio ymhle roedd y parti?' Meddyliodd Celyn am eiliad, yna cododd ei hysgwyddau.

'Wedodd hi ddim yn gowyr ble,' atebodd. 'Wedd hi'n mynd i gwrdd â fi off y bws.'

'Yn y dre?' Cnodd Celyn ymyl un o'i hewinedd, ond ysgydwodd ei phen. 'Bws rhif pedwar,' atebodd. 'Y stop dwetha.'

'Dyna'r bws sy'n mynd i'r stad,' meddai Anna,.'O'ch chi'n mynd i gerdded i'r parti o fan 'na?'

'Fi'n meddwl 'ny. Wedodd hi allen i gysgu yn ei thŷ hi wedyn, ar ôl i chi fynd i'r gwaith.' Siaradai'n araf, gan edrych ar ei dwylo. Oherwydd hyn, daeth yn dipyn o sioc i Anna ei chlywed yn troi ar ei thad yn chwyrn. 'Wedes i dylet ti fod wedi gadael i fi fynd gyda hi, on'd do fe? Wedes i!'

Gwyddai Anna'n burion fod y tad yn diolch i'r drefn ei fod wedi'i gwahardd, ac edrychodd mewn cydymdeimlad ar ei chwithdod.

'Rwyt ti'n ddiogel, dyna'r peth pwysig,' meddai, er mwyn tawelu'r dyfroedd. 'Tase Llio wedi gweud y gwir wrtha i, fydde hithe ddim yn y sefyllfa 'ma.' Tynnodd ei ffôn o'i phoced. 'Rhoia i alwad i'r gyrrwr tacsi, a chaiff e fynd â fi 'nôl i'r stad.'

'Na wnewch, wir,' meddai'r tad. 'Af i â chi. Dyna'r peth lleia galla i 'i neud. Cer 'nôl i'r gwely, Celyn, a phaid â dihuno dy fam.'

'Morrissey,' meddai Seimon Picton-Jones, wrth i Anna gau ei gwregys diogelwch yn y car. 'Enw anarferol ffor' hyn.'

'Ydy,' atebodd Anna. 'Fy enw priod i. Ar ôl i fi ysgaru, penderfynais i gadw'r enw os nad y gŵr.'

'Doedd ddim chwant arnoch chi fynd 'nôl i'ch enw cyn priodi?'

'Nag oedd. Dyw Chiddy ddim yn enw sy'n fy ysbrydoli. Mae teulu 'nhad yn dod o Wlad yr Haf, lle maen nhw'n arbenigo mewn cyfenwau rhyfedd. Yn fy arddegau, ro'n i'n ysu am gael bod yn Tomos, yn Williams neu'n Jones.' Gwelodd ef yn gwenu o gornel ei llygad.

'Seimon Jones o'n i'n wreiddiol. Y wraig ddaeth â'r "Picton" gyda hi. Mynnodd ei rhieni ein bod yn ei ddefnyddio. Crachach, ch'weld. Ond dwi'n credu iddyn nhw ddifaru ar ôl *C'mon Midffîld.*'

'Buoch chi'n lwcus. Gallai fod yn waeth o lawer.' Pwysodd Anna 'nôl yn y sedd ledr a gwylio'r dref yn gwibio heibio. Roedd e'n yrrwr da, diogel. Doedd hi ddim wedi gyrru ers iddi adael Mal, ac roedd yn dal i weld eisiau cael ei chludiant ei hun. Eisteddodd i fyny pan ddaeth cyrion y stad i'r golwg.

'Dyw e ddim yn bell nawr,' meddai. 'Fyddwch chi'n cofio'r ffordd 'nôl?'

'Dwi ddim yn mynd i'ch gadael chi i chwilio am Llio ar eich pen eich hunan,' daeth yr ateb pendant, a phan brotestiodd Anna, ychwanegodd, ''Sbosib eich bod chi'n bwriadu cerdded i lawr bob stryd? Mae'r lle 'ma fel drysfa Hampton Court.'

'Ydy,' cytunodd Anna, 'ond ar y llaw arall, mae gyda chi gar drud a bydd e'n denu sylw. Bydden i'n gyndyn iawn i'w adael e am unrhyw gyfnod.'

'Cynddrwg â 'ny? Falle byddwn ni'n lwcus nawr, ac yn ei gweld hi ar y ffordd.' Felly, gan deithio'n araf, aethant o stryd i stryd, â'r ffenestri ar agor, yn pipo i bob cornel ac yn gwrando'n astud. Chwinciai'r goleuadau Nadolig o ambell dŷ, ac unwaith, dilynasant sŵn cerddoriaeth uchel, gan feddwl eu bod yn agos i leoliad y parti nes iddynt sylweddoli taw o gar llawn pobl ifanc y deuai. Diflannodd hwnnw'n gyflym o'u golwg a'u clyw. Ceisiodd Anna weld map o'r stad yn ei meddwl, er mwyn sicrhau eu bod yn chwilio'n drylwyr, ond ni aethant heibio i'r un tŷ tebygol, na gweld Llio chwaith. Cnodd Anna ei gwefus, a sylweddoli bod Seimon yn edrych yn bryderus arni.

'Mae'n ddrwg 'da fi,' meddai. 'Dyw pethe ddim yn edrych yn obeithiol.'

'Peidiwch â digalonni, Anna. Mae hi yma'n rhywle. Oes warws gwag neu rywbeth tebyg yn y cyffinie – y math o le bydden nhw'n ei ddewis i gynnal parti?' A hithau ar fin dweud nad oedd dim byd fel yna, cofiodd Anna ei bod wedi gweld tŷ gadawedig yn ddiweddar. Roedd bois y cyngor wrthi'n rhoi'r sgriniau metel dros bob drws a ffenest er mwyn atal sgwatwyr, wrth iddi frysio heibio ar ei ffordd adref rhyw brynhawn. Ymhle y gwelodd hi'r tŷ?

'Oes, dwi'n credu,' meddai'n bwyllog. 'Ond bydd angen i ni ddilyn y ffordd o'r fflatiau i'r arhosfan fysiau.'

Yr eiliad y gwelodd y tŷ, gwyddai Anna nad oeddent wedi gyrru heibio iddo o'r blaen, ac roedd yn rhaid iddynt wrando'n astud i glywed dwndwr tanddaearol llinell fas y gerddoriaeth dros injan y car. Parciodd Seimon yr ochr arall i'r stryd a diffodd y goleuadau. Trodd ati.

'Hwnna yw e, ife?' Amneidiodd Anna yn y tywyllwch. O'r tu allan, edrychai'r lle fel petai wedi'i selio'n dynn, ond mewn ambell fan, deuai gwawr o olau gwan trwy'r tyllau pitw yn y sgriniau dros y ffenestri.

'Mae'n rhaid bod 'na ddrws cefn,' murmurodd. ''Sdim golwg fod neb wedi dadsgriwio'r sgrin oddi ar y drws blaen.'

'Cwtsiwch lawr!' gorchmynnodd Seimon yn sydyn. Suddodd Anna'n ddyfnach i'w sedd, a gwnaeth ef yr un peth. Trwy hanner gwaelod ffenestr y gyrrwr, gwelodd griw o bobl mewn dillad tywyll, cycyllog yn ymddangos ar y llwybr a arweiniai at ardd gefn yr adeilad. Roeddent yn cerdded yn hamddenol, os braidd yn simsan, i lawr y stryd. Arhosodd Seimon nes eu bod wedi troi'r gornel.

'Tri yn llai i orfod ymdopi â nhw,' sibrydodd. 'Odych chi'n barod?' Dringodd Anna o'r car, gan grynu wrth i'r oerfel daro'i hwyneb. Edrychodd drwy'r ffenest a gweld Seimon yn ymbalfalu dan y dash. Gwelodd hi'n edrych a chwifio tortsh fach yn fuddugoliaethus. Ymhen dim, roeddent wrth yr iet ac yn dilyn ei golau gwan ar hyd blaen y tŷ ac i lawr y llwybr lle ddaeth y tri hwdi. Yn y pen draw, fflapiai drws pren yn y gwynt, a gwthiodd Seimon ef yn ofalus gan edrych drwodd cyn galw Anna ar ei ôl. O bryd i'w gilydd, roedd pelydr y dortsh wedi goleuo'r barrug ar y borfa a cherrig y pafin. Nawr, yn yr ardd gefn gul, disgynnodd ar gebl trydan a orweddai fel neidr ar draws y tipyn lawnt. Diflannodd i'r düwch dros y ffens ar y gwaelod.

'Beth sy lawr fan 'na?' sibrydodd Seimon.

'Garejys, fwy na thebyg,' atebodd Anna. 'Bydd y cyngor wedi diffodd popeth wrth gau'r tŷ. Gallwch chi fentro 'u bod nhw'n "benthyg" trydan i weithio'r peiriannau CD. Mae batris yn ddrud!' Gwelodd ef yn ysgwyd ei ben.

'Dyfeisgar . . .' murmurodd, a throi ei sylw at y drws cefn. Am eiliad, meddyliodd Anna fod y cyngor wedi anghofio rhoi sgrin fetel drosto, ond na, roedd hwnnw'n pwyso'n daclus yn erbyn y wal. Tybiai y byddai trefnwyr y parti'n ei roi yn ôl yn ei le drannoeth, heb ddefnyddio'r holl sgriwiau, er mwyn medru cael mynediad haws y tro nesaf. Nid oedd hyn yn ddim byd newydd ar y stad. Sbeciodd Anna drwy'r sgrin agosaf, ond nid oedd golau na symudiad i'w weld tu mewn.

''Sgwn i faint ohonyn nhw sy ar ôl yn y tŷ?' gofynnodd yn dawel. Nid atebodd Seimon. Roedd e'n syllu trwy'r panel gwydr yn y drws, â'i ddwylo bob ochr i'w wyneb.

'Mae 'na ganhwylle'n llosgi,' atebodd. ''Na beth yw'r golau welon ni o'r car.' Camodd yn ôl a gafael yn y ddolen. Pwysodd arni a'i gwthio'n araf. Agorodd y drws heb wneud llawer o sŵn, ond gallai fod wedi gwichian fel mochyn heb i neb glywed, oherwydd roedd y sŵn o'r tu mewn yn fyddarol. Hwyrach am fod y drysau a'r ffenestri a'u gwydr dwbl yn weddol newydd, a bod y sgriniau metel o'u blaen, cadwyd y sŵn o fewn y tŷ. Tynnodd Seimon wep arni, a chamodd y ddau i mewn i'r pasej cefn. Taflodd Anna gipolwg cyflym drwy ddrws y gegin wag. Stafell sgwâr, gweddol o faint oedd hi, ac roedd yn wag heblaw am res o gypyrddau o dan y ffenest a'r sinc yn y canol, a thuniau a photeli gwag ar y bwrdd draenio. Os oedd gweddill y tŷ yr un mor wag, byddai'n rhaid i bawb sefyll neu eistedd ar y llawr.

Aeth Seimon o'i blaen a'i galw hi ato gydag ystum. Safai drws y stafell fyw yn lled agored, a gellid gweld nifer o fechgyn mawr yn gorweddian ar hen set o gelfi. Roeddent i gyd i'w gweld yn cysgu, oherwydd ni sylwodd yr un ohonynt ar Anna a Seimon yn sefyll yn y cyntedd. O'u hamgylch, ar sil y ffenest, ac ar focs pren oedd yn cael ei ddefnyddio fel bwrdd coffi cyntefig, llosgai canhwyllau a ffurfiai byllau euraid o olau, a thaflu cysgodion sinistr dros ambell fraich neu foch. Gallai Anna deimlo'r gerddoriaeth yn dyrnu drwy'r styllod pren dan ei thraed. Pwyntiodd Seimon i fyny'r grisiau, a dilynodd Anna ef yn ddistaw. Roedd un o'r stafelloedd gwely'n wag, a defnyddiwyd y stafell ymolchi'n helaeth a dilywodraeth gan rywun â stumog dost iawn. Baciodd Anna allan ohoni'n dal ei thrwyn. Gwthiodd Seimon ddrws y stafell wely olaf. Gorweddai matres ar lawr honno, a bachgen a dwy ferch arno, o dan bentwr o gotiau. Wrth i Anna geisio dirnad a oedd Llio'n un ohonynt, agorodd y bachgen ei lygaid am eiliad, ond caeodd nhw unwaith eto a thwrio ymhellach dan y cotiau. Gwelodd Anna mai blonden botel oedd un o'r merched, ac roedd y llall yn rhy fyr o lawer i fod yn Llio.

Allan ar y landin unwaith eto, cododd ei hysgwyddau ar Seimon. Ffroenodd Seimon yr awyr yn amheus.

'Waci baci,' meddai o dan ei anadl. Roedd yn gryf ger y stafell fyw. Ar waelod y grisiau, syllodd Anna tua'r drws blaen. Tybed a oedd cwtsh dan grisiau yma? Teimlodd ei ffordd i lawr y cyntedd a chwilio am fwlyn bach. Pan ddaeth o hyd iddo, meddyliodd efallai mai o'r guddfan hon y ffoniodd Llio hi, ond pan sgleiniodd Seimon ei dortsh i bellafoedd y cwtsh, roedd yn wag.

'Oes tŷ bach tu fas 'ma?' sibrydodd. Teimlodd Seimon yn amneidio. Cripiasant allan, ac yn wir, yr oedd yna un, a nhwythau wedi cerdded heibio iddo cyn cyrraedd y drws cefn. Doedd neb yn hwnnw chwaith, fodd bynnag, er ei fod yn amlwg wedi cael ei ddefnyddio.

'Dyw hi ddim yma,' meddai Seimon. 'Falle 'i bod hi wedi dod at ei choed tra oeddech chi draw yn ein tŷ ni, ac wedi mynd adre.' Roedd hynny'n bosib, ond rywsut, nid oedd Anna wedi'i hargyhoeddi. Syllodd yn ddiflas ar du mewn y tŷ bach. Trawodd hi mai peth rhyfedd oedd rhoi'r tŷ bach ar gornel y tŷ, a chymryd rhan o'r gegin, ond gwastraffu gweddill y gofod, oherwydd nid oedd y tŷ bach mor ddwfn â'r gegin o bell ffordd. Dylai'r gegin fod â rhyw ddarn bach ychwanegol yn ffurfio encil tua'r cefn, ond roedd yn sgwâr. Aeth yn ôl i mewn trwy'r drws cefn, a Seimon wrth ei chwt.

''Sdim unman arall i edrych, oes e?' clywodd ef yn dweud, gan bipo i lawr y cyntedd i weld a oedd sôn fod y cysgwyr yn dihuno, ond roedd Anna wedi cerdded draw at wal bellaf y gegin, ac yn teimlo ar hyd iddi â'i bysedd. Roedd yn anodd gweld unrhyw beth, a daeth Seimon i mewn a sgleinio'r dortsh i'w helpu.

''Drychwch,' meddai'n sydyn. 'Pantri.' Yng ngolau'r

dortsh, gwelodd ddrws wedi'i beintio'r un lliw hufen â'r mur, ac yn ffitio'n gyfwyneb ag ef. Roedd clicied fetel ar ffurf bachyn a dolen arno, ac roedd y bachyn wedi'i wthio'n dynn i'r ddolen. Bu'n rhaid i Seimon ei siglo 'nôl a mlaen i'w ryddhau. Agorodd y drws yn garcus, ond ar ôl y fodfedd gyntaf, roedd Anna wedi gweld traed mewn sgidiau rhedeg cyfarwydd. Eisteddai Llio â'i phenliniau o dan ei gên a'i phen yn gorffwys arnynt. Roedd ei ffôn ar y llawr nesaf ati. Chwyrnai'n dawel.

'Wel, diolch byth am hynny,' meddai Seimon. Erbyn hyn, roedd Anna wedi cyrcydu yn ei hymyl a'i hysgwyd, ond doedd dim sôn ei bod am ddihuno.

'Dere 'mlaen, Llio. Mae'n bryd i ni fynd nawr.' Roedd angen y ddau ohonynt i'w chodi ar ei thraed, nad oedd yn hawdd yn y gofod cyfyng, a tharodd Anna'i phen fwy nag unwaith ar y silffoedd a redai ar draws cefn y pantri. Rywfodd, llwyddasant i'w thynnu i fyny, ond roedd hi'n bwysau marw. Rhoddasant eu hysgwyddau dan ei cheseiliau a'i llusgo at y drws, ag Anna'n ei hannog i ddihuno gyda phob cam. Clywodd hi'n murmur rhywbeth cysglyd.

'Mae dy ffôn di gyda fi yn fy mhoced,' meddai Anna. 'Byddwn ni gartre cyn bo hir.' Geiriau gobeithiol, oherwydd âi Llio'n drymach bob eiliad, ac oherwydd bod Anna gymaint yn fyrrach na Seimon, roedd perygl i Llio syrthio arni a'i tharo oddi ar ei thraed.

''Rhoswch funud,' meddai. 'Os gallwn ni ei rhoi i sefyll yn erbyn lintel drws y gegin, agora i'r drws cefn.'

Ond roedd coesau Llio wedi troi'n rwber, ac er gwaethaf ymdrechion Seimon i'w chadw ar ei thraed, suddodd yn benderfynol tua'r llawr. Pan ddaeth Anna 'nôl atynt, bu'n rhaid iddynt fynd drwy'r broses o'i chodi unwaith eto, a'r tro hwn, nid oedd Anna mor dyner. Teimlai fel rhoi clatsien iddi. Ysgytwodd hi'n galed, ac agorodd Llio ei llygaid am y tro cyntaf.

'Wyt ti gyda ni nawr?' hisiodd Anna yn ei chlust. 'Ma' isie i ti gerdded, Llio. Wyt ti'n clywed?' Llyfodd Llio ei gwefusau sych.

'Gad fi fod,' meddai'n weddol glir. 'Dwi isie cysgu.'

'Na wnaf,' meddai Anna. 'Cei di gysgu unwaith i ni gyrraedd adre.' Ymddangosai fod hyn yn ddoniol. Gwenodd Llio'n ddryslyd, ac yna daeth golwg betrus dros ei hwyneb.

''Smo ni gatre, 'te?' gofynnodd.

'Nadyn, gwaetha'r modd,' atebodd ei mam. Roedd ei meddwl eisoes ar y broblem o berswadio Llio i ddringo'r grisiau i'r fflat. Clywodd Seimon yn ochneidio hyd yn oed uwchben sŵn y gerddoriaeth, fel petai hynny wedi'i daro fe, hefyd.

Erbyn iddynt gyrraedd y cyntedd, doedd Llio ddim yn cerdded, yn hollol, ond o leiaf doedd hi ddim yn ddiymadferth mwyach. Yn hytrach, roedd rhyw benderfynoldeb newydd wedi dod drosti i gydio'n dynn ym mhob canllaw a bwlyn, ac yn niffyg hynny, yn ymyl pob drws. Yn waeth na hynny, roedd hi'n anelu at y drws blaen yn hytrach na'r drws cefn, a bu'n rhaid i Anna afael yn ei choes dde, er mwyn ei gorfodi i wynebu'r ffordd iawn. Chwifiodd Llio'i breichiau'n wyllt yn yr awyr, a thrwy ryw ddamwain, gwthiodd y drws i'r stafell fyw'n agored. Llwyddodd Seimon i'w dal cyn iddi gwympo ar ei phen drwy'r adwy, ac am eiliad, siglasant yn ôl a mlaen, a hithau'n plygu o'i hanner ac yntau'n tynnu ar gefn ei siaced â'i holl nerth.

Pan sgrechiodd hi, meddyliodd Anna ei bod wedi dal ei llaw yn ymyl colfachog y drws, ond roedd hi'n pwyntio at y bechgyn a ddaliai i orweddian ar draws y dodrefn.

'Maen nhw wedi marw!' gwaeddodd yn floesg.

'Nadyn ddim!' meddai Anna'n ddiamynedd. 'Er mwyn popeth, Llio, gad hi, wnei di? Twpdra llwyr yw hyn.' Ond roedd hi'n wylo nawr, fel petai ei chalon yn torri. O'r tu ôl iddi, gwelodd Anna fod un o'r bechgyn, crwt tew a orweddai â'i ben ar fraich y soffa, yn dechrau anesmwytho a dihuno.

''Drycha,' meddai Anna'n chwyrn. 'Dyw hwnnw ddim wedi marw, ody e? Cysgu maen nhw i gyd.' Llifai dagrau i lawr gruddiau ei merch. Camodd Anna heibio iddi. Roedd hi wedi cael hen ddigon. Gafaelodd ym mraich y bachgen agosaf a'i hysgwyd. Gwnaeth y bachgen ryw ystum bach â'i law fel petai'n gwaredu clêr. Edrychodd Anna ar Llio.

'Byw,' meddai, a symud ymlaen at yr un nesaf, a eisteddai ar y llawr yn erbyn y soffa, â'i ên ar ei frest. Gwisgai gap pêl-fas. Tynnodd Anna e, a rhoi clatsien ysgafn iddo ar ei ben â'r pigyn. Rhoddodd y crwt naid fechan ac agor ei lygaid. Pwyntiodd Anna ato er mwyn sicrhau bod Llio wedi gweld hynny. Nid oedd angen iddi wneud dim i'r bachgen tew, oherwydd roedd e'n syllu arnynt fel tylluan ac yn dylyfu gên. Roedd y bachgen olaf mewn cadair freichiau siabi o dan y ffenest ym mhen arall y stafell. Hanner gorweddai ynddi, a'i goesau tenau, hirfain yn ymestyn allan o'i flaen, a'i ben wedi troi at y mur. Tapiodd Anna ei goes, ond ni chafodd ymateb. Tynnodd wep a'i ysgwyd, ond ni chafodd hynny ddim effaith chwaith. Taflodd Anna gipolwg ar Seimon.

'Mae hwn yn anymwybodol,' meddai. 'Duw a ŵyr beth maen nhw wedi'i gymryd.'

'Gadewch i fi drio'i godi fe,' meddai Seimon, a symud o'r ffordd er mwyn i Anna ddal Llio. Gwyliodd ef yn ysgwyd y bachgen, a'i dapio'n ysgafn ar ei foch. Ni chafodd ddim ymateb. Roedd ei ddwy fraich wedi'u gwthio i lawr bob ochr iddo. Ymbalfalodd Seimon am ei arddwrn a chodi'r fraich agosaf ato, yn chwilio am bwls. Tywynnai golau cannwyll o sil y ffenest uwch ei ben dros ei wyneb. Trodd Anna i weld pa mor sad oedd Llio. Roedd hi'n pwyso yn erbyn lintel y drws, ond nid oedd sôn ei bod am suddo i'r llawr y tro hwn. Gafaelodd Anna yn y gannwyll oddi ar y bocs a chamu draw i'w sgleinio ar y bachgen. Estynnodd Seimon ei law chwith tuag at ei ben ac yna petruso. Roedd staen ar ei law, a hyd yn oed yn y golau gwan, roedd yn goch. Trodd ei law ac edrych ar ei fysedd. Gwaed oedd e, ac roedd wedi glynu at y crychau yn ei groen. Y tu ôl iddi, gallai Anna glywed Llio'n igian yn dawel, ac anadl trwm bachgen arall, a oedd wedi dechrau pendwmpian eto. Daliodd Anna'r gannwyll yn agosach at y fraich a godwyd. Roedd hanner isaf llawes lwyd y bachgen yn y gadair yn wlyb lle bu'n pwyso yn erbyn ei gorff, a deunydd y gadair wedi ei socian yn yr un modd.

Roedd y bachgen tew yn dal i edrych arnynt yn gysglyd, a'r bachgen ar y llawr yn ymbalfalu'n ddryslyd am ei gap, ond anwybyddodd Anna nhw. Daliodd yn dynn yn y gannwyll, camu draw at Llio, ei thynnu i fyny â herc sydyn a dechrau ei gwthio tua'r drws cefn. Edrychodd yn ôl ar Seimon, a safai fel dyn mewn breuddwyd.

'Dwi'n credu taw'r peth callaf yw i ni roi Llio yn sedd gefn y car,' meddai'n bendant. Amneidiodd Seimon yn fud a'i dilyn allan o'r stafell. Nid oeddent am ddweud dim o flaen Llio, ond roedd angen y ddau ohonynt i'w llusgo'r holl ffordd i'r car. Gosododd Anna'r soser a ddaliai'r gannwyll i lawr, a chwilio am hances bapur yn ei phoced.

'Sychwch eich llaw,' meddai, ac ufuddhaodd Seimon yn awtomatig. Trawodd y gwynt oer nhw wrth iddynt gamu dros y trothwy, a heb air, ac â chamau trwsgwl mynych ar ran Llio, aethant yn ôl i gyfeiriad blaen y tŷ. Defnyddiodd Seimon ei allwedd electronig i ddatgloi'r car o bell, ond roedd croesi'r heol a'i gyrraedd yn teimlo fel cerdded can milltir. Drwy'r adeg, roedd Anna'n ymwybodol fod ei ffôn ym mhoced ei throwsus. Am eiliad, ystyriodd fynd â Llio adref ac esgus na fuont yno o gwbl, ond ar ôl i Llio gripian ar ei phedwar dros y sedd gefn a chyrlio'i hunan yn belen arni, tynnodd Anna'r ffôn a deialu 999.

# PENNOD 3

'Gwaed,' meddai Seimon. 'Roedd e'n waed i gyd.'
Swniai ei lais yn bell.

Safent ar y palmant yn aros am yr heddlu. Nid
oedd neb arall wedi ymddangos o'r tŷ hyd yma, ac
roedd Anna'n ddiolchgar na fu'n rhaid iddynt geisio
eu rhwystro rhag gadael. Gobeithiai'n daer nad oedd
yr un ohonynt yn ddigon effro i feddwl dianc dros y
ffens gefn.

'Beth os yw e'n dal yn fyw?' ychwanegodd Seimon,
gan ei thynnu o'i myfyrdod. 'Ddylen ni geisio gwneud
rhywbeth?'

'Roedd e'n oer, on'd oedd e?' atebodd Anna'n
rhesymol. 'Heb bwls.'

'Oedd, ond mae'n noson rewllyd,' parhaodd ei
chydymaith. 'Dyw hynny ddim yn golygu nad oes
gobaith.' Roedd hynny'n wir, ond ni chredai Anna
mewn gwyrthiau. Yn ei thyb hi, o weld cyflwr y gadair
a'r holl waed bu'r crwt farw beth amser cyn iddynt
gyrraedd y tŷ. Does neb yn gwaedu i farwolaeth mewn
dwy funud. Gwelodd ei wyneb unwaith eto yn llygad ei
meddwl. Roedd 'na olwg arbennig ar groen cyrff marw,
fel gwêr. Yn y pellter, roedd seiren yn dynesu.

Gweddnewidiwyd y stryd o fewn deng munud, ac eisteddai Anna yn sedd flaen car Seimon yn gwylio'r prysurdeb a'r goleuadau lliwgar yn troi'n ddi-baid. Ni allai ei weld yn unman, ond tybiai ei fod yn siarad â'r heddlu ac yn rhoi datganiad iddyn nhw. Gwyddai y byddai'n rhaid iddi hi wneud yr un fath, ac efallai fod yn well gan yr heddlu gadw digon o bellter rhwng tystion, yn enwedig mewn achos mor ddifrifol. A'r ffenestri ynghau, dim ond pytiau o sŵn a glywai. Safai ambiwlans o flaen yr iet, ac amryw geir heddlu'n ffurfio rhwystr o'u hamgylch. Pwysodd yn ôl a chau ei llygaid am eiliad. Neidiodd pan agorwyd drws y gyrrwr, a gwthiodd plismones ei hwyneb drwyddo.

'Helô,' meddai'n gyfeillgar. 'Shwd y'ch chi'ch dwy'n teimlo nawr?' Edrychodd Anna dros ei hysgwydd yn reddfol. Cysgai Llio fel baban. Nid oedd wedi chwydu, trwy drugaredd.

'Cystal â'r disgwyl,' atebodd. 'Dwi'n credu y bydd hi'n iawn os caiff hi gysgu.' Craffodd y ferch arni wrth ddringo i'r car, a chau'r drws. Roedd ganddi glipfwrdd o dan ei braich, ac estynnodd feiro o boced uchaf ei thiwnig.

'Mwy o gwestiynau *boring*, mae arna i ofn,' meddai, fel roedd Anna wedi ei amau. Adroddodd stori holl ddigwyddiadau'r noson, a nododd y blismones bopeth yn gydwybodol.

'Shwd ddaethoch chi o hyd i'r tŷ?' gofynnodd yn chwilfrydig.

'Lwc pur,' atebodd Anna. 'Dwi'n byw ar y stad, ac yn cerdded at y bws bob dydd, bron. Digwyddes i weld gweithwyr y cyngor yn rhoi'r sgriniau yn eu lle pw' ddwrnod. Buon ni'n gyrru rownd a rownd am sbel cyn i fi gofio hynny. Doedd gyda ni ddim lot o wybodaeth, wedi'r cyfan, oherwydd doedd Llio ddim wedi dweud wrth Celyn ymhle roedd y parti.'

'A beth am Celyn?'

'Roedd hi gartre drwy'r nos. Chafodd hi ddim dod. Fyddai Llio ddim wedi cael gwneud chwaith tase hi wedi dweud y gwir wrtha i. Ro'n i dan yr argraff taw yn nhŷ Celyn oedd hi, a dyna pam es i yno ar ôl iddi fy ffonio i.' Caeodd ei cheg, yn ymwybodol ei bod yn ailadrodd yr hyn a ddywedodd eisoes.

'Ydy Llio'n ferch nerfus?' gofynnodd y blismones.

'Ddim i neb sylwi,' atebodd Anna. 'Er, yn y gorffennol, mae hi wedi dihuno yng nghanol y nos o drwmgwsg heb wybod ble mae hi, ac wedi fy ffonio i'n ffwndrus. Dyna feddylies i oedd wedi digwydd heno, i ddechre, ta beth . . .'

'Beth wnaeth i chi newid eich meddwl?' Cododd Anna ei hysgwyddau, a syllu ar y goleuadau'n troelli.

'Jyst . . . rhwbeth gwahanol yn ei llais, dwi'n credu.'

'Greddf mam, falle?' murmurodd y blismones, a sgriblan ar ddarn sbâr o bapur i wneud i'w beiro ollwng mwy o inc.

'Ofn, weden i,' atebodd Anna.

'Dyna beth sy wrth wraidd greddf mam hanner yr

amser,' meddai'r blismones, gan dynnu wep, ac yna gwenu. ''Sda fi ddim plant, ond dwi wedi'i weld e droeon yn y swydd hon.' Meddyliodd Anna am ei chwestiwn.

'Beth wnaeth i chi ofyn a yw Llio'n groten nerfus?'

'Y ffaith ei bod hi wedi cau ei hun yn y pantri. Mae'n awgrymu i fi y galle hi fod wedi bod yn dyst i rywbeth a gododd ofn arni, a'i bod yn awyddus i gwato.'

'Na,' meddai Anna gan grychu ei thalcen. 'Dwi ddim yn meddwl 'ny.' Ochneidiodd y blismones dan ei hanadl.

'Chewn ni ddim gwbod nes iddi ddod at ei choed,' meddai, a thaflu cipolwg dros ei hysgwydd.

'Nid dyna'r broblem,' meddai Anna. Trodd yn ei sedd a'i hwynebu. 'Allai Llio ddim fod wedi cau ei hunan yn y pantri. Roedd y latsh i lawr, ch'weld. Rhywun arall roddodd Llio mewn 'na a chloi'r drws o'r tu allan. Y cwestiwn yw pwy, a pham?'

Neidiodd Anna pan ddaeth cnoc ar ffenest y car. Un o'r heddweision eraill oedd yno, yn gwneud stumiau ar ei gydweithwraig. Deallodd hithau'n syth fod ei hangen y tu allan, ac ymddiheurodd cyn dringo o'r car. Deuai sŵn lleisiau aflafar o'r tu ôl i'r ambiwlans, ond ni allai Anna weld neb. Er na fyddai'r wawr yn torri am oriau eto, roedd goleuadau'r tai gyferbyn yn ychwanegu at oleuadau grymus yr heddlu. Gwyliai amryw o'r cymdogion yr olygfa o'u ffenestri, ond awgrymai'r lleisiau fod eraill yn fwy hy, ac wedi dod allan i weld. Cyrcydodd Anna yn ei sedd a chau ei llygaid. Roedd wedi disgwyl i'r criw gael eu tywys allan o'r tŷ ymhell cyn hyn. Roedd y tŷ'n safle trosedd, on'd oedd e? Efallai eu bod eisoes ar eu ffordd i orsaf yr heddlu, a hithau heb weld eu hymadawiad. Neu gallent fod wedi dianc dros y ffens gefn. Dylai hi fod wedi anfon Seimon i wneud yn siŵr eu bod yn aros yn y tŷ, neu o leiaf yn sefyll yn rhes ufudd o'i flaen. Gwyddai ei bod yn drysu â blinder, ac roedd anadlu llyfn Llio'n ei gwneud yn gysglyd. Roedd yn rhaid iddi aros ar ddihun. Edrychodd ar ei watsh. Hanner awr wedi pump.

Agorodd ddrws y car a chodi o'i sedd. Gallai ystwytho ei choesau a chadw llygad ar Llio o'r palmant. Wrth iddi gau drws y car, gwelodd ffigwr bach tenau yn sleifio heibio i ddrysau cefn agored yr ambiwlans. Cododd ar flaenau ei thraed er mwyn gweld yn well dros ben to'r car. Edrychai fel bachgen tua deg oed. Dim ond rhidens o wallt tywyll a thrwyn siarp oedd i'w gweld o dan y cwcwll bythol bresennol. Beth bynnag, roedd ganddo ddiddordeb yn yr offer y tu mewn i'r cerbyd brys. Cyn i Anna fedru tynnu sylw neb ato, dringodd i mewn i'r cefn a dechrau byseddu'r peiriant ocsigen. Camodd Anna ymlaen i chwilio am heddwas neu barafeddyg, ond roedd dyn mewn gwisg werdd wedi'i weld, diolch i'r drefn.

'Hei!' galwodd mewn llais fel taran. 'Mas o 'na, nawr!' Safodd ac aros nes i'r plentyn ddringo i lawr y grisiau cyn ei hel i ffwrdd.

'Mae'n warthus ein bod ni'n gorfod carco'r cerbyd yn

ogystal â'r claf!' mwmialodd dan ei anadl, gan dynnu wep anobeithiol ar Anna.

Disgwyliai Anna i'r plentyn brotestio o leiaf, ond ni wnaeth. Aeth y crwt i sefyll yn erbyn y gwrych gwyros tyllog o flaen y rhes o dai a phlethu ei freichiau. Nid oedd gan Anna ddim amheuaeth nad aros ei gyfle yr oedd e. Trodd ei phen pan glywodd seiren ambiwlans arall yn dynesu. Sionciodd y plentyn o weld hyn, a suddodd calon Anna pan ddaeth dau neu dri phlentyn tebyg i ymuno ag ef. Yn wir, roeddent mor brysur yn gwthio'i gilydd ac yn chwarae dwli nes bod yr orymdaith o bobl ifanc a heddweision bron â chyrraedd blaen y tŷ o'r llwybr cefn cyn iddyn nhw sylwi. Tybed a oeddent yn bwriadu mynd â Llio i'r ysbyty dros nos hefyd? Er nad oedd modd i Anna wybod beth a yfodd neu a lyncodd Llio, gobeithiai nad oeddent. Cysgu yr oedd hi, yn hytrach nag yn anymwybodol, yn ôl y parafeddyg a gymerodd ei phwls a siarad â hi.

'Gad fi i fod. Dwi'n cysgu. Bydda i'n iawn,' oedd geiriau syfrdanol o glir Llio.

'Byddi, sbo,' oedd ateb y parafeddyg, gan wenu'n resynus ar Anna. Doedd Anna ddim eisiau i Llio fynd i'r ysbyty, dyna'r gwir. Roedd hi'n casáu ysbytai. Gwyliodd yr olygfa'n chwilfrydig.

Arweiniwyd y bobl ifanc a fu yn y tŷ bob yn ddau at geir cyfagos, heblaw un, a gerddai'n simsan iawn ar fraich parafeddyg a blanced dros ei ysgwyddau. Aethpwyd ag ef i'r ambiwlans cyntaf, dan lygaid awchus, gwawdlyd y criw wrth y gwrych, a chaewyd y drysau mawr yn glep y tu ôl iddo. Roedd y criw yn neidio i fyny ac i lawr erbyn hyn, yn ceisio gweld i mewn drwy'r ffenestri cul, gan weiddi a churo'u dyrnau yn erbyn yr ochr, ond brasgamodd parafeddyg heibio iddynt a neidio i'r cab. Taniodd yr injan a gyrru ymaith. Syllodd y criw yn siomedig ar ei ôl am eiliad, cyn troi eu sylw at geir yr heddlu, ond nid oedd dim croeso iddyn nhw yn y fan honno. Serch hynny, gwnaethant eu gorau i fod yn niwsans llwyr, heblaw am y crwt gwreiddiol. Safai hwnnw'n edrych i lawr yr heol, a nawr bod yr ambiwlans cyntaf wedi mynd, a gadael bwlch ar ei ôl, gallai Anna weld bod torf fechan wedi ymgynnull nid nepell i ffwrdd. Safai'r blismones o'i blaen, yn siarad yn daer â dynes a edrychai fel petai ar fin torri'n rhydd, er gwaethaf y breichiau a'i cynhaliai. A barnu wrth ei dillad, roedd wedi bod mewn parti, ond awgrymai'r olwg ar ei hwyneb ei bod wedi cael newyddion drwg dros ben. Bob nawr ac yn y man, rhoddai waedd aneglur, ingol a phlygu bron yn ei hanner. Mam y bachgen fu farw, meddyliodd Anna.

Aeth pang o gydymdeimlad drwyddi. Gwelodd ei hun bedair blynedd ar ddeg ynghynt, yn sgrechian yn ddilywodraeth ar ben y grisiau, yn dal yn dynn yn y bwndel gwlyb, llipa, ac yn gwrthod gadael i'r dyn ambiwlans fynd â'i baban oddi wrthi. Y waedd ofnadwy ddaeth â'r atgof yn ôl iddi. Doedd tebygrwydd y sefyllfa ddim wedi ei tharo tan hynny.

Tynnwyd ei meddyliau yn ôl i'r presennol gan fwy o symud pwrpasol wrth y drws a arweiniai at gefn y tŷ. Y tro hwn, gwthiai nifer o heddweision a pharafeddygon gludwely ar olwynion drwyddo. Dyma'r corff, felly, wedi'i orchuddio mewn bag mawr. Hyd yma, nid oedd neb ond hi wedi'i weld. Doedd bosib y byddai rhywun yn meddwl mynd â mam y bachgen 'nôl i'w chartref cyn iddo ymddangos. Ni ddylai'r un fam orfod gweld hyn. Symudodd Anna bron yn ddiarwybod iddi tuag at y gwrych. A hithau ar fin agor ei cheg i rybuddio'r blismones, clywodd y drws yn clepian, a throdd pennau'r cryts yn un symudiad awtomatig. Yr un pryd, daeth gwaedd o'r dorf fechan. Sylweddolodd Anna eu bod yn sefyll rhyngddi hi a'r car nawr. Beth pe baent yn penderfynu agor y drws ac ymosod ar Llio? Rhy hwyr. Hyrddiwyd Anna 'nôl yn erbyn y gwrych gan y dyn cyntaf a ruthrodd heibio iddi. Roedd mwy ohonynt nag oedd hi wedi meddwl, a bu'n rhaid i'r heddweision adael y cludwely a brysio ar hyd y llwybr i'w rhwystro. Pe na baent wedi gwneud hynny, byddai'r criw i gyd wedi llifo i mewn i ardd flaen y tŷ. Tynnodd Anna ei chot yn dynnach amdani a gwylio'r olygfa frawychus, dorcalonnus. A oeddent am geisio cipio'r corff? Ymhen ychydig eiliadau, roedd y fath drwch o bobl o'i hamgylch nes na allai Anna symud o'r fan. Deallai eu gorffwylltra a'u galar, ond nid oedd synnwyr o gwbl mewn ceisio atal y swyddogion rhag cludo'r corff ymaith. Roedd mam y bachgen, ar freichiau dau labwst mawr, wedi cael ei gwthio i flaen y dorf erbyn hyn. Ni allai glywed yn iawn beth roedd hi'n ei ddweud, ond roedd ei stumiau'n ddigamsyniol. Roedd hi eisiau gweld ei mab a'i ddal yn ei breichiau. Ni fyddai'r heddweision yn caniatáu hynny, wrth reswm, nes i'r swyddogion fforensig orffen eu harchwiliad manwl, ond gwyddai Anna o brofiad chwerw fod y fam yn credu yn yr eiliad honno y gallai ddod â'i phlentyn yn ôl petai'n cael ei weld a chyffwrdd ag ef.

Gwnaeth y blismones ei gorau i dawelu'r gweiddi, ond mewn gwirionedd, dim ond cyrff mawr, digyffro'r heddweision y tu mewn i'r iet oedd yn atal y sefyllfa rhag dirywio'n sgrym erchyll. Tynnwyd y cludwely yn ôl drwy'r drws, ond roedd yn rhy hwyr. Gwyddai'r dorf ei fod yno. Teimlodd Anna'r gwrych yn cael ei ysgwyd y tu ôl iddi. Roedd y cryts yn chwilio am ffordd drwodd i'r ardd. Yr un bach oedd nesaf ati, a throdd ato.

'Dwed wrthyn nhw am beidio, plis!' hisiodd. 'Mae'n rhaid i'r dynion ambiwlans fynd ag e i'r ysbyty.' Nid y plentyn atebodd, ond un o'i gymdeithion talach.

'Ond ni sy bia fe!' meddai. 'Pwy hawl sy gyda nhw? Y ffycin moch â'u dwylo drosto. Stico cyllyll yndo fe a phethe.'

'Dim ond eisiau gwbod beth ddigwyddodd maen nhw. Allan nhw byth â gwneud hynny os na chewn nhw wneud eu gwaith.' Roedd ar fin dweud bod angen iddynt ddal pwy bynnag oedd yn gyfrifol, pan ymestynnodd y bachgen tal ei fraich dros ben yr un llai a gafael ynddi gerfydd ei sgarff.

'Be chi'n neud 'ma?' hisiodd yn ei hwyneb. 'Pwy fusnes sy 'da chi fan hyn?' Roedd ei fysedd wedi'u plethu'n dynn yn nefnydd ei sgarff, a phrin y gallai Anna siarad. Gwelodd sêr am eiliad. Roedd e gymaint mwy na hi, ac roedd ei thraed yn hofran rhyw fodfedd oddi ar y ddaear, ond yna gollyngodd hi'n sydyn gan dynnu gwep o boen. Roedd un o'r heddweision wedi ei weld yn gafael ynddi ac wedi camu draw atynt ar frys. Cyn i'r llanc fedru gafael ynddi'r eildro, roedd yr heddwas wedi cydio yn ei ddwrn o'r ochr draw i'r gwrych a'i droi'n ffyrnig tu ôl i'w gefn. Plygodd y llanc yn ei hanner yn rhegi ac yn poeri. Gwingodd y bachgen llai o'r ffordd rhyngddynt, ond yn rhyfedd iawn ni wnaeth ddim ymdrech bellach i ddianc. Yn hytrach, dechreuodd gicio coesau'r llanc a gweiddi, 'Bwli! Bwli!'

Er syndod iddi, clywodd Anna amryw yn y dorf yn chwerthin, a sylweddolodd fod y bachgen llai wedi dechrau ei ymgyrch gicio pan afaelodd y llanc ynddi hi. Fe, nid yr heddwas, a wnaeth iddo ei gollwng mor ddisymwth.

'Chi'n iawn?' galwodd yr heddwas.

'Ydw, diolch,' crawciodd Anna, ond roedd yr heddwas eisoes wedi troi 'nôl at y llanc a'i ddwrdio'n dawel. Gobeithiai Anna y câi fwy o lwyddiant nag a gafodd hi i'w berswadio i ymddwyn yn barchus.

'A diolch i ti hefyd,' murmurodd wrth y bachgen llai. Edrychodd i fyny arni'n sydyn, ac er syndod iddi, gwridodd a rhoi'r gorau i gicio.

'Mae isie i chi watsio'ch cefen,' mwmialodd, neu dyna gredodd Anna iddi ei glywed cyn i nifer o gerbydau'r heddlu sgrialu i'r stryd o ddau gyfeiriad gwahanol ac aros bob pen i'r dorf. Nid oeddent wedi cynnau eu seirenau rhag rhybuddio neb. Gwasgarodd nifer o bobl gerllaw, wedi'u dallu gan oleuadau fan fawr, dywyll, a gwelodd Anna ei chyfle i ddianc 'nôl draw at gar Seimon. Gwyliodd yn bryderus, ag un llaw ar do'r car, wrth i griw o blismyn cadarn mewn festiau gwrth-drywanu lifo fel afon o gefn y fan, a dechrau annog pobl i fynd adref. Daliwyd ei sylw gan symudiad ar sedd gefn y car, ond dim ond troi yn ei chwsg yr oedd Llio, fel ci o flaen y tân yn chwilio am fan mwy cysurus. Roedd pethau'n dechrau symud nawr, er nad oedd sôn am y cludwely. Tybiodd na fyddai'r corff yn ymddangos eto nes bod y dorf wedi mynd. Cystal iddi hithau fynd yn ôl i'w sedd yn y car, felly. Ni welodd Seimon ers dros awr. Rhyfedd, meddyliodd, a'r ddau ohonynt wedi darganfod y corff, nad oedd hithau hefyd wedi cael ei harwain o'r neilltu a'i chadw ar wahân. Hwyrach fod y sefyllfa wedi dirywio'n rhy gyflym iddynt gofio amdani.

Fesul un a dau, cerddodd y dorf ymaith, rhai'n gyndyn iawn i fynd, ond eraill yn brysio ar eu hynt. Trwy ffenest flaen y car, gallai Anna weld nad oedd nifer fach wedi mynd gam ymhellach na phen y stryd. Safent yno, yn toddi i'r tywyllwch heblaw am oleuadau coch eu sigarennau. Petai'r heddlu'n gadael, byddent yn dychwelyd fel gwenyn meirch at frechdan jam. Roedd mam y bachgen yn un o'r rhai olaf wrth y gwrych, a sylwodd Anna fod y blismones yn siarad yn ddifrifol iawn â'r llanc a ymosododd arni hi. Doedd e ddim eisiau cydnabod ei phresenoldeb, ond roedd hi'n mynnu ei fod yn ei hateb. Amneidiodd ei ben o'r diwedd, a chyda'r bachgen llai wrth ei gwt, trodd a cherdded ymaith. Fel petai hynny'n arwydd anweledig, symudodd y fam a'i chynhalwyr i ffwrdd o'r iet. Dilynwyd nhw gan yr heddwas mawr y tu ôl i'r gwrych, rhag ofn iddynt newid ei meddyliau. Cadwodd y blismones gam yng nham â nhw, drwy'r heddweision a oedd wedi ffurfio mur ar hyd y palmant erbyn hyn. Er na allai glywed beth a ddywedai, roedd yn amlwg fod y blismones yn ceisio cynnig cysur, ond roedd Anna'n amheus a glywai'r fam air ohono. Cerddai'r llanc am yn ôl o'i blaen, wedi canfod ei dafod unwaith eto, yn brygowthan am rywbeth ac yn chwifio'i freichiau. Ochneidiodd Llio, a throdd Anna rhag ofn ei bod yn chwydu.

Yn sydyn, teimlodd y car yn siglo. Gan ei bod yn penglinio ar sedd y teithiwr, gafaelodd yn y lledr ac atal Llio rhag syrthio oddi ar y sedd gefn gyda'i llaw rhydd. Sgyrnygai wyneb cynddeiriog y fam arni drwy'r ffenest. Rhythodd Anna'n stwn ar y geg goch a'r dant blaen wedi'i dorri. Dyrnodd y fenyw y gwydr a gweiddi, ond tynnwyd hi oddi yno wrth i'w llaw ymbalfalu am ddolen y drws. Arhosodd Anna yn ei hunfan gan wrando ar Llio'n chwyrnu nes bod y fenyw a'i holl griw, wedi'u hamgylchynu gan heddweision, yn ddim ond cysgodion, cyn troi ac eistedd.

Caeodd ei llygaid yn flinedig. Beth oedd hi wedi ei wneud i ennyn y fath gasineb? Oedd y fam yn credu mai hi laddodd y llanc, tybed? A oedd y bachgen a afaelodd ynddi wedi creu rhyw stori fawr, ffug am eu gwrthdaro ger y gwrych? Daeth cnoc ar ffenest y gyrrwr, a dringodd y blismones ifanc i'r car am yr eildro.

'Chi wedi cael nosweth ofnadw, on'd dy'ch chi?' meddai. 'Shwd mae'r un fach?' Gan fod coesau Llio wedi'u plygu bron o dan ei gên er mwyn iddi ffitio ar y sedd gefn, ni chredai Anna fod yr ansoddair yn un addas, ond gwenodd.

'Mae hi wedi cysgu drwy'r cyfan,' atebodd. 'Pryd y'ch chi'n disgwyl cyfweld â hi?'

'Nes mlaen bore 'ma, weden i,' meddai'r blismones. 'O beth dwi'n ei glywed, y bwriad yw gadael i chi fynd gartre nawr, a wedyn bydd rhywun yn dod draw i siarad â Llio.' Taflodd olwg dros gynnwys ei chlipfwrdd. 'Mae'ch cyfeiriad chi gyda ni.'


Yn y diwedd, gyda chymorth dau heddwas, trosglwyddwyd Llio i gefn car yr heddlu a gyrrodd y blismones nhw 'nôl i'r fflat. Ar ôl y frwydr o'i llusgo i fyny'r grisiau, i mewn i'r fflat a thynnu ei dillad heb ddim help oddi wrthi hi, dechreuodd y blismones chwerthin, cyn atal ei hun ac ymddiheuro. Nid oedd Anna'n gweld bai arni. Pe na bai rhywun wedi marw, byddai'r sefyllfa'n ddoniol. Cynigiodd de i'r ferch gymwynasgar, ond gwrthododd hi.

'Bydden i'n dwlu cael dished, ond mae'n rhaid i fi fynd 'nôl,' meddai. ''Sdim dal a ddaw'r hwdis mas i whare 'to, ch'weld.' Estynnodd gerdyn i Anna, a'r enw Donna Davies arno.

'Rhoia i alwad i chi'n nes mlaen i weld a yw hi wedi dihuno,' meddai, cyn ffarwelio a rhedeg yn sionc i lawr y grisiau at ei char, a sach yn llawn dillad Llio yn sboncio yn erbyn ei chlun.

Gorweddodd Anna ar y gwely cul gyda Llio, yn rhannol am fod arni ofn iddi chwydu a thagu, ond yn bennaf oherwydd bod ei hanadlu llyfn yn gysur. Ni allai waredu ei phryder ynghylch y cyfweliad o'i meddwl. Beth ar y ddaear ddigwyddodd yn y parti? Pam y clowyd Llio yn y pantri? A welodd hi rywbeth na ddylai? Neu'n waeth fyth, ai hi wnaeth rywbeth gorffwyll, a chael ei chloi yno oherwydd hynny? A beth oedd pwy bynnag a'i rhoddodd yno'n bwriadu ei wneud â hi? Ei rhyddhau drannoeth? Beth petaent wedi anghofio amdani? Ar ôl gweld cyflwr y bechgyn yn y stafell fyw, gallai gredu'n hawdd y byddent wedi llusgo'u hunain o'r tŷ ar ôl dihuno heb gofio dim. Aeth sgryd oer drwyddi, ond roedd hi mor flinedig nes iddi gysgu, er ei bod yn tynnu am saith y bore.

# PENNOD 4

Dihunodd Anna pan glywodd y ffôn yn canu a neidiodd o'r gwely. Roedd yn un ar ddeg eisoes, a theimlai ei phen fel meipen.

'Wyt ti'n meddwl ateb hwnna rhywbryd?' meddai llais aneglur Llio o dan y garthen.

'Odw, os wyt ti'n addo peidio mynd 'nôl i gysgu,' atebodd Anna, a brysio i'r cyntedd. Donna Davies oedd yn galw, a phan glywodd fod Llio ar ddihun, dywedodd y byddai yno ymhen ugain munud. Cyn iddi roi'r ffôn i lawr, clywodd Anna ryw sibrwd taer y pen arall ac arhosodd ar y lein.

'Oes 'na broblem?' gofynnodd.

'Falle,' meddai Donna. 'Y peth yw, allwch chi ddim â bod yn bresennol yn y cyfweliad, am eich bod chithau'n dyst hefyd. Oes oedolyn arall allai fod yn y cyfweliad yn gwmni i Llio?' Meddyliodd Anna am eiliad.

'Fe ffonia i ei thad,' meddai. 'Dyw e ddim yn gweithio ar ddydd Sadwrn.'

Canodd ffôn symudol Mal am oes cyn iddo ateb. Yn y cefndir, roedd llais cras yn disgrifio cynigion arbennig yr wythnos, a deallodd Anna ei fod yn yr archfarchnad. A hithau'n ceisio tynnu pâr o sanau glân am ei thraed ac annog Llio i godi yr un pryd, doedd dim ots ganddi am y bylchau yn y sgwrs. Yn ffodus, roedd e ar fin talu a gadael. Ceisiodd esbonio wrtho beth oedd wedi digwydd, ond pan ddechreuodd Llio chwyrnu eto, collodd ei hamynedd.

'Cei di wbod y cyfan pan gyrhaeddi di,' meddai. 'Mae angen iddi fod ar ddihun ac wedi gwisgo cyn i'r heddlu ddod.' Clywai olwynion y troli'n sgathru wrth i Mal ei wthio drwy'r maes parcio.

'Ffonia i di 'nôl o'r car,' meddai. 'Mae gen i offer penset.' Wrth gwrs fod e, meddyliodd Anna'n sur. Ond o leiaf roedd e ar ei ffordd. Yn hynny o beth, roedd e'n gwbl ddibynadwy.

O fewn deng munud, roedd hi wedi hysio Llio o'i gwely, tynnu siwmper dros ei phen, cynnau'r peiriant coffi a llwyddo i sicrhau na fyddai Mal dan anfantais yn y cyfweliad oherwydd nad oedd yn gwybod y ffeithiau. Ni chyhuddodd e Anna o fod yn fam esgeulus o gwbl, efallai am fod y sefyllfa'n un mor ddifrifol. Yn hytrach, cymeradwyodd ei phenderfyniad i alw arno i fod yn gefn i Llio.

'Fe wnest ti'r peth iawn,' meddai. 'O leia bydda i'n gallu ei hamddiffyn os y'n nhw'n awgrymu iddi wneud rhywbeth o'i le.' Er bod gan Anna syniad pur dda o nifer o bethau troseddol y gallai Llio fod wedi'u gwneud, roedd yn rhywfaint o gysur meddwl y byddai ganddi amddiffynnwr brwd. Gwthiodd ei phen i mewn i stafell

Llio a gweld ei bod hi'n tecstio rhywun ag un llaw ac yn ceisio gwisgo'i sgidiau â'r llall.

'Ife nawr yw'r amser i fod yn tecstio?' gofynnodd yn rhesymol. Parhaodd Llio i bwyso'r botymau wrth ateb.

'Gorfod,' atebodd, ac yna pan nad ymatebodd ei mam, ychwanegodd, 'achos sena i'n cofio yffach o ddim, odw i? 'Sen i heb dy glywed di ar y ffôn 'da Dad, fydden i ddim callach. Pwy sy 'di ffycin marw, *for God's sake*?'

'Bydde'n gallach i ti beidio â chysylltu â neb,' meddai Anna'n bwyllog. 'Rho'r ffôn i gadw plis, Llio.' Rhaid bod rhywbeth yn llais Anna wedi treiddio drwy'r haenau cŵl a amgylchynai ei merch.

'Ocê,' meddai'n anfodlon. 'Ond sena i'n gwbod dim am ddiwedd y noson.' Sipiodd Anna ei choffi cryf yn fyfyrgar a rhoi mŵg ar y bwrdd gwisgo i Llio.

'Dim byd o gwbwl?' gofynnodd.

'Ddim ar ôl tua hanner nos. Ac ro'dd pawb yn fyw pwr 'ny.' Gwnaeth ei ffôn sŵn trydar ac edrychodd arno. 'Ddim y Blob o'dd e, ta beth. Mae e ar ei ffordd 'nôl o'r twlc moch. Fel bod yn Guantanamo Bay, medde fe.'

'Er mwyn popeth . . . !' ebychodd Anna, ond canodd cloch y drws, ac ni allai orffen ei brawddeg.

'Ydy hi'n iawn?' holodd Mal, wrth iddo ddiosg ei got drom a rhedeg ei law drwy fwng ei wallt. Ers amser bellach, bu'n gadael i'w farf dyfu rhyw dipyn. Rhy ddiog i eillio bob dydd, ym marn Anna, ac yn esgusodi'i hun trwy gredu bod barf tridiau a gwallt hir yn ffasiynol. Cyn bo hir, byddai ganddo gynffon ceffyl a chlustdlws.

'Mae hi'n rhyfeddol o dda,' atebodd Anna, gan obeithio bod sŵn y dŵr yn y stafell ymolchi'n boddi eu sgwrs. 'Ond wedyn, dyw hi ddim yn cofio dim byd.' Amneidiodd Mal yn ddoeth.

'Y trawma, fwy na thebyg,' murmurodd. 'Falle bydd angen hypnotherapydd arni.' Gan nad oedd gan Anna awydd dechrau dadlau, newidiodd y pwnc.

'Ble gadewaist ti dy gar?'

'Lawr ar bwys y grisie,' atebodd Mal. 'Ddaw dim niwed iddo amser cinio.'

'Wyt ti'n siŵr? Mae'r jawled bach yr un mor ewn 'sdim ots pryd yw hi.' Clywodd ef yn ochneidio o'i fol wrth iddo ei ddilyn i'r gegin.

'Rwyt ti mor feirniadol,' meddai gan ysgwyd ei ben. 'Ar stad ddifreintiedig fel hon, yn llawn teuluoedd dan anfantais ...'

'Pam na roi di notis ar y car yn eu gwahodd i gymryd dy weipars? Wyt ti'n dal i gymryd siwgr?'

'Nadw ... wel, rho un i mewn.' Cymerodd y mŵg o'i llaw ac eistedd wrth y bwrdd i'w yfed. 'Dyw Sheryl ddim yn cadw siwgr gwyn yn y tŷ rhagor,' meddai wrth yfed. 'Mae hi'n gweud ei fod yn wenwyn pur, ac wrth gwrs, mae'n hollol iawn.' Er bod Anna'n ddiolchgar nad oedd Sheryl, ei ail wraig, yn yr archfarchnad gyda Mal pan ffoniodd hi, ni allai wrthsefyll y demtasiwn i daflu ambell saeth o amheuaeth yn y gobaith y byddai un yn gwneud twll yn yr arfwisg hunangyfiawn yr oedd Mal wedi'i dyfu o dan ei dylanwad.

'Mae hynny braidd yn galed ar y gweithwyr tlawd sy'n ennill eu tamaid trwy ei dyfu, on'd yw e?' gofynnodd yn ddiniwed. Gallai fod wedi atodi paragraff cyfan at y frawddeg honno, ond yn lle hynny, piciodd i'r cyntedd i weld a oedd Llio allan o'r stafell ymolchi. Aeth cysgod heibio i'r drws, a chanodd y gloch unwaith eto.

'T'weld!' meddai Mal yn fuddugoliaethus beth amser wedyn, gan godi llaw o'r landin ar yr heddweision islaw wrth iddynt ddringo i'w cerbyd. 'Ddifrododd neb y car.' Ni thrafferthodd Anna ateb. Roedd hi wedi sylwi bod un heddwas wedi aros i gadw llygad ar eu car nhw drwy gydol y cyfweliad. Roedd e wedi gwarchod car Mal yr un pryd, ond nid oedd hi'n disgwyl i Mal gydnabod hynny, oherwydd nid oedd yn cyd-fynd â'i syniad o'r byd. Nid oedd eisiau cweryla gydag ef, ta beth, nes iddi gael gwybod mwy am gyfweliad Llio.

'Gest ti wbod pwy oedd y bachgen gafodd ei drywanu?' gofynnodd. Caeodd Mal ddrws y fflat y tu ôl iddynt ryw fymryn, er na allai Anna weld pam. Roedd Llio yn ei stafell yn casglu ei llyfrau ysgol at ei gilydd. Byddai'n treulio'r diwrnod draw gydag e a Sheryl.

'Trywanwyd e, do fe?' sibrydodd Mal. 'Wedon nhw ddim.'

'Wel, roedd e'n waed i gyd o rywbeth. Galle fe fod wedi cael ei saethu, er mae'n anodd dychmygu na fyddai rhywun wedi clywed y sŵn. Fydde'r heddlu ddim yn manylu'n fwriadol nes eu bod nhw'n dod i glywed yn union faint mae Llio'n ei wbod. Yn ffodus, pan o'n i'n siarad â ti ar y ffôn a Llio'n gwrando, ddefnyddiais i ddim y gair.'

'Call iawn,' meddai Mal. ''Sdim angen gwneud pethe'n waeth iddi. Bydd raid i ni fod yn barod i'r sioc ymddangos dros y dyddie nesa. Druan fach â hi. Roedd e'n brofiad erchyll.'

' "Druan fach"? Pwy, Llio? Fi oedd yr un â 'nghalon yn fy ngwddw'n whilo amdani ym mhob man am bedwar y bore. Fi welodd y corff. Cysgodd Madam drwy'r blydi lot! A pham? Oherwydd ei bod hi wedi meddwi'n dwll ac wedi llyncu neu smygu sai'n gwbod pa gyffurie.' Gallai weld o'i wep nad oedd Mal yn fodlon derbyn y ddelwedd honno o'i dywysoges fach.

'Dwi'n credu fod rhywun wedi rhoi cyffur yn 'i diod hi,' meddai'n styfnig. 'Dyna'r unig ffordd fydde hi yn y cyflwr 'na.'

'Siarad sens, wnei di? Wedd hi'n benderfynol o fynd i'r parti. Paid â dweud wrtha i nad oedd ganddi syniad pur dda cyn mynd pa fath o barti oedd e. Dyna pam roedd hi'n barod i raffu celwydd wrtha i.'

'Fyddet ti wedi'i hatal hi rhag mynd?'

'Wrth gwrs y bydden i! A tithe hefyd, gobeithio.' Trawyd hi gan rywbeth yn ei osgo. 'O'r nefoedd, Mal, paid â gweud dy fod ti wedi gweud y galle hi fynd?' Roedd ganddo ddigon o gydwybod i gochi mymryn.

'Na, ddim yn union. Nid i'r parti penodol hwnnw, ta p'un. Ond fe ddywedes i wrthi ei bod yn bwysig iddi wneud ffrindie o bob dosbarth cymdeithasol.'

'Wnest ti gynnwys hwdis a drygis yn dy awgrymiade am ffrindie addas iddi? Os do fe, mae'n rhaid dy fod di ar ben dy ddigon ei bod hi wedi dilyn dy gyngor!' Hyd yn oed wrth iddi roi pryd o dafod iddo, gwyddai Anna nad oedd e wedi bwriadu iddi fynd i'r fath bicil. Ond roedd yn gwbl nodweddiadol ohono i drin Llio fel rhyw fath o arbrawf cymdeithasol ar gyfer ei syniadau hurt.

' "Ffrindie addas" . . .' meddai Mal o dan ei anadl. 'Rwyt ti'n swnio mwy fel dy fam bob dydd. Beth yw "ffrind addas", tybed?'

'Rhywun sy ddim yn dy arwain i drybini,' atebodd Anna'n chwyrn, cyn iddo ddechrau rhoi darlith iddi, 'er, 'sdim angen i neb arwain Llio i unman. Mae'n mynd o'i gwirfodd, ar ras.'

'Buodd hi'n ddigon call i gau ei hunan yn y cwtsh 'na neithiwr, beth bynnag,' meddai Mal. Edrychodd Anna arno â llygaid culion.

'Naill ai doeddet ti ddim yn gwrando, neu doedd yr heddlu ddim,' meddai. 'Rhywun arall gaeodd Llio yn y pantri. Sawl gwaith sy'n rhaid i fi weud hynny wrth bobl?'

'Alli di ddim bod yn siŵr o hynny.'

'Beth?' Am eiliad, roedd hi'n stwn. Yna credodd iddi ddeall byrdwn ei ddadl. 'Mae'r heddlu'n meddwl, felly, ei bod hi wedi mynd i mewn i'r pantri i guddio neu i gysgu. Ond wedd y bachyn i lawr yn bendant. Gweles i hynny â fy llygaid fy hunan. Pan ffoniodd hi fi, doedd hi ddim yn gwbod lle'r oedd hi. Mae hynny'n awgrymu ei bod hi wedi ceisio agor y drws ac wedi methu.' Cododd Mal ei ysgwyddau.

'Ddwedon nhw ddim byd am hynny, chwaith. Fuodd 'na ddim gair am y bachyn. Alle fe ddim fod wedi cwympo i'w le'n ddamweiniol?'

'Na. Roedd e'n eitha stiff. Cymerodd ymdrech i'w dynnu'n rhydd.' Ysgydwodd Mal ei ben yn drist.

'Mae'n rhaid ei bod hi'n swp o ofan,' meddai.

'Wedd hi'n chwyrnu,' meddai Anna, a gwelodd ei wyneb yn syrthio. 'Gwranda,' ychwanegodd yn llai heriol, 'dyw troi croten gelwyddog, feddw yn arwres ddim yn mynd i'w hannog i fod yn fwy gonest a gofalus y tro nesa, ody e? 'Na i gyd dwi'n ei weud. Mae'n bwysig, o safbwynt ei diogelwch personol hi, ein bod ni'n dau'n pwysleisio hynny.' Gwelodd ei wyneb yn goleuo fymryn a gwenodd arno. Roedd mor bwysig iddo eu bod yn cyd-dynnu, yn enwedig o flaen Llio.

'Dere, cystal i ni fynd,' meddai Mal, pan welson nhw Llio'n eistedd ar y soffa, a'i bag wrth ei thraed. Rhoddodd Llio ochenaid ddofn ac edrych arno o dan ei hamrannau.

'Mae Sheryl yn pobi,' ychwanegodd Mal, fel petai hynny'n atyniad aruthrol. Ni chafodd ymateb, a thaflodd Mal gipolwg draw at Anna am gefnogaeth.

'Falle gallet ti roi help llaw iddi,' meddai Anna, yn edrych i fyw llygad ei merch. Roedd yn hen jôc rhyngddynt na allai Sheryl ferwi'r tegell heb ychwanegu perlysiau ac aeron goji. Amneidiodd Llio'n araf. Daliodd Anna ei hanadl. Nid oedd modd gwybod beth roedd hi ar fin ei ddweud.

'Falle galle hi 'nysgu i i wau hefyd,' murmurodd yn ddifynegiant a chodi ar ei thraed. Edrychai Mal mor falch o glywed hyn nes bu bron i Anna deimlo cywilydd.

O'r diwedd, meddyliodd Anna, wrth orwedd ar y soffa rai munudau'n ddiweddarach. Roedd ei shifft yn dechrau am dri, felly roedd ganddi ryw ddwyawr i ymlacio. Mewn ffordd, roedd gorfod treulio ei dydd Sadwrn draw yn y Sgubor – y tŷ y bu Mal yn gweithio arno ers blynyddoedd, bellach – yn fwy o gosb i Llio nag unrhyw beth y gallai Anna fod wedi'i ddyfeisio. Trodd ei hwyneb at y tân nwy a theimlo'i wres yn ei chynhesu drwy ei dillad. Roedd cerdded i mewn i'r Sgubor fel agor drws yr oergell anferth yn y gwaith. Haf neu aeaf, ar ôl deng munud, ni allech deimlo'ch dwylo na'ch traed. Allan o glyw Mal, roedd Anna a Llio bob amser yn cyfeirio at y lle fel y Ffrij, a gwyddai Anna fod Llio wedi ymbaratoi trwy roi o leiaf ddwy siwmper a phâr o fenig yn ei bag. Ni wyddai a oedd cadw'r lle fel iglw'n rhan o'u holl ffordd ecolegol-ymwybodol o fyw, neu ai canlyniad rhoi llechi drwy'r holl lawr gwaelod ydoedd, a hynny heb fod gwres canolog yno. Hwyrach eu bod yn bwriadu rhoi rheiddiaduron i mewn rhywbryd, ond nid oedd wedi digwydd eto. Syniadau mawr a dim clem.

Cododd a mynd i'r gegin gan feddwl gwneud dished o goffi, ond yn sydyn, clywodd sŵn cnocio ar y mur rhwng ei fflat hi ac un Mrs Gray. Well iddi fynd i weld a oedd rhywbeth o'i le. O leiaf fyddai dim angen iddi wisgo'i chot. Cadwai ei chymdoges y fflat mor boeth â thŷ gwydr. Brysiodd ar hyd y landin. Draw yn y pellter, chwyrnai injan, ac wrth iddi droi at y drws, gyrrodd fan wen i lawr yr heol yr ochr draw i'r llain werdd. Cofiodd weld y technegwyr fforensig yn dringo o fan fel honno'r noson gynt. Agorodd drws Mrs Gray cyn iddi gnocio, hyd yn oed, a chroesawyd hi i'r fflat gan Ranald, sboner yr hen ddynes. A hithau'n gaeth i'r tŷ, arferai e gerdded draw bob dydd o'i fyngalo rhai strydoedd i ffwrdd. Dilynodd ef i mewn, gan sylwi ei fod wedi tynnu ei got fer arferol, ond bod ei gapan Albanaidd yn dal ar ei ben. Ni fyddai Anna wedi dewis y tartan llachar hwnnw na'r pompom ar y brig, ond efallai y golygai rywbeth arbennig i Ranald. Sgotyn oedd ei dad, wedi'r cyfan.

'Ma'n ddrwg 'da fi'ch tynnu chi mas,' galwodd Mrs Gray o'r stafell fyw. Eisteddai yn ei chadair uchel ger y ffenest ag un goes chwyddedig ar stôl droed. 'Ond mae Ranald newydd roi'r newyddion ofnadw i fi. Mae'r stori'n dew ar hyd y stad. Ody'r ddwy 'noch chi'n iawn?' Yn amlwg, roedd wedi gweld car yr heddlu wedi'i barcio tu allan. Er bod cerdded yn llafurus, llwyddai rywfodd i gyrraedd ei chadair bob bore, a bach iawn a ddigwyddai o gwmpas y llain werdd na wyddai Mrs Gray amdano.

'Odyn, diolch i'r drefen,' atebodd Anna, ac amneidio

â gwên o weld Ranald yn chwifio'r tegell tuag ati o ddrws y gegin. 'Ond buodd adeg pan o'n i ar ben fy nhennyn!'

'Beth ddigwyddodd?' gofynnodd Mrs Gray. Ymddangosodd Ranald o fewn dim â hambwrdd o fygiau coffi, a rhoddodd Anna fraslun byr o ddigwyddiadau'r nos iddynt.

'Chlywes i ddim o Llio'n gadael neithiwr,' meddai Mrs Gray'n fyfyrgar. 'Gweles i chi'n mynd marcie pedwar, wrth gwrs, achos codoch chi'ch llaw arna i.'

'Sai'n synnu dim,' atebodd Anna. 'Gallwch chi fentro iddi gripio lawr y stâr yr ochr arall rhag ofan i chi weld faint o'r gloch oedd hi. Ces i neges am wyth yn gweud ei bod hi'n aros yn nhŷ Celyn dros nos, ond doedd hynny ddim yn wir. Ta beth, dyw nhw ddim yn meddwl mynd i barti cyn tua un ar ddeg. O'dd hi'n gwbod na fydden i'n hapus ynghylch y peth.'

'Fel 'na ma'n nhw heddi,' meddai Mrs Gray. ''Sdim ots beth wedwch chi, senan nhw'n gweld perygl o gwbwl. Falle bydd hi'n gallach y tro nesa.'

'Gobeithio 'ny, wir,' meddai Anna, gan sipio'r coffi poeth.

'Ody 'ddi'n ypset?' gofynnodd Ranald.

'Nadi, sownd,' meddai Anna. 'Wedd hi ar y ffôn yn tecstio'r funud ddihunodd hi.' Trodd at ffynhonell ei gwybodaeth.

'Ranald, odyn nhw wedi gweud pwy wedd y crwt?'

'Odyn,' atebodd yntau gan amneidio. 'Jarvis, un o feibion Leila.' Gwelodd yr olwg ddryslyd ar wyneb

Anna a gwenodd. 'Dy'ch chi ddim yn nabod y teulu? Dwi'n gyfarwydd iawn â nhw, achos galla i weld ffrynt 'u tŷ nhw o ffenest y gegin. Set ddi-wardd ryfedda.'

'Beth yw ei gyfenw e?'

'Dim syniad. Mae tad gwahanol gan bob un o'r plant. Mae'r tadau'n galw i'w gweld nhw weithe, ac i gwmpo mas 'da Leila. Mae'n syndod nad y'ch chi'n gallu 'u clywed nhw o fan hyn. Byddwch chi wedi sylwi ar y tŷ wrth gerdded heibo. Mae hen soffa yn yr ardd ac ma' holl gryts y stad yn heidio 'na, 'nenwedig yn yr haf.' Roedd gan Anna gof o frysio heibio i le anniben i gytgan o weiddi a rhegfeydd wrth i ddau gi hyrddio'u hunain yn erbyn yr iet.

'Wes cŵn 'da nhw hefyd? Dwi'n cofio gweld tŷ fel 'na.'

'O bois bach, wes. Cŵn y greadigaeth. Mae'r cyfarth yn ddigon i roi pen tost i chi. Buodd gyda nhw igwana am sbel hefyd.'

'Igwana?' meddai Mrs Gray mewn syndod. 'Un o'r pethe gwyrdd hir 'na fel sydd ar raglenni David Attenborough?'

'Ie. Ro'n nhw'n arfer mynd ag e am dro ar gortyn. Ond sena i wedi'i weld e ers amser. Falle 'i bod hi'n rhy oer iddo.'

'Neu falle fytodd y cŵn e,' awgrymodd Mrs Gray gan chwerthin. 'Dere ag un o'r bisgedi 'na i fi, Ranald, plis.' Gan fod Anna'n agosach, estynnodd y cystard crîms iddi.

'Helpwch eich hunan,' ychwanegodd Mrs Gray. 'Fentra i nag y'ch chi wedi cael brecwast rhwng popeth.'

'O leia mae Llio'n treulio'r diwrnod gyda Mal a Sheryl. 'Sdim rhaid i fi boeni amdani heddi. Galla i fynd i'r gwaith ac ymlacio am unwaith. Yr eironi yw mai dim ond yn gymharol ddiweddar y dechreues i weithio gyda'r nos. Wen i'n meddwl fod Llio wedi dod i oedran rhesymol.' Dipiodd Mrs Gray ei bisged yn ei choffi.

''Sdim shwd beth i gael. Odyn nhw rywfaint 'mhellach mlaen gyda'r Sgubor?'

'Ddim fel 'ny. A gweud y gwir, dwi'n credu bydd Mal ar ei bensiwn cyn bydd y lle'n ffit i fyw ynddo. Falle dylen i fod yn ddiolchgar na fuodd yn rhaid i fi fyw 'na erioed. Er 'i fod e wastod yn dyheu am brynu adfail a'i adfer, wnaeth e ddim nes iddo briodi Sheryl.' Crynodd Mrs Gray'n ddramatig.

'Ych a fi! Cymysgwr sment yn y lownj, a dim carpedi.'

'Yn hollol. Hanner y broblem yw eu bod nhw mor awyddus i bopeth fod yn ecolegol gywir nes 'u bod nhw'n dueddol o anghofio am bethe bach fel oerni.' Cododd ar ei thraed. 'Ond 'na ni, 'sdim raid i fi fynd 'na'n fynych, diolch i'r drefen. Reit, bant â fi. Mae gwaith yn galw.'

'Pryd fyddwch chi'n bennu'ch shifft?'

'Am ddeg.' Tynnodd Anna wep. 'Os cewn ni wared ar y cwsmeriaid a chau'r gegin am naw.'

Wrth i Anna agor drws ei fflat, gwrandawodd am ennyd ar y gerddoriaeth oedd yn pwlsio o'r fflat uwch ei phen. Hyd yn oed pe na bai ei chymdoges wedi cnocio, ni fyddai wedi gallu cysgu. Roedd hi'n eithaf cyfeillgar â Debs, a oedd yn byw yno, yn bennaf oherwydd ei babi, Meilo. Roedd ganddo fochau coch a natur siriol. Ni wyddai hi na Mrs Gray sut y cysgai'r bychan yn y sŵn diddiwedd, ond roedd i weld yn ffynnu er gwaethaf hynny. Roedd hi'n gwthio'i dillad gwaith i'w bag pan gofiodd nad oedd y gerddoriaeth i'w chlywed y noson gynt. Efallai fod Debs hefyd wedi bod allan mewn parti. Roedd gan bawb yn y byd ond hi fywyd cymdeithasol, meddyliodd, cyn iddi ei throi hi am y bws.

# PENNOD 5

'Ond pam fydde unrhyw un yn ei chloi yn y pantri?' Pwysodd Rob, rheolwr yr Afr, yn ôl yn ei gadair a rhedeg pensel drwy ei wallt byr, trwchus. Sylwodd Anna fod y cyhyrau mawr yn ei freichiau a'i frest yn bygwth hollti defnydd ei grys gwyn. Roedd wedi ailddechrau mynd i'r gym, felly. Aethai i chwilio amdano ar ôl newid i'w dillad gwaith. Byddai'n well petai e'n clywed am ddigwyddiadau'r noson gynt ganddi hi yn hytrach nag ar ffurf clecs yn y bar. Roedd e wedi ei gwahodd i'w swyddfa bitw ac wedi gwrando'n astud ac yn ddeallus ar bob gair. Gwenodd Anna arno'n ddiolchgar.

''Na'r cwestiwn. A dyw'r heddlu ddim yn gweld y peth yn arwyddocaol, o beth dwi'n ei ddeall.'

'Twpsod!' meddai Rob. 'Dwi'n meddwl 'i fod e'n blydi arwyddocaol, esgusoda'n iaith i.'

'A finne,' cytunodd Anna. 'Oni bai taw jôc feddw oedd hi.'

'Ma' hynny'n bosibilrwydd. Dwi 'di colli cownt faint o gryts porcyn dwi wedi dod o hyd iddyn nhw wedi'u clymu at y rheiddiadur yn nhai bach y dynion ar nosweithie stag.' Tynnodd wep anghysurus. 'Ac maen nhw wedi mynd â'i dillad hi, wedest ti?' Amneidiodd Anna'n fud. Bu'n croesi ei bysedd na fyddent yn dod i

63

hyd i'r un smotyn o waed arnynt. Roedd Rob yn amlwg yn meddwl yr un peth.

'Cofia, galle'r ffaith ei bod hi yn y pantri olygu mai fan 'na fuodd hi ar yr adeg y lladdwyd y crwt.'

'Dwi'n gobeithio 'ny, wir. Ac er 'mod i'n gynddeiriog â hi, os oedd hi off 'i phen, ac wedi cwmpo mas â'r crwt ac ymladd gydag e, bydde hi wedi bod yn waed drosti – a doedd hi ddim.' Edrychodd Rob arni'n chwilfrydig.

'Senat ti wir yn credu . . . ?' cychwynnodd.

'Nadw! Ond dyna fel fydd yr heddlu'n meddwl. Ewn nhw drwy ei phethau hi â chrib mân. Dwi'n gweddïo na ddigwyddodd dim, a'i bod hi mas o'r ffordd pan fuodd e farw. Dyw hi ddim yn cofio, t'weld.'

'Ie, wel, cystal bod yn barod i wynebu'r gwaetha, sbo. Tria beidio poeni gormod.' Cododd ddarn o bapur o'i ddesg anniben. 'Fydd hwn ddim yn boblogaidd,' meddai. 'Ces i e-bost wrth y bragdy neithiwr. Ry'n ni'n agor dydd Nadolig.'

'Y gegin *a'r* bar?'

'Ie. Mae tafarnau eraill yn y dre wedi penderfynu agor, ac mae'r bosys yn panicio. Cinio Nadolig yn unig, wedi'i archebu o flaen llaw. Awgrymu 'mod i'n gofyn am wirfoddolwyr i weithio! 'Sen i'n ddigon dwl i wneud 'ny, bydden i 'ma ar fy mhen fy hunan.' Meddyliodd Anna'n gyflym.

'Dwi'n ddigon bodlon gwneud,' meddai.

'Wyt ti? Dyna ni 'te. Mae gyda fi un enw i'w roi ar y rhestr. Hip hip, hwrê!'

'Un gamwn, dwy stecen a phump cinio Nadolig. I gyd ar yr un ford.' Galwodd Anna'r archebion a ymddangosodd ar y sgrin uwch ei phen. Hedfanodd yr oriau heibio, ond roedd hi mor flinedig nes prin y gallai weld y geiriau.

'Jawl!' meddai Carmel, ei chyd-gogyddes. 'Beth sy'n bod ar bobl? A syniad pwy oedd e i gynnig cinio Nadolig pedwar cwrs eleni? 'Sdim diwedd arnyn nhw. Dechreua di ar y cawl, a rhoia i'r stêcs a'r gamwn ar y gril.' Brysiodd Anna draw at y crochan cawl, gan obeithio bod digon ynddo ar gyfer y pump diweddaraf. Roedd Carmel yn iawn ynghylch y pedwar cwrs. Roedden nhw'n niwsans – cawl, twrci, pwdin, caws. Clywodd Carmel yn cau caead trwm y gril mawr, a'i theimlo hi'n rhuthro heibio at yr oergell salad. Daeth Lily drwodd o'r bar yn cario hambwrdd o lestri budr.

'Weloch chi'r notis am ddydd Nadolig?' hisiodd, wrth iddi eu llwytho i'r peiriant golchi. 'Beth fyddan nhw moyn nesa – gwaed?' Pwffiodd Carmel yn ddiamynedd dros ei hysgwydd.

'Well i Rob beidio â'n rhoi i ar y rhestr,' mwmialodd yn fygythiol. 'Ma' teulu 'da fi'n dod draw o Sbaen. Beth amdanot ti?' Gosododd Anna'r ddwy bowlen gawl gyntaf yn ofalus ar y silff boeth a mynd yn ôl am y lleill.

''Sdim ots 'da fi, a gweud y gwir. Mae Llio a finne wedi cael gwahoddiad i fynd i'r Sgubor am gwpwl o ddiwrnode. Mae unrhyw beth yn well na hynny.'

'Pam gytunest ti, 'te?' Draw wrth y ffrïwr dwfn, yn ysgwyd y tatws rhost i'w gwahanu, meddyliodd Anna cyn ateb. Doedd dim rhaid iddi boeni am y twrci, a hwnnw wedi'i sleisio'n barod ac yn prysur sychu yn y ffwrn.

'O, er mwyn cadw'r ddesgl yn wastad, sbo.' Sicrhaodd fod Lily wedi mynd 'nôl i'r bwyty gyda'r cawl. Roedd hi a Carmel yn gwybod am droeon trwstan ei gilydd, ond doedd hi ddim yn siarad yn agored o flaen gweddill ei chydweithwyr fel rheol. 'Mae'n bwysig iawn i Mal ein bod ni'n cynnal "cydberthynas wâr" fel mae e'n ei galw hi, o flaen Llio.'

'Beth ddiawl yw hynny?'

'Peidio â thaflu sosbenni at ein gilydd, dwi'n credu.' Chwarddodd Carmel yn ei thrwyn.

'A beth am ei wraig newydd? Ody 'ddi'n cyd-fynd â hyn?'

'Hyd yn oed os nad yw hi, fydde hi byth yn cyfadde 'ny. Ma' hi'n cytuno â phob gair o'i ben. *Little Miss Echo* parod.'

''Na pam briododd e hi, galli di fentro.'

'Rhaid bod rhywbeth wedi'i gymell e.' Roedd Carmel wedi ymuno â hi wrth yr ail ffrïwr dwfn erbyn hyn, ac yn arllwys y tships iddo. Winciodd yn gynllwyngar.

'Falle 'i bod hi'n *hot stuff.* ' Cogiodd Anna ei bod wedi ffromi.

'A beth sy'n gwneud i ti feddwl nad ydw inne'n *hot stuff*?'

'Dim, cariad! Dwi'n siŵr dy fod ti'n tasgu fel tân gwyllt!' Taflodd gipolwg dros ei hysgwydd ac ochneidio. 'Pedair archeb arall,' meddai. 'Nefoedd wen, faint rhagor sy? O wel, mae rhyw grwt i fod i ddechrau fory. Gyda thamed o lwc, bydd e'n well na'r un diwetha.' Tynnodd Anna wep o anobaith.

'Gobeithio, wir. Wedd rhywbeth yn bod ar hwnnw.'

'O'dd, yn bendant. Byta pys wedi'u rhewi mas o'r cwdyn, a chribo'i wallt yn y ffrij mowr.' Symudodd Carmel at y popty meicrodon a phipo ar y bagiau llysiau'n troi. Yna rhoddodd sgrech fach a neidio am y gril. Yn ffodus, nid oedd y cig wedi ei or-wneud.

'Yr unig reswm pam maen nhw'n cyflogi'r plant hyn yw am eu bod nhw'n costio llai na phobl wedi'u hyfforddi,' meddai, a llithro'r gamwn a'r hanner tomato ar y plât. 'Beth am y pys a'r grefi?' Neidiodd Anna yn ei thro i'w mofyn.

'Hei!' galwodd gyrrwr y bws. 'Ddim hon yw'ch stop chi fel rheol?' Agorodd Anna ei llygaid mewn braw. Rhuthrodd i lawr yr eil at y drws.

'Diolch,' meddai. 'Es i i gysgu.'

'Ma' isie i chi fynd i'r gwely'n gynharach,' meddai'r gyrrwr â gwên. 'Ma' golwg fel panda arnoch chi.' Brathodd y gwynt ei hwyneb yr eiliad y rhoddodd ei throed ar y palmant, a throdd ei choler i fyny. Ni lwyddodd i gadw cynhesrwydd y gegin ar y bws. Roedd dynes yn y sedd gyferbyn â hi wedi agor ffenest, a chwythodd corwynt i mewn drwyddi gydol y daith. Ceisiodd gerdded yn gynt i fagu gwres. Rhaid ei bod yn tynnu am un ar ddeg ond roedd hi'n rhy oer i edrych ar ei watsh. Ni chafodd neges destun gan Mal i ddweud ei fod wedi hebrwng Llio yn ôl i'r fflat. A fyddai honno wedi gweld ei chyfle, gan nad oedd Anna gartref, i ddianc allan eto? Doedd hi ddim wedi clywed mwy gan yr heddlu, chwaith, ond o leiaf nid oedd unrhyw glecs am y llofruddiaeth wedi'i chyrraedd hi yn y gegin. Ni ddywedodd air wrth neb ond Rob am y peth. A fu hynny'n ddoeth? Dylai fod wedi dweud wrth Carmel. Byddai hi'n sicr o glywed, ac wedyn byddai'n ddig wrthi am beidio â dweud. Byddai'n rhaid iddi esgus bod yr heddlu wedi'i gwahardd rhag trafod y peth oherwydd ei bod yn dyst.

Cododd siâp cyfarwydd y fflatiau o'i blaen, a gwelodd gar Mal wedi'i barcio yn yr un lle ag o'r blaen. Ni fu mor ffodus yr eildro. Safai un o'i weipars i ffwrdd o'r ffenest flaen. Dringodd y grisiau'n araf. Symudodd llen ei stafell fyw ac edrychodd i fyny. Roedd Sheryl wedi dod gyda Mal y tro hwn. Ochneidiodd Anna'n dawel a cheisio gwenu arni.

'Diolch yn fawr i chi am aros gyda Llio,' meddai Anna, gan wneud te iddi hi ei hun. Doedd dim sôn am Llio, ond roedd drws ei stafell ar gau. Pwysodd Mal ei ddwy benelin ar fwrdd y gegin.

'Dim ond ers rhyw hanner awr ry'n ni wedi bod yma,' meddai. 'Cynigies i de iddi ond wedodd hi ei bod am fynd yn syth i'r gwely.' Er mwyn cynhesu tipyn, meddyliodd Anna.

'Mwy o de?' gofynnodd. Ysgydwodd y ddau eu pennau.

'On'd yw'r tannin yn y te'n eich cadw ar ddihun?' gofynnodd Sheryl. 'Te camomeil byddwn ni'n ei yfed cyn troi am y gwely.'

'Gallen i gysgu â 'ngên ar lein ddillad ar ôl shifft,' atebodd Anna. 'Ac roedd hi fel ffair yna heno.' Sniffiodd Sheryl, a gwthio'i sbectol yn ôl i'w lle ar bont ei thrwyn. Y noson honno, roedd hi wedi'i lapio mewn dilledyn fel carthen henffasiwn wedi'i gwneud o beli sbâr o wlân – fwy na thebyg gan ryw gynllun elusennol yn Ne America. Y broblem â dillad o'r fath, ym marn Anna, oedd fod angen gwallt a phersonoliaeth ddramatig fel y brodorion rheiny arnoch chi i fedru gwisgo'r siapiau mawr a'r lliwiau llachar. Edrychai Sheryl fel llygoden a aethai i guddio mewn blanced.

'Ife *poncho* go iawn o Dde America yw hwnna?' gofynnodd Anna, gan ffugio edmygedd.

'O Bolifia,' atebodd Sheryl yn hunanfodlon. 'Wedi'i wau â llaw o wlân alpaca pur.'

'Mae lot o waith ynddo,' meddai Anna, gan obeithio na fyddai'n rhaid iddi fanylu mwy. Gwenodd Sheryl a gwrido mymryn.

'Mal fynnodd 'mod i'n ei brynu e. Wên i wedi dwlu ar y lamas yn y patrwm, a'r doliau bach.'

'Ar y we,' ychwanegodd Mal. 'Mae'r rhyngrwyd wedi bod yn gaffaeliad rhyfeddol i gwmnïau bach cydweithredol ym mhen draw'r byd fedru cyrraedd prynwyr yn y gorllewin cyfoethog. Ry'n ni'n prynu siocled yn uniongyrchol o Venezuela nawr.'

'Ac ydy e'n iawn ar ôl y daith hir?' gofynnodd Anna. Gwyddai'n iawn na fyddai Sheryl yn rhoi darn o siocled yn ei cheg dros ei chrogi, ac na fyddai Mal yn sylwi ar hynny yn yr ychydig eiliadau rhwng rhwygo'r papur a llyncu'r cynnwys.

'Yn berffaith,' atebodd Mal, gan amneidio'n frwd. Yna, fel petai wedi derbyn rhyw bwniad anweledig o dan y bwrdd oddi wrth Sheryl, cododd ar ei draed.

'Cystal i ni ei throi hi,' meddai.


Gwyliodd Anna nhw'n mynd i lawr y grisiau o ffenest y stafell fyw, ond trodd ymaith rhag gweld eu hymateb i'r weipar a ddifrodwyd. Teimlodd ei ffôn yn crynu yn ei phoced a gweld bod ei rhieni ym Mhortiwgal wedi dewis ei ffonio, er ei bod mor hwyr.

'Helô?' Roedd rhialtwch mawr i'w glywed yn y cefndir, ac a barnu o'u lleferydd, roedd yn amau bod y ddau ohonynt wedi mwynhau mwy nag ychydig o ddiodydd.

'Yn y Clwb Golff y'n ni!' sgrechiodd ei mam. 'Mae dy dad wedi ennill y preis am y golffiwr hŷn sydd wedi gwella fwya. On'd yw hynny'n ffantastig?'

'Gwych,' atebodd Anna, gan geisio rhoi brwdfrydedd yn ei llais. 'Llongyfarchiadau, Dad.' Daeth taran o chwerthiniad dros y lein. Daliodd Anna'r ffôn i ffwrdd o'i chlust. Yna clywodd ei mam eto.

'Sori! Rhywun yn gweud jôc brwnt wrth dy dad.'

'Roedd hi'n swnio fel un dda.'

'Mochedd tu hwnt.' Dechreuodd ei mam chwerthin o'i gofio. 'Popeth yn olreit? Mae'n rhewi 'na, sbo.'

'Ydy,' cytunodd Anna. 'Mae Llio wedi mynd i'r gwely eisoes. Treuliodd hi ddiwrnod gyda'i thad. Dim ond rhyw hanner awr yn ôl daeth hi adre.'

'Druan fach â hi! O'dd hi bwti trengi'n dod gartre 'te. O'dd y Fenyw 'Na gyda nhw?'

'Wedd. Gaf i glywed mwy fory. Buon nhw'n pobi cacenni, yn ôl y sôn.'

'Ych a fi! O wel, gall Mal eu defnyddio nhw i godi wal. Cofia ni ati.' Caeodd Anna'r ffôn ac ymlwybro i'r stafell fyw. Cynnodd y tân nwy a'r teledu. Chwiliodd am y sianel a roddai'r newyddion deg awr yn hwyrach. Efallai na fyddai'r bwletin lleol drosodd. Roedd hi'n iawn, ac roeddent yn sôn am y llofruddiaeth, ond synnai nad oedd hi wedi gweld yr holl weithgarwch cyfryngol o flaen y tŷ. Rhaid eu bod wedi recordio'r eitem tra oedd hi yn y gwaith. Ochneidiodd pan welodd y newyddiadurwraig adnabyddus, Elin Meillion, mewn cot ddu, smart a sgarff liwgar, yn cyflwyno'i hadroddiad i'r camera. Fedrai Anna mo'i dioddef, ac roedd yn falch o weld bod yr oerfel wedi troi ei thrwyn yn goch, ond gwrandawodd serch hynny.

*Credir mai parti cyffuriau oedd ar waith, ond hyd yma nid yw'r heddlu wedi rhoi datganiad ynghylch sut y bu farw Jarvis Hopkins. Disgwylir canlyniadau'r*

*archwiliad post-mortem rywbryd yfory. Mae'r heddlu'n*
*dal i chwilio am bawb a fu yn y parti er mwyn cael*
*darlun mwy cyflawn o'r digwyddiadau yno. Mewn*
*datganiad ar ran ei deulu, cafodd Jarvis ei ddisgrifio*
*fel bachgen cyfeillgar, parod ei gymwynas, na fyddai'n*
*gwneud niwed i neb . . .*

Diffoddodd Anna'r teledu'n ddiamynedd a mynd i
lanhau ei dannedd. Roedd hi'n poeri'r past i'r sinc pan
aeth cysgod heibio i'r ffenest. Brysiodd at y drws blaen,
lle safodd yn ei hunfan yn gwrando. Clywodd sŵn traed
yn cerdded yn araf, ac allweddi'n cael eu gollwng ar
y llawr. Yna, cododd eu perchennog nhw gan regi o
dan ei anadl, a'u defnyddio i agor ei ddrws. Dilwyn,
ei chymydog ar yr ochr arall, yn dod adref o'r Legion,
meddyliodd Anna. O weld ei siâp sgwâr am eiliad
drwy'r patrwm ar y gwydr, gwyddai nad fe a sbiodd i
mewn y noson gynt.

'Llio! Mae'n bryd i ti godi nawr.' Roedd hi eisoes yn tynnu am hanner dydd drannoeth pan siglodd Anna ysgwydd ei merch. Ymhen llai na hanner awr, byddai'r cinio Sul yn barod, ac roedd angen iddi fod ar ddihun i gadw llygad ar y llysiau tra oedd Anna'n helpu Mrs Gray i gerdded yr ychydig lathenni o'i fflat i ymuno â nhw. Cafodd Ranald wahoddiad hefyd, ond gan ei fod mor ysgafn â phluen, doedd gan Anna fawr o ffydd y byddai o gymorth gwerth chweil.

Syllodd Llio arni'n swrth o'i gwâl wrth i Anna esbonio hyn.

'Pwy gig?' gofynnodd o'r diwedd, pan oedd Anna wrth ddrws y stafell.

'Ffowlyn,' atebodd ei mam, a chan synhwyro rhyw fymryn o ddiddordeb, ychwanegodd, 'gyda thato a phannas rhost, potsyn erfin a grefi. A tharten mwyar duon wedyn.' Os na thynnai hynny hi o'r gwely, roedd hi'n wironeddol sâl.


''Rhen goese jawledig 'ma,' murmurodd Mrs Gray'n ymddiheurol. Cymerodd ddeng munud dda iddi groesi trothwy ei fflat ei hun, ac achosodd yr ymdrech i ddiferion o chwys ffurfio ar ei thalcen. Pwysai'n drwm ar ei ffrâm olwyn, ei bag llaw o'i blaen a Ranald yn ei chynnal orau medrai ar un ochr, tra oedd Anna'n gafael yn y fraich arall.

'Pum llath eto a byddwn ni 'na,' meddai Anna'n gefnogol.

'Tebycach i bum milltir,' atebodd Mrs Gray â chwerthiniad bach. 'Ond mae'r sawr yn fy nhynnu mlaen. Beth sy 'da chi? Ffowlyn?'

'Wel, meddyliwch,' meddai Mrs Gray, pan oeddent ar ganol eu cinio. 'Rhoi crîm a menyn mewn potsyn erfin!'

'Dim ond tamed bach,' atebodd Anna. 'Mae'n un o ffefrynnau Llio.' Nid oedd Llio wedi dweud gair ers iddi ymddangos o'i stafell, ond efallai fod hynny'n fendith. Nid edrychodd i fyny o'i phlât o glywed ei henw.

'Mae e'n ffein, cofiwch,' cynigiodd Ranald. Gwenodd Anna arnynt. Ymateb y sawl oedd yn bwyta oedd gwir bleser coginio iddi hi. Ni chlywai ddim cymeradwyaeth yng nghegin y dafarn. Yr unig beth a gaent oedd ambell gŵyn.

'Betia i nad y'ch chi'n cwcan fel hyn yn yr Afr,' meddai Ranald eto. Canodd y ffôn ym mhoced Anna cyn iddi fedru ei ateb, a chan ymddiheuro, aeth allan i'r cyntedd. Mal oedd yno.

'Wyt ti'n gweithio heno?'

'Ydw, o dri tan ddeg eto.'

'Reit, ddwa i draw i mofyn Llio.' Synnwyd Anna braidd gan hyn.

'Wyt ti'n siŵr? Mae'n golygu lot o fynd a dod i ti.'

'Mae'n iawn. Dwi newydd ollwng Sheryl yn nhŷ ei mam, felly dwi ar yr hewl ta beth. Dylen i fod gyda chi mewn rhyw chwarter awr.'

'Mae'r cymdogion wedi dod draw am bryd,' meddai Anna. 'Ond fe gadwa i ddarn o darten mwyar duon i ti.'

'Crîm neu gwstard?' gofynnodd Mal yn awchus.

'Y ddau,' atebodd Anna, gan feddwl mai merch ei thad oedd Llio, yn bendant.

'Bydda i 'na mewn deng munud,' meddai Mal.


Yn y diwedd, pliciodd Mal weddillion y cig o gorpws y cyw iâr yn ogystal â bochio powlen fawr o'r darten. Ar y llaw arall, a Llio'n fwy pwdlyd fyth ar ôl deall y byddai'n rhaid iddi dreulio prynhawn arall yn y Ffrij, roedd ei bresenoldeb yn fodd o ysgafnhau'r awyrgylch. Mynnodd Mal olchi'r llestri, a sychodd Mrs Gray nhw ar ei heistedd gyda chymorth Ranald tra oedd Anna'n rhoi pethau i gadw, a chafwyd diweddglo hwylus i'r cinio. Roedd Llio wedi diflannu i gasglu ei phethau.

Ni ddywedwyd gair am y llofruddiaeth nes iddynt glywed cerddoriaeth yn dod o'i stafell wely. Clustfeiniodd Mal am eiliad a gostwng ei lais.

'Shwd grwt oedd y Jarvis 'ma gafodd 'i ladd?' gofynnodd i Ranald. Roedd pen Anna yn yr oergell yr eiliad honno, ond fe'i cafodd yn rhyfedd fod Mal yn gwybod i bwy i ofyn y cwestiwn. Nid oedd modd iddo wybod ymhle ar y stad roedd Ranald yn byw. Ac ni phetrusodd Ranald cyn ateb, chwaith.

'Imbed,' meddai, ac amneidiodd Mrs Gray mewn cytundeb. 'Mor galed â haearn.' Crychodd Mal ei dalcen. Hwyrach ei fod wedi gofyn i Ranald gan obeithio clywed am garedigrwydd Jarvis tuag at y tlodion.

'Peidiwch â chredu gair o beth maen nhw'n ei weud amdano ar y teli,' meddai Mrs Gray, ag un llygad ar ddrws agored y gegin.

'Roedd e'n potsian â chyffurie,' ychwanegodd Ranald mewn llais isel. 'Mwy na photsian, a gweud y gwir. Roedd e'n eu gwerthu nhw'n agored. Wedd e'n ddigywilydd. Gweles i fe ac un o'i frodyr yn cledro rhyw ddyn a'u daliodd nhw wrthi'n gwerthu i blentyn ysgol, a chlywes i ddim gair amdanyn nhw'n cael eu herlyn. Gallwch chi fentro bod gormod o ofan ar y boi i gwyno. Pan edrychith yr heddlu'n fanwl ar ei hanes, fel welan nhw taw 'na beth sydd wrth wraidd hyn. Rhyw ddêl cyffurie aeth o'i le.' Edrychai Mal yn amheus, a thybiai Anna eu bod ar fin cael dadl am deuluoedd difreintiedig a pholisïau anghynhwysol y llywodraeth, ond nid oedd Ranald wedi gorffen. 'Yr unig beth da y galla i ei weld yw taw dim ond Jarvis gafodd ei ladd. Tase rhyw giang sy'n cystadlu â'i griw e wedi penderfynu ymosod ar y parti, bydde hi wedi bod fel Brwydr y Somme 'na.'

Amneidiodd Mal yn fyfyrgar, a pharhau i sgwrio'r tun cig.

Bu Mal hefyd yn fodd o gyflymu'r broses o helpu Mrs Gray yn ôl i'w fflat. Cododd hi a'i chario, a Ranald yn dilyn gan wthio'r ffrâm. Chwarddodd Mrs Gray ar Anna dros ei ysgwydd a datgan taw'r tro diwethaf y cododd dyn hi oddi ar ei thraed oedd ar ei mis mêl yn 1955. Dim ond mater o gasglu ei dillad gwaith oedd hi wedyn, ac annog Llio i frysio oherwydd bod Mal wedi cynnig lifft i'r gwaith iddi. Roeddent ill tri yn y car ac ar fin cychwyn pan regodd Llio'n uchel ac agor y drws. 'Anghofies i'n ffôn,' meddai, a chyn i'w rhieni fedru dweud gair, roedd hi wedi rhuthro'n ôl i fyny'r grisiau. Gwyliodd Mal hi o ffenest y gyrrwr ac yna edrychodd ar Anna.

'Mae rhywbeth y dylet ti gael gwbod,' meddai'n lletchwith. Daliodd Anna ei hanadl. Dylai fod wedi sylweddoli bod rheswm penodol am ymweliad Mal.

'Roedd Llio a'r Jarvis 'ma'n caru.' Estynnodd y tawelwch rhyngddynt am ennyd hir.

'Shwd gest ti glywed?'

'Roedd hi ar y ffôn lan llofft ddoe ac yn rhoi termad i rywun – dwi ddim yn gwbod pwy – ond dyna oedd byrdwn y gân.'

'Caru iawn neu ryw fflyrtan?'

'Anodd gwbod.'

'O'i hymateb, dyw hi ddim fel petai hi'n galaru na'n torri ei chalon.'

'Nadi, ac fe gadwes i lygad barcud arni ar ôl clywed yr alwad ffôn.' Trodd yn ei sedd a'i hwynebu. 'Ond mae e'n bryder, sa'ch 'ny, o safbwynt sut bydd yr heddlu'n gweld y peth.'

Clywsant sŵn traed yn taranu i lawr y grisiau a neidiodd Llio i'r car. Taniodd Mal yr injan, a chyn iddynt fynd ganllath, gallai Anna ei gweld yn y drych ochr yn tecstio ac yn gwgu ar y sgrin.

Trodd Mal drwyn y car i mewn i faes parcio'r Afr ac agorodd Anna'r drws.

'Diolch yn fawr,' meddai, 'a diolch am helpu gyda'r llestri a Mrs Gray. Roedd hi ar ben ei digon yn cael ei chario 'nôl i'r fflat.' Gwenodd Mal a rholio'i lygaid. Am eiliad, edrychai flynyddoedd yn ifancach.

'Mae'n syndod i fi shwd lwyddest ti a Ranald i'w chael hi mas o 'na yn y lle cynta. Dyw hi ddim yn ddryw bach.' Pipodd Anna ar Llio yn y sedd gefn ar ôl cau'r drws, gan feddwl dweud ffarwél, ond roedd honno'n rhythu ar rywbeth y tu ôl i'w mam. Cododd law arni a chael rhyw ystum bach yn ddiolch. Yr eiliad nesaf, roedd hi'n tecstio unwaith eto, a'i bysedd yn hedfan.

Clywodd Anna'r car yn troi mewn cylch wrth iddi gerdded at yr adeilad. Roedd nifer o bobl yn sefyllian wrth y drws yn cael mwgyn, ac wrth i Anna ei agor, gwnaeth ffôn un ohonynt y sŵn trydar cyfarwydd. Ymbalfalodd bachgen trwm ym mhoced ei drowsus am ei ffôn, ond erbyn hynny roedd Anna yn y cyntedd hir a arweiniai at gefn yr adeilad a thai bach y merched.

Pan ruthrodd Anna i mewn i'r gegin ryw chwarter awr yn ddiweddarach, gan wthio cudynnau olaf ei gwallt i'w chapan pig, roedd Rob yno'n cyflwyno'r gweithiwr newydd i Carmel. Yn y tai bach, wrth newid, sylweddolodd Anna fod lastig ei throwsus gwaith wedi pydru, a bu'n rhaid iddi fegian pin cau oddi wrth menyw ddieithr. Roedd y bachgen eisoes yn gwisgo trowsus siec a thiwnig gwyn, ond roedden nhw fymryn yn dynn arno, heb sôn am fod yn rhy fyr. Roedd e'n debyg i Rob, a'r ddau ohonynt yn bygwth byrstio allan o'u dillad.

'Dyma Anna,' meddai Rob. 'Un arall o hoelion wyth y gegin 'ma. Cofia nawr, Meurig, dwyt ti ddim yn ddeunaw eto, felly chei di ddim bod yn y gegin ar dy ben dy hunan. Bydd isie i ti ddilyn un o'r ddwy 'ma fel cysgod.'

'Ceith e dy ddilyn di,' meddai Carmel wrth Anna yn syth. 'Falle gewch chi waith yn dynwared Little and Large!' Hwpodd Anna ei thafod allan arni, a thynnodd Rob wep o anobaith. Roedd y bachgen yn gwrido ac yn edrych ar ei draed.

'Fel rheol, maen nhw'n siarad synnwyr . . .' meddai Rob yn galonogol. 'Byddwch yn neis wrtho, ferched.'

'Ry'n ni wastod yn neis!' atebodd Carmel, a gwenu'n ddireidus ar y crwt. Ar ôl rhoi mwy o gyfarwyddiadau i Meurig, gadawodd Rob nhw, gan saethu un olwg rybuddiol olaf at Carmel o'r drws. Rhwbiodd hi ei dwylo'n ffug awchus fel petai'n aros ei chyfle.

'... a chewch chi ddim cadw cytew pysgod,' meddai Anna beth amser wedyn, gan bwyntio at y bowlen o hylif melynllyd yn yr oergell, 'am fwy na phedair awr ar ôl rhoi'r pysgodyn cynta ynddo. Dyna pam mae 'na sticer ar bopeth, a'r dyddiad a'r amser y paratowyd y bwyd arno.' Syllodd y crwt ar gynnwys yr oergell.

'Dwi'n cymryd,' meddai mewn llais dwfn, swil, 'bod gyda chi restr yn rhywle sy'n rhoi'r amseroedd cadw ar gyfer pethe hefyd. Er mwyn i chi fedru cyfeirio ati.'

'Oes,' atebodd Anna, wedi'i synnu. Ni ddywedodd fawr ddim tan hynny. Dangosodd y rhestr iddo a'i weld yn ei hastudio ac yn amneidio. 'Fe ddaw'n ail natur i ti gofio'r amseroedd cyn bo hir.' Rhoddodd Meurig wên annisgwyl o fwyn iddi, a phwyntio at flwch ar y silff uchaf.

'Mae angen towlu hwnna, weden i,' meddai.

Ni chafodd Anna gyfle i sgwrsio â Carmel nes i Meurig fynd i'r tŷ bach. Roedd e wedi treulio'r ddwyawr ddiwethaf yn rhoi salad ar blatiau, dysgu sut i weithio'r peiriant golchi llestri mawr, a chario blychau trwm o'r rhewgell. Roedd y bachgen yn gaffaeliad, yn enwedig o ran yr olaf o'r gorchwylion hyn.

'Ma' gobeth i hwn,' meddai Carmel dan ei hanadl.

'Cytuno,' atebodd Anna. 'Dyw e ddim yn gweud llawer, ond mae e'n gofyn y cwestiyne iawn.'

'Mmm ...' Roedd Carmel yn gwylio'r tato rhost yn y fasged ffrïo dwfn yn ofalus. 'Ond wyt ti wedi sylwi nad yw e'n ymateb i'w enw ar unwaith?' Nid oedd hynny wedi taro Anna, ond mi oedd Carmel yn dueddol o weiddi enwau ei chydweithwyr o ben arall y gegin er mwyn gofyn iddynt wneud rhywbeth, ac os nad oedden nhw'n ymateb, gweiddai eto'n uwch.

'Nadw,' atebodd. 'Ond ma' rhywbeth cyfarwydd yn ei gylch e. Falle 'i fod e'n byw ar y stad, a finne wedi'i weld e ganwaith heb sylwi arno. Damo!' Cofiodd yn sydyn nad oedd hi wedi rhoi ei ffôn ym mhoced ei throwsus. Taflodd gipolwg ar y sgrin archebion. Am unwaith, nid oedd dim arno. 'Dwy eiliad . . . mofyn fy ffôn,' galwodd yn frysiog, a rhedeg am ddrws cefn y gegin.

Allan yn y cyntedd, brysiodd at ei locer yn stafell gotiau'r gweithwyr. Agorodd drws tai bach y dynion yn sydyn, ac ymddangosodd Meurig, yn gwthio'i gapan pig am ei ben. Hwyrach am nad oedd goleuadau'r cyntedd mor llachar â'r rhai yn y gegin, a bod rhan o'i wyneb yn y cysgod, gwelodd ef o'r newydd a daliodd ei hanadl. Cododd ei law arni a cherdded yn linc-di-lonc yn ôl at y gegin. Chwiliodd Anna am ei ffôn ym mhocedi ei chot, a'i meddwl ar ras. Roedd hi wedi ei weld e o'r blaen, ond nid o amgylch y stad. Fe oedd y bachgen trwm a fu'n eistedd ar y soffa yn y tŷ lle cynhaliwyd y parti, ac a'u gwyliodd fel tylluan tra oedden nhw'n archwilio corff Jarvis. Ac o feddwl am y peth, efallai taw fe oedd yn chwilio am ei ffôn o flaen drws y dafarn tra oedd Llio'n tecstio o gefn y car. Edrychodd yn ddall ar sgrin ei ffôn. Beth oedd ar waith yma? Ceisiodd gofio'r olwg ar wyneb Llio. Roedd yn gwgu fel arfer, ond dywedai rhywbeth wrth Anna nad oedd hi wedi disgwyl ei weld yn y fan honno. Teimlai'n oer o dan ei thiwnig. Roedd hi ar fin tecstio Mal, ond ataliodd ei llaw.

Roedd hi mewn sefyllfa well nag ef i ofyn ychydig o gwestiynau, ac nid oedd Meurig i'w weld mor swrth ac amddiffynnol â Llio. Er iddi daflu cip ar ei ffôn o bryd i'w gilydd gydol ei shifft, ni ddaeth yr un neges. Erbyn naw o'r gloch, roedd popeth wedi tawelu, ac roedd Meurig yn taro mop dros y llawr teils yn y stafell gefn. Roedd Carmel wedi penderfynu bod ei shifft hi ar ben, ac roedd yn paratoi i adael. Arhosodd Anna i'r drws gau'r tu ôl iddi. Sylweddolodd nad oedd hi wedi crybwyll gair wrthi am y llofruddiaeth eto heddiw, ond roedd hi'n falch o hynny nawr. Piciodd allan, gan geisio meddwl beth i'w ddweud.

'Ody Carmel wedi mynd, 'te?' gofynnodd y bachgen, gan edrych i fyny.

'Mae ganddi lot o waith paratoi at y Nadolig,' atebodd Anna. 'Teulu'n dod draw o Sbaen.' Ni chynigiodd y bachgen sylw ynghylch hynny, dim ond dal i fopio'n ofalus.

'Mam Llio y'ch chi, ontefe?' meddai'n sydyn. Ffugiodd Anna syndod.

'Ie. Welest ti hi yn y car gyda fi a'i thad, do fe?'

'Do. Dwi yn yr un grŵp tiwtora â hi yn yr ysgol. A dwi'n byw ar y stad.'

'Wyt ti? Wen i'n meddwl 'mod i wedi dy weld di bwti'r lle.'

'Mm. Falle'ch bod chi'n nabod Mamgu. Eirwen, sy'n cwcan yn y clwb cymdeithasol. Mae'n gweithio cino i'r henoed bob wythnos.'

'Ac yn dod â phlatied at fy nghymydog i, Mrs Gray? Mae'n garedig iawn i wneud hynny.' Gwthiodd y bachgen y mop i'r gornel bellaf ger y drws i'r rhewgell mawr. Rai blynyddoedd ynghynt, cyn cael y swydd yn yr Afr, aethai Anna am gyfweliad am swydd cogyddes gynorthwyol yn y clwb cymdeithasol, ond roedd y dafarn yn cynnig mwy o oriau iddi. Ers hynny, sgyrsiodd droeon ag Eirwen pan ddeuai â chinio wythnosol at Mrs Gray. Gwyddai fod ganddi fab ac ŵyr yn byw gyda hi ar ôl marwolaeth drist ei merch-yng-nghyfraith yn fenyw ifanc. Ond roedd yr enw Meurig yn anghyfarwydd, er bod Eirwen wedi crybwyll ei mab Ieuan a'i hŵyr Steffan lawer tro. Efallai fod hwn yn gefnder iddo. Er . . .

'Mab Ieuan wyt ti, ife?'gofynnodd yn ddiniwed.

'Ie,' atebodd y bachgen, ac yna stopio a gwrido at wreiddiau ei wallt. Cnodd Anna ei boch yn feddylgar. Nid oedd eisiau ei elyniaethu.

'Dwyt ti ddim yn lico'r enw Steffan, 'te?' gofynnodd. Pwysodd y bachgen ar y mop ac ochneidio. Ymddangosai ei fod yn meddwl yn galed.

'Y peth yw . . .' dechreuodd, 'wel, ffrind i fi – Meurig – gafodd gynnig y jobyn 'ma, ond ma' fe mor ddiog, wedd e ddim yn bwriadu dod. Wedodd e wrtha i neithiwr. Ond dwi isie'r jobyn. So, feddylies i falle y gallen i ddod yn 'i le fe.' Edrychodd Anna arno a rholio'i llygaid.

'A rhoi ei enw fe i Rob?'

'Na, ddim yn gowyr. Cymerodd Rob yn ganiataol taw fi oedd Meurig, ch'weld, a ches i ddim siawns i egluro. O'n i'n gwisgo'r iwnifform cyn i fi droi rownd.'

'O't ti'n mynd i roi dy enw iawn iddo rywbryd?'

'O'n! Ond mae e wedi bod mor fishi. Ac wedyn feddylies i, falle 'sen i'n dangos bo fi'n barod i weithio, fydde Rob ddim mor grac.' Ochneidiodd eto, a theimlodd Anna drueni drosto. Roedd wedi croesi ei meddwl y gallai fod yn ddefnyddiol iddi hi petai Steffan yn parhau i weithio yn yr Afr.

'Gwranda,' meddai, 'pan bennwn ni fan hyn, af i at Rob 'da ti. Mae angen i ti esbonio heno. O't ti wedi sylweddoli y bydd dy gyflog di'n cael ei dalu i'r Meurig 'ma? Galli di fentro bod ei fanylion e ar y gyflogres eisoes os mai fe lenwodd y ffurflen gais.' Gwnaeth Steffan ryw ystum bach amwys.

'Wi'n gwbod. Wên i'n mynd i ofyn i gael newid y cyfri banc i un Mamgu,' meddai. 'Chi'n credu bydd Rob yn rhoi'r sac i fi?'

'Mae hynny'n dibynnu'n llwyr pa fath o ddiwrnod mae e wedi'i gael,' atebodd Anna, wedi'i synnu bod y bachgen wedi cynllunio mor drylwyr o flaen llaw. Tybed a oedd yn wirioneddol wedi bwriadu datgelu ei enw iawn?

Arhosodd amdano'r tu allan i'r swyddfa. Er iddi glustfeinio, ni allai glywed gweiddi, a oedd yn arwydd gobeithiol. Gwnaeth ei gorau drosto, er nad oedd hynny'n gwbl anhunanol. Mwyaf oll y meddyliai am y sefyllfa, mwyaf y credai mai siarad â Steffan oedd y ffordd orau oedd ganddi o ddarganfod beth yn union ddigwyddodd yn y parti.

'Wedd e'n ocê, a gweud y gwir,' meddai Steffan, wrth iddynt gerdded yn ôl i'r stad. Gwenodd i lawr ar Anna'n ddireidus. 'Wedodd e bydde'n *shop steward* i tu fas i'r drws yn rhoi crasfa iddo tase fe'n rhoi'r sac i fi.' Roedd hwyliau arbennig o dda ar Rob, felly, er efallai ei bod yn ormod o drafferth chwilio am weithiwr arall dros gyfnod y Nadolig.

'Bydd angen i ti weithio'n galed, cofia, er mwyn iddo beidio â difaru,' rhybuddiodd Anna e, a'i gwynt yn ei dwrn. Pam fod pawb mor dal a'u coesau mor hir, a hithau mor fyr?

'Dwi'n bwriadu bod yn drysor. Ers pryd y'ch chi wedi bod yn byw ar y stad?'

'Bron i wyth mlynedd nawr,' atebodd Anna. 'A tithe?'

'Sena i'n cofio byw yn unman arall. Ond mae Mamgu'n gweud ein bod ni'n lwcus. Mae'n tŷ ni'n un o'r rhai hyna, ac yn y rhan barchus.'

'Yn wahanol i'r fflatie, felly,' meddai Anna â gwên.

'Dyw'r fflatie 'u hunen ddim cynddrwg. Ond mae'r strydoedd rownd ffor' 'na'n ryff.'

Ni ellid dadlau â hynny.

'Dwi wedi bod yn dweud hynny wrth y Cyngor ers

blynyddoedd er mwyn cael un yn rhywle arall, ond dyw nhw ddim yn gwrando. Does gyda fi ddim digon o bwyntie, mae'n debyg.'

'Mae angen i chi gael hanner dwsin o blant,' meddai Steffan yn ddifrifol. 'Dyna'r ffordd o gael tŷ mwy o faint. Dwi'n nabod croten 'run oedran â fi sy â dou eisoes, ac mae'n mynd i gael mwy, medde hi. Ei huchelgais mewn bywyd yw cael tŷ tair stafell wely.' Synhwyrai Anna nad oedd Steffan yn cymeradwyo hyn.

''Sdim ots 'da fi ynghylch maint y fflat,' atebodd. 'Mae'n ein siwtio ni o ran hynny. Ond bydden i'n hoffi rhyw damed o ardd, a falle bod yn nes at y siope.'

'Mae croeso i chi ddod a phalu'n gardd ni os y'ch chi moyn,' meddai Steffan, gan wenu eto. Ffarweliodd â hi ger y troad yn y ffordd a arweiniai at ei chartref. Gwyliodd ef yn cerdded ymaith cyn brysio at waelod y grisiau, yn dal i feddwl am eu sgwrs. Ni chafodd gyfle i ddweud dim am y llofruddiaeth. Yn rhyfedd iawn, hynawsedd Steffan oedd yn gyfrifol am hynny. Roedd ganddo'r gallu i gynnal sgwrs hawdd a buont yn clebran yr holl ffordd adref. A oedd hynny'n fwriadol ar ei ran?

Roedd y golau coch yn chwincio ar y peiriant ateb wrth i Anna ddiosg ei chot a'i menig yn y cyntedd. Nid oedd y gwres canolog wedi diffodd eto, a chynhesodd ei dwylo ar y rheiddiadur cyn pwyso'r botwm.

'Anghofiest ti dy ffôn 'to?' meddai llais Mal. 'Ta beth, mae Llio'n aros 'ma heno. Ddwa i â hi 'nôl bore fory. Hwyl!' Roedd hynny'n hollol iawn gan Anna. O leiaf draw yn y Ffrij, doedd dim modd i Llio ddianc heb gludiant. Tybiodd fod Mal wedi cael glasied neu ddau o win gyda'i swper – wedi'i brynu gan fenter gydweithredol yn Chile, fwy na thebyg – a bod Sheryl wedi ei wahardd rhag gyrru. Paid â bod yn sbeitlyd, dwrdiodd ei hun. Bydda'n ddiolchgar am gael llonydd.

Ond haws dweud na gwneud, oherwydd yr eiliad yr eisteddodd ar y soffa â dished o goffi a chynnau'r tân nwy, slamiodd drws uwch ei phen a chlywodd weiddi mawr. Bu'r gerddoriaeth yn atseinio o fflat Debs fel arfer, ond roedd y gweiddi'n rhywbeth newydd. Cododd a mynd at y ffenest. Deuai lleisiau dyn a menyw o'r llawr nesaf. Roedd yn swnio fel petai Debs yn cwmpo mas yn gacwn gyda rhywun. Trodd Anna'n ôl at y tân, gan dybio bod Debs yn gwbl abl i roi cic yn din i unrhyw ddyn, ond yna clywodd sŵn sgrechian baban. Brysiodd yn reddfol at y drws a gafael yn ei chot. Os oedd Meilo, mab bach Debs, yn sgrechian, roedd rhywbeth mawr yn bod, a heb feddwl ddwywaith, rhuthrodd Anna o'r fflat. Pwysodd yn erbyn y rheilin ac edrych i fyny, ond ni allai weld yn glir.

'Debs! Odych chi'n iawn?' galwodd, ond rhwng y gerddoriaeth, y sgrechian a'r gweiddi, boddwyd ei geiriau.

'Paid â bod mor stiwpid!' clywodd, a sgrechiodd y plentyn yn uwch fyth. Llamodd calon Anna. A ddylai alw'r heddlu? Ond hyd yn oed pe gwnâi, cymerent amser i gyrraedd. Roedd Meilo'n beichio crio nawr. Nid oedd angen iddi glywed mwy. Dechreuodd ddringo'r grisiau. Roedd hi hanner ffordd i fyny pan ruthrodd dyn i lawr yn cario'r plentyn. Bu bron iddynt faglu dros ei gilydd. Edrychai'n bell, ac yn y golau o ddrws blaen fflat Debs, gwelodd Anna lygaid mawr duon a sawrodd aroglau sur. Neidiodd y dyn yn ôl oddi wrthi, ond erbyn hyn roedd Debs wedi cyrraedd pen y grisiau.

'Rho fe 'nôl!' gwaeddodd. 'Rho fe 'nôl neu ladda i di!'

'Ffycin bitsh!' poerodd y dyn yn floesg. Cymerodd gam gwag, a simsanu, ac yn ddiarwybod iddi, estynnodd Anna ei breichiau er mwyn arbed y baban. Cododd Meilo ei freichiau tuag ati. Rhythodd y dyn arni, ac yna'n gwbl annisgwyl, gwthiodd y baban i'w gafael.

'Cymerwch e, 'te!' hisiodd. Ni welodd Anna i ble yr aeth wedyn. Roedd hi'n rhy brysur yn sadio'i hun a chadw gafael ar Meilo, ond neidiodd Debs i lawr y grisiau a phwyso dros y rheilin, gan chwythu bygythion ar ei ôl. Chwipiai'r gwynt ei gwallt a'i stribedi o liw melyn ymysg y cudynnau naturiol dywyll, ac yn ei hymdrech i weld i ble'r aeth ei hymosodwr, cododd ei siwmper fer, gan ddangos chwe modfedd dda o gefn noeth a thatŵ o rosyn a rhuban arno.

Yna'n ddisymwth, trodd o'r rheilin.

'Y jawl!' meddai. Erbyn hyn, roedd Anna wedi cau botymau ei chot o amgylch Meilo, ac er bod angen newid ei gewyn, roedd e'n swatio'n ddigon hapus yn ei chesail.

'Dewch i'r fflat,' meddai Debs. 'Cewn ni ddrinc bach. Mae isie rhywbeth arna i ar ôl hwnna.' Dilynodd Anna hi i fyny'r grisiau ac i mewn i'w chartref. Er iddynt ddweud helô yn fynych ar y landin, ni fu'r tu mewn i'r lle erioed o'r blaen, a syllodd o'i chwmpas yn chwilfrydig. Roedd braidd yn foel, ond roedd yn lân. Gorweddai ambell degan ar y llawr a'r soffa, a sychai dillad Meilo ar y rheiddiadur, ond roedd hynny i'w ddisgwyl.

'Cerwch ag e miwn at y tân,' galwodd Debs o'r gegin, ac ufuddhaodd Anna. Eisteddodd ar y soffa a datod ei chot. Gwenodd Meilo arni a sugno'i ddwrn. Distewodd y gerddoriaeth yn sydyn. Yn amlwg, cadwai Debs yr offer yn y gegin.

''Co ni, 'te,' meddai Debs, gan osod potel o win a dau wydr ar y bwrdd coffi. Cododd Meilo a'i roi ar ei chlun.

'Dechreuwch chi ar honna,' meddai. 'Fydda i ddim whincad yn 'i newid e a'i roi e yn y gwely. Wedd e'n cysgu pan gnocodd Darren ar y drws. Bydden i wedi bod yn gallach i'w adael e 'na.' Agorodd Anna'r botel ac arllwys gwin i'r ddau wydr. Roedd hi wedi blino'n shwps, a byddai'n well ganddi fynd i'w gwely, ond efallai fod angen cwmni ar Debs ar ôl y cythrwfl.

Serch hynny, nid oedd hi i'w gweld yn poeni rhyw lawer. Yn yr un sefyllfa, byddai Anna wedi bod yn ddiymadferth ag ofn. Sipiodd y gwin a chraffu ar y stafell. Ail law oedd y soffa, er nad oedd yn rhy fratiog.

Roedd yr un peth yn wir am y bwrdd coffi. Safai teledu bach henffasiwn ar fwrdd yn y gornel. Ar wahân i hynny, nid oedd na silff na chwpwrdd yn unman. Pentyrrwyd y rhan fwyaf o deganau Meilo mewn blwch plastig yn y gornel bellaf, ynghyd â'i gadair wthio. Clywodd sŵn traed yn dynesu ac edrychodd i fyny. Bu Debs cystal â'i gair.

'Mae e'n fabi arbennig o dda,' meddai Anna. Eisteddodd Debs ar y soffa ac ymestyn ei choesau main tuag y gwres.

'Seno fe'n ddim trafferth,' atebodd yn ddi-hid.

'Nadi wir. Dwi ddim yn credu 'mod i wedi'i glywed e'n llefen tan heno,' ychwanegodd Anna. Sniffiodd Debs yn ddig.

'Ma'r Darren 'na'n ddigon i neud i unrhyw un lefen!' meddai'n chwyrn. Ysgydwodd ei phen. 'Lot o hen ffws ynghylch "gweld ei fab". Beth ma' fe'n 'i ddisgwyl? Dod 'ma'n feddw, yn drewi o *skunk* a'i lyged fel soseri. Ddim thenciw fowr! Chi moyn glasied arall? Daeth e â hon fel ffordd o gau 'mhen i, ond gallwch chi fentro taw 'i dwyn hi wnaeth e. Blode o'r fynwent oedd hi'r tro dwetha.'

'Fe yw tad Meilo, ife?' Gobeithiai Anna na swniai'n rhy chwilfrydig.

'Ie. Dylen i fod wedi sylweddoli na fydde pethe'n gweithio rhyngddon ni. Y peth calla wnes i erioed oedd ei adael e a dod i fyw fan hyn.' Drachtiodd yn ddwfn o'i gwydr.

'Ddaw e 'nôl?' gofynnodd Anna. Dyna'r rheswm,

mewn gwirionedd, pam y derbyniodd y gwahoddiad i'r fflat, ond tynnodd Debs wep amheus.

'Sa i'n credu 'ny. Ddim heno. A beth oedd e'n mynd i neud 'da Meilo ta beth? Dowlodd y cyngor e mas o'n hen fflat ni, ac mae e'n cysgu ar lawr un o'i fêts. Ar ôl hanner awr bydde fe wedi mynd ag e draw at 'i fam, fwy na thebyg.'

'Fydde 'na groeso iddo?'

'O, bydde! Unrhyw siawns i'r hen sgrâd gael ei bache ar 'y mhlentyn i. A wedyn bydden i wedi gorfod symud môr a mynydd i'w gael e mas o 'na.' Gwenodd arni ac arllwys mwy o'r gwin i'w gwydr. 'Lwcus y jawl bo' chi 'di dod maš. *Cheers*!'

Beth amser yn ddiweddarach, dringodd Anna i'w gwely. Trawodd hi nad dyma'r tro cyntaf, efallai, i Darren geisio gweld ei fab. Roedd 'na bosibilrwydd mai fe fu'n pipo drwy ffenest y stafell ymolchi'r noson o'r blaen. Nid oedd Debs gartref y noson honno. Efallai fod Darren wedi mynd i chwilio amdani. Gwiriodd ei bod wedi gosod ei larwm, a suddo'n ôl i gynhesrwydd bendigedig ei photel ddŵr poeth. Nid oedd wedi bwriadu yfed o gwbl, ond roedd hanner potel o win yn bendant yn fodd o sicrhau y byddai'n cysgu'n sownd.

Yn rhy sownd. Tynnwyd hi o'i chwsg gan y ffôn yn canu yn y cyntedd. Cododd yn drwsgl a tharo bawd ei throed yn erbyn y gwely wrth chwilio am ei sliperi. Herciodd yn boenus i'r cyntedd a gafael yn y derbynnydd.

'Wyt ti'n sâl?' meddai llais Mal. 'Ydy dy ffôn symudol di wedi torri? Dyma'r drydedd waith i fi drio dy ffonio di.'

'Mae'n ddrwg 'da fi. Ond roedd hi'n hwyr neithiwr pan ges i dy neges di ar y peiriant ateb. Do'n i ddim isie dihuno pawb drwy dy ffonio di 'nôl.'

''Sdim ots. Dim ond galw ydw i nawr i ofyn a fyddi di gartre bore 'ma. Mae Llio wedi anghofio'i hallwedd.' Ceisiodd Anna feddwl drwy'r niwl tew yn ei hymennydd.

'Deg tan bedwar yw'n shifft i heddi,' meddai o'r diwedd. 'Galla i adael yr allwedd sbâr gyda Mrs Gray.'

''Sdim angen i ti wneud hynny,' atebodd Mal. 'Byddwn ni 'na whap. Rhoia i lifft i ti i'r gwaith. Mae'r Afr ar y ffordd i'r cyfarfod sydd gen i.' Rhuthrodd Anna'n ôl i'w stafell wely. Roedd hi eisoes yn ddeng munud wedi naw. Roedd hi wedi cysgu drwy'r larwm wedi'r cyfan.

'Popeth yn iawn?' gofynnodd Anna, pan agorodd y drws iddynt. Rhythodd Llio arni fel y gŵr drwg, mynd yn syth i'w stafell a chau'r drws yn glep.

'Oes coffi i gael 'ma?' gofynnodd Mal. Am ddyn oedd yn llond ei groen, edrychai'n welw. Gan fod Anna wedi gwneud jygaid brin bum munud ynghynt, pwyntiodd at ddrws y gegin ac amneidio. Nid eisteddodd Mal, ond pwysodd yn erbyn yr arwyneb gwaith a llyncu mygaid ar ei ben. Yna chwythodd aer o'i fochau. Credai Anna ei bod yn gwybod pam.

'Mae hi'n grac, 'te,' meddai'n dawel.

'Bois bach, ody.' Doedd e ddim wedi medru ymdopi â hwyliau oriog Llio ers blynyddoedd. Rhyfeddai Anna ei fod yn gallu gwneud ei swydd, sef trefnu cyrsiau a hyfforddiant i bobl ifanc oedd yn cael trafferth yn yr ysgol. Onid oedd hwyliau oriog plant yn eu harddegau yn rhan o'i waith bob dydd?

'Beth wedest ti wrthi?' gofynnodd.

'Dim ond gofyn yn neis sut oedd hi'n teimlo ar ôl colli Jarvis . . .'

'Ond dwyt ti ddim i fod i wbod bod 'na berthynas rhyngddyn nhw!'

'Dyna beth wedodd hi. Stranco a chyhuddiade wedyn, yr holl ffordd 'ma. Wên i'n meddwl ei bod hi'n mynd i neidio mas o'r car.'

''Sdim syndod fod angen dished o goffi cryf arnat ti.' Trodd ei gefn ac ail-lenwi'r mẁg.

'O ble mae'r holl *angst* 'ma'n dod, gwed? Senan ni'n dou fel hynny.'

'Ddim nawr, nadyn. Ond o beth dwi'n ei gofio, un weddol wrthryfelgar wêt ti pan wêt ti'n ifanc. A finne hefyd, o ran hynny. Dyna pam briodon ni.' Gwelodd ef yn amneidio'n anfodlon.

'Fe ddaw hi'n fwy rhesymol, sbo,' murmurodd. 'Unrhyw newyddion?' Diddorol, meddyliodd Anna, nad oedd yn llawn cydymdeimlad at Llio, ac yntau wedi bod yn brygowthan am effeithiau tebygol ei 'phrofiad' arni. Byddai hi wedi disgwyl iddo fod yn llawn hunanfoddhad, hefyd, o weld ei ddisgwyliadau'n cael eu gwireddu. Ond dyna fel y bu Mal erioed. Yn llawn theorïau amhersonol o bell, ond ar goll pan ddeuai wyneb yn wyneb â realiti. Sylweddolodd yn sydyn nad oedd wedi ateb ei gwestiwn.

'Ddim yn uniongyrchol,' atebodd o'r diwedd. 'Ond mae un o'r cryts o'r parti wedi dechre gweithio yn y gegin yn yr Afr. Steffan yw e. Mae'n un o'i ffrindie ysgol hi, mae'n debyg, ond y noswaith honno oedd y tro cynta i fi ei weld e.' Esboniodd y cefndir wrtho, a gwelodd frwdfrydedd arferol Mal yn ailegino.

'Oes 'na obaith gwbod mwy? Os oedd e'n ishte ar y soffa, mae'n rhaid ei fod e wedi gweld rhywbeth.'

'Dwi'n cytuno. Ond dwi ddim wedi gweithio mas eto shwd i ddechre sôn am y peth.'

'Swrth a diddwedws?' gofynnodd Mal, gan anelu amnaid at ddrws Llio.

'I'r gwrthwyneb. Mae e'n gyfeillgar ac yn barod iawn i sgwrsio. Mae e hefyd yn fwy deallus o lawer na'r gweithwyr ifanc ry'n ni'n eu cael fel rheol. Sy'n ei gwneud yn fwy anodd i grybwyll y peth, os galli di gredu hynny.'

'Ac rwyt ti'n meddwl bod ei weld yn y maes parcio wedi rhoi sioc i Llio?'

'Odw. Dwi'n siŵr na wyddai hi ddim am ei fwriad o flaen llaw. A phan wyt ti'n ystyried sut aeth e ati i gael y swydd . . .' Gorffennodd Mal ci ail ddished o goffi a strelio'r mŵg yn y sinc.

'Mae e yna am reswm,' meddai, gan droi ati. 'Mae e isie cadw llygad arnat ti.' Nid oedd hyn wedi croesi meddwl Anna.

'Pam?'

'Am yr un rheswm ag wyt ti'n cadw llygad arno fe. Er mwyn ffeindio mas beth rwyt ti'n ei wbod. Ti ddaeth o hyd i'r corff, wedi'r cyfan. Gallet ti fod wedi gweld mwy nag wyt ti'n ei sylweddoli.'

'Bydd raid i fi fod yn gyfrwys, 'te.' Gallai weld fod goblygiadau hyn yn ei bryderu. Gwnaeth ryw ystum igam-ogam â'i ben.

'Fydde hi'n syniad i ti whilo am swydd arall?' gofynnodd.

'A byw ar beth yn y cyfamser?' atebodd Anna'n ddiamynedd. 'Dŵr twym a chrîm cracers?' Byddai'n dda ganddi feddwl mai poeni amdani yr oedd Mal, ond doedd e erioed wedi hoffi'r syniad ohoni'n gweithio mewn tafarn. 'Ta beth,' ychwanegodd, 'bydde hynny'n edrych yn rhyfedd iawn ar ôl i fi fynd i'r drafferth o'i gefnogi er mwyn iddo gadw'i swydd.' Gwelodd Mal yn anesmwytho a brysio ymlaen. 'A chan 'mod i'n nabod ei famgu, dyna gleddyf arall galla i chwifio dros ei ben os oes raid.'


Tynnodd Anna'r drws blaen ynghau'r tu ôl iddynt a gwirio ei bod wedi rhoi pâr o drowsus gwahanol yn ei bag ar gyfer diwedd ei shifft. Roedd hi wedi cnocio ar ddrws stafell Llio a dweud wrthi ei bod ar ei ffordd i'r gwaith. Gan mai ateb un gair a gafodd, sef 'Iawn!', penderfynodd beidio â dangos ei hwyneb. Gallai ei ffonio o'r gwaith. Efallai y byddai mewn hwyliau gwell ymhen tipyn. Dechreuodd Mal gerdded i lawr y grisiau yn tincial ei allweddi'n swnllyd. Gwelodd ef yn edrych i fyny'n sydyn ac yn amneidio. Cododd hithau ei phen. Dylai fod wedi gwynto'r mwg baco. Pwysai Debs dros y rheilin uchaf yn ysmygu.

'Popeth yn iawn?' galwodd Anna. 'Dim mwy o fisitors, gobeithio?' Gwenodd Debs ac ysgwyd ei phen.

'Honna sy'n whare'r gerddoriaeth 'na'n ddiddiwedd?' murmurodd Mal unwaith iddynt ddringo i'w gar. Sylwodd Anna nad oedd y weipar wedi'i drwsio.

'Ie. Buodd ffradach 'na neithiwr. Tad ei phlentyn wrth y drws wedi'i bwmpio'n llawn cyffurie ac yn ceisio dwyn y babi.' Cododd Mal ei aeliau ac edrych yn y drych ôl cyn troi allan i'r ffordd fawr.

'Lwyddodd e ddim, mae'n amlwg,' cynigiodd.

'Naddo. Dwi ddim yn credu 'i fod e'n disgwyl i fi ddod i weld beth oedd yn bod. Doedd e ddim isie'r babi mewn gwirionedd. Dial ar Debs oedd pwynt y peth.'

'Rhoiest ti glatsien iddo 'da'r pastwn sy wrth y drws?' meddai Mal yn bryfoclyd.

'Tasen i wedi cael amser i feddwl, bydden i wedi bod yn hapus i wneud,' atebodd Anna. Clywodd ef yn mwmian geiriau cân o dan ei anadl, ond ni sylweddolodd beth roedd e'n ei ddweud nes iddi glywed 'Wonder Woman!' Gwrthododd Anna fachu'r abwyd. Ysgydwodd ei phen a syllu allan drwy ffenest y teithiwr, ond daliodd Mal i ganu yr holl ffordd i'r Afr.

'Ble y'ch chi'n cadw'r diheintydd a'r menig plastig trwm?' gofynnodd Steffan. 'Mae rhywun wedi cael dolur rhydd ofnadw, ac wedi stwffo'u trôns bowlyd lawr un o'r toilede yn nhai bach y dynon. Os na chaf i nhw mas o 'na'n glou, bydd hi'n llifogydd.' Ochneidiodd Carmel fel petai'r byd ar ben.

'Gwedwch y gwir! Ar fore ddydd Llun. Senan ni wedi bod ar agor yn ddigon hir i neb feddwi 'to!'

'Bydd angen ffedog a sach blastig arnat ti hefyd, a bennodd y botel ddiheintydd neithiwr. Roedd angen mofyn un arall ta beth,' meddai Anna, gan estyn am allwedd y storfa. Yn anffodus, roedd cadw'r tai bach yn lân yn rhan o waith y staff. Anaml y gelwid ar neb o'r gegin i gyflawni'r gwaith ffiaidd am resymau glanweithdra, ond yn amlwg, gwelai Steffan hyn fel rhan o'i ddyletswydd, ac yn bendant, fyddai neb yn gwirfoddoli i gymryd ei le. 'Dangosa i i ti. Wyt ti'n iawn am eiliad, Carmel?'

'Dim probs. Brecwaste bron ar ben,' atebodd honno, gan edrych ar y cloc. O saith tan un ar ddeg ar fore Llun, roedd brecwast llawn ar gynnig arbennig, ond gallai Carmel borthi'r pum mil yn hawdd. Prin y byddai'r cwsmeriaid wedi eistedd cyn bod platied anferth o'u blaenau. Arweiniodd Anna'r ffordd i gefn yr adeilad. Roedd y storfa drws nesaf i swyddfa Rob, ond nid oedd Anna wedi'i weld y bore hwnnw. Fodd bynnag, wrth ddynesu, gallent glywed lleisiau o'r tu mewn. Efallai fod ganddo ymwelydd o'r bragdy. Agorodd Anna ddrws y storfa a chynnau'r golau.

'Nefoedd!' meddai Steffan pan welodd y silffoedd uchel a'r pentyrrau di-ri. 'Ffor' y'ch chi'n dod o hyd i unrhyw beth?'

'Ag anhawster,' atebodd Anna, 'ond mae 'da fi gof o weld y diheintydd yn ddiweddar. Mae'r ffedoge plastig yn fater arall.' Roedd hi ym mhen pellaf y stafell orlawn pan glywodd rywbeth trwm yn cwympo. Trodd mewn braw, ond roedd Steffan yn dal i chwilota'n hapus trwy flwch ar un o'r silffoedd uchel. Cododd ef ei ysgwyddau a phwyntio at y wal gyferbyn.

'Ody e wedi taflu'r cyfrifiadur mas drwy'r ffenest?' sibrydodd.

'Digon posib,' atebodd Anna, ond a barnu o'r sŵn cynyddol a ddeuai o'r swyddfa, ymddangosai fod nifer o bethau eraill wedi disgyn ar y llawr.

'Ddylen i fynd i weld a yw e'n iawn?' gofynnodd Steffan, gan ddangos rholyn o sachau duon iddi. Ysgydwodd Anna ei phen, a chodi potel o ddiheintydd o'r silff.

'Os nad oes golwg ohono erbyn i ni bennu fan hyn, rhoia i gnoc ar y drws. Falle taw aildrefnu'r celfi mae e.' Ni chredai hynny am eiliad, ond ni allai feddwl am esgus gwell.

''Co nhw!' meddai Steffan yn sydyn, gan dynnu ffedog o becyn. 'A'r menig hefyd.' Oedodd Anna wrth adael. Llwfrdra oedd hynny, ond hyd yn oed yng nghwmni Steffan, nid oedd arni unrhyw awydd bod yn dyst unwaith eto i gweryl neu ffeit.

Roeddent yn cloi'r drws a hithau'n rhoi cyfar-wyddiadau i Steffan i beidio â throchi ei ddillad ar unrhyw gyfrif pan agorodd drws y swyddfa. Rhuthrodd dynes heibio iddynt, gan droi ei phen a rhythu'n gas ar Anna. Roedd ei llygaid yn goch, a'i mascara wedi rhedeg, ond roedd ei dillad yn drwsiadus iawn. Gwyliodd Steffan hi'n mynd dros ei ysgwydd a thynnu wep syn. Yna pesychodd, a sylweddolodd Anna fod Rob yn sefyll ar drothwy ei swyddfa.

'Wyt ti'n siŵr na fydde'n well 'da ti i rywun o'r bar ddod i dy helpu di?' gofynnodd Anna, gan ffugio na wyddai ei fod yno. Trwy lwc, bachodd Steffan yn yr awgrym.

'Dim ond Sam sy 'na ar hyn o bryd,' meddai, 'ac mae e'n gorfod gweini byrdde hefyd. Bydda i'n ofalus iawn â golchi 'nwylo ar ôl rhoi popeth yn y sach.'

'Beth sy wedi digwydd?' meddai Rob.

'Tai bach y dynion,' esboniodd Anna. 'Dim ond Steffan sydd ar gael i lanhau'r fochfa.' Gwyliai Rob wrth iddi ddweud hyn. Roedd ganddo farc coch ar ei wddf, ond gallai hynny fod oherwydd fod ei goler wedi rhwbio. Roedd e hefyd yn plycio torch ei lawes chwith, a oedd wedi'i rhwygo.

'Ddwa i gyda ti,' meddai Rob yn syth, gan rolio'i lewysau i fyny'n gyflym. ''Sdim pwynt i ti ddwyno dy iwnifform. Dim ond dwy sy i gael yn y maint hwnnw, a chei di ddim gweithio yn y gegin mewn iwnifform frwnt.'

''Sdim byd newydd yn hynny,' meddai Carmel pan glywodd yr hanes.

'Nagoes e? Roedd e'n swnio fel 'se'r lle'n cael ei dynnu ar led.' Aildrefnodd Carmel domatos ar blât a rhoi garnais persli arnynt.

'Wel,' meddai, 'mae ffeito a rhyw yn swnio'n debyg i'w gilydd weithe.' Safodd Anna'n stond ag wy wedi'i ffrio'n simsanu ar sbatwla.

'Pa fath o ryw wyt ti'n ei gael?' gofynnodd yn stwn. 'Neu'n fwy perthnasol, pa fath mae Rob yn ei gael? A gyda phwy? Sa i'n cofio'i gweld hi o'r blaen.'

'Shwd un wedd hi? Main, smart, llyged pinc fel ffured?'

'Ie.' Efallai, meddyliodd Anna, nad wylo y bu'r fenyw wedi'r cyfan, a bod ei llygaid bob amser yn gochlyd. Ond eto, roedd ei mascara wedi rhedeg.

'Indeg, yr *ex* oedd hi, 'te,' meddai Carmel. 'Roeddet ti'n gwbod ei fod e wedi ysgaru, on'd o't ti?'

'O'n, wrth gwrs. Ond mae dwy neu dair blynedd dda ers hynny.'

'Cymaint â hynny? Cofia, falle nag o'n nhw wrthi ar y ddesg. Galle hi fod wedi ymosod arno.' Cyrliodd Carmel ei bysedd er mwyn ffurfio cyrn ar ei phen a gwneud wyneb hyll.

'Beth yw ystyr hynny?' Roedd gan Carmel nifer o ystumiau dieithr a ddeilliai o'i chefndir Sbaenaidd. Neu efallai ei bod yn eu creu yn ôl y gofyn.

'Mae hi'n siŵr ei fod e'n mynd drwy fenywod fel cyllell fenyn, ac mae hi'n genfigennus y jawl.'

'Pwy, Rob? Pryd mae e'n cael amser? Sa i 'di clywed sôn amdano'n mercheta.'

'Dyw e ddim, ond dyw hynny ddim yn gwneud unrhyw wahaniaeth. Mae'n rhaid dy fod di wedi'i gweld hi bwti'r lle yn aros amdano.' Ysgydwodd Anna ei phen.

'Nadw, erioed. Ond wedyn, dim ond yn ddiweddar y dechreues i wneud shifftie hwyr. Ta beth, mae hawl 'dag e i wneud fel mae e moyn nawr, os ydyn nhw wedi ysgaru.'

'Dyw hi ddim yn credu 'ny. Mae hi wedi gwaethygu os rhywbeth. Rhyw syndrom yw e, os ti'n gofyn i fi.'

'Cenfigen patholegol,' meddai Anna'n ddoeth, a thynnodd Carmel wep arni. Fflipiodd weddill yr wyau a'u gwylio'n ffrwtian yn yr olew. 'Tase hi yn fy sefyllfa i, bydde 'da 'ddi rywbeth i gwyno yn ei gylch. Fel rwyt ti'n gwbod, priododd Mal y groten y buodd e'n cario mlaen gyda hi, a dwi'n gorfod bod yn ei chwmni'n fynych.' Cafodd olwg o gydymdeimlad oddi wrth Carmel.

'Allen i ddim diodde 'ny,' meddai. 'Bydde'r demtasiwn i dynnu 'i gwallt hi mas yn rhy gryf.'

'Mm. Dirgelwch yw e'n fwy na dim. Dwi'n ffaelu gweld pam ei bod hi'n credu ei fod e mor ffantastig.' Gosododd y pedwar brecwast olaf ar y silff boeth. Roedd archebion cinio eisoes wedi dechrau cyrraedd.

'Rhaid dy fod tithe'n meddwl 'ny ar un adeg,' meddai Carmel yn rhesymol.

'Ffordd o wrthryfela oedd Mal i fi,' atebodd Anna. 'Briodes i fe bron oherwydd nad oedd fy rhieni'n meddwl llawer ohono. Doedd e ddim yn "rhywun fel ni". Ro'n i wedi cael hen ddigon ar glywed hynny.'

'Pwy o'n nhw moyn i ti briodi 'te?'

'Rhyw ddyn busnes llewyrchus wedd yn whare golff gyda 'nhad ac yn aelod o'r Rotari, neu'r Mêsns. Yr eironi yw fod Mal yn mynd yn debycach i 'nhad bob dydd, er ei fod yn gul ynghylch pethe gwahanol. Ac mae fy rhieni'n treulio'u hamser yn mynd i bartïon gwyllt yn yr Algarve.'

'Ma' 'da ti ddou set o bobl i wrthryfela yn eu herbyn nhw nawr, 'te,' meddai Carmel. 'Ife dyna pam rwyt ti'n byw ar y stad?'

'Nage,' atebodd Anna â chwerthiniad sur. 'Rhoiodd y cyngor Llio a fi yno pan adawes i Mal, a sa i wedi llwyddo i'w perswadio nhw i'n symud ni. Mae'r lle'n mynd o ddrwg i waeth yn ddiweddar. Pw' nosweth . . .' Roedd hi ar fin sôn wrth Carmel am y llofruddiaeth pan glywodd y drws yn agor a lleisiau Rob a Steffan yn dynesu. Roeddent yn chwerthin.

Gynted ag y disgynnodd o'r bws yn y dref, roedd yn amau y dylai fod wedi mynd adref yn lle llusgo lawr i swyddfeydd y cyngor. Roedd ei sgwrs gyda Carmel wedi'i hatgoffa nad aethai ar drywydd ei chais am fflat arall ers misoedd bellach, a chan fod ei shifft wedi gorffen am bedwar, roedd yn gobeithio y byddai ganddi amser i wneud hynny cyn i'r swyddfa gau. Brysiodd drwy'r strydoedd, a chododd ei chalon am eiliad pan welodd ddau ddyn yn cerdded allan trwy ddrws swyddfeydd y cyngor, ond dilynwyd nhw gan fenyw a drodd yr arwydd drosodd, ac erbyn i Anna groesi'r ffordd, roedd y lle wedi'i gloi.

Crwydrodd yn ddiamcan am hanner awr yn prynu manion. Doedd hi ddim wedi meddwl am wneud ei siopa Nadolig eto, yn bennaf am na chredai fod ganddi ddigon o arian cyn ei diwrnod tâl. Serch hynny, canfu un neu ddau beth a fyddai'n ddefnyddiol – sebon i Carmel, a sgarffiau ysgafn i'w hanfon drwy'r post at ei rhieni. Ystyriodd hyn ar y bws adref, gan geisio ei hargyhoeddi ei hun na fu'r daith yn fethiant llwyr. Pe medrai roi ei llaw ar y cardiau rhad a brynodd y mis Ionawr blaenorol, gallai bacio'r parsel iddynt y noson honno. Byddai'r dyddiad postio olaf ar gyfer Portiwgal wedi mynd heibio, ond gan nad oedd hi wedi derbyn dim oddi wrthyn nhw hyd yma, nid oedd yn poeni'n ormodol.

Roedd hi wedi nosi erbyn iddi ddisgyn o'r bws ar gyrion y stad, a chwipiai'r gwynt y tuniau yn y gwter fel petai rhywun yn chwarae symbalau. Deuai sŵn rhywun yn refio beic modur o'r strydoedd cyfagos. Cerddodd Anna yn ei blaen, yn ceisio cofio ymhle y gallai fod wedi cuddio'r cardiau. Daeth y sŵn refio'n nes, ond ni sylwodd lawer arno tan yr eiliad y daeth crwt ar gefn moto-beic pitw allan o stryd ar y dde ac anelu'n syth amdani. Dilynwyd ef gan ddau arall, a'r marchogion, a oedd yn fechgyn mawr i gyd, yn gweiddi ac yn sbarduno'u peiriannau bach, teganaidd yr olwg, i fynd yn gynt. Fodfeddi cyn taro'r cwrbyn lai na llathaid oddi wrthi, tynnodd yr un agosaf ar y bar blaen a throi ymaith. Agorodd ei geg yn llydan a chwerthin fel dyn gwallgof. Roedd Anna wedi gwasgu ei hun yn erbyn iet y tŷ agosaf, yn gwbl sicr ei fod am yrru drosti. Gwelodd ef yn simsanu'n fwriadol wrth ruthro i lawr yr heol. Aeth y ddau arall ar ei ôl. Ni wyddai sut y gallent gadw'u cydbwysedd ar y fath feiciau, gan fod eu penliniau mor uchel â'u clustiau. Ac o ble y cawsant hwy? Ni welodd rai mor fach erioed o'r blaen. Tybiai eu bod yn anelu am y llain werdd.

Yn ystod yr haf, byddai llu o bobl ifanc yn corddi'r glaswellt yno ar feiciau cyffredin, ar ôl codi esgynfeydd er mwyn ymarfer eu triciau. Yn amlwg, roedd rhai ohonynt wedi graddio i beiriannau mwy pwerus a pheryglus. Byddai cerdded adref ar hyd y ffyrdd arferol yn gofyn am gael ei chwrso. Felly, trodd i'r chwith a dilyn ffordd a arweiniai at gefn y bloc. Gobeithiai na fyddai'n tynnu eu sylw drwy fynd y tu ôl i'r fflatiau a dringo'r grisiau pellaf. Gallai eu clywed o hyd, a phan gyrhaeddodd gornel flaen y bloc o'r cefn, pipodd i weld lle'r oeddent. Roedd y llain yn wag, ond gwelodd fwg ecsôst un o'r beiciau'n diflannu i lawr stryd yr ochr arall i'r glaswellt, ac o'r bloeddio buddugoliaethus, tybiodd eu bod wedi taro ar ryw gerddwr diniwed arall i'w blagio.

Deuai sŵn cerddoriaeth isel o stafell Llio pan gnociodd Anna ar y drws. Roedd hi'n eistedd wrth ei desg a'i llyfrau ysgol ar agor o'i blaen, ac yn darllen rhywbeth ar sgrin ei chyfrifiadur. Cododd ei phen a gwasgu botwm y llygoden. Newidiodd y sgrin i batrwm chwyrlïog.

'Ti'n hwyr,' meddai. 'Ro'n i'n meddwl dy fod di'n bennu am bedwar.'

'Es i lawr i'r dre yn y gobaith fod swyddfeydd y cyngor ar agor, ond ro'n nhw ar gau. Ges i anrhegion i Mamgu a Dadcu. Dwi'n gobeithio'u pacio nhw heno. Cei di arwyddo'r cerdyn.' Amneidiodd Llio.

'Beth y'n ni'n ei gael wrthyn nhw 'leni?'

'Dim syniad. Dyw nhw ddim wedi dweud dim.'

'Bydde trip mas i Bortiwgal yn neis.'

'Gallwn ni freuddwydio, sbo,' atebodd Anna cyn cau'r drws unwaith eto.

Roedd hi wedi tynnu *lasagne* o'r rhewgell cyn mynd i'r gwaith, felly roedd ganddi ddigon o amser i fynd i dwrio am y cardiau Nadolig. Daeth o hyd iddyn nhw o dan y gwely mewn bag plastig, yn llwch i gyd. Roedd papur lapio yn y bag hefyd, er nad oedd yn cofio prynu hwnnw. Eisteddodd wrth fwrdd y gegin i bacio'r parsel, a chan fod popeth ganddi wrth law, paciodd anrheg Carmel yn ogystal, a sgrifennu ei holl gardiau. Llenwyd y gegin ag arogl sawrus y *lasagne*, ac roedd hi wedi rhoi'r cardiau a'r anrhegion i gadw a gosod y bwrdd cyn i Llio ddod allan. Roedd hi hefyd wedi agor potel o win coch a chymryd gwydraid neu ddau wrth sgrifennu.

'Sut mae'r gwaith yn mynd?' gofynnodd, wrth i Llio dorri'r *lasagne* a chymryd ei hanner. Cododd hithau ei hysgwyddau.

'Mae'n olreit. *Boring*, ond dwi bwti 'i bennu e.' Roedd gwaith ysgol bob amser yn *boring* yn ôl Llio, ac roedd hi'n gyndyn iawn i'w wneud, ond serch hynny, llwyddai'n wyrthiol yn ei harholiadau. Sylwodd Anna ei bod yn cwyno llai ers iddi fynd i'r chweched dosbarth.

'Unrhyw alwade ffôn?' gofynnodd. 'O'n i'n credu falle bydde'r heddlu'n cysylltu â ni 'to.'

'Dim,' meddai Llio â'i cheg yn llawn. Chwifiodd ei fforc yn yr awyr. 'Dwi isie 'nillad 'nôl. Well iddyn nhw beidio â bod wedi'u sbwylio nhw wrth wneud y profion.'

'Dwi ddim yn gwbod pryd gewn ni nhw,' cyfaddefodd Anna. 'Galli di fentro bod pawb arall oedd yno'n aros am eu dillad nhw hefyd.' Gan fod Llio mewn hwyliau rhesymol, mentrodd ofyn cwestiwn arall. 'Oes unrhyw atgofion o'r noson wedi dod 'nôl? Neu wyt ti wedi clywed rhywbeth gan dy ffrindie?'

'Ddim lot. Ddigwyddodd ddim byd yn yr awr gynta.

Er, dwi'n credu bod mwy o bobl 'na nag oedd nes mlaen. Wedd pobl yn y gegin pan gyrhaeddes i, yn ogystal â'r stafell fyw.'

'Gweles i a thad Celyn rhai'n gadael. A heblaw am y cryts yn y stafell fyw, wedd tri o bobl ar fatres lan llofft.'

'Pwy?' gofynnodd Llio, â mwy o ddiddordeb nag a welodd Anna ers tro.

'Crwt â gwallt cyrls golau a dwy ferch. Blonden botel ac un dywyll, fyr iawn. Edryches i arnyn nhw er mwyn gwneud yn siŵr nad o't ti'n un ohonyn nhw.' Cnodd Llio ddarn o letys.

'Dyw tri mewn gwely ddim yn un o 'mhethe i. Ddim gydag Antoni, ta beth. Bapa Mami yw e.'

'Dyw e ddim gymaint â 'ny o fapa os wedd e yn y gwely gyda dwy groten.' Edrychodd Llio arni'n ddilornus.

''Na pam wên nhw gyda fe. Wên nhw'n gwbod na fydde fe'n gwneud dim.' Cnodd Anna'i thafod rhag ofn iddi ddweud fod gan y ddwy groten fwy o synnwyr na Llio os oedd yn wir ei bod hi a Jarvis yn gariadon.

'Wên nhw wedi gwneud pwnsh, neu ryw fath o ddiod gymysg?' gofynnodd, gan feddwl efallai taw rhywbeth fel yna a barodd i Llio feddwi mor gyflym. Chwarddodd Llio'n ddirmygus yn ei thrwyn.

'Beth wyt ti'n feddwl oedd e – coctêl parti?'

'Mae dy dad yn amau fod rhywun wedi rhoi cyffur yn dy ddiod di,' meddai Anna'n dawel, gan lyncu mwy o win. 'Ond wedyn, mae e'n ei chael hi'n anodd credu y byddet ti wedi cymryd unrhyw beth o dy wirfodd. Y pŵr dab diniwed ag e.' Cymerodd eiliad i Llio brosesu hyn. Sychodd weddillion y *lasagne* yn ffyrnig o'r plât gyda darn o fara.

''Na pam wyt ti'n holi, ontefe?' meddai'n chwyrn. 'Er mwyn gallu profi iddo taw 'mai i oedd e i gyd!' Gorffennodd Anna ei gwydraid o win cyn ateb. Dyna ddiwedd y botel.

''Sdim angen i fi holi lot, 'te, oes e?' gofynnodd yn sarcastig. 'Dim ond awr, ac o't ti'n gaib, naill ai o ddiod neu o gyffurie. Dwyt ti'n cofio dim. Dwi'n dueddol o feddwl bod pwy bynnag gloiodd ti yn y pantri 'na wedi gwneud ffafr anferth â ti. Ond falle dylet ti ofyn beth wnaeth i rywun dy gloi di mewn yn y lle cynta. Beth o't ti'n neud cyn hynny? Bygwth Jarvis? Fflyrtan gydag un o'r cryts eraill, a'i wneud e'n grac?'

''Sneb wedi gweud dim wrtha i,' mwmialodd Llio, ond roedd yn amlwg fod ei mam wedi rhoi ei bys ar y briw.

'Nadyn, sownd,' atebodd Anna, 'ond falle 'u bod nhw'n dweud rhywbeth gwahanol wrth yr heddlu.'

'Maen nhw'n ffrindie i fi!'

''Sdim shwd beth i gael mewn achos o lofruddiaeth. Ddim pan mae pawb isie achub 'u crwyn eu hunain.' Gwthiodd Llio ei chadair yn ôl a chodi ar ei thraed.

'Dyw pawb ddim fel ti!' hisiodd, a throi am y drws. Amneidiodd Anna, yn teimlo'i phen yn troi rhyw fymryn.

'Nadyn,' cytunodd. 'Dyw nhw ddim yn gweud y gwir wrthat ti.'

Oriau'n ddiweddarach, dihunodd Anna'n teimlo'n sâl ac yn chwyslyd. Y gwin oedd yn gyfrifol am hynny, ac am yr hunllef hefyd. Yr un hen hunllef am foddi oedd hi.

*Bastads bach ar y beics 'na! Tasen i heb wneud paratoade o flaen llaw, bydde hi wedi bod ar ben arna i. Jengodd hi, wrth gwrs. Sleifio rownd cefen y fflatie er mwyn eu hosgoi. Mae hi mor gyfrwys â chadno. Ond dwi'n dysgu, hefyd. Dwi'n falch 'mod i wedi newid y fan lle dwi'n sefyll i'w gwylio. Gweles i'r plentyn busneslyd 'na'n pipo ar fy hen guddfan yn gynharach wrth iddo gerdded heibio gyda'r lleill. Roedd e'n esgus chwerthin a siarad ond gweles i fe'n edrych. Caff gwag, gw'boi! Ac os nad yw e moyn i neb ei adnabod, dyle fe newid ei ddillad. Dwi'n ei weld e o bell yn yr hwdi glas, brwnt 'na. Roedd yn syniad da i amrywio'r amseroedd hefyd. Gwnaiff hi gamgymeriad rhyw ddydd, ac os bydda i'n lwcus, fe fydda i 'ma i'w gweld hi'n gwneud. Bydde hynny'n foddhaol iawn – yn well na'r nyth cacwn sy'n chwyrlïo uwch 'u penne nhw nawr, hyd yn oed. Llofruddiaeth! Manna o'r nefoedd i fi. Mae'r llwmpen Llio 'na'n haeddu pob tamed o'r drafferth. Gobeithio fod yr heddlu'n gas wrthi. Gobeithio fod y ddwy ohonyn nhw'n gorwedd ar ddihun drwy'r nos yn poeni. 'Sda nhw ddim syniad beth yw pryder.*

# PENNOD 9

Pwysodd Anna yn erbyn wal gyfagos am eiliad a setlo'i throed yn fwy cysurus yn ei hesgid. Daliai i deimlo'n gyfoglyd, ond o leiaf nid aeth yn ôl i gysgu ac anwybyddu'r larwm. Er mwyn agor y dafarn am bump y bore, roedd yn rhaid iddi godi am bedwar, oherwydd nid oedd bws yr adeg honno o'r bore. Brysiodd yn ei blaen yn y tywyllwch, yn falch o'r goleuadau oedd yn wincian yng ngardd flaen ambell i dŷ. Dyna unig fantais y Nadolig, yn ei barn hi. Ni welodd gar ar y stad hyd yma. Roedd yn wahanol yn yr haf. Weithiau, a'r wawr yn gwthio'i bysedd i'r düwch, a'r gorwel yn ymddangos fel llinell danllyd, roedd yr awr farwaidd hon yn brydferth. Bu'n ymdrech i wynebu'r oerfel heddiw. Petai hi heb ruthro 'nôl i chwilio am sgarff ychwanegol, byddai wedi sylwi bod gwadn mewnol ei hesgid dde wedi crychu. Roedd ei stumog yn rhy anwadal iddi blygu a'i sythu. Peth annoeth fu yfed potel gyfan o win coch. Fel rheol, roedd gwydraid neu ddau'n hen ddigon iddi. Cynddrwg â Mal, meddyliodd, ac yna clywodd rywbeth.

Trodd ei phen, ond nid oedd dim i'w weld, er na olygai hynny nad oedd rhywun yno. Crymai llawer o'r strydoedd ar y stad, a gallai rhywun fod yn cerdded o fewn deugain llath i chi heb i chi eu gweld. Dechreuodd redeg, gan deimlo pob cam, ond clywodd y camau'n cyflymu'r tu ôl iddi, hefyd.

'Hei!' Ei greddf oedd rhedeg yn gynt, ond gwyddai pe gwnâi y byddai'n chwydu. 'Anna!' Edrychodd yn ôl yn wyllt. Roedd ffigwr mawr mewn het wlân yn twthian i'w dal. Ochneidiodd.

'Bore da, Steffan,' galwodd mewn rhyddhad, ac aros amdano.

'Chi'n mynd fel y jawl, w!' Deuai cwmwl o anadl gwyn o'i geg, a sgleiniai ei wyneb yn goch yng ngolau lampau'r stryd. 'Be chi'n neud? Hyfforddi am y marathon?'

'Ceisio osgoi mygar,' atebodd Anna'n bur swta.

'Sori,' meddai'r crwt. 'Wên i ddim wedi meddwl hala ofon arnoch chi. Ni sy'n agor y lle heddi, ontefe? Wes allweddi 'da chi?'

'Dim ond i'r drws cefen,' atebodd Anna. 'Bydd Rob yn cyrraedd marcie chwech.'

'Beth y'n ni i fod i neud mor gynnar, 'te?'

'Glanhau,' atebodd Anna. Disgwyliai ei weld yn tynnu wep, ond gwenodd Steffan.

'Reit-o,' meddai, yn llonnach o lawer nag a deimlai Anna.

Cerddasant i fyny'r llwybr cefn a arweiniai at faes parcio'r gweithwyr. Codai'r Afr yn y cysgodion pellaf, gan atgoffa Anna o hen dai mewn ffilmiau arswyd. Tywynnai un golau dros y drws, ond roedd hi mor oer nes na allai Anna droi'r allwedd yn y clo. Llwyddodd

Steffan ar yr ail ymdrech. Gwichiodd y drws wrth iddo agor, a chamodd Anna i lawr y cyntedd yn gyflym.

'Mae'n od, on'd yw hi, bod 'ma cyn bod neb arall wedi codi?' cynigiodd y bachgen y tu ôl iddi, tra oedd Anna'n ymbalfalu am swits y goleuadau. 'Mae'n eitha crîpî a gweud y gwir.'

Trodd Anna a'i weld yn codi ei ddwylo dros ei ben fel dau grafanc ac yn gwneud sŵn Frankenstein.

'Cer â dy ddwli!' atebodd, ond gwenodd serch hynny.

'Beth sy nesa?' gofynnodd Steffan ar ôl iddo orffen crafu'r darnau llosg oddi ar y gril. Ffitiai'r menig mawr ei freichiau hyd y benelin fel y dylent. Roeddent yn cyrraedd ysgwyddau Anna.

'Y canopi,' atebodd Anna, gan bwyntio i fyny. 'Cei di ddewis heddi oherwydd dy fod ti'n newydd. Naill ai af i lan yr ysgol fach a galli di ei dala i fi, neu galli di fynd lan ac fe fflysia i'r peiriant golchi llestri a dechre ar y ffriwyr dwfn. Jobsys seimllyd i gyd.'

'Af i lan,' meddai Steffan.

'Iawn. Mae'r ysgol fach mewn cwpwrdd mas y bac. Siapa hi, neu bydd y cwsmeriaid cynta'n cyrraedd a ninne heb roi'r cig moch a'r sosejys i ffrio.'

Dyna oedd hi'n ei wneud pan glywodd ddrws y gegin yn agor o'r cyntedd. Aethai Steffan i roi'r ysgol i gadw, felly gwyddai nad fe oedd yno, ond nid oedd yn disgwyl i Rob ruthro heibio iddi heb dynnu ei got. Aeth yn syth i'r stafell lle safai'r rhewgell fawr.

'Bwced! Brwsh!' Clywodd ef yn mwmial y geiriau o dan ei anadl. Hwyrach fod rhyw gi wedi baeddu'r cwrt blaen. Ymddangosodd eiliad yn ddiweddarach a'i freichiau'n llawn.

'Be sy 'di digwydd?' galwodd Anna wrth iddi roi'r cyflenwad cyntaf o gig moch i gadw'n gynnes yn y ffwrn. Edrychodd Rob arni'n syn, fel petai heb sylwi ei bod yno. Ysgydwodd ei ben. Roedd rhywbeth wedi'i gythruddo'n ddifrifol.

'Y ffrynt. *Mess* uffernol. Orie o waith sgrwbo,' meddai'n aneglur. 'Oes cannydd 'ma'n rhwle? Ody Steffan 'ma?'

'Ody. Bydd e 'nôl whap.' Pam roedd e angen Steffan? Roedd y sosejys yn barod, felly rhoddodd nhw gyda'r cig moch.

'Gwranda, gwnaf i ddished o goffi i ni'n tri,' awgrymodd Anna, gan symud draw at y peiriant a gadwent yn ffrwtian drwy'r dydd. 'Beth bynnag sy'n bod, bydd e'n well ar ôl i ti gael diod boeth.'

'Na fydd, 'te!' atebodd Rob, ond tynnodd anadl ddofn a phwyllo. 'Welest ti ddim y ffrynt?'

'Naddo, sownd! Mae'n rhaid i ni ddod i mewn drwy'r cefen. Beth sy'n bod 'na?'

'Graffiti,' atebodd Rob a chymryd mŵg oddi wrthi. 'Llythrenne mowr dros flaen y dafarn i gyd o'r top i'r gwaelod.'

'Yn gweud beth?'

'Sena ti isie gwbod. Fydden i ddim wedi'i weld e chwaith, heblaw bo' fi 'di dod rownd y ffrynt er mwyn edrych ble i roi'r faner am ginio Nadolig. Yffach gols!' Agorodd y drws o'r cefn a daeth Steffan i mewn, a Lily wrth ei gwt. Roedd ei llygaid gleision hi'n fawr, ac roedd hi'n amlwg yng nghanol disgrifio'r hyn roedd wedi'i weld ar flaen y dafarn. Daliai ei dwylo ar led yn eu menig coch. Doedd hithau ddim wedi diosg ei chot.

'Ti 'di 'i weld e, 'te,' meddai Rob, gan godi bwced a'i gosod yn y sinc. 'Yfa dy goffi'n glou, Steffan. Mae gyda ni waith i'w wneud.'

'Chi moyn i fi helpu?' galwodd Lily dros sŵn y dŵr poeth yn rhuthro o'r tap, ond ysgydwodd Rob ei ben.

'Byddi'n di fwy o help os drefni di'r bar. Tri chwarter awr sy gyda ni.' Roeddent wrthi byth pan gyrhaeddodd Carmel am wyth. Gwagiwyd y bwcedi nifer o weithiau eisoes, ond gan fod Anna mor brysur yn rhuthro i gyflawni archebion brecwast, ni chawsai gyfle i fynd allan i weld y llanast. Gwyliodd Carmel yn gwthio'i gwallt hir tywyll i mewn i'w chapan pig wrth iddi bipo ar y sgrin archebion.

'Wyau Benedict i ddau,' meddai Carmel, ac yna ychwanegu'n sydyn, 'Ti'n gwbod pwy fuodd wrthi, on'd wyt ti? Hi, Indeg, yr *ex*.'

'Wyt ti'n meddwl 'ny?'

'Yn bendant. Dylen i fod wedi sylweddoli, os buon nhw'n ymladd ddoe, y bydde hi'n gwneud rhywbeth fel

hyn. Wedd hi'n arfer fandaleiddio'i gar e bob gafael.'
Sychodd Anna ymyl plât yn fyfyrgar.

'Cymeres i'n ganiataol taw'r jawled ar y stad oedd
yn gyfrifol. Neu falle rywun gafodd ei wahardd o 'ma.'
Chwarddodd Carmel yn dawel.

'Ma' wastod digon o'r rheiny. Doedd hi ddim wedi
bennu'n hir. Roedd y paent yn dal i ddiferu. Lwcus nag
o't ti'n agor y lle ar dy ben dy hunan.' Cytunai Anna
â hynny, ond nid oedd wedi'i hargyhoeddi ynghylch y
troseddwr.

'Ond shwd lwyddodd hi i beintio mor uchel? Dyw hi
ddim yn fenyw dal.'

''Sdim raid iddi fod. Fydde hi wedi clymu coes
brwsh at y brwsh paent. Fel 'na bydda i'n cyrraedd
mannau uchel, ta beth.' Taflodd gipolwg ar y sinc lle'r
arllwyswyd cynnwys y bwcedi.

'Paent emwlsiwn oedd e, diolch byth. Tase fe'n *gloss*
neu'n baent car, bydde hi'n stori wahanol. Magnolia,
weden i.'

'Am nad oedd ganddi amser i fynd i whilo am baent
coch llachar?'

'Fwy na thebyg. Ond mae'r magnolia'n dangos yn
lyfli ar y gwaith brics, sa'ch 'ny.'

'Druan o Rob,' meddai Anna. 'Ti'n credu aiff e at yr
heddlu?'

'Bydden i'n synnu. A fydd e ddim yn gweud wrth neb
o'r bragdy chwaith. 'Na pam mae e mas 'na'n sgrwbo.
Rhag ofon i rywun weld.'

'Ond nid ei fai e yw hyn.'

'Na, dwi'n gwbod, ond sai'n meddwl y bydde gyda nhw lot o gydymdeimlad, wyt ti?'

'Falle ddim. Fentra i 'i fod e ar ben 'i dennyn. Mae mor anodd rhagweld beth wnaiff pobl. 'Sdim raid i chi wneud dim, ac yn sydyn , dyna chi, yn ei chanol hi.' Sychodd Carmel yr arwyneb metel ac edrych yn graff arni.

'Fel ti a dy ferch y nosweth o'r blaen?' gofynnodd, ond ni swniai'n ddig. Edrychodd Anna dros ei hysgwydd. Nid oedd sôn am neb.

'Ti'n gwbod, 'te,' meddai'n dawel. 'Allen i ddim sôn am y peth, achos dwi'n dyst.' Amneidiodd Carmel.

'Wên i'n amau fod rheswm da. 'Na pam holes i ddim.' Gan fod Carmel yn un o'r bobl fwyaf busneslyd a gyfarfu Anna erioed, gwyddai fod peidio â'i holi wedi bod yn ymdrech.

'Diolch,' meddai, gan deimlo'i bod yn haeddu rhywbeth am ei hamynedd. 'Ond falle hoffet ti glywed beth ddigwyddodd wedyn, pan o'n i'n aros i'r heddlu benderfynu beth i'w wneud â ni . . .'

Erbyn amser cinio, roedd y Clwb Cyrri yn ei anterth, fel pob dydd Mawrth. Ar ôl i Steffan orffen ei ddyletswyddau glanhau graffiti, aeth i bipo drwy'r drws droeon i weld a oedd ei dad a'i famgu wedi cyrraedd. Roedd e wedi neilltuo *korma* a *madras* ar eu cyfer yn syth ar ôl iddo ddeall bod y korma'n fwy poblogaidd na dim arall ac yn dueddol o fynd yn brin.

'Dere bant o'r drws 'na!' galwodd Carmel. 'Senan nhw'n mynd i gyrraedd dim clouach a tithe'n staro fel bwbach ar bawb sy'n mynd heibo. Mae angen i rywun lenwi'r potie *mango chutney*.'

'Paid â phoeni,' sibrydodd Anna, pan aeth Carmel allan am eiliad i'r rhewgell. 'Fe wnaf i'n siŵr eu bod nhw'n cael pryd da. Cewn nhw *poppadom* ychwanegol yr un.' Gwenodd Steffan yn ddiolchgar ac yna ochneidiodd.

'Wên i i fod i weud yn gynharach,' meddai. 'Wedodd Mamgu gallwn ni roi lifft 'nôl i'r stad i chi pan bennwn ni, os y'ch chi moyn.'

Gorffenasant am ddau o'r gloch, a mynd i ymuno â theulu Steffan yn y dafarn. Roedd Anna'n adnabod Eirwen, y famgu, eisoes, ond doedd hi ddim wedi cwrdd ag Ieuan, tad Steffan, o'r blaen. Roeddent wedi glanhau eu platiau'n drylwyr. Yn wir, roedd yn amlwg o'u maint eu bod yn mwynhau eu bwyd.

'Reit, beth y'ch chi moyn i yfed?' gofynnodd Ieuan, gan godi'n syth i ysgwyd llaw â hi. 'Deiet côc i ti Steff, dwi'n gwbod.' Gofynnodd Anna am ddiod feddal ac eistedd yn ymyl Eirwen.

''Co ni'n cwrdd eto,' meddai. Roedd Eirwen yn prysur roi barrau siocled yn llechwraidd i Steffan dan y bwrdd. Gwenodd a wincian.

'Mae cinio'n aros iddo gartre,' meddai'n agos atoch, 'ond mae e siŵr o fod bwti starfo. Paid â gweud wrth dy dad.' Doedd fawr o syndod fod Steffan dros ei bwysau, felly, ond drwy drugaredd, roedd e wedi cuddio'r siocled yn ei boced cyn i Ieuan ddychwelyd. 'Wên i mor falch pan wedodd Steffan pwy oedd yn gweithio yn y gegin,' meddai Eirwen. 'Wedes i, on'd do fe? Mae'r ledi honno'n gordon blŵ! Galli di ddysgu lot wrthi hi.' Pwniodd Anna'n ysgafn â'i phenelin. 'Weles i'ch systifficêts chi flynydde 'nôl, ch'weld.' Gwridodd Anna. Nid oedd gwaith coginio'r dafarn yn ddim byd tebyg i'r cwrs *cordon bleu* a wnaeth pan oedd yn ifanc.

'Fe ddysgith Steffan shwd i roi bwyd ar blatie'n glou,' atebodd. 'Ac i gadw cegin yn lân.' Amneidiodd Eirwen fel petai hynny'n gwbl foddhaol.

'Rhowch wbod os nad yw e'n byhafio,' meddai.

'Mae e wedi bod yn gaffaeliad cyn belled. Mae e'n gallu mystyn pethe o silffoedd dwi ddim erioed wedi gallu gweld beth sydd arnyn nhw.'

'Ma' rhywun yn aros amdanoch chi,' oedd sylw Ieuan pan arhosodd ar y gornel nid nepell o'r fflatiau beth amser wedyn. Dringodd Anna allan o'r fan heb gynnig sylw ynghylch hynny. Roedd wyth fflat arall heblaw ei un hi, a ta beth, os taw rhywun o'r heddlu oedd yno, nid oedd am grybwyll y peth. Diolchodd iddynt am y lifft, ac aros i'r fan yrru i ffwrdd cyn dilyn y llwybr at ei chartref. Wrth iddi gerdded, sylweddolodd ei bod wedi colli cyfle. Petai hi wedi sôn am yr heddlu, efallai y byddai Ieuan neu Eirwen wedi dweud rhywbeth defnyddiol. Rhaid eu bod yn gwybod bod Steffan yn y parti, ond eto, nid oedd hynny'n golygu ei fod wedi dweud dim byd wrthyn nhw amdani hi. Mwyaf y meddyliai am eu sgwrs, mwyaf yr amheuai na wyddai Ieuan ac Eirwen mai hi a Seimon ddaeth o hyd i'r corff. Pe gwyddent, doedd bosib na fyddent wedi sôn am y peth ym mhreifatrwydd y fan, os nad yn y dafarn. Am ryw reswm, roedd Steffan wedi dewis cadw'r wybodaeth honno'n gyfrinachol. Pe na bai hi wedi cythruddo Llio'r noson gynt, gallai hi fod wedi gofyn amdano. Dyna gyfle arall a gollodd yn ddifeddwl.

A hithau'n ddwfn yn ei meddyliau, ni sylwodd ar y car wedi'i barcio ar y ffordd nes i'r drws agor, a gwelodd Seimon Picton-Jones yn dringo o sedd y gyrrwr.

'Helô!' meddai. Pwyntiodd i fyny. 'Dwi'n aros am Celyn a Llio. Mae hi'n dod draw aton ni am sbel fach os yw hynny'n iawn.' Tynnodd wep ddoniol. 'Mae'r ddwy wedi gweithio mor galed bore 'ma, maen nhw'n shwps.'

'Does gyda fi ddim gwrthwynebiad i gael llonydd,' atebodd Anna gan wenu. Petrusodd am eiliad o gofio'r tro diwethaf y gwelodd Seimon. 'Gesoch chi'ch car 'nôl yn iawn y nosweth o'r blaen, 'te?'

'Do, yn y diwedd,' atebodd yntau. 'Bues i gyda'r heddlu am blydi oesoedd, cofiwch. Aeth popeth yn iawn gyda chi'ch dwy?' Cyn i Anna fedru dweud dim, daeth sŵn lleisiau'r merched uwch eu pennau, a gwelsant y ddwy'n rhuthro i lawr y grisiau'n cario sach blastig. 'Rhagor o gardifeins?' holodd Seimon ei ferch.

'X-box,' meddai Celyn, 'mae'n un i'n ffrwcs.'

'Oherwydd ei fod yn cael ei ddefnyddio nos a

dydd,' meddai ei thad yn sychlyd. Trodd yn ôl at Anna. 'Newydd orffen eich gwaith am y dydd?' holodd yn lled ffurfiol. Roedd Anna'n ymwybodol yn sydyn ei bod yn drewi braidd.

'Clwb Cyrri heddi, 'te,' murmurodd Llio wrth iddi gerdded heibio i'w mam at ddrws cefn y car.

'Ie, yn anffodus,' atebodd Anna, gan wynto'i llawes. ''Sdim modd dianc rhag y sawr.' Gwelodd Llio Seimon yn codi ael.

'Mae'n *chef*, ch'weld,' meddai wrtho. Teimlodd Anna'n ddiolchgar nad oedd Seimon yn debygol o fod yn gyfarwydd â dull eironig arferol Llio o siarad. Cododd ei aeliau ef yn uwch fyth.

'Odych chi wir? Dyna damed o lwc. Odych chi'n gweithio ar eich liwt eich hun o gwbwl, gwedwch?' Gan nad oedd gan Anna unrhyw fwriad coginio ar gyfer parti preifat yn eu tŷ nhw fel math o forwyn fach, tynnodd wep amwys, ond ni sylwodd Seimon ar hynny. 'Fyddai diddordeb 'da chi mewn paratoi bwffe gyda'r nos rhwng y Nadolig a'r Flwyddyn Newydd? Trefnes i'r achlysur beth amser yn ôl ar gyfer y gwaith, gan feddwl defnyddio'r arlwywyr arferol, ond dwi newydd glywed eu bod nhw wedi penderfynu mynd am griws i'r Caribî am bythefnos. 'Sneb yn ateb y ffôn.' Ysgydwodd ei ben. 'Byddech chi'n meddwl taw dyma adeg brysuraf y flwyddyn iddyn nhw.'

Roedd yn demtasiwn i wrthod yn syth, ond yn lle hynny, clywodd Anna ei hun yn gofyn, 'Ar gyfer faint o bobl?'

'Bwti hanner cant. Mae deg ar hugain a mwy eisoes wedi derbyn. Gallwch chi ddychmygu'r panig pan sylweddoles i nad oedd 'da fi friwsionyn i'w gynnig iddyn nhw. Dylen i fod wedi gwneud yn siŵr fod yr arlwywyr ar gael cyn anfon y gwahoddiadau, sbo.' Er na ddywedodd hynny, roedd Anna'n amau ei fod wedi bod yn ffonio cwmnïau eraill ar ras wyllt, a darganfod bod pawb arall wedi achub y blaen arno.

'Does gen i ddim llawer o gyfleusterau,' meddai, 'na staff arlwyo chwaith.'

'Ond o safbwynt coginio, gallech chi ei wneud e? Mae platiau, gwydrau a chyllyll a ffyrc gyda ni yn y swyddfa. Ry'n ni'n gwneud y math hyn o beth yn bur aml.'

'Dyw'r coginio ei hun ddim yn fy mhoeni, ac os nad oes angen hurio llestri, dyna un peth yn llai i boeni yn ei gylch. Allwch chi roi diwrnod i fi feddwl am y peth? Dwi ddim eisiau codi'ch gobeithion ac wedyn gwrthod. Byddai angen trefnu popeth cyn y Nadolig.'

'Dim problem o gwbwl! Os gallech chi nodi rhai syniadau am y bwyd, ffonia i chi mewn diwrnod neu ddau a gallwn ni drafod y peth. Dwi ddim yn gwbod ble i droi fel arall.' Ffarweliodd Anna â nhw a gwylio'r car grymus yn gyrru ymaith. Roedd yn amau bod Seimon eisoes wedi cymryd yn ganiataol ei bod yn fodlon ymgymryd â'r gwaith. Efallai ei bod hi. Byddai ei chyfrif banc yn fwy iachus pe gwnâi, ac yn ogystal â hynny, roedd gobaith cael mwy o waith tebyg os llwyddai i roi pryd da iddynt. Ond byddai'n rhaid iddi wneud ei syms yn drylwyr cyn cadarnhau.

Dringodd y grisiau i'r fflat gan bwyso a mesur. Caeodd drws ar y landin uwch ei phen yn dawel, a meddyliodd iddi wynto mwg baco wrth iddi roi'r allwedd yn y clo. Chwarae teg i Debs, doedd hi ddim yn ysmygu yn ei chartref o flaen y bychan. Roedd Anna newydd roi ei dillad drewllyd i olchi, ac roedd yn ymlwybro i'r stafell fyw gyda choffi, papur a beiro pan glywodd y gadair wthio'n disgyn yn herciog i lawr y grisiau. Gobeithiodd, wrth godi ei thraed ar glustogau'r soffa, fod Meilo wedi'i wisgo'n gynnes. Pwysodd yn ôl a dechrau meddwl am fwyd addas i bobl ei fwyta ar eu sefyll. Cyn iddi sgrifennu am fwy na phum munud, aeth cwsg yn drech na hi.

Dihunodd am saith mewn tywyllwch. Cododd yn ddryslyd, gan sylweddoli nad oedd wedi tynnu dim o'r rhewgell ar gyfer swper. Arllwysodd y coffi oer i'r sinc a mynd i chwilio am fwyd. Roedd yn hen bryd iddi gynnal sesiwn fawr arall o wneud prydau i'w rhewi, oherwydd dim ond dau neu dri oedd ar ôl.

Cipiodd y blwch agosaf a cheisio darllen yr ysgrifen ar y label – Cig oen a chorbys Puy? Doedd dim ots beth oedd e. Roedd digon iddi hi a Llio, ond efallai na fyddai Llio angen swper. A oedd yn werth ei ddadrewi? Canodd cloch y drws a brysiodd i'w ateb.

'Wên i ar fin dy ffonio di,' meddai Anna, pan welodd Llio a Seimon yn sefyll ar y trothwy. ''Sdim angen nawr. Swper mewn hanner awr.'

'Gwd!' arthiodd Llio. Roedd yn amlwg o'i wep nad oedd hi wedi mwynhau ei hymweliad â Celyn. Aeth yn syth i'w stafell a'r X-box yn ei llaw a chau'r drws.

'Dished o goffi?' gofynnodd Anna i Seimon yn y tawelwch a ddilynodd. Roedd e'n rhwbio'i ddwylo ac yn ymdrechu i beidio â chrynu.

'Hyfryd!' atebodd yn eiddgar a'i dilyn i'r gegin.

'Shteddwch eiliad,' meddai Anna a mynd at y peiriant coffi. 'Llaeth a siwgr?' Pan nad atebodd, trodd a gweld ei fod yn darllen y label ar y blwch a dynnodd o'r rhewgell. Edrychodd i fyny a gwenu arni. Roedd ganddo ddannedd da.

'Sori. Dim ond llaeth, os gwelwch yn dda. Fel hyn ry'ch chi'n byta drwy'r amser? Coffi go iawn a phrydau *gourmet*?'

''Sdim byd *gourmet* ynghylch stiw syml.' Rhoddodd y coffi iddo a'i wylio'n gafael yn y mẁg i gynhesu ei ddwylo.

'Mae'n dibynnu beth ry'ch chi wedi arfer ag e.' Edrychodd yn chwithig am eiliad. 'Odych chi wedi cael cyfle i feddwl am y bwffe?'

'Fe ddechreues i wneud, ond wedyn syrthies i gysgu,' cyfaddefodd Anna, a dangos y rhestr iddo. Roedd hi wedi bwriadu sgrifennu mwy wrth aros i'w swper goginio. Wrth iddo ddarllen ei rhestr dila, rhoddodd y blwch i ddadrewi yn y popty meicrodon a chynnau'r ffwrn.

Roedd cywilydd arni am brinder ei syniadau cyn belled, ond roedd Seimon yn amneidio'n frwd.

'Mae hyn yn addawol!' meddai. 'All ein harlwywyr ni ddim meddwl am ddim byd amgenach na phasteiod selsig a choesau cyw iâr fel rheol.'

'Dwi ddim yn gwbod beth yw'ch cyllideb chi, cofiwch,' atebodd Anna. 'Mae rhai o'r pethau hyn, fel samwn mwg, yn ddrud, ond falle bydd e'n rhatach ar ôl y Nadolig. Maen nhw'n gor-stocio ar gyfer yr Ŵyl.'

''Sdim ots am y pris,' meddai Seimon. 'Bydd ein gwesteion yn meddwl ein bod ni wedi cael arian Loteri os cewn nhw'r bwyd 'ma.' Canodd cloch y popty meicrodon a rhoddodd Anna'r stiw yn y ffwrn, a gosod nifer o roliau bara o'i amgylch. Deng munud arall a byddai popeth yn barod.

'Dyna sŵn cyfarwydd,' meddai Seimon. 'Dwi'n ei glywed yn fy nghwsg.'

'A finne. 'Sdim byd yn bod ar goginio mewn popty meicrodon, ond gan fod angen y ffwrn arna i i gynhesu'r rholiau bara, cystal rhoi rhywbeth arall ynddo hefyd.'

'Prydau parod Marks and Spencer bydda i'n eu coginio. 'Sda fi ddim clem fel arall.' Bu saib am eiliad, yna ychwanegodd, 'Dyw fy ngwraig, Delyth, ddim yn iach iawn. Dyna pam dwi'n twthian i wneud bwyd.' Gan nad oedd Llio erioed wedi sôn bod mam Celyn yn ddynes sâl, edrychodd Anna arno'n syn.

'Mae'n ddrwg iawn 'da fi glywed hynny. Ody 'ddi wedi bod yn sâl am gyfnod hir?' Edrychodd Seimon yn drist a syllu i mewn i'r mẁg coffi.

'Ers blynyddoedd bellach. Ond nid salwch corfforol yw e. Mae'n diodde o glefyd nerfol. All hi ddim ymdopi â llanast na baw o unrhyw fath. Mae cig amrwd a llysiau yn eu pridd yn drech na hi. Mae'n glanhau'n ddiddiwedd hefyd, nes bod ei dwylo'n rhacs.'

'Mae salwch fel 'na yr un mor anodd â gwendid corfforol,' atebodd Anna. 'Oes 'na unrhyw gymorth i'w gael i'w helpu hi?'

'Siŵr o fod, ond mae'n rhaid i'r claf dderbyn fod angen triniaeth arnyn nhw gynta.' Gorffennodd Seimon ei goffi a sefyll ar ei draed. 'Reit, cystal i fi ei throi hi, neu fydd 'da fi ddim teiars ar ôl.' Neidiodd Anna i fyny hefyd.

'Anghofies i'n llwyr am eich car!' meddai. Arhosodd ar y landin, gan bwyso dros y canllaw i ffarwelio ag ef. Buodd e'n lwcus. Nid oedd ei gar wedi denu sylw'r hwdis, oherwydd yr ochr draw i'r llain werdd, roedd rhywun wedi cynnau set newydd sbon o oleuadau llachar dros eu tŷ cyfan, yn cynnwys Rwdolff y carw trwyngoch ar y to. Gallai hi weld y criw arferol yn sefyll yn haid o flaen y sioe, yn pwyntio ac yn chwerthin yn uchel. Pwy fyddai'r cyntaf i daflu carreg, tybed? Clywodd Seimon yn tanio'r injan cyn mynd 'nôl i'r fflat a chau'r drws. Roedd aroglau annifyr yn dod o'r gegin, a rhedodd i dynnu'r rholiau bara o'r ffwrn. Diolch i'r drefn na welodd Seimon hi'n eu llosgi!

'*Weird* yw'r gair am fam Celyn,' meddai Llio, wrth estyn am ragor o'r cig oen. 'Unwaith dwi wedi'i gweld hi erio'd. Mae'n byw yn y gwely, weden i, ac mae pawb yn cripan rownd heb eu sgidie.' Crafodd Anna'r crwst llosg oddi ar un o'r rholiau bara. Doedd hi ddim wedi disgwyl i Llio fod yn barod i drafod mam Celyn ar ôl iddi ddod adref mewn hwyliau cynddrwg, ond siomwyd hi o'r ochr orau.

'Mi ges i'n synnu braidd na chest ti wahoddiad i swper,' meddai.

'Byth,' atebodd Llio. 'A fydden i ddim yn derbyn, ta

beth. Chi ofon cyffwrdd â dim. Dwi'n trio peido â mynd i unman ond stafell Celyn. Y lle gwaetha yw'r tŷ bach. Ma' rhestr ar y wal o beth y'ch chi i fod i neud.'

'Rhestr?'

'Mm.' Cnodd Llio wrth geisio ei dwyn i gof. 'Sychu'r sedd cyn dachre, gyda'r weips 'ma. Defnyddio weip arall ar eich dwylo cyn fflysio ac wedyn fflysio ddwywaith. Sychu'r sedd ar ôl i chi bennu a rhoi diheintydd lawr y laf. Golchi'ch dwylo â rhyw stwff arbennig ac wedyn agor y drws gyda weip arall. Gallen i fod wedi anghofio rhywbeth. Wedd 'y mhen i'n troi erbyn pwynt chwech.' Deallodd Anna'n sydyn pam roedd Seimon wedi siarsio'i ferch i beidio â dihuno'i mam y noson y bu hi'n sefyll yn y cyntedd yn ei sanau tyllog. Roedd hi wedi cymryd yn ganiatol taw crandrwydd oedd yn gyfrifol am foelni'r lle. Tybed a fyddai Delyth, a'i holl arferion obsesiynol, yn bresennol yn y bwffe arfaethedig? Byddai'n hynod ddiddorol ei gweld hi, ond yn bendant, byddai'n llai o straen pe na bai hi yno.

'Beth yw gwaith Seimon?' gofynnodd.

'Graffeg neu rwbeth,' atebodd Llio yn amwys. 'Ta beth yw e, mae'n talu. Wes pwdin i gael?'

Dechreuodd y gerddoriaeth o'r fflat uwchben tua naw o'r gloch, ond ddim mor uchel ag arfer. Eisteddodd Anna wrth fwrdd y gegin yn sgrifennu rhestrau diddiwedd. Daeth Llio i mewn sawl gwaith i nôl diodydd poeth cyn ymddangos yn ei phajamas am un ar ddeg. Nid oedd

Anna wedi sylweddoli ei bod mor hwyr. Ta waeth – gallai gysgu'n hwy yfory gan nad oedd ei shifft yn dechrau tan dri. Roedd hi yn y stafell ymolchi pan glywodd sŵn ffusto drws. Aeth allan i'r cyntedd â'i brws dannedd yn ei llaw a gwrando am ennyd. Ai o fflat Debs y deuai? Agorodd y drws blaen yn ofalus a chlustfeinio heb ddangos ei hun. Nid edrychai'n debyg fod Debs wedi agor y drws y tro hwn. Dim ond llais ei chyn-sboner, Darren, oedd i'w glywed. Daeth sŵn traed o'r dde a throdd Ann ei phen. Roedd Dilwyn, ei chymydog, yn dringo'r grisiau'n araf, gan daflu cipolygon i fyny at y llawr nesaf. Gwelodd hi a rholio'i lygaid.

'Ma'n nhw wrthi 'to, 'te,' murmurodd, ac amneidiodd Anna. Wrth i Dilwyn fynd heibio, sbonciodd Darren i lawr y grisiau pellaf o'r ail lawr, heb edrych i'r naill ochr na'r llall. Gwyliasant ef yn rhedeg nerth ei draed ar draws y llain werdd cyn diflannu i'r cysgodion. Aeth Dilwyn i mewn i'w fflat, a chlywodd Anna folltau'n cael eu gwthio i'w lle. Call iawn, meddyliodd. Yna clywodd ddrws Mrs Gray yn cael ei ddatgloi o'r tu mewn. Pipodd Anna rownd y gornel yn chwilfrydig. Ni allai gredu fod Mrs Gray wedi llwyddo i gyrraedd ei drws blaen yn ddigymorth mewn llai na munud. Yna tynnodd 'nôl. Camodd Ranald yn sionc at y rheilin ac edrych drosto, mewn gŵn wisgo flodeuog menyw dros bâr o bajamas fflaneléd. Sleifiodd Anna'n ôl i'w chyntedd yn ddistaw. Roedd hi'n dal i wenu am fywydau carwriaethol pobl eraill pan ddringodd i'w gwely ddeng munud yn ddiweddarach. Edrychai'n fwyfwy tebygol y byddai'n coginio'r bwffe ar gyfer Seimon a'i westeion. A dweud y gwir, roedd y syniad yn eithaf cyffrous. Roedd hi wedi anghofio cymaint roedd hi'n mwynhau cynllunio pryd bwyd a ddangosai ei sgiliau, yn hytrach na dilyn canllawiau cyfyng rhywun arall. Rwyt ti'n rhedeg cyn cerdded, rhybuddiodd ei hun, ond serch hynny, roedd yn deimlad pleserus.

# PENNOD 11

'Beth sy'n bod?' gofynnodd Anna y prynhawn canlynol, wrth weld Carmel yn ymddangos wrth y drws gan edrych yn ddiflas a rhoi ei sbectol 'nôl yn ei phoced.

'Mae'r rhestr o weithwyr dydd Nadolig lan,' atebodd Carmel. 'Dwi ddim arno, ond mi wyt ti. Sori.' Tynnodd Anna flwch o *mayonnaise* allan o'r oergell a syllu ar ei ddyddiad.

'Paid â phoeni am hynny. Mae unrhyw beth yn well na bod yn y Ffrij drwy'r ddydd. Ac mae gyda ti deulu'n dod, on'd oes e?'

'Oes.' Roedd yn amlwg fod Carmel yn teimlo'n euog ac yn ceisio celu ei rhyddhad ar yr un pryd. 'Bydd y gegin yn cau am bump, 'na un cysur,' ychwanegodd.

'Wyt ti'n siŵr nad oes ots 'da ti weithio dydd Nadolig?' gofynnodd Carmel yn nes ymlaen.

'Ddim o gwbwl. Wir nawr! Ma' meddwl am orfod bwyta cinio Nadolig Sheryl yn rhoi diffyg traul i fi.'

'Beth fydd hi'n ei baratoi?'

'Duw a ŵyr. Llynedd, roedd hadau llin ym mhopeth. Ac yn waeth na hynny, dyw nhw ddim yn gwastraffu dim, felly mae'r un pryd yn cael ei ailgylchu am ddyddie. Pwy arall sy'n gweithio?'

'Sai'n siŵr. Lily, dwi'n meddwl, a Chris. A Rob, wrth gwrs. Sa i'n credu weles i enw Steffan. 'Sdim sôn amdano fe heddi cyn belled, chwaith.' Amneidiodd Anna, er y gwyddai'n iawn ymhle'r oedd Steffan. Wrth iddi ddod oddi ar y bws, roedd car heddlu'n troi i mewn i'r maes parcio. Erbyn iddi newid i'w dillad gwaith a dod allan o'r tai bach, roedd Steffan a Rob yn cerdded at ei swyddfa yng nghwmni heddwas a'r blismones y bu Anna'n siarad â hi ar noson y llofruddiaeth. Synnai nad oedd Carmel wedi clywed hynny. Piciodd Anna'n syth yn ôl i'r tai bach a ffonio Llio, ond doedd neb wedi galw yn y fflat.

Gorffennodd Carmel ei shifft am bedwar ac ymadael. Fel petai wedi bod yn aros iddi fynd, ymddangosodd Steffan wrth ddrws y gegin yn syth wedyn, gan drefnu ei gapan pig.

'Popeth yn iawn?' galwodd Anna, wrth iddi lwytho'r peiriant golchi llestri.

'Ody, dim problem,' atebodd y crwt, ond roedd ei wyneb yn goch. Taflodd gipolwg i fyny ar y sgrin archebion gwag. 'Beth alla i 'i neud? Wes unrhyw waith paratoi ar ôl at heno?'

'Dwi'n credu fod Carmel wedi'i wneud e,' atebodd Anna. Ciledrychodd Steffan arni am eiliad.

'Chi'n gwbod ble dwi wedi bod, on'd y'ch chi? A pham.' Amneidiodd Anna. Nid oedd dim amdani ond siarad yn blaen.

'Wên i 'na, ti'n cofio? Fi a Seimon, tad Celyn, ddaeth o hyd i gorff Jarvis,' meddai. Cnodd Steffan ei wefus fel petai yntau'n ceisio penderfynu faint i'w ddweud.

'Dwi'n credu fod y lleill i gyd yn rhy feddw neu'n rhy *stoned* i gofio unrhyw beth. Dyna pam wên nhw isie siarad â fi eto.'

'Faint wyt ti'n ei gofio? Dyw Llio'n cofio fawr ddim.'

'Nagyw, dwi'n gwbod. Ond weles i ddim o Jarvis yn cael ei anafu. Cerddodd e ar draws y stafell ac ishte yn y gadair. Wên i'n hanner cysgu, ond dwi'n cofio hynny. Sai'n credu bod neb wedi mynd yn agos ato wedyn. Ddim nes i chi ddod miwn, ta beth.'

'Ody'r heddlu'n derbyn taw dyna beth rwyt ti'n ei gofio?'

'Dwi'n meddwl 'ny, ond mae'n anodd gweud. Roedd y fenyw'n neis iawn – Donna yw ei henw hi. Sena i'n credu bod yr arf wedi dod i'r golwg 'to. Whilon nhw bawb, wrth gwrs, ond wedd dim sôn amdano. Cyllell, weden i. 'Na beth maen nhw'n ei gario ar y stad.'

'Byddan nhw wedi tynnu'r tŷ ar led hefyd, galli di fentro.'

'Byddan, sownd,' crychodd ei dalcen. 'Wedd lot o fynd a dod yn gynharach y no. Pobl o'n i ddim yn eu nabod. Dwi moyn helpu'r heddlu, ond y peth yw, senach chi'n sylwi ar bawb, odych chi? Yn enwedig os yw nhw wedi'u gwisgo'n debyg i'w gilydd.'

Cytunodd Anna'n ddistaw. Ni allai hi fod wedi rhoi disgrifiad manwl o'r criw a ddaeth allan o'r tŷ pan oedd hi a Seimon yn eistedd yn y car, ac roedd hi'n gwbl sobor ar y pryd.

'Arhosodd Rob gyda ti pan oedd yr heddlu'n gofyn eu cwestiyne?'

'Do. Achos bo fi dan ddeunaw. O'dd ddim pwynt galw Dad neu Mamgu o'r gwaith.' Uwch eu pennau, canodd y gloch fach a ddynodai fod archebion ar y sgrin. Syllodd Steffan i fyny ac ysgwyd ei ben.

'Pwy sy'n byta *sundae* hufen iâ a hithe'n rhewi tu fas, gwedwch?' gofynnodd, ac estyn am y gwydrau mawr o'r silff.


'Wedd yr heddlu'n rhesymol 'da Steffan?' gofynnodd Anna, gan gydio'n dynnach yn ei mŵg coffi. Roedd yn cymryd ei saib yn oerfel y cwrt cefn marciau wyth, ac yn gwylio Rob yn rholio casgenni i mewn o'r fan lle gadawyd nhw gan y lorri gyflenwi a gyrhaeddodd yn hwyr. Roedd Chris wedi cyrraedd am chwech, felly gallai adael Steffan yn y gegin gydag e am ddeg munud. Pwffiodd Rob ac ystwytho'i gefn. Sgleiniai ei grys gwyn yn y golau o'r ffenest.

'Wên. Yn neis-neis, a gweud y gwir. Wên nhw ddim yn ei gyhuddo fe o neud dim. Siarad ag e fel plentyn bach.'

'Beth o't ti'n ei ddisgwyl? Y *Sweeney*?'

'Wel, na. Ond dyw Steffan ddim yn dwp, t'mod.'

'Wêt ti ddim wedi sylweddoli hynny o'r blaen?'

'Wên, wrth gwrs! Ond wedd e'n wahanol pan

wedd e'n siarad â nhw. Fel 'se fe ddim cweit yn deall y cwestiyne.'

'Diddorol.' Gwthiodd Rob gasgen arall i'w lle ac agor y drws bach a arweiniai at y seler.

'Beth sy 'da fe i'w gwato?' holodd.

'Ofynnest ti iddo?'

'Naddo. Falle dylen i fod wedi gwneud. Ond wedyn, falle taw nyrfs wedd e.' Pipodd i'r tywyllwch y tu hwnt i lithren y seler cyn galw, 'Daniel? Ti lawr 'na?' Daeth ateb aneglur o bell.

'Tro'r gole mla'n 'te'r slej!' gwaeddodd Rob, a chlustfeinio eto. Rhochiodd yn ei drwyn. 'Ffaelu ffindo'r gole? Mae isie gras, wes wir! Dere di mas fan hyn a ddwa i lawr i dderbyn y casgenni.'


Wrth iddi olchi ei dwylo yn y tai bach, meddyliodd Anna am eu sgwrs. Pe na bai'n dyst, gallai hi fod wedi cynnig bod yn gwmni i Steffan yn ystod ei gyfweliad. Tybiai nad oedd e wedi disgwyl i Rob sylwi ar y 'cymeriad' simpil roedd wedi'i fabwysiadu er mwyn siarad â'r heddlu.

Ymddangosai fod yr heddlu wedi ei gredu. Efallai fod y cryts eraill oedd yn y parti'n llai siarp, ac mai dyna roedden nhw'n disgwyl ei glywed. Ond roedd y ffaith fod Steffan wedi deall hynny a'i droi'n fantais yn arwyddocaol. Fel gofynnodd Rob, beth oedd ganddo i'w guddio? A pham soniodd Steffan am yr arf na chanfuwyd hyd yma? Diolchodd i'r drefn nad oedd hi wedi sôn dim am gerdded drwy'r tŷ yn chwilio am Llio.

Ai dyna pam y soniodd am y gyllell, rhag ofn ei bod hi wedi gweld rhywbeth? Aeth yn ôl i'r gegin yn fyfyrgar, ond roedd popeth yn brysur yno, a Steffan a Chris yn gwrando ar y cwisfeistr hanner meddw y gellid ei glywed yn camynganu cwestiynau dros y meicroffon yn y bar tra oedden nhw'n gweithio.

'Prifddinas pwy wlad yw Ping-Pong?' clywodd Anna.

'Beth?' daeth cytgan o leisiau gwatwarus.

'Mae e'n waeth nag arfer,' meddai Chris, gan edrych ar y cloc. Dyn main, moel yn ei bedwardegau oedd Chris, a oedd braidd yn rhy hoff o orffen shifft yn gynnar. Roedd llu o archebion ar y sgrin. Fyddai Anna ddim yn gadael yn gynnar heno.

'Cambodia,' mwmialodd Steffan yn dawel wrtho'i hun. 'Phnom Penh mae e'n feddwl.'

Heb air, aeth Anna at y sinc i olchi ei dwylo unwaith eto.


Roedd hi'n dal wrthi'n sgwrio ymhell ar ôl i Steffan adael. Daethai ei shifft ef i ben am naw ac un Chris am ddeg, er bod hwnnw wedi gadael ryw chwarter awr cyn hynny, yn ôl ei arfer. Byddai Steffan wedi aros, ond roedd ei dad yn rhoi lifft adref iddo. Ni hidiai Anna. Roedd hi'n falch o gael y gegin iddi ei hun. Roedd y peiriant golchi llestri'n troelli, a gallai glywed Rob yn tacluso'r bar drwy'r pared. Llwyddodd i gael gwared ar yr yfwyr olaf, felly. Agorwyd y drws yn sydyn a gwthiodd Rob ei ben drwy'r adwy.

'Oes lot ar ôl i'w wneud?' gofynnodd. Gwthiodd Anna big ei chapan i fyny a gwasgu'r mop i'r bwced.

'Dwi bwti bennu. Deng munud arall?'

'Iawn. Rhoia i lifft adre i ti.' Cyn iddi allu dweud mwy, diflannodd 'nôl i'r bar. Erbyn iddi orffen a chasglu ei chot, doedd dim sôn am Rob. A hithau ar fin mynd i chwilio amdano yn ei swyddfa, clywodd e'n ei galw o'r tu allan. Camodd drwy'r drws blaen a'i weld yn edrych i fyny ac yn pwyntio at y rhes o oleuadau diogelwch.

'Ife fi sy'n drysu, neu ody'r bwlb wedi mynd yn y gole 'na?'

'Ti sy'n drysu,' atebodd Anna. 'Bachyn y fasged grog yw e.'

'O jawl, ti'n iawn.' Ochneidiodd mewn rhyddhad. ''Se'r bwlb 'di mynd, bydde'n rhaid i fi roi un newydd mewn. Sena i isie mwy o graffiti.' Ni soniodd Anna nad oedd y goleuadau diogelwch wedi atal y fandal y noson o'r blaen.

'Glywest ti unrhyw glecs ynghylch pwy fuodd wrthi?' gofynnodd, gan ei ddilyn 'nôl i'r bar a'i wylio'n cloi'r drysau mawr yn ofalus. Roedd e eisoes wedi gwisgo'i siaced ledr yn barod i adael. Nid atebodd ar unwaith. Cerddasant drwy'r dafarn lonydd, a Rob yn pipo i bob twll a chornel. Roeddent wedi cyrraedd y drws cefn cyn iddo ddweud gair pellach.

'Dwi'n gwbod yn iawn pwy wnaeth,' meddai o'r diwedd. 'Indeg, fy nghyn-wraig.' Gan ei bod yn anodd ffugio syndod llwyr yn y tywyllwch, gwnaeth Anna sŵn bach syn.

'Ond pam?' gofynnodd. Gosododd Rob y larwm, a'i harwain allan i faes parcio'r gweithwyr. Goleuwyd ei wyneb yn sydyn gan y golau uwchben y drws a gwelodd ei fod yn gwrido.

'Mae lot o resyme,' meddai'n lletchwith. 'Ond yr un diweddara yw achos 'mod i wedi rhoi lifft i ti rhyw bythefnos yn ôl. Wyt ti'n cofio? Wên ni'n wherthin am rywbeth yn y maes parcio.' Nid oedd angen iddi ffugio syndod y tro hwn.

'Dyna i gyd sydd ei angen?' sibrydodd, gan sylweddoli'n sydyn y byddai'n rhaid i Indeg fod wedi cuddio yno er mwyn eu gweld. Fyddai Rob ddim yn cynnig lifft iddi fel rheol oni bai fod y bws olaf wedi mynd. Syllodd i'r cysgodion. A oedd hi yno nawr? Gwelodd Rob hi'n edrych a gwenu'n sur.

'Dwi 'di bod rownd eishws,' meddai. 'Mae hi wedi aros gartre heno, am unwaith.' Serch hynny, aeth o gwmpas ei gar a gwirio'r teiars. 'Mae hi off 'i phen, t'weld,' ychwanegodd, gan gicio'r un agosaf yn arbrofol. Ni wyddai Anna beth i'w ddweud am eiliad.

'Well i ti beidio â rhoi lifft i fi, 'te,' meddai. Cododd ei ben a rhythu arni.

'Dim blydi ffiars! Mae hi wedi ennill wedyn, on'd yw hi?' Datglodd y car, a dringodd Anna i mewn a chlicio'r gwregys. Taflodd gipolwg gyflym dros ei hysgwydd, ond yn wahanol i raglenni arswyd ar y teledu, doedd neb yn cuddio yn y sedd gefn. Arhosodd i Rob danio'r injan cyn gofyn mwy.

'Ers pryd mae hi fel hyn?' Meddyliodd Rob wrth iddo yrru i lawr y feidr gefn at y ffordd fawr.

'Dwi'n credu ei bod yn genfigennus o'r dachre,' meddai. 'Ond fel twpsyn, wnes i ddim sylweddoli 'ny am sbel hir. O'n i'n meddwl taw cariad oedd e.' Swniai'n ddi-hid, ond tristawyd Anna. Pan nad atebodd, aeth Rob yn ei flaen. 'Wedd hi'n arfer dod i eistedd yn y dafarn ar ôl iddi bennu yn y gwaith.' Edrychodd arni o gornel ei lygad. 'Falle na welest ti 'ddi. Dim ond yn ddiweddar y dechreuest ti weithio gyda'r nos, ontefe?' Amneidiodd Anna i'w annog i siarad.

'Aeth hynny mlaen am flynyddoedd.' Gwenodd wrtho'i hun. 'Bryd 'ny, wên i'n ffaelu deall pam nad o'n i'n gallu cadw merched fel staff. Dwi wedi colli cownt o sawl un adawodd. Ond yn y diwedd, daeth un groten ata i i roi ei notis, a gweud wrtha i beth oedd yn digwydd. Os wên i'n siarad â chroten yn rhy hir, neu'n gwenu arni hyd 'noed, bydde Indeg yn penderfynu ein bod ni'n cael affêr. Fydde bywyd y groten honno ddim yn werth ei fyw o hynny mlaen. Bydde hi'n aros amdanyn nhw, a'u cyhuddo nhw. Dilynodd hi fwy nag un gartre.'

'Cest ti sioc, siŵr o fod.'

'Wên i'n stwn!'

'Wedd hi ddim yn dy gyhuddo di'n uniongyrchol, 'te?'

'Na wedd. Ddim pwr' 'ny. Mewn ffordd, mae'n haws nawr. Ers i ni ysgaru – ac wedd honno'n frwydr a hanner – dwi'n ei chael hi 'da'i bob gafael. Ond o leia dwi'n gwbod.' Meddyliodd Anna am hyn. Ni allai hi weld bod bygythiad i'w fywoliaeth yn welliant o unrhyw fath.

'Os yw hi'n ymosod ar y dafarn, mae'n awgrymu bod ei chasineb hi'n gwaethygu, on'd yw e?'

'Ody, bendant. Ond mae hi wedi rhoi'r gore i esgus bod yn neis ac yn rhesymol. Wedd hi'n gallu 'nhwyllo i mor hawdd gyda'r *charm offensive*. Mae'n gasineb agored nawr.' Edrychodd yn resynus arni. ''Na ddangos i ti mor dwp odw i.'

'Oes gyda chi blant?' Ni feddyliodd Anna ofyn wrtho o'r blaen.

'Nag o's, diolch byth. Sena i isie meddwl am y geme bydde Indeg wedi'u whare 'da'u meddylie nhw. A bydde hi wedi'u defnyddio nhw fel arfe ar ôl i ni ysgaru, 'sdim dwywaith.'

'Mae hynny'n gallu digwydd,' meddai Anna'n fyfyrgar, ond o sylwi ei fod yn edrych yn chwilfrydig arni, ychwanegodd, 'Bues i'n gymharol lwcus. Dyw Mal ddim yn ceisio prynu cariad Llio, er y galle fe. Ond mae hynny'n benna achos nad yw e'n credu yn y gymdeithas brynwriaethol.' Chwarddodd Rob am y tro cyntaf. Roeddent wedi cyrraedd y fflatiau.


Cododd Anna ei llaw arno o'r landin a'i wylio'n gyrru ymaith cyn troi am ei drws ei hun. Brysiodd drwy'r cyntedd a rhoi ei dillad i olchi cyn pipo i mewn i stafell Llio. Roedd hi yno, yn siâp hir o dan y cwrlid.

141

Roedd Anna wedi meddwl gofyn iddi a hoffai ddod i'r dref i siopa gyda hi drannoeth. Â phrin wythnos cyn y Nadolig, roedd yn hen bryd iddi ddechrau paratoi o ddifrif.

# PENNOD 12

Trodd Anna'r allwedd sbâr yn nrws Mrs Gray y bore wedyn a hwpo'i phen drwy'r adwy.

'Helô? Chi i gael 'ma?'

'Odw, bach! Dewch miwn.' Roedd yn gynnar, ond roedd Anna wedi dewis ei hamser, gan obeithio na fyddai Ranald wedi cyrraedd eto. Eisteddai Mrs Gray yn ei chadair arferol, a fflasg ar y bwrdd bach o'i blaen. Gwyddai Anna taw dyna'r peth olaf a wnâi Ranald cyn gadael am y nos (pan fyddai'n gadael), er mwyn iddi fedru cael diod yn y bore.

'Dwi ar fy ffordd i'r dre,' meddai Anna. 'Oes angen rhywbeth arnoch chi? Odych chi moyn i fi brynu rhyw bresante drosoch chi?' Sionciodd Mrs Gray a gwenu. Roedd golwg flinedig arni, ond efallai mai'r ymdrech o godi oedd yn gyfrifol am hynny.

'Diolch i chi am feddwl gofyn,' meddai. 'Dwi isie prynu siwmper i Ranald. Mae e wedi prynu popeth arall drosta i, ond allwch chi ddim gofyn i rywun brynu ei bresant ei hunan, allwch chi?'

'Dyna wên i'n feddwl. Beth yw 'i faint e? A beth am y lliw?'

'Rhywbeth lliwgar,' atebodd Mrs Gray. 'A bydd

143

*medium* yn iawn. Ody Llio'n mynd gyda chi?' Chwythodd Anna aer o'i bochau.

'Nadi, er 'mod i wedi galw a galw arni. Ta beth, tase hi wedi gorfod codi am saith, bydde hi wedi pwdu am weddill y dydd.' Ymbalfalodd Mrs Gray ym mhoced ei sgert a thynnu ei phwrs ohono. Estynnodd ddyrnaid o arian papur iddi a phrotestiodd Anna.

'Peidwch â dadle! Mae'n un peth gofyn i rywun siopa drostoch chi, ond mae gofyn iddyn nhw dalu hefyd yn ormod.' Cymerodd Anna'r arian yn anfodlon.

'Odych chi erioed wedi gweld byngalo Ranald?' gofynnodd. Ysgydwodd Mrs Gray ei phen.

'Nadw. Bydden i'n dwlu, ond 'sdim ffordd o'i neud e.'

'Dria i feddwl am ffordd,' addawodd Anna gan wenu.

Rai oriau'n ddiweddarach, byseddodd Anna arddangosfa arall o geriach yn ddiflas. Roedd hi eisoes yn drymlwythog â bagiau, ac wedi dechrau danto. Mal a Sheryl oedd y broblem fawr, fel arfer. Roedd mor anodd gwybod beth na fydden nhw'n troi eu trwynau arno. Treuliodd ormod o lawer o amser yn darllen rhestrau cynhwysion a chwilio am y wlad lle tarddai'r nwyddau. Meddyliodd y byddai'n eu syrfio'n iawn petai'n prynu gafr i bentref yn Affrica ar eu rhan. Edrychodd o'i hamgylch mewn anobaith. Yn sydyn, daliwyd ei llygad gan bentwr o hamperi, a brysiodd draw atynt. Roedd wrth ei bodd o weld eu bod i gyd yn cario label masnach deg. Dewisodd un yn llawn siocled a choffi. Bolgi oedd Mal yn y bôn, a gallai Sheryl fynd i grafu os nad oedd unrhyw beth yn y fasged at ei dant. Nid oedd ganddi ddisgwyliadau mawr am unrhyw anrheg a gâi ganddyn nhw. Ni chawsai ddim, hyd yma, a oedd naill ai'n brydferth neu'n ddefnyddiol. Erbyn iddi dalu am yr hamper, prin y gallai godi'r holl fagiau. Roedd yn bryd iddi fynd i'r caffi ar y llawr uchaf am baned. O leiaf medrai fynd yn y lifft.

Ymhen pum munud, roedd hi'n eistedd y tu ôl i biler â dished fawr o'i blaen, ac yn ceisio cyfrif faint o arian oedd ganddi ar ôl yn y banc. Llonnodd fymryn o sylweddoli y byddai'n cael ei thalu drannoeth, ond yna cofiodd y byddai angen iddi brynu'r cynhwysion ar gyfer y bwffe cyn iddi gael ei thalu eto ym mis Ionawr. A oedd hi'n ddigon hy i ofyn i Seimon am daliad o flaen llaw? A phwy allai hi eu cael i'w helpu i weini, heb sôn am gludo'r bwyd a'r diod i'w weithle? Ni fyddai tacsi'n fodlon cario'r cwbl, a byddai'n gost ychwanegol. Roedd hi wedi penderfynu gofyn i Mrs Gray am gael defnyddio'i rhewgell a'i hoergell, ond efallai na fyddai'n ddigon. Bu'n obeithiol ynghylch y bwffe tan yr eiliad honno.

Byrlymai'r lle â siopwyr Nadolig, a oedd i gyd yn edrych yr un mor flinedig a phiwis ag y teimlai hi. Pipodd o amgylch y piler a gwylio dynes oleubryd yn sgubo briwsion oddi ar sedd cyn eistedd. Bu Anna'n lwcus i daro ar draws y bwrdd gwag hwn ar gyrion y prysurdeb. Gwthiai gweinyddes ganol oed droli'n llawn llestri budron o amgylch y lle mor araf â chrwban, fel petai ei thraed yn brifo. Gwelodd fod merch wedi ymuno â'r ddynes oleubryd, ac yn gosod hambwrdd ar y bwrdd. Celyn oedd hi. Syllodd Anna i lawr ar ei choffi. Serch hynny, ar ôl eiliad, ni allai wrthsefyll y demtasiwn i syllu ar Delyth, gwraig Seimon.

Gwyliodd hi'n tynnu pecyn o weips o'i bag a sychu'r botel sudd oren o'i blaen. Sychodd y papur dros y gwelltyn yn yr un modd cyn tynnu napcyn papur oddi ar bentwr ohonynt oedd ar yr hambwrdd, a'i lapio'n ofalus o amgylch y botel. Yna, tynnodd y gorchudd papur oddi ar y gwelltyn a sychu'r plastig â weip arall. Rhoddodd y gwelltyn yng ngwddf y botel yn ofalus heb gyffwrdd â'r tu allan. Ni synnodd Anna nad oedd hi wedi archebu bwyd. Roedd Celyn, ar y llaw arall, wedi prynu diod anferth a darn mawr o deisen siocled, ac roedd yn brysur yn ei stwffio i'w cheg. Edrychai ei mam arni'n bryderus, hwyrach fod arni ofn iddi golli peth ohono ar ei dillad. Treiglodd y ddynes â'r troli heibio iddynt, a dywedodd Delyth rywbeth wrthi. Ag ochenaid ddofn, tynnodd y weinyddes gadach a chwistrell o boced ei ffedog a dechrau sychu'r bwrdd. Bu'n rhaid i Celyn godi ei phlât a'i chwpan o'r ffordd. Ar ôl iddi fynd ar ei hynt, sychodd Delyth y bwrdd yn drylwyr â napcyn arall.

Teimlai Anna drueni drosti. Bu'n ferch bert yn ei hieuenctid, ond erbyn hyn roedd llinellau dwfn ar hyd ei thalcen ac o'i thrwyn i'w gên. Edrychai fel petai wedi sgwrio'r holl liw o'i chroen. Er gwaethaf ei dillad drud, a'i gwallt a dorrwyd yn ddestlus, gallai Anna synhwyro'r tensiwn yn Delyth o ben arall y caffi.

Eisteddai ar ymyl ei sedd, a'i dwy benelin yn dynn yn erbyn ei chorff, rhag ofn iddi gyffwrdd â neb na dim. Er ei bod hi'n bryd golau, roedd Celyn yn debycach i'w thad yn gorfforol, ac yn groten fawr, gref. Roedd yn amlwg nad oedd salwch ei mam wedi effeithio ar ei harchwaeth hi am fwyd.

Edrychodd Anna ar ei watsh. Petai'n dal y bws nawr, fyddai e ddim yn rhy lawn. Tybed a oedd Llio wedi codi? Chwiliodd am ei ffôn yn ei phoced, a chydio mewn llond dwrn o arian papur. O, daro! Roedd hi wedi anghofio prynu siwmper Ranald. Cododd ar frys a gafael yn ei bagiau. Trodd Celyn ei phen i gyfeiriad y sŵn siffrwd. Amneidiodd Anna a gwenu, ond er syndod iddi, edrychodd y fam a'r ferch drwyddi fel petai'n anweledig. Nid oedd hi'n disgwyl i Delyth ei chyfarch, ond roedd hi wedi cwrdd â Celyn ddwywaith. Trodd am ddrws y caffi yn teimlo'n chwithig. Pan oedd hi ar y trothwy, clywodd ebychiad uchel y tu ôl iddi. Ni allai help ond troi ei phen. Roedd Delyth ar ei thraed, yn fflapio'i dwylo. Nid oedd Celyn wedi symud o'i sedd, ond roedd hi wedi gafael mewn napcyn ac roedd yn ceisio'i roi i'w mam. Yn anffodus, roedd honno mewn gormod o banig i'w gymryd. Heb aros i weld beth yn union oedd wedi digwydd, baglodd Anna am y lifft a gwthio'r botwm am y llawr gwaelod.

Erbyn i Anna ddisgyn oddi ar y bws, roedd yn dechrau nosi. Bu'n rhaid iddi ddal y bws anghyfleus a'i gollyngodd ben anghywir y stad oherwydd bod ei bws arferol wedi mynd. Cymerodd fwy o amser nag a feddyliodd i brynu siwmper Ranald, a chrys a thei iddo oddi wrthi hi a Llio. Ceisiodd beidio â meddwl gormod am ei chyfrif banc wrth gerdded. Palodd ymlaen, gan deimlo'r bagiau'n brathu ei bysedd. Roedd yr hamper yn niwsans llwyr, a bu'n rhaid iddi roi'r bagiau i lawr a'u newid o un llaw i'r llall sawl tro. Roedd hi ar fin gwneud hynny eto pan sylwodd ei bod gyferbyn â'r tŷ â'r soffa yn yr ardd flaen. Nid oedd neb i'w weld, diolch i'r drefn, ac roedd y llenni i gyd ar gau, ond cerddodd at ddiwedd y stryd cyn stopio eto. Canodd ei ffôn yn sydyn yn ei phoced.

'Anna? Fi sy 'ma.' Pe na bai ei rif wedi dangos ar y sgrin, byddai dwndwr y dafarn yn y cefndir wedi dweud wrthi taw Rob oedd yn galw.

'Beth sy 'di digwydd?' gofynnodd yn syth.

'Dim byd ofnadw, paid â phoeni. Ond mae 'da fi broblem. Mae Chris yn sâl. Hwdu dros bob man. Oes modd i ti ddod miwn heno am gwpwl o orie? Ma' grŵp o ugen yn cyrraedd am saith.' Meddyliodd Anna am y noson dawel yr oedd wedi'i chynllunio i lapio anrhegion o flaen y teledu, ac yna cofiodd am ei chyfrif banc.

'Bydda i 'na cyn gynted ag y galla i fod,' atebodd.

'Diolch byth!'

Roedd y fflat yn wag pan gyrhaeddodd Anna'n chwys botsh, ond roedd nodyn oddi wrth Llio ar y bwrdd.

Gan fod hynny'n beth syfrdanol ynddo'i hun, nid oedd ots gan Anna am y geiriau a'i cyhuddodd o adael heb ddweud wrthi. Deallodd fod Llio wedi trio'i ffonio sawl gwaith heb lwc, a'i bod wedi mynd i'r dref ar ei phen ei hun. Edrychodd Anna ar ei ffôn a gweld nifer o negeseuon testun oddi wrthi nad oedd wedi eu gweld pan atebodd alwad Rob yn y tywyllwch. Teimlodd yn euog am eiliad, ond wedyn, bu mor brysur yn mynd o siop i siop nad oedd syndod nad oedd wedi ei glywed yn trydar.

Gadawodd yr holl fagiau yn ei stafell wely a rhuthro i roi ei dillad gwaith yn ei bag. Ymhen ychydig funudau, roedd hi'n rhedeg at yr arhosfan fysiau.

'Diolch i ti am ddod mewn,' meddai Rob. Roedd e yn y gegin mewn ffedog blastig yn sleisio tomatos. Anaml y byddai hi mor brysur nes bod yn rhaid i Rob roi help llaw. Golchodd Anna ei dwylo a bwrw iddi. Roedd Chris wedi dewis y noson ddelfrydol i fod yn sâl er mwyn osgoi shifft galed, meddyliodd, ond hwyrach na allai ffugio chwydu, chwaith.

Aeth yr oriau nesaf heibio fel ffilm yn cael ei chwarae'n gyflym. Gweithiodd Anna fel robot, yn effro i sŵn pob archeb newydd, ond yn fyddar ac yn ddall i'r mynd a dod arferol. Daeth Rob i mewn eto i helpu pan allai, ac ambell un o'r lleill hefyd. Atgoffwyd hi o'i dyddiau'n gweithio yng nghegin bwyty crand flynyddoedd maith ynghynt. O leiaf doedd 'na ddim pen cogydd yn gweiddi arni fan hyn. Roedd y criw o ugain i'w clywed yn glir, hyd yn oed o'r gegin. Roedd pob un ohonynt wedi dewis rhywbeth gwahanol i'w fwyta, a phawb wedi archebu cwrs cyntaf yn ogystal â phrif bryd. Yr unig saib a gafodd oedd pan ganodd ei ffôn. Clywodd e'r tro hwn. Llio oedd yno.

'Ble ddiawl wyt ti nawr?' meddai ei merch yn ddiamynedd, ac yn syth wedyn, 'Beth dwi i fod i gael i swper?' Yn y diwedd, dywedodd Anna wrthi am archebu pizza dros y ffôn.

'Fyddi di'n hwyr?' gofynnodd Llio. Gwrandawodd Anna am eiliad ar y rhialtwch yr ochr draw i'r pared. Nid oeddent wedi archebu eu pwdin eto.

'Siŵr o fod,' atebodd. 'Mae'n wallgo 'ma. Gwranda, os wyt ti'n nerfus o gwbwl, cer miwn at Mrs Gray. Dwi'n siŵr na fydd ots 'da hi.' Fel petai rhywun wedi ei chlywed yn sôn am archebion, daeth mwy ohonynt ar y sgrin. Dylai fod wedi rhagweld y byddai'r grŵp mawr eisiau *sundae* hufen iâ bob un. Caeodd y ffôn a mynd i gyfrif y gwydrau. Daeth Lily i mewn yn cario hambwrdd yn llawn platiau a gwydrau. Edrychai'n boeth ac yn ffrwcslyd. Roedd saws tomato ar un o gudynnau ei gwallt golau.

'Ma' isie berwi'u penne nhw,' meddai, pan ofynnodd Anna a oedd popeth yn iawn. 'Parti dyweddïo yw e, a ma' rhai ohonyn nhw'n ryff y jawl. Mae dou wedi gofyn am 'yn rhif ffôn i ac un arall wedi pinsio 'mhen-ôl. Dyw'r groten a'r bachan ddim wedi gwneud dim ond lapswchan. Mae mam y bachan wedi cwyno ddwywaith am gyflwr y cytleri, ac roedd tad y groten yn feddw pan gyrhaeddodd e. Mae'n mynd i fod yn nosweth hir iawn. Byddan nhw'n dachre towlu pethe whap. Ti moyn help 'da'r pwdine?' Yn wir, roedd Anna'n falch o unrhyw gymorth. Tybiai fod Lily'n falch o fod y tu hwnt i afael y pinsiwr am ddeng munud.

Roedd hi bron yn hanner awr wedi deg cyn y gallai gau'r gegin. Nid oedd sôn fod criw y parti'n gadael, wrth reswm, ond nid ei phroblem hi oedden nhw mwyach. Tywalltodd fygaid o goffi iddi ei hun, a dechrau ar y gwaith glanhau. Roedd ei breichiau'n gwynegu wrth iddi sgwrio, a'r bwced yn drwm pan gariodd hi allan i'w gwagio. Pan aeth yn ôl i'r gegin, roedd yn amlwg fod geiriau Lily'n cael eu gwireddu. Parhaodd i lanhau, er bod byrddau a chadeiriau'n cael eu dymchwel a'r lleisiau'n codi'n uwch fyth. Clywodd lais Rob yn dwrdio. Gobeithiai Anna eu bod wedi gorffen eu *sundaes* cyn dechrau ymladd. Ymddangosodd Lily wrth y drws o'r bar, wedi'i chythruddo'n enbyd.

'Dwi'n mynd i ffonio'r heddlu,' meddai a thynnu ei ffôn symudol.

'Ody Rob yn gwbod?' gofynnodd Anna, o'i safle ar ei phenliniau o dan y arwyneb gwaith.

'Ody, ond mae e'n rhy fishi'n eu cadw nhw ar wahân i'w wneud e 'i hunan. O'n i'n gwbod taw fel hyn fydde hi. Dylet ti weld y bar!' Ar ôl i Lily adael, cododd Anna a strelio'i chlwtyn yn y sinc. Teimlai mor flinedig nes bod swn y gyflafan yn teimlo fel petai'n digwydd filltiroedd i ffwrdd. Dim ond golchi'r lloriau oedd ar ôl nawr. A oedd pwynt dechrau? Byddai'r staff yn ôl ac ymlaen yn clirio am sbel wedi i bopeth dawelu. Piciodd allan i'r cefn am eiliad. Roedd seirenau'n agosáu. Brysiodd Anna'n ôl drwy'r gegin ac agor y drws i'r bar rhyw fymryn. O'r fan lle safai, gallai weld bod y lle'n yfflon, a gwydrau a phlatiau'n dal i gael ei taflu'n ddienaid.

Gwthiodd ei phen allan damaid mwy, ond neidiodd yn ôl pan ddaeth gwydr hanner llawn *sundae* o nunlle a thorri yn erbyn y drws, gan arllwys ei gynnwys pinc, gludiog dros y pren. Tynnodd Anna ei chlwtyn a'i sychu'n awtomatig, heb hidio am y darnau a grensiai o dan ei thraed. Daeth gwaedd o'r drws, ac ymddangosodd y glas, yn union fel y gwnaethant y noson o'r blaen. Ni ddeallai Anna sut y gwyddent yn syth pwy i afael ynddynt. Safodd yno a'u gwylio'n reslo rhyw slabyn anferth o ddyn i'r llawr, tra sgrechiai ei wajen yn ddilywodraeth arnynt a'u ffilmio ar ei ffôn. Trodd yn ôl i'r gegin a chau'r drws.

'Yffarn dân!' meddai Rob beth amser wedyn, gan glicio'i wregys diogelwch. 'Caiff y blydi set rheina ddim dod 'nôl! A bydd raid i fi ofyn am eirda a chanpunt o flaendal o hyn mlaen cyn ceiff unrhyw barti mawr arall ddod i'r dafarn.' Edrychodd Anna ar ei watsh a dylyfu gên. Dau o'r gloch. Diolch byth fod Rob wedi cynnig lifft iddi eto. Roedd y gwaith clirio wedi cymryd oriau maith, a byddai angen mwy o waith yn y bore. Ar ben hynny, roedd wedi dechrau plufio eira. Taniodd Rob yr injan a throi'r weipars ymlaen. Yna syllodd arnynt yn ddiobaith. Cododd un yn araf cyn aros yn ei unfan, ond ni symudodd y llall fwy na modfedd.

'Indeg?' gofynnodd Anna.

'Mae'n dysgu,' atebodd Rob yn swta. 'Tase hi wedi'u torri nhw'n llwyr, bydden i wedi gweld cyn dringo i'r car.' Weindiodd ei ffenest i lawr a throi'r gwres i fyny'n uwch.

Chwyrliodd ambell bluen eira drwy'r bwlch, ac roedd y ffenest flaen eisoes dan orchudd tenau ohonynt. 'Ma'n ddrwg 'da fi, ond bydd raid i ti agor dy ffenest hefyd. Gobeithio na welwn ni gar yr heddlu ar y ffordd.' O leiaf byddai gorfod edrych i'r chwith wrth bob cyffordd yn fodd o'i chadw ar ddihun, meddyliodd Anna, ond erbyn iddynt gyrraedd y fflatiau, roedd ei chlustiau'n brifo er gwaethaf ei sgarff. Tynnodd Rob y brêc llaw i fyny.

'Ti siŵr o fod yn difaru dy ened bo' ti 'di cytuno i ddod miwn,' meddai'n dawel.

'Shwd byddet ti wedi dod i ben â phethe fel arall?' gofynnodd Anna. 'Doedd Carmel ddim ar gael heno?'

'Draw yn gweld 'i brawd yn Aberystwyth. Ti oedd 'y ngobeth dwetha i.' Plygodd tuag ati'n sydyn a rhoi cusan swil ar ei boch.

# PENNOD 13

Cododd Anna ei llaw arno o'r landin a'i wylio'n gyrru ymaith a'i ben allan drwy'r ffenest. Penderfynodd nad oedd y gusan yn ddim ond arwydd o werthfawrogiad. Eto, roedd Anna'n ddiolchgar na chusanodd hi ym maes parcio'r Afr, lle gallai Indeg fod wedi'u gweld. Wrth gwrs, gallai'r gusan olygu bod amheuon Indeg yn ddilys am unwaith. Ni wyddai Anna sut y teimlai ynghylch hynny. Nid oedd cael perthynas gyda'r bòs yn syniad da, yn ei barn hi. Cawsai brofiad rhy chwerw o lle y gallai hynny arwain o'i phriodas ei hun. Ochneidiodd. Câi wybod yn ddigon buan os oedd gan Rob obeithion yn y cyfeiriad hwnnw. Trodd a chwilio am ei hallwedd yn ei bag, gan frwsio'r plu eira oddi arno.

Roedd hi'n gwthio'r allwedd i'r clo pan wyntodd y mwg. Camodd yn ôl yn erbyn y rheilin, ond ni allai weld dim uwch ei phen, a ta beth, nid mwg baco oedd e. Meddyliodd i ddechrau fod Mrs Gray wedi mynd i gysgu yn ei chadair heb sylwi bod rhywbeth wedi disgyn yn rhy agos at y tân nwy. Camodd draw at ddrws ei chymdoges ac agor y fflap llythyron. Sniffiodd, ond nid oedd arogl mwg yno. Yna, croesodd ei meddwl y gallai Llio fod wedi gadael rhywbeth yn y ffwrn, a brysiodd 'nôl at ei drws ei hun. Pan wyntodd fwg yng nghyntedd ei fflat, rhuthrodd i'r gegin, ond yn rhyfedd, roedd y sawr wedi diflannu erbyn iddi gyrraedd yno. Aeth yn ôl i'r cyntedd. Ai ei dychymyg oedd ar waith, neu oedd e'n gryfach na phan ddaeth drwy'r drws? Cyneuodd y golau a syllu i fyny, cyn llusgo cadair o'r gegin a sefyll arni. Roedd y gwynt mwg yn bendant yn gryfach yn agos at y nenfwd.

Gafaelodd mewn tortsh a mynd allan i'r landin, gan geisio'i hargyhoeddi ei hun taw'r dihirod ar y stad oedd wedi cynnau coelcerth yn rhywle. Ond heb lawer o awel, a fyddai'r drewdod wedi cyrraedd y fflatiau? Dringodd y grisiau i'r ail lawr. Fel rheol, nid oedd neb gartref yn y fflat cyntaf. Treuliai'r dyn oedd yn byw yno wythnosau bwygilydd i ffwrdd o'i gartref. Sgleiniodd ei thortsh ar hyd y landin a gweld mwg yn cyrlio'n hamddenol yn ei olau. Deuai drwy fflap llythyron Debs, a oedd yn gilagored. Gwthiodd y fflap â'r dortsh yn ofalus i'w agor ymhellach. Daeth pwff mwy o fwg allan drwyddo, ac er nad oedd Anna eisiau rhoi ei llygaid yn rhy agos ato, gwelodd fflamau. Dechreuodd ffusto'r pren a chanu'r gloch, gan weiddi ar Debs. Pan na ddaeth ateb ar unwaith, tynnodd ei ffôn a galw'r frigâd dân. Roedd hi newydd orffen rhoi'r manylion i'r ddynes pan agorodd llenni'r stafell fyw yn sydyn. Safai Debs yno a Meilo ar ei chlun, ei hwyneb yn wyn ac yn ofnus.

'Agor y ffenest!' gwaeddodd Anna. Syllodd Debs arni am eiliad heb ddweud dim, yna ymbalfalodd ar y sil a gafael mewn allwedd pitw. Crynai ei dwylo wrth iddi geisio dod o hyd i dwll y clo. Roedd mwg eisoes yn treiddio o dan ddrws y stafell fyw ac yn codi'n gymylau o'i hamgylch. Teimlai fel munudau maith cyn iddi allu agor y ffenest, ond o'r diwedd llwyddodd, a chymerodd Anna'r babi o'i breichiau. Am resymau diogelwch, doedd y ffenestri ddim yn agor yn llydan iawn, ond tybiai Anna y gallai Debs lithro ei chorff main drwy'r gofod.

'Dere!' galwodd. 'Mae Meilo'n saff 'da fi fan hyn.' Daeth cwthwm mawr o fwg drwy'r ffenest ar y gair, a dechreuodd Anna beswch. Caeodd ei llygaid am eu bod yn llosgi, a throi i ffwrdd am eiliad er mwyn arbed y bychan rhag anadlu mwg. Pan drodd yn ôl, roedd Debs wedi mynd. Ceisiodd Anna weld i mewn i'r stafell, ond ni allai. I ble'r aeth hi? Sgleiniodd y dortsh i lawr rhag ofn ei bod wedi suddo i'r llawr, ond doedd hi ddim yno. Am ennyd, safodd Anna heb wybod beth i'w wneud. Yna carlamodd i lawr y grisiau yn ôl i'w chartref ei hun. Aeth yn syth i stafell Llio a'i hysgwyd.

'Gofala am hwn!' meddai'n fyr o wynt, a gwthio Meilo yn ei flanced o dan y cwrlid gyda hi, nesaf at y wal. Rhedodd i'r gegin a chipio'r diffoddwr tân oddi ar y wal cyn rhuthro'n ôl i fyny'r grisiau. Erbyn iddi gyrraedd, roedd mwg yn pistyllio allan o'r ffenest agored a thafodau tân yn llyfu'r llenni. Nid oedd golwg o Debs yn unman. Diffoddodd Anna'r llenni gyntaf, gan geisio ymestyn orau gallai dros y sil boeth a socian y carped. Gwaeddai enw Debs yn ddi-baid, yn y gobaith o'i galw'n ôl at y ffenest. Yna anelodd y diffoddwr drwy'r fflap llythyron, gan mai yn y cyntedd y gwelsai'r tân gyntaf. Doedd dim modd gwybod a oedd yn cael effaith, oherwydd ni allai weld dim ond düwch a mwg. Nid oedd unrhyw olau wedi ymddangos yn ffenest y fflat yr ochr arall i Debs, chwaith, ond ffustodd Anna ar y drws rhag ofn bod rhywun yno, cyn cofio taw pâr ifanc oedd yn byw yno, a'u bod, fwy na thebyg, wedi mynd i ffwrdd dros y Nadolig. Rhoddodd gynnig arall ar y fflap llythyron, ond roedd yr ewyn yn y diffoddwr ar ben. Difarodd nad oedd hi wedi gwlychu tywel mawr yn ei stafell ymolchi a dod ag e gyda hi. Nid oedd amser i wneud hynny nawr. Roedd hi ar fin dringo i mewn drwy'r ffenest pan glywodd seiren yr injan dân. Pwysodd dros y rheilin a gweiddi ar y dynion wrth iddynt neidio o'r cab.

Safodd Anna o'r ffordd ger y grisiau a gwylio'r dynion tân yn dymchwel y drws ffrynt. Cwympodd ar ei ben i'r cyntedd â sŵn fel taran, a diflannodd y ddau i'r fflat, ac un ohonynt yn llusgo peipen ddŵr ar ei ôl. Corddai'r injan fawr oddi tani, a gwasgodd Anna'i hun yn erbyn y mur wrth i fwy o ddynion tân ddringo'r grisiau.

'Sawl person sy yn y fflat?' gofynnodd un ohonynt; gŵr tal, cyhyrog, rhywfaint yn hŷn na hi.

'Un, dwi'n credu,' atebodd Anna. 'Mae'r babi'n ddiogel gyda fy merch i.'

'Enw?'

'Y babi? Meilo. A Debs yw ei fam. Dwi ddim yn gwbod eu cyfenw.'

'Oes 'na bobl yn y fflatie bob ochr?'

'Sai'n meddwl 'ny. Dwi wedi cnocio'r drws pella.' Camodd y dyn tân tuag at ffenest flaen y dyn a weithiai oddi cartref. Roedd y llenni'n agored.

''Sdim golwg fod neb fan hyn, ta beth,' murmurodd wrtho'i hun. Ceisiodd Anna esbonio am waith y cymydog, ond roedd y dynion tân yn dod allan o'r fflat, yn cario Debs, oedd yn ddiymadferth, a throdd y gŵr yn sydyn, gan gyfarth cyfarwyddiadau. Edrychai Debs fel doli glwt yn ei phajamas cwta, ac roedd Anna'n falch o weld blanced yn cael ei lapio amdani cyn i'r dyn tân ei chario i lawr y grisiau.

'Mae'r fflat yn wag nawr, bòs,' meddai un o'r dynion dros ei ysgwydd.

''Na'r fam, ife?' gofynnodd y swyddog. Amneidiodd Anna'n fud ac yna ysgwyd ei phen.

'Pam na ddringodd hi mas?' sibrydodd. 'Rhoiodd hi'r babi i fi drwy'r ffenest a wedyn mynd 'nôl mewn. Pam?' Edrychodd y dyn arni'n graff a gafael yn ei braich. Synnodd o sylweddoli ei bod yn crynu.

'Dewch lawr llawr,' meddai'n dawel. 'Cewn ni air mewn munud.'


Roedd ambiwlans wedi cyrraedd heb i Anna sylwi, a llwythwyd Debs i mewn iddo. Eisteddodd ar y wal isel o flaen y fflatiau yn gwylio'r prysurdeb, ond yn teimlo'n bell. Trwy ddrysau cefn yr ambiwlans, gallai weld rhywun mewn iwnifform werdd yn gosod mwgwd ocsigen dros wyneb ei chymdoges, ac yn siarad yn gyfeillgar â hi, er nad oedd sôn fod Debs yn ei glywed.

'A beth amdanoch chi?' meddai llais. Cododd ei phen a gweld merch o barafeddyg yn plygu drosti. 'Unrhyw losgiadau? Anadloch chi'r mwg?' Ni wyddai. Gadawodd i'r ferch archwilio'i dillad a'i dwylo. 'Buoch chi'n lwcus,' meddai honno wedyn, a dangos iddi lle llosgwyd nifer o dyllau yn llawes ei chot. 'Beth o'ch chi'n neud?'

'Trio diffodd y tân,' atebodd Anna. 'Ond roedd hi mor anodd gweld unrhyw beth.' Amneidiodd y ferch a gwenu pan welodd y prif swyddog tân yn dynesu.

'Mae hon yn iawn, Meic,' galwodd. ''Blaw bod angen cot newydd arni.' Eisteddodd y swyddog yn ei hymyl a chymryd llymaid o botel ddŵr. Dringodd y parafeddyg i gefn yr ambiwlans.

'Reit, 'te,' meddai Meic. 'Beth ddigwyddodd? O'r dechrau, os gwelwch chi'n dda.' Roedd e wedi tynnu ei helmed, a hebddo, edrychai ei ben yn rhy fach. Disgrifiodd Anna ei hymdrechion wrtho, a'r ffordd y rhedodd yn ôl i'w fflat er mwyn gadael Meilo gyda Llio a mofyn y diffoddwr. Amneidiodd ef.

'Chi oedd piau hwnna?'

'Ie. Ond sai'n credu y gwnaeth e fawr o wahaniaeth. Beth oedd Debs yn ei wneud? Galle hi fod wedi dringo mas o'r ffenest yn rhwydd. Doedd y fflamau ddim wedi cyrraedd y llenni bryd hynny.'

'O'r hyn ddywedodd y bois, roedd hi'n gwlychu clytau sychu llestri yn y sinc yn y gegin, ond aeth y mwg yn drech na hi.'

'I beth, er mwyn popeth?' Ysgydwodd ei ben yn drist.

'Mae pobl yn gwneud y pethe rhyfedda mewn tân. Maen nhw'n rhedeg lan llofft i mofyn blwch gemau, neu albwm lluniau, neu hyd yn oed yn sefyll yn y gawod, pan allen nhw ddianc. O leia rhoiodd hi'r babi i chi.'

'Do, diolch byth. Ond gallai'r ddau fod yn eistedd fan hyn gyda fi nawr.'

'Grondwch, 'sech chi heb wynto mwg, a gwneud y pethe iawn, bydde'r ddou wedi marw. Y mwg yw'r jawl, ch'weld. Mae e'n gwenwyno pobl yn 'u cwsg.' Eisteddasant yn dawel am eiliad, a thynnodd Anna anadl ddofn. Daeth y parafeddyg at y drws.

'Ry'n ni'n barod i fynd, Meic,' galwodd. Cododd yntau ar ei draed.

'Ewn ni i'ch fflat chi nawr i mofyn y babi,' meddai.

'Oes raid?' gofynnodd Anna. 'Chafodd e ddim lot o gyfle i anadlu mwg. Beth fydd yn digwydd iddo â Debs mor sâl?'

'Dwi'n siŵr 'i fod e'n berffeth iawn,' meddai'r ferch yn gysurlon, 'ond mae'n rhaid i ni fynd ag e i'r ysbyty sa'ch 'ny. Y gwasanaethau cymdeithasol fydd yn penderfynu beth sy'n digwydd wedyn.' Arweiniodd Anna hi at y grisiau, a thros ei hysgwydd, gwelodd fod Meic ar y ffôn, a chlywodd y geiriau 'Uned Blant'. Roedd e wedi ymuno â nhw erbyn iddynt gyrraedd ei drws ffrynt, a thra oedd hi a'r parafeddyg yn mofyn Meilo o stafell Llio, sylwodd ei fod yn pipo o amgylch ei chyntedd hi ac yn aroglu'r aer. Gwenodd y ferch pan welodd y ddau'n cysgu'n dawel yn y gwely.

'Llio,' meddai Anna. Cododd Llio'i phen o'r gobennydd yn gysglyd, ac yna gweld Meilo wrth ei hochr. Agorodd ei llygaid yn fawr.

'Beth ddiawl . . .?' meddai, ond roedd y ferch eisoes wedi plygu drosti a'i godi i'w breichiau.

''Na fabi hyfryd,' meddai.

'Ddim fi sy pia fe,' meddai Llio, ac yna edrych ar ei mam. 'Beth sy 'di digwydd?'

'Tân yn fflat Debs,' atebodd Anna. 'Mae angen iddyn nhw eu dou fynd i'r ysbyty.' Allan yn y cyntedd, safai Meic ar ben y stôl a adawsai Anna yno, ond dringodd i lawr i adael i'r parafeddyg fynd heibio.

'Sai'n credu bod eich gwaith trydan chi wedi'i effeithio,' meddai. 'Ond byddwn ni'n gwbod yn well fory. Dyma lle gwyntoch chi'r mwg?'

'Ie. Tu fiwn y fflat, ta beth. Edryches i yn y gegin, ond sylwes i fod gwynt y mwg yn gryfach lan wrth y gole.' Aethant allan i'r landin unwaith eto. Roedd yr ambiwlans yn gyrru'n bwyllog at y gyffordd. Edrychodd Meic i fyny ar y canopi uwch eu pennau. Er bod meddwl Anna ar Meilo bach yn cael ei gludo ymaith, gwnaeth ymdrech i ganolbwyntio.

'Mae'n edrych fel 'se'r tân wedi dechrau yn y cyntedd,' meddai Meic yn fyfyrgar, dan ei anadl, fel pe na bai Anna yno. Yna ysgydwodd ei hun. 'Oedd y groten yn smoco?'

'Oedd, ond ddim yn y fflat. Roedd hi'n arfer dod mas i'r landin. Alle sbarc fod wedi chwythu 'nôl a chynnau'r mat tu fewn i'r drws?' Tynnodd Meic wep amwys heb gytuno nac anghytuno.

'O'r fflap llythyron roedd y mwg yn dod, ta beth,' parhaodd Anna. 'Roedd e damaid ar agor. Ac roedd y cyntedd ar dân pan edryches i drwyddo. Ond dim ond mwg oedd yn y stafell fyw pan agorodd hi'r ffenest. Roedd y tân yn dod i mewn o rywle arall.'

'Roedd y fflap llythyron ar agor, wedoch chi?'

'Oedd. Allai'r mwg ddim fod wedi dianc fel arall. Cafodd pob un o'r fflatie ddrysau a ffenestri newydd tua tair blynedd yn ôl. Maen nhw'n unedau wedi'u selio. Roedd yr hen rai'n ofnadw am adael drafft oer i mewn.' Cododd Meic ei aeliau. Yna tynnodd ei ffôn eto a chamu i ffwrdd. Wrth iddo aros i rywun ateb, galwodd arni,

'Bydd yr heddlu neu'r uned troseddau tân siŵr o fod eisiau siarad â chi.' Trodd y ddau pan glywsant y bolltau'n cael eu tynnu'n araf ar ddrws ei chymdoges.

'O bois bach – Mrs Gray,' meddai Anna o dan ei hanadl. 'Mae wedi cymryd yr holl amser hyn iddi gyrraedd y drws.' Agorodd y drws fesul modfedd, a phipodd Mrs Gray allan.

'Beth yw'r holl sŵn?' sibrydodd pan welodd Anna.

Yna daliwyd ei llygad gan y dyn tân y tu ôl iddi, a gwenodd.

'O ble y'ch chi'n dod o hyd i'r holl ddynon mowr, cryf 'ma, gwedwch?' meddai'n gellweirus. Gobeithiai Anna na allai Meic ei gweld yn gwrido yn y tywyllwch. Esboniodd y sefyllfa wrthi'n frysiog. Newidiodd ei hwyneb yn llwyr. Gallai Anna glywed synau o'i fflat ei hun a awgrymai fod Llio ar ei thraed.

'Fyddai hi'n iawn i Llio ddod i aros gyda chi am hanner awr fach?' gofynnodd. 'Mae'n edrych yn debygol y bydda i 'nôl a mlaen am sbel heno'n siarad â'r heddlu, a dy'n ni ddim yn siŵr a yw'r trydan wedi cael ei effeithio yn y fflat oherwydd y tân.'

'Wrth gwrs 'ny,' atebodd Mrs Gray yn syth. Ar y gair, ymddangosodd Llio. Roedd hi wedi taflu siwmper dros ei phajamas a gwisgo'i sliperi. Safai ei gwallt tywyll yn bigau dros ei phen, gan ychwanegu dwy fodfedd at ei thaldra. Syllodd y dyn tân yn chwilfrydig arni am eiliad. Rhythodd hi'n ôl arno'n ddifynegiant.

'Llio, fy merch i,' meddai Anna.

'Nawr 'te, Llio,' meddai Mrs Gray, yn llawn prysurdeb mwyaf sydyn, 'os galla i gael dy fraich di, gallwn ni fynd i'r gegin a cei di wneud dished o de. Mae *ginger snaps* i gael 'na'n rhywle.' Amneidiodd Llio heb air, a chamu tuag ati. Gwyliodd Anna'r orymdaith araf yn treiglo i gefn y fflat, a Mrs Gray yn parablu a Llio'n amneidio o bryd i'w gilydd.

'Lladd dau dderyn . . .' murmurodd, a chlywodd Meic yn rhoi chwerthiniad isel.

'Cystal i chi fynd miwn 'na gyda hi,' meddai. 'Galle'r heddlu fod sbel yn dod. Rhoia i wbod iddyn nhw ble ry'ch chi.'


'Ti'n crynu,' meddai Llio chwarter awr yn ddiweddarach, pan oeddent i gyd yn y stafell fyw, 'ac mae dy ddannedd di'n clatsian. Watsia losgi dy law ar y te.' Rhoddodd Anna ei mẁg i lawr yn ofalus iawn ar y bwrdd coffi. Roedd yn gobeithio na fyddent yn sylwi ar ei chyflwr.

'Y sioc sy'n dod mas,' cynigiodd Mrs Gray, gan gnoi'n fyfyrgar. 'A 'sdim syndod.' Crynodd hithau rhyw fymryn. 'Lwcus iddi roi'r un bach i chi cyn penderfynu mynd 'nôl.'

'Wên i ddim yn gwbod beth i'w wneud ag e am eiliad,' atebodd Anna. 'Wên i wedi ffrwcso'n llwyr.'

'So rhoiest ti fe i fi,' meddai Llio. 'Yffach o sioc dihuno a gweld babi yn y gwely 'da chi. Bydd angen un o ymgynghorwyr trawma Dad arna i, siŵr o fod.' Er na wenodd wrth yngan y geiriau, gwyddai Anna taw jôc ydoedd, a winciodd arni. Gafaelodd yn ei mẁg unwaith eto a cheisio yfed tipyn o de. Tynnwyd ei sylw gan ffôn yn trydar. Tynnodd Llio e o'i phoced a syllu ar y sgrin. Gwnaeth ryw sŵn a allai fod yn chwerthiniad a dechrau tecstio'n frwd.

'Pwy sy'n cysylltu'r adeg hyn o'r nos?' gofynnodd Mrs Gray.

'Ateb neges wrthi hi maen nhw, gallwch chi fentro,' esboniodd Anna. 'Bydd hi wedi gweud wrth bawb am ei phrofiad eisoes.' Edrychodd y ddwy ar ei gilydd, a chanodd cloch y drws.

'Dewch miwn, pwy bynnag y'ch chi! Mae'r drws ar y latsh,' galwodd Mrs Gray. 'Mae'r tecil wedi berwi.' Clywsant rywun yn sychu ei draed ar y mat a phipodd heddwas ifanc i mewn i'r stafell fyw.

'Diolch yn fawr,' meddai. 'Bydden i'n falch iawn o ddished fach.' Safodd yn lletchwith yn yr adwy. Cododd Llio'n awtomatig, gan barhau i decstio, a mynd allan i'r gegin. Edrychodd yntau arni wrth iddi fynd heibio. Roedd hi mor dal ag e. Oedd hi wedi tyfu ers i Anna edrych arni ddiwethaf, neu ai digwyddiadau'r noson oedd wedi ei gwneud yn fwy effro i bopeth o'i hamgylch?

''Shteddwch, bach,' meddai Mrs Gray. 'Os y'ch chi moyn siarad ag Anna'n breifat, bydd raid i chi fynd i'r gegin. Alla i ddim symud yn hawdd.'

'Na, na, mae'n iawn,' meddai'r heddwas. 'Falle gallwch chi fod o gymorth hefyd. 'Sdim dal pwy sy'n gwbod beth, oes e?' Dyna'r gwir amdani. Sylweddolodd Anna'n gyflym iawn cyn lleied a wyddai am Debs. Holodd yr heddwas am ei chefndir ac yn gyntaf am ei chyfenw. Doedd gan Anna ddim syniad beth oedd e, ond cnodd Mrs Gray ar ei *ginger snap* a meddwl.

''Rhoswch chi eiliad nawr. Daeth llythyr 'ma cwpwl o fisoedd yn ôl a'r rhif fflat anghywir arno. Buodd e 'ma nes i fi gofio gofyn i Ranald fynd ag e lan llofft ati. Miss Debra Jane Baker. Ie, 'na'r enw.' Gwenodd yr heddwas a'i ysgrifennu yn ei lyfr nodiadau.

'Ydy ei theulu'n galw draw o gwbwl?' gofynnodd.

'Ddim y teulu'n hollol,' atebodd Anna. 'Ond ma' 'na gyn-sboner. Tad y babi. Darren yw ei enw e.' Cododd ei haeliau'n awgrymog. 'Doedd 'na ddim lot o groeso iddo.' Edrychodd yr heddwas arni'n graff.

'O'n nhw'n cwmpo mas yn rheolaidd?'

'Dim ond unwaith y gweles i ffradach,' cyfaddefodd Anna. Disgrifiodd yr achlysur pan fu bron i Meilo gael ei gipio gan ei dad. 'Roedd Debs yn honni ei fod e'n cymryd cyffurie ac yn meddwi'n dwll.'

'Ife dyna'r argraff gawsoch chi'r noson honno?'

'Roedd e'n bendant wedi cymryd rhywbeth, weden i.'

'Daeth e 'nôl pw' nosweth,' ychwanegodd Mrs Gray.

'Do,' cytunodd Anna. 'Ond roedd hi'n ddigon call i beidio ag agor y drws iddo'r tro hwnnw.'

'Shwd un yw e?' gofynnodd yr heddwas.

'Byr, tenau, tywyll, yn ei ugeiniau cynnar. Mae ganddo lygaid mawr, gwag yr olwg, ond falle taw'r cyffurie sy'n gyfrifol am hynny.' Roedd yr heddwas yn amneidio'n ddoeth.

'Mae 'da fi ryw feddwl 'mod i wedi dod ar ei draws e,' meddai. 'Yn rhinwedd fy swydd, ontefe.'

'Peth diweddar yw'r gweiddi a ffusto'r drws,' meddai Mrs Gray. 'Dwi'n weddol siŵr ei fod e wedi'i helpu hi i symud miwn i'r fflat pan ddaeth hi 'ma gynta. Ro'n nhw'n dod mlaen yn iawn pwr' 'ny.'

'O'n nhw?' Gwnaeth Anna geg gam. 'Y noson driodd e gipio Meilo, dywedodd Debs taw'r peth calla wnaeth hi erioed oedd ei adael e a dod i fyw fan hyn.'

'Dyw hynny ddim yn golygu nad o'n nhw'n dod mlaen yn iawn,' meddai'r heddwas. 'Cael fflat ar eich pen eich hunan yw'r peth mowr, ch'weld. Pan y'ch chi'n byw fel cwpwl, chewch chi ddim gymint o arian 'da'r sosial.'

'Faint o lanast sy yn y fflat?' gofynnodd Anna. 'Ody 'ddi'n debygol o allu dod 'nôl i fyw 'na?' Ysgydwodd yr heddwas ei ben.

'Ddim am sbel. O beth weles i, mae'r lle'n yfflon. Bydda i ar ddyletswydd 'na nawr nes bo'r ymchwilydd tân yn dod marcie naw. 'Na'r gwaetha o orfod torri'r drws ffrynt lawr. Ma'n nhw wedi hongian plastig yn 'i le fe, ond dyw hynny ddim yn mynd i gadw neb mas, ody e?'

Cododd ar ei draed ag ochenaid fach. 'Cystal i fi ffonio'r orsaf â'r manylion hyn cyn mynd lan,' meddai. 'O leia dyw hi ddim yn plufio rhagor.'

'Os oes whant dished arall arnoch chi,' meddai Mrs Gray, 'cofiwch gnocio a gofyn. Af i ddim 'nôl i'r gwely nawr.'

# PENNOD 14

Ni allai Anna gysgu. Bob tro y caeai ei llygaid, gwelai'r olygfa drwy ffenest stafell fyw Debs unwaith eto, a chlywai ei hun yn gweiddi ei henw drosodd a throsodd. Sylweddolodd ei bod yn cymryd yn ganiataol taw tân bwriadol oedd e. Roedd y ffaith fod Meic wedi cysylltu â'r heddlu'n lled awgrymu hynny. Cafodd ei hun yn gofyn 'Beth petai . . . ?' ac yn chwarae senarios gwahanol yn ei meddwl. Ceisiodd feddwl am rywbeth llai brawychus, ond mynnai'r cwestiynau ddod i'r wyneb. Beth petai'r sawl a ddechreuodd y tân wedi camgymryd rhif y fflat? Eisteddodd i fyny yn y gwely. Roedd y posibilrwydd nad Debs oedd targed y llosgwr yn gredadwy, on'd oedd e? Neu ai hi oedd yn codi bwganod? Cofiodd am yr adeg y llofruddiwyd nifer o buteiniaid ym Maeseifion y flwyddyn flaenorol. Rhedodd Anna adref fel y gwynt bob nos am wythnosau, er y gwyddai yn ei chalon nad oedd hi mewn unrhyw berygl.

Eto, er bod yr ysfa i'ch gosod eich hun yng nghanol pob drama yn un gref, ni allai wadu y gallai ei chysylltiad hi a Llio â llofruddiaeth Jarvis fod yn arwyddocaol. Pwy wyddai pa fygythiad roeddent yn ei gynrychioli ym meddwl y llofrudd? Beth am fusnes cyffuriau Jarvis? Os credai pwy bynnag a'i trywanodd ei bod hi neu Llio wedi'i weld, dyma'r union fath o ddial y byddai wedi ei ddisgwyl. Ond sut allai hi fod wedi gweld y llofrudd, oriau ar ôl y digwyddiad? Suddodd ei chalon ymhellach. Roedd yn fwy tebygol taw tystiolaeth bosib Llio a gododd fraw ar y llofrudd. Ni wyddai ef nad oedd hi'n cofio fawr ddim. Awgrymai'r ffaith taw yn fflat Debs druan y cafwyd y tân nad oedd y llofrudd yn gwybod ym mha fflat roedd Llio'n byw. Heblaw, wrth gwrs, nad y llofrudd fuodd wrthi wedi'r cyfan, ond Darren, oherwydd na chawsai weld Meilo. Ond os oedd e mor frwd dros weld ei fab, pam fyddai e'n ei beryglu?

Cododd a gwisgo hen siwmper a throwsus llac. Gwyddai na fyddai'n cysgu nawr.

Ymlwybrodd i'r gegin gan ddylyfu gên, a gwneud coffi. Eisteddodd wrth y bwrdd i'w yfed, gan feddwl gwneud mwy o waith ar ei rhestrau ar gyfer y bwffe. Syllodd yn galed arnynt, ond ymhen dim, roedden nhw'n nofio o flaen ei llygaid, felly rhoddodd ei phen ar ei breichiau a chau ei llygaid.

'Mam! Ti'n olreit?'

'Beth?'

'Ti'n dreflan fel babi,' meddai Llio, 'ac mae marc mowr ar dy foch di.' Sychodd Anna ei gên â'i llaw. Teimlai ei gwar fel talp o bren, a rhwbiodd ef.

'O'n i'n ffaelu cysgu,' mwmialodd. Syllodd ar y darnau papur, ond nid oedd wedi glafoerio drostynt, diolch i'r drefn. 'Pam wyt ti wedi codi mor gynnar?' Trodd Llio'n ôl ati o'r peiriant coffi a chodi ei hysgwyddau.

'Ches i ddim gafel yn 'y nghwsg ar ôl mynd 'nôl i'r gwely chwaith,' meddai. Tynnodd gadair arall allan ac eistedd arni. 'Senan ni 'di arfer â lot o hen strach fel hyn, odyn ni?'

'Mae hynny'n wir. Wyt ti'n poeni?' Tynnodd Llio ei gŵn wisgo'n dynnach amdani.

'Odw . . . nawr.' Gwnaeth ystum â'i bawd tuag at y nenfwd. 'Ma' tân lan llofft tam' bach yn rhy agos at gatre, t'mod?'

'Cytuno'n llwyr,' meddai Anna, gan bendroni a ddylai sôn am ei syniadau ynghylch pwy a'i cynheuodd. Bu tawelwch, ac yfodd Llio am ennyd hir.

'Dwi wedi bod yn meddwl . . .' dechreuodd, cyn edrych ar ei mam. 'Sena i isie hala ofon arnat ti, ond beth os taw ni oedd y targed, nid Debs?' Tynnodd Anna anadl ddofn.

'Oes rhywbeth wedi digwydd i wneud i ti feddwl hynny? Oes rhywun wedi dy fygwth di?' Crychodd Llio ei thrwyn cyn codi'n sydyn.

'Dere i weld,' meddai. Dilynodd Anna hi i'w stafell, a phlygodd Llio dros fysellfwrdd ei chyfrifiadur. Goleuodd y sgrin a gwelodd Anna ei thudalen cyfrwng cymdeithasol. Dylai fod wedi sylweddoli y byddai gan Llio dudalen, wrth reswm, ond daliwyd ei llygad yn gyntaf gan y llun proffil erchyll ohoni'n tynnu wep hynod hyll.

'Neis,' meddai, gan bwyntio ato.

'On'd yw e?' atebodd ei merch, yn falch. 'Dylset

ti weld ffor' ma'r rhan fwya o grotesi yn cyflwyno'u hunen. Fel *porn stars*.' Dinoethodd un ysgwydd ac edrych drosti gan wneud ceg sws. 'Digon i droi arnoch chi.' Sgroliodd i lawr y dudalen. 'Darllen rheina,' meddai.

Y broblem oedd fod cynifer ohonyn nhw. Negesuon cas, cyhuddgar oeddent, a theimlodd Anna'i gwrychyn yn codi. Cyhuddwyd Llio o bopeth dan haul, mewn iaith amrwd. Pam aeth hi i guddio'n llwfr? Pam nad amddiffynnodd hi Jarvis? Pam oedd hi'r fath ast tuag ato? Pam na fuodd hi farw yn ei le? Yng nghanol y llif, roedd ambell neges galonogol, a chafodd Anna ei hun yn bendithio'r rheiny. Trodd at ei merch.

'Pwy ddiawl yw'r bobl hyn?' gofynnodd. 'Dy ffrindie ysgol?'

'Ddim i gyd,' atebodd Llio. 'Dwi'n meddwl taw Leila, mam Jarvis, sy tu ôl i lot ohonyn nhw. Mae'n defnyddio'i dudalen e, ac yn cael ei frodyr a'i ffrindie i neud yr un peth. Roedd hi'n eitha sioc cael neges wrtho a fynte wedi marw.'

'Ond mae rhai pobl yn dy gefnogi di. Y Blob, er enghraifft. Pwy yw e?'

'Steffan,' meddai Llio, fel petai'n synnu na wyddai ei mam hynny. 'Ond ma fe'n rhy *soppy* i ddim byd.' Wrth gwrs. Roedd plant yn greulon, ac nid yn unig ar y we.

'Bydd yn ddiolchgar amdano! Beth am Celyn? Ydy hi'n dy gefnogi di?' Gwnaeth Llio geg gam.

'Mae hi 'di pwdu. Mae'n *pissed off* 'da fi.'

'Pam?' Pwyntiodd Llio at y sgrin. Credai Anna fod rhyw arlliw o gywilydd ar ei hwyneb. 'Wedd hi'n ffansïo Jarvis, t'weld. 'Na pam o'dd hi mor grac pan wedodd ei rhieni fod hi'n gorffod aros gatre'r nosweth honno. Ond wedd e ddim yn ei ffansïo hi, ta beth.' Er y gwyddai Anna taw Llio roedd Jarvis yn ei ffansïo, nid oedd am ddangos hynny. Ffugiodd feddwl yn galed am ennyd.

'O, dwi'n gweld,' meddai o'r diwedd. ''Na pam maen nhw'n dy gyhuddo di o beidio â'i amddiffyn e. Ti roedd e'n ei ffansïo.'

'Mm.'

'Lletchwith iawn, a Celyn yn ffrind i ti.'

'Wedd pawb yn dishgwl i fi fod yn *thrilled*,' murmurodd Llio gan rolio'i llygaid.

'Ond wêt ti ddim?'

'*As if*!' Arhosodd Anna iddi ymhelaethu. Yn dawel fach, roedd ei hymateb dirmygus, digymell wedi bod yn galondid mawr eisoes, er y gallai fod yn celu ei gwir deimladau.

'Wedd e'n dwp,' meddai Llio o'r diwedd. 'Wedd e ddim yn gallu rhoi brawddeg at 'i gilydd heb regi.' Dywedodd y geiriau bron yn ymddiheurol, fel petai'n ddyletswydd arni i ffansïo Jarvis, a'i bod yn fethiant llwyr ar ei rhan hi na fedrai. Edrychodd ar ei mam yn ddiflas. 'Allen i byth â gweud hynny wrth neb, allen i? Bydden i wedi edrych fel hen snoben. Yn enwedig pan fod rocesi er'ill bwti marw isie iddo sylwi arnyn nhw. Wên nhw'n arfer cynnig *blow jobs* iddo a chwbwl! Rocesi wedd e ddim 'di siarad â nhw erio'd. "Helô, ti moyn *blow job*?" Yffarn dân!'

Roedd Anna wedi clywed am y ffasiwn hon gan Carmel. Tristawyd hi bryd hynny o feddwl nad oedd dim wedi gwella o safbwynt hunan-barch merched ifanc. Rywsut, nid oedd Llio wedi ei dilyn. Efallai fod ei genynnau gwrthryfelgar wedi bod o fudd iddi wedi'r cyfan.

'O't ti siŵr o fod yn siom iddo, 'te,' meddai'n bwyllog.

'Wên i'n her,' meddai Llio. 'A sai'n hido beth mae Celyn yn 'i weud, wên i ddim yn mynd i roi miwn iddo. Ta beth, ma' hi'n gweud celwydd am y parti.'

'Ym mha ffordd?' Anesmwythodd Llio.

'Wel, arhoses i am sbel hir ar bwys y sheltar bysys nes bo fi bwti sythu. Dim sôn amdani a dim neges chwaith.'

'Ond roedd ei rhieni wedi gwrthod gadael iddi ddod.'

'Dwi'n gwbod, ond galle hi fod wedi anfon tecst, sena ti'n meddwl? Gymeron nhw ei ffôn hi hefyd? Sai'n credu 'ny!'

'Ife dyna mae hi'n weud?'

'Ddim yn gowyr, ond mae'n gweud bo fi wedi mynd ar fy mhen fy hunan yn fwriadol er mwyn bachu Jarvis.'

'Mae hi siŵr o fod yn gwbod ei bod wedi dy adael di lawr ac yn whilo am esgusodion. Gallai gweld negesuon pobl eraill fod wedi rhoi'r syniad yn ei phen fod hwn yn gyfle da i roi'r bai am y cyfan arnat ti.' Trawyd Anna gan rywbeth. 'Dwi'n credu ei bod hi'n gwbod yn gynt taw ti wedd Jarvis yn ei hoffi. Bydde'r peth yn amlwg.'

''Na beth wedes i wrthi, ond mae'n gweud 'i fod e wedi bod yn sioc ofnadw iddi a bo fi wedi ei bradychu hi. Bradychu, wir!''

'Wyt ti wedi siarad â Steffan am y peth? Ydy e'n cael negeseuon cas?'

'Nadi, sy'n od y jawl, achos wedd e'n ishte yn yr un stafell â Jarvis pan wedd hwnnw'n gwaedu fel mochyn. Ond wedyn falle 'u bod nhw i gyd yn rhy gysglyd a stiwpid i sylwi.' Edrychodd yn grac ar Anna. 'Ti'n gweld nawr pam dwi'n amau taw'n fflat ni oedd i fod i gael ei losgi?'

Dringodd Anna'r grisiau'n ofalus, gan gadw'i llygad ar y mygaid o goffi yn ei llaw. Gwyddai fod yr heddwas ifanc yn dal i sefyll yno. Gellid clywed ei gamre trwm yn croesi'r landin o bryd i'w gilydd wrth iddo geisio magu tipyn o wres. Nid caredigrwydd yn unig a'i cymhellodd i fynd â choffi ato. Tybiai y byddai Mrs Gray wedi syrthio i gysgu, ac roedd hi'n gobeithio dysgu mwy am syniadau'r heddlu ynghylch y tân.

''Co chi,' meddai pan drodd y llanc ei ben a'i gweld. 'Dwi wedi cymryd yn ganiataol eich bod chi'n cymryd llaeth. Galla i mofyn siwgr i chi os y'ch chi moyn.'

'Diolch yn fawr. Bydd hwn yn iawn.' Daliodd y mŵg yn ei ddwylo a theimlo'i gynhesrwydd.

'Ry'ch chi siŵr o fod wedi rhewi'n gorn,' meddai Anna.

'Peidwch â sôn! Unwaith mae swyddog yr Uned

Danau wedi bennu edrych ar y lle, bydda i'n ffonio'r orsaf a begian ar fy mhenglinie i gael mynd sha thre.'

''Na'r peth gwaetha am orfod sefyll tu fas i safle tân, siŵr o fod,' meddai Anna. 'Allwch chi ddim cysgodi yn unman.'

'Ddim fan hyn, ta beth,' atebodd y llanc. 'Bydden i'n difa tystiolaeth, o bosib. Gelen i roced am wneud 'ny.'

'Weles i'r fflamau jest tu fiwn i'r drws,' meddai Anna, yn y gobaith na fyddai'n sylweddoli ei fod yn cael ei brocio i esbonio.

'Wedd y fenyw wedi gadael rhyw focs mowr cardbord 'na. Fwy na thebyg 'i bod hi'n bwriadu mynd ag e mas ar ddiwrnod y binie, ond 'na'r peth cynta ddaliodd. Wedd e'n llawn polystyren hefyd. Whompyn o beth. Gallwch chi fentro taw'r polystyren greodd yr holl fwg.'

'Beth oedd ynddo?' gofynnodd Anna'n ddiniwed.

'Teledu,' atebodd y llanc gan sipian. Pwyntiodd drwy'r ffenest, ac er bod y gwydr yn llwyd gan fwg a huddug, gallai Anna weld bod set deledu anferth wedi cymryd lle'r un bach a welodd hi. Roedd e mewn cyflwr truenus erbyn hyn, a rhywfaint o'r plastig wedi toddi.

'O, 'na drueni,' meddai. 'Dim ond cwpwl o ddiwrnode 'nôl gafodd hi e.'

'Trueni imbed,' cytunodd yr heddwas. 'Tase'r tywydd ddim wedi bod mor oer, falle bydde hi wedi gwaredu'r bocs yn syth, a fydde'r tân ddim wedi gafael mor glou. Meddyliwch farw o achos bocs cardbord!'

Edrychodd Anna arno. Oedd e wedi clywed rhywbeth o'r ysbyty?

'Ody 'ddi'n iawn?' gofynnodd yn bryderus.

''Sneb wedi gweud yn wahanol. Ond tasech chi heb sawru mwg ...' Roedd e wedi gorffen ei goffi. Rhoddodd y mẁg yn ôl iddi ac edrych ar ei watsh. 'Dwy awr 'to,' meddai.

Ar ôl iddi ddweud wrtho fod croeso iddo ddefnyddio'r tŷ bach yn ei fflat hi, aeth Anna i lawr y grisiau. Roedd Ranald yn twthian i fyny i'r llawr cyntaf, a gwelodd hi.

''Sdim diwedd ar yr helynt, oes e?' meddai rhwng ei ddannedd, gan daflu golwg arwyddocaol i fyny at yr ail lawr. 'Dewch miwn am funud.' Defnyddiodd ei allwedd i agor y drws a dilynodd Anna ef i'r gwres. Roedd Mrs Gray yn cysgu yn ei chadair.

'Cerwch chi i'w dihuno hi,' sibrydodd Anna. 'Af i at y tecil.' Erbyn i hwnnw ferwi, roedd Mrs Gray i'w chlywed yn rhoi gweddill yr hanes i Ranald. Roedd hi'n amlwg wedi'i ffonio yng nghanol y nos. Cariodd Anna'r hambwrdd i mewn atynt.

'Oes 'na unrhyw beth newydd?' gofynnodd Mrs Gray'n syth.

'Oes wir,' atebodd Anna gan ddosbarthu'r mygiau te. 'Dwi newydd fod lan gyda'r crwt sy'n sefyll tu fas i ddrws Debs.'

'Ody e 'na byth? Y pŵr dab. A finne'n hwrnu fan hyn.'

'Es i â choffi ato,' meddai Anna. 'Dyw e ddim yn cael gadael y fflat. Mae'n debyg fod Debs wedi prynu teledu newydd yn ystod y dyddie diwetha, ac wedi gadael y bocs wrth y drws ffrynt. Dywedodd y plisman ei fod yn llawn polystyren, a dyna beth oedd achos yr holl fwg.' Ysgydwodd Ranald ei ben.

''Na'r peth gwaetha sy i gael am ddala os oes tân,' meddai.

'O'n i ddim yn gwbod am y teledu,' cynigiodd Anna. 'Un bach oedd gyda hi pw' nosweth pan es i miwn i'r fflat. Ond mae'n esbonio pam roedd hi yn y gegin yn gwlychu clyte llestri. Roedd hi'n trio achub y teledu. Pryd ddaeth e? Weles i ddim byd.'

'Wech chi yn y gwaith, bach,' meddai Mrs Gray. 'Cariodd hi fe'r holl ffordd lan. Wedd yr un bach 'da 'ddi dan un fraich a'r bocs yn y gadair wthio. Tries i dynnu ei sylw hi drwy'r ffenest i weud wrthi am adael y babi gyda fi, ond roedd hi wedi mynd erbyn i fi godi ar 'y nhraed.'

'Shwd wedd hi'n gallu fforddio teledu fel 'na?' gofynnodd Anna.

'Safio, fwy na thebyg. Neu falle gafodd hi fonws wrth y sosial.' Roedd Anna'n amau'n fawr a oedd yr adran les yn rhoi bonws o unrhyw fath y dyddiau hyn, ac yn bendant nid un fyddai'n ddigon i brynu teledu mawr, ffansi, ond ni ddywedodd hynny. Efallai fod Debs wedi gweld y teledu mewn siop elusen, neu hyd yn oed yn ffenest rhyw wystlwr.

'O'n i'n meddwl mynd draw i'r ysbyty i'w gweld hi cyn cinio,' meddai. ''Sdim raid i fi fod yn gwaith tan chwech heno. Bydde hi'n dda cael gwbod hanes Meilo, hefyd.'

'Bydde,' cytunodd Mrs Gray. 'Ond cofiwch, falle ddwedan nhw ddim byd wrthoch chi.' Trodd fymryn yn ei chadair at Ranald. 'Cyn i fi anghofio, gwed wrthi beth glywest ti yn y Legion.' Llyncodd Ranald fwy o de cyn ateb. Roedd Anna'n glustiau i gyd.

'Maen nhw'n gweud,' meddai, 'taw yn 'i afu y cafodd y crwt ei drywanu, a'i fod e wedi cerdded ar draws y stafell ac ishte yn y gadair ar ôl 'ny.' Tynnodd wep arni. 'Nawr, fydden i ddim yn credu hanner beth maen nhw'n ei weud yn y Legion ar nosweth darts fel rheol, ond dwi'n cofio rhywbeth fel 'na'n digwydd pan o'n i mas yn Nghyprus yn y pumdege.' Gwelodd Anna'n codi ael ac esboniodd. 'Gwnes i 'nghyfnod gwasanaeth cenedlaethol mas 'na gyda'r RAF. Wedd hi'n gallu bod y ddansherys weithe, a Makarios a'i set yn creu trwbwl. Ta beth, cafodd rhyw ddyn gyllell yn 'i afu, a cherddodd hwnnw ganllath cyn cwmpo'n farw gelain i'r llawr. A'r peth rhyfedda wedd ei bod hi'n ofnadw o anodd gweld y clwyf drwy 'i ddillad e, achos dim ond y cwt bach lleia wedd e. Dim mwy na hanner modfedd.' Ymledodd ei fys a'i fawd er mwyn dangos maint y clwyf. 'Y sôn yw fod yr heddlu'n whilo am rywun wedd Jarvis yn arfer delio cyffurie 'da fe. Wedes i, on'd do fe?' Amneidiodd Anna er mwyn cytuno.

'Oes gan griw y Legion unrhyw wybodaeth am y cryts oedd yn y tŷ?'

'Dim,' atebodd Ranald. 'Ody'r heddlu wedi siarad â Llio 'to?'

'Odyn, ond wedd 'ny sbel yn ôl. Mwya i gyd dwi'n 'i glywed am y peth, mwya diolchgar ydw i i'r twpsyn gloiodd hi yn y pantri. Jôc wedd hi, sbo. Ond fel wedoch chi gynne, 'sdim diwedd ar y peth. Rhwng y llofruddiaeth, y tân a'r Nadolig, sai'n gwbod ble i droi.'

'Cewch hi hoe ar ôl y Nadolig, o leia,' meddai Mrs Gray'n gysurlon.

'Na chaf,' atebodd Anna gan ysgwyd ei phen, 'mae'n rhaid i fi baratoi bwffe i hanner cant o bobl rhwng y Nadolig a'r Flwyddyn Newydd.'

'Yn y dafarn?' gofynnodd Mrs Gray.

'Nage. Ma' Seimon Picton-Jones, tad Celyn, yn cynnal parti cwmni a wy'n neud yr arlwyo fel jobyn ffrilans. Fyddech chi'n fodlon i fi roi peth o'r bwyd yn eich rhewgell a'ch oergell chi? Sai'n credu bod digon o le 'da fi i'r cyfan.'

'Dim problem o gwbwl,' atebodd Mrs Gray. 'Oes rhywun 'da chi i helpu?'

'Wên i'n meddwl gofyn i Steffan, ŵyr Eirwen. Mae'n e'n gweithio yn yr Afr nawr. Dwi'n gobeithio perswadio Llio hefyd, er bod isie i fi ddewis yr adeg iawn i ofyn.'

'Falle fydde Eirwen 'i hunan yn fodlon eich helpu chi yn y gegin.'

'Wên i ddim wedi meddwl amdani hi. Mae hwnna'n syniad da.'

Erbyn i Anna fynd adref, roedd Llio wedi mynd 'nôl i'r gwely. Gwyddai Anna nad oedd pwynt ei dihuno'n unswydd i ofyn iddi helpu gyda'r bwffe. 'Na' fyddai'r ateb yn syth. Ysgrifennodd nodyn i ddweud i ble'r oedd hi'n mynd a'i adael ar fwrdd y gegin. Yn y tawelwch, aeth rhyw sgryd bach drwyddi o gofio'u sgwrs y bore hwnnw. Cyn iddi allu newid ei meddwl, ffoniodd Mal ar ei ffôn symudol. A barnu o'r crensian, roedd e'n bwyta brecwast. Distewodd y crensian wrth iddi ddisgrifio beth ddigwyddodd y noson gynt.

'Nefi blŵ!' murmurodd. 'Be nesa?' Dywedodd Sheryl rywbeth aneglur yn y cefndir.

'Mae Sheryl yn gofyn a fyddwch chi'n gallu dod aton ni dros y Nadolig, fel y trefnon ni,' ychwanegodd.

'Bydd Llio'n rhydd i ddod unrhyw bryd,' atebodd Anna. 'Ond mae cegin yr Afr yn mynd i fod ar agor yn ystod y dydd. Dyna un o'r rhesyme pam dwi'n ffonio,' ychwanegodd. 'Fydda i ddim yn gorffen tan bump.' Ochneidiodd Mal, a bu saib wrth iddo drosglwyddo'r newyddion i Sheryl.

'Gronda,' meddai o'r diwedd. 'Beth 'sen i'n dod i mofyn Llio heddi yn lle fory? Dwi'n bennu yn y gwaith amser cinio. Mae Sheryl yn gweud gwnaiff hi ginio Nadolig hwyr, marcie saith.'

'Grêt. Gaf i dacsi atoch chi yn syth o'r gwaith. Dwi ddim isie sbwylio'ch diwrnod chi fwy na sy raid.' Gwyddai'n iawn y byddai ei chynnig yn dderbyniol.

A hithau'n cyrraedd mewn tacsi, gallai Mal yfed faint fynnai.

'Wyt ti'n siŵr?'

'Wrth gwrs.'

Wrth iddi bentyrru bagiau anrhegion ar fwrdd y gegin i Mal eu cludo i'r Ffrij, gwawriodd ar Anna efallai ei bod wedi addo rhywbeth na allai ei gyflawni. Gallai'r gwaith yn y gegin ddydd Nadolig fynd yn hirach na'r disgwyl. Sylweddolodd nad oedd hi'n hidio llawer. Byddai cinio Nadolig Sheryl yn erchyll, a byddai gweithio'n esgus da i'w osgoi. Ychwanegodd frawddeg at waelod nodyn Llio i ddweud wrthi am bacio bag am ei bod yn mynd at ei thad yn gynt. Doedd hi ddim yn poeni am adael Llio ar ei phen ei hun, am y byddai digon o fynd a dod lan llofft, rhwng yr heddlu a'r swyddogion tân.

Serch hynny, wrth i'r bws dreiglo'n araf drwy'r dref, anfonodd neges destun at Llio er mwyn atgyfnerthu'r cyfarwyddiadau yn y nodyn. Nid oedd hi'n disgwyl ateb, ond er syndod iddi, cafodd un.

*Plis gwed bo ti'n dod dydd Nadolig? Plis?*

Wrth iddi grwydro coridorau di-ben-draw'r ysbyty, dechreuodd Anna amau a fyddai'n ffeindio'r allanfa erbyn dydd Nadolig, heb sôn am gyrraedd y Ffrij. Gofynnodd dro ar ôl tro wrth orsafoedd staff gwahanol am Debs, ac am Meilo unwaith neu ddwy. Anfonwyd hi o un adeilad i'r llall ar drywydd Debs, ond wyddai neb ddim am Meilo. O'r diwedd, gwenodd merch o'r Philippines arni a phwyntio at stafell y tu ôl iddi.

'Dyw hi ddim yn dda,' rhybuddiodd. 'Cysgu mae hi'r rhan fwya o'r amser.'

'Odych chi wedi clywed unrhyw beth am ei chrwt bach hi?' mentrodd Anna ofyn, gan fod y ferch hon mor hynaws, ond ysgydwodd hithau ei phen fel y lleill.

''Sdim byd amdano yn y nodiade,' meddai gan grychu ei thrwyn. 'Dyle fod, os daethon nhw i mewn gyda'i gilydd. Fe hola i.' Bu'n rhaid i Anna fodloni ar hynny. Pipodd drwy'r drws agored. Gorweddai Debs yn gwbl lonydd o dan y flanced, a mwgwd ocsigen dros ei hwyneb. Roedd Anna wedi prynu pecyn o fisgedi a chylchgrawn iddi yn siop yr ysbyty. O'i gweld mor ddiymadferth, tybiodd na fyddai mewn cyflwr i fwynhau'r un o'r ddau am gryn amser. Nesaodd at y gwely a chyffwrdd yn ei llaw.

'Debs?' Agorodd Debs ei llygaid. Cododd un bys fel cyfarchiad. Tynnodd Anna gadair yn agosach. 'Shwd wyt ti'n teimlo?' holodd, gan wybod ei fod yn gwestiwn twp, ond beth arall oedd i'w ddweud?

'Fel y jawl,' swniai ei llais yn gryg ac yn wan, ond roedd hi'n amlwg o gwmpas ei phethau.

'Cest ti dy losgi'n wael?' Ysgydwodd ei phen ryw fymryn.

'Sai'n meddwl 'ny. 'Sdim byd yn dost, dim ond pan dwi'n anadlu. Oes dŵr 'ma?'

Roedd jwg a gwydr ar y locer, ond gan ei bod o dan y mwgwd, ni wyddai Anna a oedd hi i fod i'w roi iddi.

'Aros eiliad,' meddai a phicio allan at y ddesg. 'Ody hi i fod i gael dŵr?' gofynnodd.

'Dwa i â jiws a gwelltyn iddi nawr,' meddai'r nyrs. 'Gall hi hwpo hwnnw o dan y masg yn haws.' Gresynodd Anna nad oedd hi wedi meddwl prynu'r fath beth i lawr yn y siop, ond ymhen llai na munud, roedd Debs yn sugno ar welltyn ac yn edrych yn well.

'Ma'r fflat yn rhacs, sbo,' meddai'n sydyn.

''Sneb wedi cael gweld,' atebodd Anna, gan obeithio na fradychai ei hwyneb hi. 'Mae plisman wedi bod yn sefyll tu fas iddo drwy'r nos. Buodd raid iddyn nhw dorri'r drws ffrynt lawr, t'weld. Mae boi yr Uned Danau'n dod bore 'ma, medde fe.' Caeodd Debs ei llygaid eto. Roedd Anna ar fin gofyn iddi a oedd ganddi yswiriant, ond sylweddolodd mewn pryd fod hwnnw'n gwestiwn twpach fyth. Siaradodd Debs, fel petai wedi darllen ei meddyliau.

'Garantî,' meddai. 'Mae'r teli dan garantî am flwyddyn.'

'Mae hynny'n rhywbeth,' atebodd Anna'n gysurlon. Yng nghefn ei meddwl, troellai'r cwestiwn pam nad oedd Debs wedi sôn gair am Meilo. Nid oedd hi eisiau gwneud iddi bryderu trwy holi amdano. Efallai fod Debs yn gwybod ei fod yn ddiogel eisoes, a chan nad oedd gan Anna ddim gwybodaeth amdano, byddai'n gallach tewi.

'Oes gyda ti unrhyw syniad shwd ddechreuodd y tân?' gofynnodd. Nid atebodd Debs. Roedd ei llygaid ar gau, ond roedd Anna'n weddol sicr ei bod wedi ei chlywed. Parodd y tawelwch am funud neu fwy. Cododd Anna ar ei thraed. 'Alla i mofyn unrhyw beth i ti?' gofynnodd. 'Pethau ymolchi? Gwn nos?' Y tro hwn, ysgydwodd Debs ei phen yn bendant, er nad agorodd ei llygaid. Gwasgodd Anna ei llaw a'i gadael. Synnodd o weld y blismones, Donna Davies, yn pwyso yn erbyn y mur tu fas i'r stafell, ac a barnu o'r olwg ar ei hwyneb, roedd hithau yr un mor syn.

'Fi 'to,' meddai Anna dan wenu. 'Dwi'n byw yn y fflat yn union o dan un Debs.'

Pwffiodd Donna aer o'i bochau.

'Rhaid taw chi yw "Gertie, the Girl on the Spot", fel wedd Mamgu'n arfer gweud. Ife chi wedd y cymydog gymerodd y babi a ffonio'r frigâd dân?'

'Ie. Tasen i heb fod yn gweithio'n hwyr, fydden i ddim wedi sylwi ar y tân o gwbwl.'

Gwnaeth Donna ystum i gyfeiriad y stafell a symud i'r naill ochr.

'Shwd mae hi?' sibrydodd.

'Cysglyd iawn,' atebodd Anna. 'Ond ddim yn gymysglyd. Beth sydd wedi digwydd i'r un bach?'

'Mae'r Gwasanaethau Cymdeithasol wedi mynd ag e dros dro. Wedd e ddim wedi anadlu mwg.' Newyddion drwg a da, felly, meddyliodd Anna.

''Sdim teulu 'da 'ddi, 'te?' meddai. Sniffiodd Donna.

184

'Dyw hi ddim yn siarad â nhw, mae'n debyg. Ac maen nhw'n byw bant. Sôn am blant, shwd mae'ch roces chi?'

'Wedi cael 'sgytwad,' atebodd Anna, a sylweddoli fod hyn yn gyfle i sôn am yr ymgyrch yn erbyn Llio ar y we. Esboniodd yn gryno am yr hyn a ddangosodd Llio iddi'r bore hwnnw. 'Mae'n ddrwg 'da fi'ch poeni chi ynghylch hyn,' gorffennodd. 'Ond wên i'n meddwl y dylech chi wbod. Dyw hi ddim yn rhwydd ypsetio Llio, ond mae hyn mor sbeitlyd a dros ben llestri . . .' Torrodd Donna ar ei thraws.

''Sdim angen i chi ymddiheuro. Mae'r ymgyrchoedd 'ma ar y we yn ein hala ni'n ddwl. 'Sen i'n cael fy ffordd bydden i'n tynnu'r plwg ar y blwmin lot! Yr unig beth y galla i weud i'ch cysuro chi yw nad yw nhw'n para'n hir iawn fel arfer. Ma' rhywbeth arall yn mynd â sylw pobl fel hyn yn glou. Gwedwch wrthi am 'i droi e bant am bythewnos. Byddan nhw wedi anghofio amdani erbyn hynny.'

'Cystal gweud wrthi am beidio ag anadlu,' meddai Anna. 'Ond fe awgryma i hynny wrthi, sa'ch 'ny. Yr hyn sy'n ein poeni ni'n dwy yn fwy na dim yw'r posibilrwydd fod rhyw gysylltiad rhwng y tân a'r llofruddiaeth. Tase 'na ddim negeseuon cas ar y we, dwi'n amau a fydden ni'n meddwl fel hyn.' Syllodd Donna arni am eiliad heb ddweud dim, a phalodd Anna ymlaen.

'Mae wedi'n taro ni y galle ta pwy sy'n gyfrifol am y tân yn fflat Debs fod wedi camgymryd y rhif.

Mae'r fflatie'n rhai canol, ch'weld, un ar ben y llall.'
Gallai weld y blismones yn ystyried hyn, a dechreuodd
deimlo'n lletchwith. "Sda ni ddim syniad pwy wnaeth,
ond gyda'r ymgyrch ar y we, gallwch chi weld pam ry'n
ni'n pryderu.'

'Galla, wir ,' murmurodd Donna. 'Cofiwch, falle
nad tân bwriadol wedd e. Dyw'r Uned Danau ddim
wedi cyflwyno adroddiad 'to. Wedd rhywbeth penodol
ynghylch y tân i awgrymu hynny?' Heblaw am y ffaith
mai'r tu mewn i'r drws blaen y dechreuodd y tân, roedd
yn rhaid i Anna gyfaddef nad oedd.

'Falle mai mynd o flaen gofid y'n ni. Wedd dim modd
i'r llosgwr wbod na fydden i miwn tan oriau mân y bore.
Mae'n shiffts hwyr i'n bennu unrhyw bryd rhwng un ar
ddeg a dau y bore. Ac mae Llio'n aros gyda'i thad dros
nos yn fynych.' Amneidiodd Donna'n araf.

'Dwi'n falch o'ch clywed yn rhesymu fel yna. Dyw
panig ddim yn helpu neb. Ond cadwch eich llygaid ar
agor. Rhoia i wbod i'r tîm am eich pryderon.'

Yn groes i'r disgwyl, daeth Anna o hyd i'r allanfa'n
hawdd, a daeth y bws yn fuan wedi hynny. Er iddi
dawelu ei meddwl am gyflwr Debs, roedd tynged
Meilo bach yn dal i'w phryderu. Argyhoeddodd ei hun
y byddai'n cael mynd yn ôl at ei fam ar ôl iddi wella,
a bod Debs yn gwybod hyn. Dyna pam nad oedd hi
wedi gofyn amdano. Eto, ni allai waredu'r teimlad fod
rhywbeth o'i le. Ni allai anghofio i Debs gau ei llygaid a

dweud dim weithiau, ond ateb yn syth ar adegau eraill. Hwyrach ei bod yn rhy sâl i fedru canolbwyntio drwy'r amser. Ceisiodd gofio pryd nad oedd hi wedi ateb. Ai pan ofynnodd Anna a oedd ganddi syniad pwy ddechreuodd y tân? Ac roedd hi wedi cau ei llygaid eto cyn diwedd ei hymweliad. Tybed a welodd y blismones yn sefyllian y tu allan? Cyn iddi allu dadansoddi hyn, canodd ei ffôn, a gwelodd fod Mal wedi anfon neges destun yn gofyn p'un a oedd e i fod i fynd â'r holl gardifeins ar fwrdd y gegin i'r Sgubor. Atebodd yn frysiog, gan fod ei harhosfan hi gerllaw.

# PENNOD 15

Daeth Anna allan o'r ciwbicl ar ôl newid i'w dillad gwaith, a gweld Lily'n arwyddo'r rhestr amseroedd gwirio glendid y tai bach.

'Pryd wyt ti'n bennu heno?' gofynnodd wrth olchi ei dwylo.

'Am naw,' atebodd Lily. Edrychodd o'i hamgylch, ond doedd neb arall yno. Gostegodd ei llais er gwaethaf hynny. 'Ody 'ddi'n wir fod Steffan yn ishte yn y stafell pan laddwyd Jarvis?' Roedd y si ar led, felly. Amneidiodd Anna'n ddistaw. Ofnai fod ymholiad ar fin dod ynghylch ei rhan hi yn y drychineb. Synnodd, felly, o glywed Lily'n sniffian. 'Sai'n gwbod pam fydde Steffan yn 'mel â rhywun fel Jarvis. Os buodd un cas, twyllodrus erio'd, fe wedd e!'

'Wir?' Meddyliodd Anna ei bod am glywed mwy, ond agorodd y drws a daeth cwsmer i mewn. Winciodd Lily arni a mynd 'nôl i'r bar.

Roedd Steffan eisoes yn ei iwnifform, ac yn ffarwelio â'i dad a'i famgu ym mhrif stafell y dafarn. Rhaid eu bod wedi ei hebrwng i'r dafarn, a phenderfynu cael bwyd tra oedden nhw yno. Gan na ddeuai cyfle gwell, aeth Anna atynt yn syth. Teimlai damaid yn chwithig a'r tri ohonynt yno, ond ar ôl iddi esbonio am y bwffe, roedd yn hynod falch o weld Eirwen a Steffan yn amneidio'n frwd.

'Wên i ofan gofyn,' meddai Anna, 'am ei bod mor fyr rybudd. Dwi ddim eisiau sbwylio cynllunie neb.'

'Ddim o gwbwl,' meddai Eirwen. 'Cafodd yr henoed eu cinio Nadolig echdoe. Fyddwn ni ddim yn agor 'to nes Nos Galan, a dim ond y bar fydd ar agor pwr' 'ny. Fydd trowser du a chrys gwyn yn iawn i Steffan?'

'Bydd. 'Sdim lot o ots beth wisgwn ni'n dwy, achos yn y gegin fyddwn ni. Bydd raid i fi drio perswadio Llio i wisgo llai fel Goth.' Sipiodd Ieuan ei ddiod yn fyfyrgar.

'Ffor' y'ch chi'n mynd i gario'r bwyd i'r lle?'

'Dyna 'mhroblem fawr ola i,' meddai Anna. 'Falle galla i ofyn am dacsi mawr.'

Wfftiodd Ieuan, a chwerthin.

'Os rhowch chi'r stwff mewn bocsys, af i â'r cyfan yn y fan. Galla i fynd â chi i gyd yr un pryd. Bydd raid i fi fynd â'r ddou hyn a dod 'nôl i'w mofyn nhw ta beth.' Doedd Anna ddim wedi bwriadu iddo yntau aberthu ei noson hefyd, ond roedd yn gynnig rhy dda i'w wrthod. Diolchodd yn ddiffuant iddo, a mynd at ei gwaith gan deimlo y gallai, o'r diwedd, ddod i ben â'r dasg.


Trwy drugaredd, a dim ond hi a Steffan yn y gegin y noson honno, nid oeddent yn brysur. Hwyrach, a'r Nadolig ar fin dod, fod tymor y partïon wedi mynd heibio. Byddai llawer o bobl ar eu ffordd i dreulio'r

Ŵyl gyda'u perthnasau mewn rhannau eraill o'r wlad erbyn hyn.

'Cer am dy saib, Steffan,' meddai, oddeutu naw o'r gloch.

'Beth amdanoch chi?' gofynnodd yntau. 'Allwch chi ddim mynd i unman.'

'Caf i goffi fan hyn,' atebodd Anna. 'Os daw archeb fawr i mewn, fe waedda i.'

Gwyliodd ef yn cau'r drws y tu ôl iddo. Bu'n bwriadu holi mwy am y parti gydol y noson, yn enwedig ar ôl clywed theorïau gwybodusion y Legion, ond rywsut, ni ddaeth cyfle. Doedd Lily ddim wedi sefyllian yn y gegin chwaith, er ei bod wedi bod 'nôl a mlaen yn mofyn prydau. Tywalltodd fygaid o goffi iddi hi ei hun a thynnu ei ffôn symudol. Os na allai adael y gegin, gallai o leiaf gadarnhau ei bod yn gallu paratoi'r bwffe.

'Anna sy 'ma,' meddai pan atebodd Seimon.

'Grêt!' Daeth ei lais megis o bell, a symudodd Anna tuag at y drws cefn. 'Sut ma'r paratoadau at y bwffe?'

'Mae gen i bobl i weini byrddau, a chludiant. Dim ond prynu'r cynhwysion sydd ar ôl.'

Roedd hi wedi hanner meddwl y byddai Seimon wedi cysylltu â chwmni proffesiynol ers eu sgwrs ddiwethaf, ond a barnu o'i frwdfrydedd, doedd hynny'n amlwg ddim wedi digwydd.

'Bant â ni, 'te!' meddai. 'Unrhyw gwestiynau?'

'Dim ond oes angen darparu seigiau ar gyfer llysieuwyr neu bobl ag alergeddau.' Gan mai'r eiliad honno y croesodd hyn ei meddwl, llongyfarchodd ei hunan yn dawel fach.

'Jawl erio'd, sai'n gwbod, ond mae'n gwestiwn da.' Bu saib fer wrth iddo feddwl. 'Gallwch chi fentro fod rhai llysieuwyr, ond mae alergeddau'n rhywbeth gwahanol.'

'Ro'n i'n bwriadu gwneud nifer o bethau heb gig, ta beth,' meddai Anna. 'A dwi byth yn defnyddio cnau, rhag ofn. Fydd hynny'n iawn?'

'Dyle fe fod. Fe ffonia i rownd. Fydd nos yfory'n ddigon cynnar i chi gael gwbod? Ody hi'n gyfleus i fi alw marcie wyth? Ro'n i wedi bwriadu dod draw rywbryd er mwyn rhoi arian i chi brynu'r cynhwysion. Ma'r Nadolig yn ddigon drud heb orfod talu am bethau ychwanegol fel 'ny.'


Pan ddaeth Steffan 'nôl o'i saib, roedd Anna'n gwenu wrthi ei hun. Ar ôl gorffen yr alwad ffôn, bu'n meddwl y byddai'n syniad da treulio yfory'n coginio rhai o'r bwydydd y gallai eu rhewi. Byddai'n rhaid iddi wneud cryn dipyn o siopa yn y bore, ac ni fyddai hynny'n hawdd ar noswyl Nadolig, ond nid oedd modd osgoi'r tyrfaoedd, gan fod angen iddi goginio teisen i Mal a Sheryl hefyd. Gallai gadw blas i aros pryd i'r naill ochr er mwyn i Seimon eu profi. Sylweddolodd ei bod yn edrych ymlaen at hynny. Mwy nag at fynd i'r Ffrij, yn sicr.

'Lifft?' gofynnodd Rob, gan wthio'i ben trwy ddrws stafell y gweithwyr, lle'r oedd Anna a Steffan yn gwisgo'u cotiau. Roedd hi wedi troi un ar ddeg ers amser, ond roeddent wedi treulio dwy awr dda'n glanhau.

'Ti'n siŵr? Mae'r bar yn dal yn brysur ac mae Steffan eisoes wedi cynnig fy hebrwng i gartre.'

'Mae e'n ŵr bonheddig,' atebodd Rob. 'Ond dwi'n mynd y ffordd honno heno. Addewes i fynd â cwpwl o bethe draw at Mam. Os na af i nawr, bydd raid i fi ei dihuno hi.' Er ei bod yn falch iawn o unrhyw gludiant fel rheol, roedd Anna wedi bwriadu holi tipyn ar Steffan wrth iddynt gerdded, ond dilynasant Rob allan i'r maes parcio. Fodd bynnag, er gwaethaf pob ymdrech, gwrthododd injan y car danio.

'Damo!' meddai Rob. 'Ma'n ddrwg 'da fi bois, ond 'sda fi ddim lifft i gynnig i chi.'

Dringodd Anna a Steffan o'r car. Ni ddywedodd Anna ddim, ond craffodd ar y cysgodion o dan y llwyni. Cododd law ar Rob, a oedd eisoes ar y ffôn yn galw am gymorth, a brysiodd allan i'r ale tu ôl i'r dafarn. Clywodd gamre Steffan yn cyflymu er mwyn ei dal.

'Trueni,' meddai Steffan. 'Batri fflat, siŵr o fod.' Amneidiodd Anna, yn falch o weld y ffordd fawr o'u blaenau. Câi Steffan glywed am gastiau sbeitlyd Indeg gan weddill y staff, felly nid oedd am ddechrau'r sgwrs honno heno. Cerddasant ymlaen am gryn bellter cyn i Anna gasglu ei meddyliau.

'Bues i'n siarad â rhywun sy'n mynd i'r Legion y

diwrnod o'r blaen,' dechreuodd. 'Mae gyda nhw theori ynghylch sut buodd Jarvis farw.' Edrychodd Steffan arni'n amheus.

'Wên i'n meddwl fod yn rhaid i chi fod yn ga-ga cyn celech chi fynd i'r Legion,' meddai'n gellweirus.

'Falle, wir. Ond cofia fod rhai ohonyn nhw'n gyn-filwyr. Maen nhw'n hen nawr, ond yn eu dydd, fe welon nhw lot. Y theori yw fod Jarvis wedi cael ei drywanu tu fas ac wedi cerdded i'r gadair heb sylweddoli ei fod e wedi cael anaf ofnadw.'

'Ody hynny'n bosib?' Swniai Steffan yn anghrediniol. 'Bydde fe'n waed i gyd, ac wedi cwmpo cyn iddo gyrraedd y tŷ.'

'Wedodd y dyn y bues i'n siarad ag e ei fod e wedi gweld rhywbeth tebyg 'nôl yn y pumdege. A dyw e ddim yn ga-ga o bell ffordd.' Nid atebodd Steffan am eiliad hir. Yna cododd ei ysgwyddau.

'Ma' theori gan bawb,' meddai o'r diwedd. 'Dylech chi weld beth 'sda nhw i'w weud ar-lein.'

'Dwi wedi,' atebodd Anna. 'Dangosodd Llio'r negeseuon cas ma' hi wedi'u cael i fi. Wyt ti wedi cael rhai?'

'Un neu ddou,' cyfaddefodd Steffan. 'Ond dim byd tebyg i Llio. Sai'n gwbod pam, ond ma' holl gasineb y teulu wedi'i anelu ati hi.'

'Falle achos ei bod hi'n wajen i Jarvis,' cynigiodd Anna er mwyn gweld p'un a fyddai Steffan yn ymateb ai peidio.

'Nag o'dd ddim!' meddai Steffan gan ysgwyd ei ben. 'Ond 'sdim dal beth oedd Jarvis wedi gweud wrth ei deulu, oes e?'

'Fuodd 'na gwmpo mas rhyngddyn nhw'r nosweth honno?' mentrodd Anna holi. Gwingodd Steffan fymryn o dan ei got drom.

'Ddim cwmpo mas yn gowyr. Wedd e'n fwy o awyrgylch, ch'mod? Wedd e ddim yn deall pam nad oedd hi'n towlu 'i hunan ato.' Ysgydwodd ei ben a gwenu. ''Na'r peth dwetha fydde Llio'n ei neud.' Daeth i feddwl Anna fod Steffan yn falch o hyn.

'Dwi wedi gweud wrth yr heddlu ei bod hi'n derbyn negeseuon cas,' meddai.'Sai'n credu y gallan nhw ddim neud dim byd, ond o leia ma'n nhw'n gwbod. Caiff hi lonydd am sbel fach nawr. Mae hi wedi mynd at ei thad dros y Nadolig.' Ciledrychodd Steffan arni.

'Fyddwch chithe'n mynd hefyd?'

'Bydda. Ond mae'n rhaid i fi neud shifft yn y gegin dydd Nadolig. Af i draw 'na wedyn.'

'Syniad da. Dyw treulio'r Nadolig ar eich pen ei hunan ddim yn neis.' Hwyrach na fedrai Steffan, yn ddwy ar bymtheg oed, ddychmygu treulio'r Ŵyl yn unman ond yn ei gartref ei hun gyda'i deulu. Edrychai'n wirioneddol bryderus wrth feddwl amdani'n unig yn y fflat. Roeddent wedi cyrraedd y stad erbyn hyn, a gellid clywed rhialtwch yn ysbeidiol o strydoedd gwahanol.

'Mae 'ddi off 'ma heno 'to,' meddai Steffan. 'Fel hyn fydd hi nawr nes ar ôl y Flwyddyn Newydd.' O gornel ei llygad, gwelodd Anna ffigwr bach tila mewn hwdi, yn pwyso yn erbyn wal a edrychai dros y llain werdd. Gwnaeth ystum â'i phen i dynnu sylw Steffan ato.

'Wedd hwnnw'n potsian gyda'r offer yn yr ambiwlans ar nosweth y parti,' sibrydodd, er ei fod allan o'u clyw. 'Pwy yw e? Wyt ti'n ei nabod e?' Chwarddodd Steffan o dan ei anadl.

'Odw,' atebodd. 'Rocky, un o blant Leila. Ond dylech chi fod wedi gofyn "pwy yw hi?" Croten yw Rocky.'

'Ife? Wedech chi fyth.'

'Na 'nelech, sownd. Un fach od yw hi, ond 'sdim syndod. Hi yw'r unig ferch yn y teulu, a dyw Leila ddim yn hoff o ferched. 'Na pam roiodd hi'r enw Rocky i'r druan fach.'

'Yn y gobaith y bydde hi'n troi'n grwt, falle?'

'Ma' Leila'n ddigon dwl i feddwl 'ny. Ond 'na ni, rhowch chi bum mlynedd iddi a bydd hi'n bennu lan yn yr un lle â'i brodyr.'

'Faint yw ei hoedran hi nawr, 'te?'

'Bwti ddeg?'

'Mae'n ifanc iawn i fod mas ar y stryd ganol nos fel hyn.'

''Sdim byd newydd yn 'ny. Ma' sôn fod Leila'n ei chloi hi mas pan fydd hi'n mynd i'r dafarn, 'sdim ots pwy mor oer yw'r tywydd.' Ni chynigiodd Anna sylw pellach. Roeddent wrth droed y grisiau i'r fflatiau. Syllodd Anna i fyny, ond nid oedd golwg o'r heddwas ifanc. Ffarweliodd â Steffan a dringo'n araf i fyny'r grisiau. Cyn rhoi ei hallwedd yn ei drws, pipodd dros y rheilin, a'i wylio'n cerdded 'nôl i'r ffordd fawr, ond er iddi syllu i'r cysgodion yr ochr draw i'r llain werdd, roedd Rocky wedi mynd.

Ni chysgodd Anna'n dda'r noson honno. Ni sylweddolodd nes iddi ddihuno am y trydydd tro taw absenoldeb yr heddwas ifanc oedd yn gyfrifol am hynny. Teimlai fod ganddi un haen o groen yn llai nag arfer, a bod ei chlustiau'n priodoli pob sŵn i ryw anfadwaith. Yn y diwedd, cododd a mofyn y pastwn. Gallai Mal wneud sbort am ei phen yn ei gylch, ond roedd hi'n dal i afael yn dynn ynddo pan ddihunodd am saith.

Gwthiodd Anna ddrws y siop bopeth ar agor yn hwyr y prynhawn wedyn, ac edrych yn ddiobaith ar y silffoedd. Roedd hi'n grac â'i hun am anghofio rhoi siocled gwyn yn ei throli yn yr archfachnad orlawn y bore hwnnw. A nawr, a hithau yng nghanol gwneud teisen i Mal a Sheryl, roedd hi wedi sylweddoli taw dim ond siocled tywyll a llaeth roedd hi wedi'u prynu. Fel rheol, ni fyddai'n siopa bwyd yn y siop hon ar y stad. Credai fod y nwyddau'n eistedd yn rhy hir heb eu prynu, yn enwedig y brechdanau, ond ar y llaw arall, nid oedd siocled gwyn yn debygol o fynd yn hen yn gyflym. Roedd wedi meddwl y byddai'n syniad gwych gwneud teisen siocled tri *mousse* y noswaith gynt, ond roedd cymhlethdod y rysáit yn boendod erbyn hyn, a'r gwaith coginio ar gyfer y bwffe'n disgwyl amdani. Daliwyd ei sylw gan bapur cyfarwydd a chipiodd ddau far mawr o'r silff. Sylwodd fod Mrs Singh yn ei gwylio o'r tu ôl i'r cownter, a gwenodd arni'n fuddugoliaethus.

'Grêt!' meddai a chwifio'r siocled.

'Oes whant bwyd arnoch chi?' gofynnodd Mrs Singh, gan fynd trit-trot yn ei fflip-fflops at y til. O leiaf roedd hi'n gwisgo cardigan dew dros ei gwisg ethnig heddiw.

'Dwi ar ganol gwneud teisen,' atebodd Anna, 'ac ro'n i wedi anghofio nad oedd gen i siocled gwyn.' Canodd cloch y drws tu ôl iddi, ond roedd hi'n brysur yn chwilio am ei harian. Ond pan estynnodd y papur pumpunt i Mrs Singh, sylweddolodd yn sydyn fod honno'n ceisio tynnu wep rybuddiol arni. O gornel ei llygad, gwelodd fod menyw'n sefyll wrth y silffoedd ar y dde. Ar ôl rhoi ei newid i Anna, symudodd Mrs Singh ati, a dechrau sgwrs dawel â hi. Yn amlwg, roedd hi'n ceisio rhoi cyfle i Anna ddianc, ac er mai unwaith yn unig y gwelodd Leila o'r blaen, tybiodd Anna taw dyna pwy oedd hi. Trodd a mynd am y drws, ond daliodd ei llaw yn erbyn tun o bys, a chwympodd hwnnw i'r llawr. Cododd ef yn frysiog a'i roi'n ôl, ond roedd y sŵn wedi tarfu ar y sgwrs, a gwelodd Leila hi.

'Mae'n rhaid i chi watsio, Mrs Singh,' meddai'n siarp. 'Ddwynith pobl unrhyw beth ffor' hyn.' Cyn iddi allu atal ei hun, clywodd Anna'r geiriau'n dod o'i cheg.

'Fel enw da pobl ddiniwed,' meddai. 'Er mwyn i chi

wbod, ma'r heddlu wedi cael clywed am eich bygythion chi a'ch teulu.' Am eiliad, credodd nad oedd Leila wedi deall, ond yna gwelodd hi'n dod tuag ati. Neidiodd Anna 'nôl o'i gafael. Disgynnodd amryw bethau ar y llawr a gwichiodd Mrs Singh.

'Mae'n ddrwg 'da fi,' meddai Anna, ond boddwyd ei geiriau pan agorodd y drws unwaith eto. Rhuthrodd ffigwr bach cyfarwydd mewn hwdi i mewn.

'Mam! Glou! Mae tad Elton yn ffusto ar y drws!'

'Gwed wrtho am fynd i grafu!' poerodd Leila, ond roedd Rocky yr un mor benderfynol â'i mam.

'Mae'n rhaid i ti ddod nawr!' meddai. 'Wedd e ar y ffôn yn galw rhyw fêts draw. Os na ddei di'n glou, byddan nhw drwy'r tŷ.' Am ryw reswm, roedd hynny'n ddigon o fygythiad i gario Leila allan o'r siop. Slamiodd y drws ar eu hôl, a safodd Anna a Mrs Singh yn fud. Yna, dechreuodd Anna godi'r nwyddau oddi ar y llawr a'u rhoi 'nôl yn eu priod leoedd.

'Mae'n wirioneddol ddrwg 'da fi,' meddai eto. Rhoddodd Mrs Singh ryw wên fach drist yn ateb. Gwnaeth ystum tuag at y drws, a oedd yn dal i grynu ar ei golfachau.

'Problem,' meddai.

'Peidiwch â sôn,' atebodd Anna. 'Tase'r Rocky fach 'na heb ddod miwn . . .'

'Wrth gwrs, mae Leila wedi colli ei mab,' murmurodd Mrs Singh.

'Yn hollol. Ond mae rhoi'r bai ar fy merch i a finne'n

gwbwl afresymol.' Gwelodd fod hyn wedi ennyn diddordeb y ddynes fach. Tybed a oedd yn werth cicio'r post i'r pared glywed? 'Oeddech chi'n gwbod fod Llio wedi cael ei chloi ym mhantri'r tŷ am oriau'r noson honno? Rhyw jôc oedd hi, siŵr o fod, ond allai Llio ddim fod wedi gweld na gwneud dim o gwbl. Chwilio amdani o'n i pan ddes i o hyd i Jarvis.' Ni wyddai Mrs Singh hyn, ac ystyriodd y wybodaeth yn ofalus.

'Sioc fawr i chi,' meddai. Yna taflodd gipolwg arall at y drws cyn mynd yn ei blaen. 'Dywedodd mam un o'r bechgyn oedd yn y parti wrtha i fod ei mab wedi edrych mas o ffenest y llofft drwy'r sgrin a chlywed dadlau yn yr ardd gefen.' Doedd Anna ddim wedi clywed hyn.

'Welodd e pwy oedd wrthi?' gofynnodd. Lledaenodd Mrs Singh ei dwylo.

'Jarvis oedd un ohonyn nhw,' atebodd, 'ond roedd yn rhy dywyll iddo nabod y llall.'

'Ydy'r heddlu'n gwybod?' gofynnodd Anna'n obeithiol.

'Fwy na thebyg,' atebodd Mrs Singh. 'Dywedodd hi eu bod wedi ei holi am sbel hir.'


Carlamodd Anna 'nôl i'r fflat a'i gwynt yn ei dwrn. Doedd hi ddim am roi cyfle arall i Leila ei chornelu. Serch hynny, roedd yn ddiddorol fod Rocky wedi dod ar ras i mofyn ei mam yr eiliad honno, fel petai hi'n gwybod bod gwrthdaro rhyngddi hi a Leila ar y gweill. Roedd yn ddiddorol hefyd fod y syniad y byddai tad Elton a'i fêts yn mynd drwy'r tŷ yn peri ofn i Leila.

Beth oedd yno, tybed? Efallai taw mater syml o osgoi dinistr oedd e, ond o gofio am y si am gysylltiad Jarvis â chyffuriau, gallai ei *stash* fod mewn perygl nawr. Rhyngddyn nhw a'u cawl, meddyliodd Anna, ond yna safodd yn stond. Roedd rhywun yn llechu yng nghysgod y grisiau. Edrychodd y tu ôl iddi, ond roedd hi'n rhy agos at y fflatiau i fedru dianc i'r cefn. Beth allai wneud? Symudodd y ffigwr o'r cysgodion yn sydyn a phlygu ei ben i geisio gweld pwy oedd yno.

'Anna?' galwodd.

'Mae'n ddrwg 'da fi 'mod i'n gynnar,' meddai Seimon. 'Dwi'n gwbod taw wyth o'r gloch wedes i, ond roedd pawb yn y swyddfa wedi hen fynd gartre, a doedd dim byd mwy y gallen i ei wneud yn y gwaith.' Roedd Anna wedi llwyddo i beidio â dangos ei bod wedi cael ofn, ond safodd â'i chefn ato i arllwys y coffi.

'Mae'n ddrwg 'da fi nad o'n i yn y fflat,' clywodd ei hun yn dweud. 'Buodd raid i fi redeg draw i'r siop. Fuoch chi'n sefyll yn yr oerfel am sbel?' Yfodd Seimon y coffi'n ddiolchgar.

'Dim ond am ddeng munud,' atebodd. 'Parcies i'r car mas o'r golwg y tro hwn.' Edrychodd ar yr hambyrddau o fwyd a orweddai'n oeri ar yr arwynebau gwaith. 'Mae'n amlwg eich bod wedi bod wrthi drwy'r dydd. Gobeithio nad ydw i'n tarfu arnoch chi.' Tynnodd Anna blât o'r cwpwrdd a rhoi nifer o basteiod bach gwahanol arno iddo.

'Os hoffech chi flasu'r rhain,' meddai, gan deimlo'n swil yn sydyn, 'galla i orffen y deisen. Chaf i ddim cyfle i ddod 'nôl i'w mofyn hi ar ôl gwaith cyn mynd draw at berthnasau.' Nid oedd am grybwyll wrth Seimon taw at Mal a Sheryl roedd hi'n mynd. Roedd yr holl drefniant yn rhy ryfedd.

'Cariwch chi mlaen!' meddai Seimon yn harti. Gallai ei weld yn ei gwylio wrth iddo fwyta. Ni tharfodd arni o gwbl, heblaw gofyn beth oedd yn y pastai hwn neu'r dartled hon. Aeth Anna ati i dorri'r olaf o'r sbynjis siocled tenau a wnaeth yn gylch perffaith er mwyn gwneud sylfaen i'r *mousse* olaf tra oedd yn cadw llygad barcud ar y siocled gwyn a doddai'n araf dros sosbenaid o ddŵr poeth. Tynnodd y sosban oddi ar y stôf a chodi'r bowlen allan ohoni.

'Ble mae gweddill y deisen, 'te?' gofynnodd Seimon.

'Yn caledu yn yr oergell. Mae'n rhaid i chi wneud y deisen fesul haenen sbwnj, a *mousse* siocled gwahanol ar ben bob un. Dyma'r haen ola. Ond mae'n rhaid i bob *mousse* galedu cyn i chi roi'r haen nesa, ch'weld, neu fe gewch chi'r stecs rhyfedda. Haen denau o siocled tywyll yw'r tu allan.' Amneidiodd Seimon a gwenu.

'Mae'n grefft, on'd yw hi?' meddai. Pwyntiodd ar ei blât gwag. 'Ac fe wnaethoch chi'r rhain yr un pryd!'

'Wên nhw'n iawn?' gofynnodd Anna, ac eistedd am y tro cyntaf. Roedd angen i'r siocled gwyn oeri tipyn.

'Blasus iawn,' meddai Seimon. Yna, aeth i chwilota ym mhoced ei siaced ac estyn amlen drwchus iddi.

Cyffyrddodd eu bysedd am ennyd fer, a theimlodd Anna ryw wefr fach drydanol.

'Blaendal,' meddai Seimon. 'Cewch chi'r hanner arall ar ôl y bwffe. Gwedwch os nad yw e'n ddigon i dalu am y cynhwysion ry'ch chi wedi'u prynu eisoes.' Taflodd Anna gipolwg ar y bwndel arian.

'Dwi'n siŵr y bydd yn iawn,' meddai. Doedd hi ddim wedi disgwyl unrhyw beth tebyg i hyn, o ran arian nac o ran y pili-palod a ddawnsiai yn ei stumog. Chwarddodd Seimon.

'Cyfrwch e, er mwyn popeth. Ry'ch chi'n rhy gwrtais o lawer – gallen i fod yn eich twyllo chi'n rhacs.'

'Gallen i wastod wenwyno'r bwyd a rhoi dolur rhydd i chi i gyd,' atebodd yn fwyn. Ochneidiodd Seimon ac ysgwyd ei ben. Roedd cudyn o'i wallt tywyll yn cyrlio'n ysgafn dros ei dalcen. Eisteddodd Anna ar ei llaw er mwyn gwrthsefyll y demtasiwn i'w frwsio 'nôl. Tapiodd Seimon ei fys ar y bwrdd, yn agos iawn at ei llaw arall. Crychodd ei dalcen a thynhaodd corff Anna.

'Beth ddigwyddodd yn y fflat lan llofft? Mae plastig dros y drws i gyd. Clywes i e'n fflapian wrth i fi ddod lan y stâr.' Bu'n rhaid i Anna ganolbwyntio am eiliad.

'Tân,' meddai o'r diwedd. 'Maen nhw'n amau ei fod yn un bwriadol.'

'Ydyn nhw? Jiw jiw. Pwy oedd yn byw 'na? Gawson nhw ddolur?'

'Croten ifanc a'i babi. Ond er iddi anadlu mwg, dwi'n credu bydd hi'n iawn. Rhoiodd hi'r babi i fi drwy'r ffenest, diolch i'r drefn, cyn i'r tân ddala.' Eisteddodd Seimon yn ôl ar y gadair galed yn syn.

'Wel, y bois bach. Am le! A dyna lle o'n i'n dadlau â fi'n hunan a oedd angen i fi gwato'r car mewn gwirionedd. Y'ch chi wedi clywed pam rhoddwyd y fflat ar dân?'

'Mae 'na nifer o bosibiliade,' meddai Anna gan ysgwyd ei phen. 'Roedd gan Debs gyn-sboner sy wedi bod yma'n creu stŵr cwpwl o weithie. Un tro, buodd bron iddo lwyddo i ddwgyd y babi. Ac mae'n bosib fod y tân yn gysylltiedig â'r llofruddiaeth hefyd.' Agorodd ei lygaid yn llydan o glywed hyn, a theimlodd Anna'n lletchwith.

'Falle taw ni sy'n hel bwganod, ond gallai'r llosgwr fod wedi camgymryd rhif y fflat.'

''Sdim rhyfedd eich bod chi'n awyddus i Llio fynd at ei thad,' meddai. 'Ry'ch chi siŵr o fod yn nerfus bob tro mae'n rhaid i chi ei gadael yn y fflat.'

'Ydw. Dwi'n gweithio'r fath oriau anodd. Ar ben popeth, mae teulu'r crwt fuodd farw wedi dechrau ymgyrch ar-lein yn erbyn Llio. Felly, dwi'n falch iawn ei bod hi wedi mynd at ei thad.'

'Nefoedd wen! Beth nesa?' Meddyliodd am ennyd. 'Bydd yn rhaid i fi rybuddio Celyn am yr ymgyrch 'ma. Bydd hi'n neis i Llio gael rhywun i'w chefnogi.' Dim ond amneidio wnaeth Anna. Nid oedd am sbwylio'r awyrgylch trwy ddweud y gwir wrtho am ei ferch.

'Fyddwch chi'n mynd draw at eich perthnasau chithe heno?' gofynnodd er mwyn newid y pwnc.

'Bydda. Ond dim ond am ddwy noswaith. Dyw Delyth ddim yn gysurus yn nhai pobl eraill, a dyw ei rhieni ddim yn cydnabod cyflwr ei hiechyd o gwbwl. Mae hi'n credu eu bod nhw'n mynd allan o'u ffordd i ddod â baw i'r tŷ, sy'n anodd ei osgoi, gan eu bod nhw'n byw mas yn y wlad ac yn cadw cŵn a cheffylau.' Yn dawel fach, roedd Anna'n cydymdeimlo ag agwedd rhieni Delyth. Trwy ganiatáu iddi droi eu cartref nhw'n anialdir o hylendid, efallai fod Seimon wedi gwneud y sefyllfa'n waeth. Efallai taw gwrthod rhoi grym i Delyth bennu telerau amhosib oedd bwriad ei rhieni. Roedd hi ar fin gofyn a oedd Celyn yn hoffi ceffylau pan glywodd dair cnoc ar y wal. Neidiodd Seimon.

'Mrs Gray drws nesa,' esboniodd Anna. 'Mae hi'n gaeth i'r tŷ, a dyna sut mae hi'n cysylltu â fi.' Cododd Seimon ar ei draed ar unwaith.

'Mae'n bryd i fi fynd, ta beth. Dwi wedi gwastraffu llawer gormod o'ch amser chi fel y mae.'

'Ddim o gwbwl,' atebodd Anna'n ddiffuant. 'Dwi'n falch iawn eich bod wedi cael cyfle i flasu'r bwffe o flaen llaw.'

'Cofiwch ffonio os oes unrhyw beth arall yn codi,' meddai, gan droi tua'r drws. Edrychodd arni dros ei ysgwydd a gwenu. 'Neu am unrhyw reswm, a gweud y gwir.'

Wrth iddi gau'r drws ar eu hôl, cododd law arni a cherdded yn gyflym at y grisiau pellaf. Roedd hi'n falch o hynny, er nad oedd dim wedi digwydd rhyngddynt.

Ddim eto, ta beth. Trodd ei hallwedd yn nrws Mrs Gray. Eisteddai ei chymdoges yn ei lle arferol, ond yn wahanol i'r arfer, roedd môr o bapur lapio lliwgar a rhubanau dros y bwrdd bach a ddefnyddiai.

'Mae'n ddrwg 'da fi'ch 'styrbo chi,' meddai. 'Ond gafoch chi gyfle i brynu siwmper i Ranald?' Gallai Anna fod wedi cicio'i hun.

'Do, wrth gwrs! Af i i'w nôl hi nawr.'

*Ho, ho, ho! Daeth Santa'n gynnar i fflat rhywun, 'te. Syndod na fuodd raid iddo aros ei dro – mae cymint ohonyn nhw'n heidio o'i chwmpas hi. Dyma fi'n digwydd bod 'ma am bum munud – 'sda fi ddim amser i sefyll yn hir yn yr oerfel heno – a derbyn anrheg Nadolig bach neis am fy nhrafferth. Dwi'n falch i fi wneud yr ymdrech i ddod mas. Mae'r Nadolig yn uffernol fel rheol, ond mae gwbod eich bod chi'n iawn yn codi calon rhywun yn rhyfeddol.*

# PENNOD 16

'Faint?' gofynnodd Anna. 'Hanner cant? Dim ond dwsin oedd wedi archebu echdoe.' Gwenodd Rob yn ymddiheurol arni. Roedd hi wedi gorfod rhedeg i'r dafarn oherwydd ei bod wedi anghofio na fyddai'r bysys yn rhedeg ar ddydd Nadolig.

'Glywon nhw taw ti fydde yn y gegin, siŵr o fod,' meddai â rhyw wên fach ddireidus.

'O, ca' dy ben!' meddai Anna, a rhuthro heibio iddo i doiledau'r merched. Er gwaethaf yr oerfel tu allan a'r gawod o genllysg wrth iddi adael y fflat, roedd rhedeg wedi gwneud iddi chwysu. Stripiodd yn gyflym yn y ciwbicl cyfyng a thynnu ei throwsus gwaith am ei choesau. Gallai glywed ei hun yn mwmial yn rhwystredig dan ei hanadl. Sut ar y ddaear oedd hi'n mynd i gyflawni'r holl archebion? Gwnaeth syms yn ei phen. Dau gan saig, gan fod pedwar cwrs i bob cinio. Doedd bosib na fyddai rhywun arall ar ddyletswydd gyda hi? Ond pwy, dyna'r cwestiwn.

Synnwyd hi felly, bum munud yn ddiweddarach, o weld Steffan yn cario bocsys mawr o'r cefn trwy ddrws y gegin. Gwenodd arni o'r tu ôl i'r pentwr.

'Nadolig Llawen!' meddai.

'A'r un peth i ti,' atebodd Anna'n sych. 'Beth wyt ti'n ei wneud 'ma?'

'Paratoi, ore galla i,' gosododd y bocsys ar y llawr. 'O'n i'n meddwl gallen i gario beth fydde'i angen arnon ni mor belled â'r drws.'

'Glywest ti ein bod yn porthi'r pum mil, 'te?'

'Do. Mae'n mynd i fod yn sbort, on'd yw hi?' Nid dyna'r gair y byddai Anna wedi'i ddewis i ddisgrifio'r anhrefn a ragwelai.

'Dwi ddim yn cofio gweld dy enw di ar y rhestr,' meddai wrth iddynt gario'r bocsys cynhwysion i mewn a'u dadbacio.

'Na, wên i ddim arni'n wreiddiol. Ond wedd Chris mor fflat pan sylweddolodd e 'i fod e i fod i weithio heddi. Wedd e wedi bwriadu mynd draw at deulu'i wajen, a dyw nhw ddim wedi cwrdd â'i gilydd o'r blaen ...'

'... felly gynigiest ti wneud ei shifft e,' gorffennodd Anna. Roedd Chris wedi manteisio ar natur hael y gweithiwr newydd, yn sicr. Gwyddai Anna fod Chris yn hen gyfarwydd â rhieni ei wajen. Buont yn bartneriaid ers blynyddoedd. 'Beth sy'n mynd i ddigwydd yn eich tŷ chi, 'te? Mae siŵr o fod yn anghyfleus dros ben i dy fam-gu. Doedd hi ddim yn grac?'

'Wedd hi'n iawn,' meddai Steffan. 'Cewn ni gino heno. Agores i 'mhresante cyn dod mas.' Trodd Anna'r cawl yn fyfyrgar. Doedd hi ddim wedi gwneud dim y bore hwnnw ond llyncu coffi a rhuthro. Doedd 'na neb yn y fflat i ddymuno Nadolig Llawen iddi, a doedd hi ddim yn meddwl fod Mrs Gray wedi codi pan adawodd ar ras. Nid oedd ots ganddi bryd hynny, ond nawr, wrth feddwl am Eirwen ac Ieuan yn gwneud ymdrech arbennig ar ran Steffan cyn iddo fynd i'r gwaith, meddyliodd am Llio draw yn y Ffrij, a theimlo'n euog ei bod wedi gwirfoddoli i weithio. Clywodd ddrws y ffwrn yn cau.

''Na'r twrci yn y grefi – digon i'r ugen cynta, ta beth,' meddai Steffan. 'Odyn nhw wedi trefnu gwahanol amseroedd i'r archebion?'

'Gobeithio 'ny!' atebodd Anna. 'Bydd hi'n draed moch fel arall.'


Am ddeg o'r gloch, aeth Steffan i'r tŷ bach, a cheisiodd Anna ffonio Llio. Ni wellodd ei hwyliau pan aeth yn syth i neges llais. Gwelodd Anna'n chwith. Hwyrach fod tecstio cyfarchion at ei ffrindiau'n bwysicach i Llio na ffonio'i mam. Gwthiodd Rob ei ben drwy'r drws yr eiliad honno.

'Ma'r heddlu'n holi rhywun dan amheuaeth am y llofruddiaeth,' hisiodd.

'Pwy?' gofynnodd Anna'n eiddgar.

'Dim syniad. Dyw nhw byth yn gweud yr enw, odyn nhw? Ond wedodd un o'r regiwlars taw rhywun o'dd yn arfer delio cyffurie 'da'r crwt yw e.'

'Wyt ti'n rhydd am eiliad? Dwi am fynd i'r tŷ bach

cyn i bethe fynd yn rhy brysur. Mae Steffan wedi bod eisoes.'

'Dim probs,' meddai Rob. 'Ma'n nhw'n byhafio cyn belled. Tymor ewyllys da, t'weld.' Symudodd draw at y peiriant coffi ac arllwys mygaid iddo'i hun. Rhedodd Anna nerth ei thraed i'r tŷ bach, ond tra oedd yn golchi ei dwylo, cofiodd am y deisen siocled yn ei locer yn stafell y gweithwyr. Byddai'n gallach ei rhoi yn yr oergell fawr. Roedd hi ar fin gwthio'r drws pan glywodd lais cyfarwydd o'r tu mewn.

'All hi ddim bod cynddrwg â hynny, 'les.' Arhosodd Anna yn ei hunfan a gwrando. Roedd Steffan ar y ffôn â rhywun. 'Ydw, dwi'n gwbod fod y lle'n oer! Ti wedi gweud wrtha i ganwaith. Gwisga dwy fest o dan dy siwmper a thri phâr o sane . . .' Bu saib wrth iddo wrando ar yr ateb. 'Cynigia gynne'r tân, 'te! Ma' ffor' rownd popeth. Galli di dorri prenne, sbo, os nad oes digon i gael. Gall unrhyw un dorri prenne. Gofyn i dy dad os nad wyt ti'n gwbod shwd i osod tân. Bydd e'n gyfle i chi gael *quality time* gyda'ch gilydd.' Ychwanegwyd y frawddeg olaf hon mewn llais pryfoclyd.

Symudodd Anna i ffwrdd o'r drws. Roedd Steffan ar y ffôn â Llio. Dyna pam aeth ei galwad hi'n syth i neges llais. Ac a barnu o rai o'i sylwadau, roedd yn amlwg fod Steffan yn gwybod yn union pa fath o amgylchiadau oedd yn bodoli yn eu teulu nhw, i'r graddau y gallai ddefnyddio un o hoff ymadroddion Mal. Ni wyddai sut roedd hi'n teimlo ynghylch hynny. Pe na bai'r llofruddiaeth ddiawledig hon yn hongian dros eu pennau, byddai hi'n falch iawn o feddwl bod Llio a Steffan yn ffrindiau, ac efallai'n fwy na hynny. Ond nes bod popeth drosodd, ni allai Anna ymddiried ynddo'n llwyr. Nid oedd y newyddion fod rhywun o dan amheuaeth wedi newid dim o ran hynny. Yng nghefn meddwl Anna, llechai rhyw syniad fod yr awdurdodau'n edrych ar yr achos o safbwynt cwbl anghywir. Y gwir oedd nad oedd hi'n credu taw cweryl rhwng delwyr cyffuriau oedd yn gyfrifol am y llofruddiaeth. Pa ddeliwr gwerth ei halen fyddai'n dewis lle mor gyhoeddus a llawn ffrindiau Jarvis i gweryla ag e? Ond nid oedd ganddi ddim byd pendant i'w gynnig yn ei le. Sleifiodd 'nôl i dai bach y merched ac aros yno am ddwy funud cyn dychwelyd i stafell y gweithwyr. Roedd yn wag erbyn hyn, a chipiodd ei theisen o'r locer cyn brysio 'nôl i'r gegin. Roedd Rob yn dal i bwyso yn erbyn yr arwyneb gwaith, a Steffan yn brysur yn arllwys cawl i bowlenni.

'Diolch byth!' meddai pan welodd hi. 'Mae diwedd y byd wedi dechre.'

Tua hanner awr wedi pump, roedd Anna'n sefyll yn chwilio trwy ei phocedi am rif y gyrrwr tacsi a ddefnyddiodd ar noswaith y llofruddiaeth. Aethai'r oriau heibio'n un rhuthr, a llwyddasant i fwydo pawb. Gallai pwy bynnag fyddai'n dod i mewn yn gynnar bore trannoeth orffen y gwaith glanhau. Roedd Ieuan wedi dod i mofyn Steffan, a dweud bod y twrci bron yn barod. Gresynodd Anna na fyddai dim byd tebyg i dwrci'n aros amdani yn y Ffrij.

'Est ti ddim gartre gyda Steffan?' Daeth llais Rob o'r drws.

'Dwi ddim yn mynd gartre,' atebodd Anna. 'Draw i dŷ fy nghyn-ŵr a'i wraig mas yn y wlad yw hi nawr, os galla i gael gafael ar dacsi.'

'Er mwyn popeth! Ble wyt ti'n meddwl cei di dacsi ym Maeseifion heddi?'

'Mae rhai pobl yn gweithio, sbo. Y gamp yw dod o hyd iddyn nhw.'

'Anghofiest ti fod y bysys ddim yn rhedeg chwaith, on'd do fe? Ar ba blaned wyt ti'n byw, gwed?'

'Yr un lle mae gwaith yn llyncu pob awr sy i gael,' atebodd Anna.

'O ie, honno. Dere, af i â ti.' Edrychodd Anna arno'n syn.

'Ond senat ti'n bennu nes bo ni'n cau.'

'Dyna'r brif fantais o fod yn rheolwr,' atebodd. 'Cewch chi neud fel y'ch chi moyn i raddau. Ta beth, bydd Rachel ar ddyletswydd mewn llai nag ugain munud. Welith neb 'yn eisiau i.' Dilynodd Anna ef allan i'r maes parcio'n drymlwythog. Yn ogystal â bag dros nos, roedd hi'n cario'r deisen a photel o win coch a adawyd iddi gan Carmel. Ni ellid clywed y dwndwr traffig arferol. Yn wir, roedd y dref gyfan fel petai o dan ryw swyn. Pan fyddai'r siopau mawr yn agor drannoeth ar gyfer eu gwerthiannau tymhorol, byddai'n stori gwbl wahanol.

Aeth y Nadolig yn ŵyl undydd o'r safbwynt hwnnw. Dringodd i'r car a gosod y bagiau wrth ei thraed.

'Cest ti fatri newydd, 'te,' meddai, pan ymunodd Rob â hi. Roedd y weipar wedi'i drwsio hefyd.

'Do, ar ôl lot o strach,' atebodd, gan estyn am ei wregys diogelwch. 'Blincin' niwsans.' Prin yr oedd wedi yngan y geiriau pan synhwyrodd Anna symudiad o'r ochr. Gwasgodd ei hun yn erbyn cefn ei sedd, ond roedd yn rhy hwyr. Gwelodd siâp mawr yn sgleinio'n sydyn cyn iddo ddisgyn ar foned y car. Bwyell. Taniodd Rob yr injan a chynnau'r goleuadau. Roedd ffigwr mewn cot gwcwll ar fin codi'r fwyell unwaith eto. Daliwyd y ffigwr yn mhelydrau'r golau a gwelodd Anna gudynnau o wallt golau a thrwyn coch. Indeg. Meddyliodd Anna am eiliad fod Rob am agor y ffenest neu adael y car, a sgrechiodd, gan wasgu'r botwm i gloi ei drws hi.

'Cer o 'ma'n glou!' gwaeddodd. 'Aiff y fwyell drwy'r ffenest y tro nesa!' Clatsiodd Rob y gêrs, a sgrialodd y car am yn ôl yn ddireolaeth. Roedd yr olygfa o'i blaen yn un rhy dyngedfennol i Anna boeni llawer am y wal, na char neb arall. Hoeliwyd ei llygaid ar y ffigwr. Roedd y fwyell yn un anferth ac yn rhy drwm iddi ei chodi, mewn gwirionedd. Gwelsant hi'n twthian i ddilyn y car, ond llithrai'r arf rhwng ei menig, ac erbyn i Rob droi'r car i wynebu'r ffordd, roedd hi'n ei lusgo'r tu ôl iddi ac yn sgrechian arnynt. Gyrrodd Rob fel gwallgofddyn drwy'r adwy gul, a mentrodd Anna droi ei phen. Roedd Indeg yn dawnsio ac yn taflu'i hun o un ochr i'r llall, ond ni fedrai eu dal nawr, a pharhaodd Anna i syllu 'nôl. Gwelodd bobl eraill yn rhuthro allan o ddrws cefn y dafarn, ond yna trodd Rob i'r chwith ac ni allai weld mwy. Sylweddolodd Anna fod ei dwylo'n crynu, a gafaelodd yn y gwregys diogelwch. Roedd Rob yn anadlu'n drwm hefyd. Gyrrodd Rob am sbel cyn i'r un o'r ddau siarad.

'Mae'n rhaid i ti neud rhywbeth nawr,' meddai Anna o'r diwedd. 'Galle hi fod wedi'n lladd ni.' Nid atebodd Rob, ond ystwythodd ei ysgwyddau mawr ac ochneidio. Hwyrach oherwydd ei bod wedi cael shifft galed, teimlai Anna'n ddiamynedd ag ef.

'Welodd rywun arall hi?' gofynnodd Rob o'r diwedd.

'Do,' atebodd Anna. 'Daethon nhw mas o'r dafarn yn un haid. Fwy na thebyg eu bod yn ofni y byddai eu ceir nhw'n cael yr un driniaeth.'

'Damo,' murmurodd Rob. Heb rybudd, tynnodd olwyn y car i'r chwith a dod i stop wrth y palmant.

'Paid ti â meddwl mynd 'nôl!' meddai Anna mewn braw, ond roedd e eisoes yn pwnio botymau ar ei ffôn symudol.

'John?' clywodd ef yn dweud. 'Beth sy'n digwydd?' Ni allai Anna glywed pen arall y sgwrs, ond sythodd Rob yn sydyn. 'O, reit. Wel, 'na i gyd galli di 'i neud yw gweud beth welest ti. Na, paid â thrafferthu,' clywodd Anna. 'Bydd hi wedi hen fynd. Cloia'r fwyell yn y swyddfa. 'Na'r lle gore. Ody car unrhyw un arall wedi cael cledrad?' Amneidiodd. 'Iawn. 'Mond i chi gadw'ch llyged ar agor, fydd 'na ddim problem.' Diffoddodd y ffôn. Arhosodd Anna iddo esbonio.

'Rhedodd hi bant,' meddai Rob, ar ôl ennyd o ddistawrwydd, 'a gadael y fwyell. Y peth cynta wnaeth John oedd galw'r heddlu. Fi oedd y targed, fel arfer.' Yn dawel fach, nid oedd Anna'n credu hynny. Petai hi wedi digwydd camu allan trwy'r drws cefn ar ei phen ei hun, byddai Indeg wedi ymosod arni'n syth.

'Dwi ddim yn deall,' meddai.

'Beth sydd i'w ddeall?' gofynnodd Rob.

'Pam nad wyt ti'n mynd at yr heddlu dy hunan ynghylch hyn?' atebodd Anna.

'Pwy sy'n gweud nad ydw i?'

'Fi!' meddai Anna. 'Dwi'n gwbod dy fod ti'n mynd i wadu i ti weld unrnhyw beth. Ond camgymeriad yw 'ny. Dylet ti fod wedi mynd atyn nhw ynghylch y graffiti. Falle fydde hyn ddim wedi digwydd wedyn.'

'Wedd 'na ddim ffordd o brofi taw hi odd yn gyfrifol am y graffiti,' meddai Rob. 'A wedd hi'n gwisgo menig heno, sylwest ti?'

'Falle fod olion ei bysedd ar y fwyell, sa'ch 'ny,' cynigiodd Anna.

'Ar ôl i John a'r lleill gyffwrdd ynddi? Cer o 'ma. Mae'n seicotig, ond dyw hi ddim yn dwp.'

'Beth am dameidie o baent y car ar y llafn?'

'Beth wyt ti'n feddwl yw'r heddlu lleol? CSI New York? Mae angen adnodde mowr i fatsio paent car. A ta beth, wedd hi'n wlyb dan draed. Bydd unrhyw

214

olion paent wedi hen fynd.' Ysgydwodd Anna'i phen arno.

'Roedd 'na ddau lygad-dyst,' meddai'n dawel. Nid atebodd Rob am eiliad hir.

'Os gweda i wrth yr heddlu beth ddigwyddodd,' meddai'n araf, 'i ddachre, bydd hi'n gwadu popeth. Wedyn, bydd hi'n gweud taw fi sydd ar 'i hôl hi ac nid fel arall. A byddan nhw'n ei chredu hi.'

'Ond fe welodd y lleill hi!'

'Welon nhw rywun mewn cot hir yn rhedeg bant.'

'Ond wên nhw'n gwbod pwy oedd hi!' Roedd Anna bron yn gweiddi yn ei rhwystredigaeth.

'Amau, nid gwbod.' Lledaenodd ei ddwylo. 'Dwi'n ddyn mowr a hithe'n fenyw fach. Alla i ddim ennill. Pwy fydde'n credu 'i bod hi'n ymosod arna i? Nid fel 'na mae pethe'n digwydd, ife? Y groten sy wastod yn cael 'i chledro gan ryw slabyn mowr.' Siaradai â'r fath argyhoeddiad nes i rywbeth ddechrau canu cloch i Anna.

'Mae rhywbeth wedi digwydd yn y gorffennol i wneud i ti feddwl fel hyn, on'd oes e?' gofynnodd. Cyffyrddodd â'i fraich yn ysgafn. 'Wyt ti wedi cael dy gyhuddo ar gam o'r blaen?' Gwelodd ef yn llyfu ei wefusau.

'Do,' meddai, mewn llais isel. 'Tu fas i siop fawr yn y dre. Wên i'n dod mas a hithe'n aros amdana i. Wedd hi fel rhywbeth gwyllt yn fy ffusto i. Chodes i ddim bys yn 'i herbyn hi. Allen i ddim amddiffyn fy hunan achos wên i'n cario bagie. Ond ddim 'na beth welodd hanner dwsin o bobl wedd yn sefyll ar y pafin. Yn ôl rheiny, rhoies i grasfa iddi. Galwon nhw'r heddlu.'

'Sut ddaeth y gwir i'r amlwg?'

'CCTV o'r siop. Wedd y bachan diogelwch wedi gweld y cyfan o'i stafell reoli lan llofft, lle maen nhw'n cadw llygad ar agor am ladron. Chwaraeodd e'r tâp iddyn nhw. Aeth pedwar o'r tystion lan 'na 'da fi a'r heddlu i weld. Hyd yn oed pwr' 'ny wedd un neu ddou'n siŵr taw tâp o ddigwyddiad gwahanol wedd e. Wên nhw'n dal i dyngu taw fi fuodd yn 'i bwrw hi.'

'Am mai dyna beth wên nhw'n disgwyl ei weld.'

'Ie. Ti'n deall nawr?' Amneidiodd Anna, er ei bod yn dal yn ffyddiog y byddai tystiolaeth y bobl yn y maes parcio'n ddiamheuol. Canodd ffôn Rob, ac edrychodd ar y rhif.

'Hi, 'to,' meddai yn swta, a dechrau chwarae gyda'r botymau.

'Mae dy rif ffôn di gyda hi?' gofynnodd Anna'n stwn. 'Pam nad wyt ti wedi ei newid e?'

'Dwi wedi gwneud, o leia ddwywaith, ond mae hi wedi cael gafael ar yr un newydd bob tro. A gredet ti fyth y strach o weud wrth bawb arall dwi'n nabod. So, nawr, dwi'n blocio'i rhif hi. Ma' hynny'n gweithio am sbel nes iddi hi gael rhif newydd. Dwi wedi mynd yn glipar ar ddyfalu taw hi sy 'na heb ateb y ffôn.' Ysgydwodd Anna ei phen yn drist. Erbyn hyn, roedd Rob yn chwilio ym mhoced ei siaced, ac estynnodd barsel bychan iddi.

'Eniwê,' meddai'n swil, 'Nadolig Llawen.'

'Diolch yn fawr i ti,' meddai Anna, a'i meddwl ar ras. Nid oedd wedi prynu dim iddo, ond yna cofiodd am y botel win a adawyd iddi gan Carmel. Roedd wedi'i lapio mewn papur ysgafn heb label. Cododd hi o'i bag.

'Paid â'i hyfed hi i gyd ar unwaith,' meddai. Gwenodd Rob arni fel petai'n gwybod yn iawn nad iddo fe y bwriadwyd yr anrheg, ond cymerodd y botel â diolch a'i gosod y tu ôl i'w sedd.

Gyrrodd Rob i'r Ffrij ac Anna'n rhoi cyfarwyddiadau unwaith roedden nhw allan yn y wlad. Treiglasant i lawr y feidr hir a arweiniai at gartref Mal a Sheryl. Daeth y buarth i'r golwg yng ngoleuadau'r car, a syllodd Rob ar y llanast. Roedd pentyrrau dirifedi o bren a deunyddiau adeiladu ym mhob man, o dan darpolinau anniben, a môr o laid yn sgleinio yng ngolau'r lleuad. Gorweddai'r Ffrij fel hen grwban anferth, mwsoglyd ym mhen pella'r buarth. Nid oedd fawr ddim golau i'w weld, ond tybiai Anna fod hyn oherwydd bod y trigolion i gyd yn y gegin gefn.

'Yffach!' murmurodd Rob wrtho'i hun. 'Ers pryd maen nhw wedi bod 'ma?'

'Chwe blynedd,' atebodd Anna. 'A 'sdim byd lot yn newid nac yn gwella. Mae'n waeth, yn yr haf, os rhywbeth, pan mae Mal yn gweithio ar y lle.'

'Ody 'ddi'n well tu fiwn?'

'Ody a nadi,' meddai Anna, a chwerthin o weld yr

olwg ar ei wyneb. 'Mae'n gythreulig o oer, ond o leia dyw'r to ddim yn gollwng rhagor.'

'Wyt ti wedi pacio dy *thermals*?'

'Odw, a dwy botel ddŵr poeth.' Gwenasant ar ei gilydd yn gynllwyngar, ac ymbalfalodd Anna am ei bagiau. Tynnodd bâr o Welingtons o un a dechrau eu gwisgo. Cyneuodd Rob y golau yn y car er mwyn iddi allu gweld.

'Reit,' meddai Anna. 'Diolch i ti am y lifft a'r anrheg. Paid â dod mas – fydd dy sgidie di fyth 'run peth – a bydda'n garcus wrth i ti droi'r car. Mae'r ffald yn llawn tylle o dan y mwd.' Ysgydwodd Rob ei ben a rholio'i lygaid. Yna, fel roedd hi'n agor y drws, gafaelodd yn ei llaw dde a phlannu cusan arni.

Pan edrychodd Anna draw i gyfeiriad y tŷ ar ôl dringo allan, cafodd sioc o weld bod golau wedi ymddangos yn y portsh, a Mal, Sheryl a Llio'n sefyll yno fel tri delw. Faint oedden nhw wedi'i weld? Popeth, gyda bod y golau wedi'i gynnau yn y car. O diar! Roedd hi'n falch, am unwaith, fod y lle fel y fagddu wrth iddi droedio llwybr gofalus tuag atynt.

'Nawr 'te,' meddai Mal ar ôl iddynt glirio'r platiau cinio. 'Beth wnawn ni? Golchi'r llestri neu agor yr anrhegion? Agoron ni rai bore 'ma, ond gadwon ni dy rai di tan heno.'

'Golchwn ni'r llestri. Llio a fi,' cynigiodd Anna. 'Dyw hi ddim yn deg i Sheryl orfod gwneud mwy o waith heno.' Gwenodd Sheryl yn wan, fel petai'r ymdrech o goginio wedi amsugno'i holl egni, ac ni phrotestiodd. Gwgodd Llio ar ei mam, ond gafaelodd mewn lliain sychu llestri, serch hynny.

'Ewn ni i drefnu'r anrhegion, 'te,' meddai Mal, a gadael y ddwy wrth eu gwaith. Roedd Anna wedi sylwi bod Llio'n gwisgo siwmper anghyfarwydd, anferth o liw uwd, a dwy gath fach yn chwarae â phelen wlân arni. Os cathod hefyd, oherwydd roedd y gwau'n flêr.

'Ble gest ti honna?' meddai. 'Sheryl weodd hi?'

'Mmm.'

'Wyt ti'n ei gwisgo hi am ei bod hi'n eironig?'

'Nadw. Dwi'n ei gwisgo hi achos dwi bwti sythu. 'Rhosa nes weli di dy un di. Mae'n well fyth.' Trodd Anna'r tap a gadael iddo redeg, ond ni chynhesodd y dŵr.

'Oes dŵr twym i gael?' gofynnodd dan ei hanadl. 'Ble ma'r tegell?' Tynnodd Llio wep arni, camu draw at yr Aga a chodi tegell mawr.

'Wes, diolch byth,' meddai. 'Ma' rhywbeth yn bod ar y system gynhesu. Ma' rhywun i fod i ddod i'w thrin hi, ond fydd hynny ddim am ddiwrnode.'

'Shwd mae cael cawod?' Llyfodd Llio ei llaw a'i rhwbio dros ei phen fel cath.

'Wedd golwg flinedig ar Sheryl,' cynigiodd Anna.

'Mae gwneud cinio i bedwar yn straen ofnadw,' atebodd Llio'n ddifrifol.

'Ody, os nad y'ch chi wedi arfer,' atebodd ei mam.

Er eu bod bron yn sibrwd, nid oedd am ddweud dim a allai gael ei gamddehongli gan unrhyw un a fyddai'n digwydd gwrando.

'Sawl cinio wnest ti heddi, 'te?' gofynnodd Llio'n sydyn.

'Hanner cant. Pedwar cwrs. Cawl, twrci, pwdin a chaws. Ond roedd Steffan yno hefyd.'

Chwibanodd Llio'n isel.

'Ma'r hen Blob yn gweud dy fod di a'r fenyw arall yn mynd ati fel lladd nadredd.'

'Mae'n rhaid i ni. Pan fydd pobl yn talu, maen nhw'n disgwyl cael y bwyd o'u blaene'n glou. O bryd i'w gilydd, ry'n ni'n cael ein hamseru gan y bragdy.'

'Trueni na alle honna weithio yn eich cegin chi am fis. Jawl, slofa lawr damed! 'Sdim lle i fwy o blate.' Gwenodd Anna wrthi ei hun.

O leiaf roeddent wedi cynnau'r tân coed yn y stafell fyw, ac wedi tynnu'r cadeiriau bratiog o'i amgylch. Gorweddai pentwr bach o anrhegion o flaen pob cadair, ac roedd Mal yn sefyll wrth fwrdd tila'n arllwys diodydd.

'Gwin coch poeth sbeislyd!' cyhoeddodd. 'Rwyt ti'n ddigon hen i gael glasied eleni, Llio.' Daliodd Anna ei hanadl rhag ofn i Llio ofyn am fodca, ond cymerodd ei merch y gwydr â hanner gwên a'i sipian.

'Lyfli' meddai. 'Mae e'n felys neis,' a gwenodd ei thad arni. Roedden nhw'n gwneud eu gorau, meddyliodd

Anna, gan benderfynu y byddai hithau'n gwneud yr un modd. Yn yr ysbryd hwn, roedd y sesiwn agor parseli'n un hwyliog, yn enwedig pan ddaeth tro Mal a Sheryl i agor yr hamper. Gallai weld o'u hwynebau ei bod wedi dethol yr anrheg iawn, a theimlai iddo fod yn werth yr holl bendroni a'r cario.

'Campus!' meddai Mal, gan ddarllen y daflen hollbwysig a ddisgrifiai darddiad popeth. Cafodd Anna wên wan arall gan Sheryl, ac yna plygodd i agor ei hanrheg hi oddi wrthyn nhw. Siwmper ydoedd, fel y rhybuddiodd Llio hi. Er nad oedd mor anferth ag un Llio, roedd yn ddigon pinc i'ch dallu, ac roedd arni ddefaid yn pori mewn cae. Roedd gwawr werdd ar gnu un o'r defaid, a thybiodd Anna fod Sheryl wedi camamcangyfrif faint o wlân gwyn fyddai ei angen arni. Gwisgodd hi ar unwaith, a sefyll ar ei thraed er mwyn iddynt ei gweld. Roedd yn cyrraedd ei phengliniau.

'Diolch yn fawr iawn,' meddai. 'Mae'r tywydd wedi bod mor oer wrth i fi gerdded i'r gwaith. Bydd hon yn ddelfrydol.' Roedd yn ofalus i beidio â dal llygad Llio wrth ddweud hyn, ond nid oedd angen iddi boeni. Roedd ei merch wedi dechrau agor ei phrif anrheg oddi wrthi hi, sef bwtsias duon mawr yn styds i gyd, ac roedd hi'n syllu arnynt fel petaent yn drysor amhrisiadwy.

'Ffab!' meddai Llio, ac yna, o dan ei hanadl, 'ffycin ffab!' Pesychodd Anna'n gyflym a sgrensian papur lapio'r siwmper cyn ei daflu i'r fasged brennau. Roedd Llio wedi gwneud ymdrech aruthrol i brynu anrhegion addas i bawb, chwarae teg iddi. Dwy botelaid o win Rioja da gafodd Mal, a chroesodd Anna ei bysedd rhag ofn y byddai'n gofyn sut llwyddodd Llio i'w prynu a hithau o dan ddeunaw. Bag ethnig lliwgar gafodd Sheryl, i'w gario ar linyn hir dros ei hysgwydd. Roedd yn erchyll, ym marn Anna, yn enwedig y lamas cyntefig mewn brodwaith drosto, ond doedd dim dau fod Llio wedi sylwi ar chwaeth ei llysfam. Cafodd yr argraff fod Sheryl wedi'i synnu o dderbyn rhywbeth cymaint at ei dant, a gwridodd fymryn wrth ddweud diolch. Cododd Anna ei hanrheg olaf o'r llawr. Roedd yn drwm, a phan agorodd y papur, gwelodd ffrimpan fas ac iddi ddwy ddolen.

'Er mwyn i ti allu neud mwy o'r darten 'fale menyn a siwgr 'na o Ffrainc,' meddai

Llio.

'*Tarte tatin*?' atebodd Anna. 'Mae'n berffaith.' Gwelodd un unwaith mewn siop ddrud, ond ni allodd gyfiawnhau'r gost.

'Beth yw e?' gofynnodd Mal â diddordeb. 'Math o *wok*, ife?'

'Dwi ddim yn gwbod 'i enw fe,' meddai Anna, 'ond mae'n gweddu i'r dim!' Cofleidiodd ei merch.

'Ych a fi, hen lapswch!' meddai honno dan wenu.

Dyna oedd uchafbwynt y noson, meddyliodd Anna yn ei gwely rai oriau'n ddiweddarach. Ni fu cynddrwg o flaen y tân coed, er gwaethaf y ffaith y bu'n rhaid iddi chwarae'r gêmau bwrdd arferol, ond roedd y llofftydd mor oer nes y gallech weld eich anadl. Bu'n rhaid iddi lenwi ei photeli dŵr poeth o'r tegell, nad oedd wedi berwi ers iddynt olchi'r llestri. Roeddent eisoes yn llugoer, ond roedden nhw'n well na dim. Ni wyddai chwaith o ble ddaeth ei chynfasau, a oedd yn llithrig fel plastig a'r un mor oer. Gorweddodd yno'n ceisio penderfynu a oedd yn werth codi a mofyn pâr arall o sanau. Agorodd y drws yn sydyn, a daeth Llio i mewn, yn shifflan mewn sliperi mawr ar draws y llawr pren.

'Dwi'n dod miwn atat ti,' sibrydodd yn daer. 'Neu bydda i'n bengwin cyn y bore. Shiffta lan.' Gwnaeth Anna le iddi. Taenodd Llio ei chot drom dros y gwely, a gresynodd Anna nad oedd hi wedi meddwl gwneud yr un peth.

'Yffach, mae poteli dŵr twym 'da ti!' meddai Llio, a symud ei choesau hir yn afrosgo, gan adael drafft i mewn. 'Dwy! Sôn am slei!'

'Gallet ti fod wedi cael un, ond roeddet ti wedi hen fynd i'r gwely. Wên i'n credu dy fod ti'n iawn.' Chwythodd Llio aer yn ddiamynedd ar war Anna wrth iddi gwtsio i mewn i'w chefn.

'Allen i ddim godde mwy o geme twp. Welest ti rywun mwy di-glem na Sheryl yn dy fyw?'

'Wedd hi wedi blino, siŵr o fod,' meddai Anna. 'Er, 'sda fi ddim syniad byth beth fyton ni i ginio.'

'Wedd e'n llawn ffeibr, ta beth,' meddai Llio. 'Gobeitho na fydd angen y tŷ bach arnon ni cyn y bore.'

Roedd y stafell ymolchi ym mhen arall y tŷ, ac yn fwy cyntefig na gweddill y lle, hyd yn oed.

'Glywest ti'r syniad diweddara sy 'da nhw am dŷ bach ecolegol?'

'Naddo. Beth yw hynny?' Teimlodd Llio'n rhoi rhyw gryndod bach o ddiflastod.

'Dim fflwsh o gwbwl. Bocs i chi ishte arno dros ben rhyw fwced, a dim byd ond llestr yn llawn blawd llif odanoch chi, a rhaw i chi gwato'r bechingalw.'

'Cer o 'ma! Ti'n jocan.'

'*Honest to God*, nadw.'

'O'n i'n meddwl bod tanc carthion 'da nhw mas y bac yn rhywle eisoes.'

'Wes. Ond mae'n rhaid i hwnnw gael ei wagio, a'r tro dwetha, wedd y ffald mor wlyb, dwedodd y cwmni nad o'n nhw fodlon dod rhagor, oni bai 'u bod nhw'n neud rhwbeth yn 'i gylch e. So nawr, byddwn ni i gyd yn gorfod cachu miwn bwced.' Anwybyddodd Anna'r iaith amrwd a meddwl o ddifrif am y peth.

'Ble maen nhw'n mynd i arllwys y llestr? Bydd angen cloddio twll mawr yn rhywle. Dychmyga'r drewdod. Fydd y tir ddim yn ffit i ddim am sbel wedyn.'

'Am byth,' meddai Llio. 'Sena i'n bwriadu byta dim sy wedi'i dyfu 'ma. *No way*!'

Gwenodd Anna yn y tywyllwch.

'Sai'n credu fod angen i ti boeni am hynny. Dyw dy dad ddim yn arddwr.'

Yng ngwres ei gilydd, cysgodd y ddwy ymhen tipyn. Rywbryd yn yr oriau mân, meddyliodd Anna iddi glywed rhywun yn agor drws y stafell, ond pan agorodd ei llygaid i weld, doedd neb yno.

# PENNOD 17

Cripiodd Anna i lawr y grisiau'n gynnar fore trannoeth, a Llio'n mwmial yn anfodlon wrth ei chwt. Unwaith roedd drws y gegin ar gau y tu ôl iddynt, aeth Anna'n syth at y tegell ar yr Aga. Roedd yn boeth, diolch i'r drefn.

'Pam odw i'n gorfod codi ganol nos?' hisiodd Llio.

'Wyt ti moyn brecwast iawn neu weddillion cinio ddoe?' atebodd ei mam, gan bipo yn yr oergell. Trwy drugaredd, roedd Sheryl yn credu mewn wyau. Roedd o leiaf ddwsin yno. 'Wedi'u berwi, neu wedi'u sgramblo?' gofynnodd, gan chwifio'r bocs.

'P'un sy gloua?'

'Sgramblo. Torra fara i fi.' Gallech chi dyngu taw lladron oedden nhw yn hytrach na gwesteion, meddyliodd Anna ryw ddeng munud wedyn, gan wylio Llio'n sychu tameidiau olaf yr wyau oddi ar ei phlât â chwlffyn anferth o fara. Uwch ei phen, clywodd sŵn rhywun yn symud lan llofft, ac fel ciw ar lwyfan, cododd y ddwy ar unwaith a mynd ati i olchi'r llestri.

'Wyt ti'n credu y cewn ni dân yn y stafell fyw heddi?' sibrydodd Anna.

'Cewn, os hollta i brenne nawr.'

'Wyt ti'n gwbod shwd i wneud?' gofynnodd ei mam, gan gofio'r sgwrs ffôn a glywodd rhwng Llio a Steffan.

'Odw. Gall unrhyw un hollti prenne. Allet ti osod y tân?'

'Gallen, sbo.'

Roedd Anna ar ei phengliniau'n ysgubo'r hen ludw o'r aelwyd pan glywodd gamre trwm Mal yn cerdded heibio'r drws ar ei ffordd i'r gegin. Cariodd fwced yn llawn lludw allan ato er mwyn gofyn iddo ymhle i'w harllwys. Roedd e'n sefyll wrth y drws cefn agored, yn sipian hylif pefriog o wydr. Draw o flaen y sièd, oedd yn edrych fel gweddillion arch Noa, roedd Llio'n codi bwyell dros ei phen ac yn waldio darn o foncyff dro ar ôl tro. Roedd ganddi bentwr o ddarnau unffurf wrth ei thraed eisoes. Croesodd feddwl Anna'n sydyn, petai gan Indeg gryfder a rhythm Llio, y byddai wedi bod ar ben arni hi a Rob.

'Pen tost?' gofynnodd yn dawel.

'Fel carreg mewn bwced,' atebodd Mal, ond roedd ei lygaid wedi'u hoelio ar ei ferch. Yn wir, roedd 'na rywbeth hypnotig ynghylch y broses.

'Dysgest ti 'ddi'n dda,' cynigiodd Anna, ond ysgydwodd Mal ei ben, ac yna gwingo.

'Dim ond dangos iddi unwaith wnes i,' atebodd. 'Mae'n gryf fel cawr. Mae'n ddigon i hala ofan arnot ti.'

'Dyna fantais ieuenctid,' meddai Anna. 'Ble dwi i fod i arllwys y lludw?' Pwyntiodd Mal at y ddaear y tu allan i'r drws. Hwyrach eu bod yn rhoi lludw yno ers tipyn, ond bu'r tywydd mor slabog tan yn ddiweddar, roedd wedi ymdoddi i'r llaid cyn rhewi'n gorn.

'Creu llwybr yw'r syniad, ife?'

'Ie. A phan fydd gyda ni sylfaen galed fan hyn, byddwn ni'n dechre ar y ffald o flaen y tŷ.' Gan eu bod mor ddarbodus o ran cynnau tân, gallai hynny gymryd canrifoedd. Ni wnâi ambell fwcedaid o ludw unrhyw wahaniaeth fan hyn, heb sôn am ar y môr o laid o flaen y tŷ.

'Ody'r ffald yn achosi probleme i chi?' gofynnodd Anna'n ddiniwed. Nid oedd am ddangos ei bod yn gwybod am hanes y lorri garthion. Trodd Mal ati a thynnu wep.

'Es i'n styc, on'd do fe?' meddai. 'Wedd raid i fi alw tacsi i fynd â fi i'r gwaith. Dwi'n gorfod parcio mewn encil ar y feidr nawr.' A hithau ar fin gofyn iddo sut roedd e'n troi'r car, sylwodd Anna fod ganddo glwyf ar ei arlais nad oedd yno'r noson gynt. Gwelodd hi'n edrych, a chyffwrdd ag e'n resynus.

'Gwmpes i wrth fynd lan y stâr neithiwr,' cyfaddefodd. 'Gobeithio na ddihunes i ti.' Nid oedd Anna wedi clywed dim, a dywedodd hynny, ond yn dawel fach, roedd hi'n synnu ei fod mor feddw. Doedd e ddim pan aeth hi i'r gwely.

'Oni fydde darn bach o goncrid yn datrys popeth?' meddai, er mwyn troi'r sgwrs. Gwyddai'n well nag awgrymu rhoi'r ffald gyfan dan goncrid, ond plethodd Mal ei wefusau.

'A beth fydde'n digwydd i'r draeniad cynaliadwy wedyn?' meddai. 'Mae'n rhaid i ni roi cyfle i'r tir amsugno gwlybaniaeth ac ail-lenwi cyflenwad tanddaearol.' Roedd Anna ar fin dweud bod y ffald yn edrych fel petai wedi hen ddanto ar amsugno unrhyw beth, pan welodd symudiad o gornel ei llygad. Roedd Sheryl wedi sleifio i mewn i'r gegin, ac roedd hi'n eistedd yn fwndel llipa wrth y bwrdd yn ei gŵn wisgo.

'Bore da,' meddai Anna.

'Wyt ti'n teimlo'n well?' gofynnodd Mal. Gwnaeth Sheryl ryw ystum bach amwys, a chamodd Anna at y tegell. Faint oedd hithau wedi'i yfed? Gobeithio nad oedd hi'n ceisio cydyfed â Mal. Ac yntau'n fawr o gorff a hithau'n sguthan, roedd hwnnw'n llwybr llithrig iawn.

'Dished o de?' gofynnodd. Amneidiodd Sheryl.

'Te mintys poethion, os gwelwch yn dda. Gwnaiff y dŵr yn y tegell y tro heb ei ferwi.'

Daeth Anna o hyd i'r bocs ar silff, a gwneud te iddi. Ymddangosodd Llio wrth y drws â'i breichiau'n llawn prennau. Amneidiodd i gyfeiriad pawb a'u cario i'r stafell fyw.

'Reit,' meddai Anna, yn falch o'r esgus i'w dilyn. 'Dwi'n mynd i osod y tân nawr, os galla i gofio sut i wneud. Mae sbel ers i fi fod yn y Girl Guides.' Roedd Llio ar ei phengliniau'n pentyrru'r prennau ar ochr chwith y simdde fawr.

'Paid â defnyddio'r rhain,' meddai pan welodd ei mam. 'Y rhai ar yr ochr arall sy sycha. 'Sdim rhyfedd nad y'n nhw'n cynne tân yn aml iawn. Ma'r pren yn wlyb sops.' Cyrcydodd Anna yn ei hymyl, a dechrau sgrwnsio papur lapio o'r fasged.

'Dyw'r pren ddim dan do yn y sièd, 'te?'

'Jawl, nadi. Mae e mas ym mhob tywydd. Whythodd y tarpolin bant sbel 'nôl.' Ysgydwodd ei phen fel hen ffermwr profiadol.

'Ody 'ddi'n werth 'i gynnu fe?' gofynnodd Anna'n dawel ar ôl iddi orffen. 'Byddwn ni'n mynd gartre ar ôl cinio.'

'Ody,' meddai Llio'n bendant. ''Na'r rhan ore.' Ar ôl cryn dipyn o chwythu ac annog, dechreuodd y tân losgi, ac eisteddodd y ddwy yn ôl ar eu sodlau'n fuddugoliaethus.

'Beth sy'n bod arni *hi* bore 'ma?' sibrydodd Llio. Cododd Anna ei llaw dde fel petai'n codi gwydr, ond tynnwyd eu sylw gan besychiad ger y drws. Anna ddaeth at ei choed gyntaf.

'Shwd ma' Sheryl erbyn hyn?' meddai.

'Mae ei stwmog yn anwadal iawn,' atebodd Mal. 'Mae hi wedi mynd 'nôl i'r gwely.' Edrychai'n lletchwith, a chredai Anna ei bod yn gwybod pam.

'A fydde'n fwy cyfleus i ti fynd â ni 'nôl bore 'ma?' gofynnodd. 'Neu gallen i neud 'bach o ginio i ni.' Gwenodd Mal ar ei geiriau olaf.

'Allet ti?'


Nid oedd ots gan Anna wneud cinio. Byddai'n fwytadwy, yn un peth, a byddai'n rhoi amser i Mal sobri cyn eu gyrru 'nôl i'r stad. Y broblem oedd beth i'w wneud, ond ar ôl chwilio'n ddyfal yn y cypyrddau a'r oergell, penderfynodd wneud pastai gaws a thomato fawr. Roedd Llio'n ddigon hapus i dorri mwy o goed at y tân, ac wrth iddi weithio, taflai Anna ambell gipolwg arni drwy'r ffenest dros y sinc. Daeth o hyd i becyn o goffi mâl heb ei agor, hefyd, a gwnaeth sosbenaid fawr ohono, gan nad oedd golwg o unrhyw offer pwrpasol. Daeth Mal i mewn yn crychu ei drwyn tra oedd Anna hyd ei phenelinau mewn blawd.

'Ddest ti â dy goffi dy hunan, 'te?'

'Naddo, 'chan. Roedd e yng nghefen y cwpwrdd pan o'n i'n whilo am berlysie. Mae e'n cadw am flynyddoedd dan wactod. Bydda'n ofalus wrth i ti ei arllwys. Mae'r llaid coffi i gyd yn suddo i'r gwaelod.' Amneidiodd Mal a chau drws y gegin cyn mofyn mŵg.

'Ro'n i'n meddwl fod Sheryl wedi taflu'r cyfan,' meddai'n dawel, ac yna ychwanegu, 'Paid â rhoi gormod o berlysiau yn y bwyd.' Gwenodd Anna'n gynllwyngar.

'Y tamed lleia, 'na'i gyd.' atebodd.


'Beth oedd yn y deisen ogoneddus 'na?' gofynnodd Mal, pan oeddent yn y car ar y ffordd adref. Eisteddai Llio yn y cefn ymhlith y bagiau, yn tecstio fel arfer, a gallai Anna deimlo ei phengliniau'n gwthio yn erbyn ei sedd.

'Siocled, siocled a mwy o siocled,' atebodd. Chwarddodd Mal o dan ei anadl.

'Mae hanner ohoni ar ôl,' meddai. 'Caf i sleisen arall heno.' Os na welith Sheryl hi yn yr oergell a'i thaflu fel y coffi, meddyliodd Anna.

'Wyt ti'n gorfod gweithio heddi 'to?' gofynnodd Mal. Ysgydwodd Anna ei phen, a byddai wedi dweud wrtho am y bwffe oni bai fod Llio wedi rhoi proc iddi yn ei hysgwydd yr eiliad honno.

'Dwi'n mynd mas prynhawn 'ma,' cyhoeddodd. 'Os nad oes unrhyw beth arall i'w wneud.'

'Dêt?' gofynnodd ei thad yn gellweirus.

'Dim ond y Blob,' meddai Llio, ac amneidiodd Anna. Wrth iddynt gyrraedd y fflatiau, gwelodd Anna ffigwr cyfarwydd Steffan a'i het wlân yn sefyll rhyw ganllath i ffwrdd ar y gornel â'r ffordd fawr. Stopiodd y car a dringodd Llio allan, heb feddwl am y bagiau.

'Ffona i di os oes problem,' galwodd ac yna, yn sydyn, ychwanegodd, 'Diolch, Dad, am yr anrhegion a phopeth!' Gwyliodd y ddau hi'n brasgamu tuag at Steffan.

'Pwy neu beth yw'r Blob?' gofynnodd Mal yn isel.

'Hwnnw, draw fan 'na,' atebodd Anna. 'Steffan. Ei ffrind ysgol hi a 'nghydweithiwr i. O'r parti.' Trodd Mal ati'n syn.

'Mae'n ei nabod e'n dda, felly.'

'Weden i. Dwi'n rhyw amau taw fe gloiodd Llio yn y pantri i'w chadw mas o afael Jarvis.'

'Ody e wedi cyfadde 'ny?'

'Nadi, sownd,' meddai Anna, ac agor y drws. 'Ond

mae e'n ei hoffi hi, mae hynny'n amlwg. Dwi'n credu ei bod hi'n fwy diogel yn ei gwmni fe na neb arall ar hyn o bryd.' Aeth Mal i wagio'r gist.

'Wel, mae e'n whompyn, sbo. Bron cymaint â fi. Ond mi fydd Llio'n denu sylw, t'mod. Mae hi'n edrych fel model, on'd yw hi?' Nid oedd hyn wedi taro Anna, ond efallai fod dynion, yn enwedig tadau, yn gweld pethau mewn ffordd wahanol. Tynasant y bagiau olaf o'r cefn a'u gosod ar y palmant. Roedd Mal yn dal i wylio'r ffordd, ond doedd dim golwg o'r ddau ifanc mwyach.

'Wyt ti'n meddwl eu bod nhw'n caru?' gofynnodd.

'Dim syniad,' atebodd Anna, 'ond os cewn nhw blant, byddan nhw fel eliffantod neu jiraffod.' Dilynodd Mal hi i fyny'r grisiau'n chwibanu 'I mewn i'r arch â nhw'.


'Dwi'n falch eich bod chi wedi galw, bach,' meddai Mrs Gray beth amser wedyn, pan aeth Anna drws nesaf er mwyn mofyn cynhwysion o'i hoergell. ''Na pwy ddaeth 'ma cyn cinio oedd y bachan ifanc 'na.' Ni allai Anna feddwl am bwy roedd hi'n sôn am eiliad.

'Yr un fuodd yn sefyll tu fas i ddrws Debs drwy'r nos ar ôl y tân,' esboniodd Mrs Gray.

'O, yr heddwas,' meddai Anna. 'Odyn nhw wedi darganfod rhywbeth newydd?'

'Wedodd e ddim. Ond mae Debs wedi gadael yr ysbyty.'

'Newyddion da.'

'Sena i'n gwbod, wir,' edrychodd Mrs Gray yn amheus. 'Cerddodd hi mas, ch'weld, heb weud gair wrth neb.'

'Do fe? Ond beth am Meilo?'

''Sdim sôn amdano fe. Wedd y plisman isie gwbod a o'n i wedi'i gweld hi bwti'r lle. Wedd e'n meddwl falle y bydde hi wedi dod 'nôl i fan hyn, ond sena i wedi gweld na chlywed na bw na ba.'

'Wedd e'n credu y bydde hi'n campo mas yn y fflat, 'te?'

'Dwi'n amau 'ny. 'Sdim modd i neb fyw 'na, oes e?'

'Mae'n dibynnu pa mor desperêt y'ch chi. Dyw gadael yr ysbyty'n slei bach ddim yn arwydd da – yn enwedig os nad yw nhw'n gwbod i ble'r aeth hi. A shwd mae hi'n disgwyl cael Meilo 'nôl nawr? Babi bach yw e. Mae mor hawdd canfod eich hun mewn trybini. Gallai'r gwasanaethe cymdeithasol benderfynu nad yw hi'n fam addas.' Aeth cryndod drwyddi. Edrychodd Mrs Gray arni'n chwilfrydig.

'Ma' beth sy'n digwydd i Meilo bach yn cael effaith fowr arnoch chi, on'd yw e?' gofynnodd, gan syllu ar Anna'n fyfyrgar. Fflamiodd bochau Anna'n goch yn sydyn.

'Wedd mab 'da fi hefyd, unwaith,' atebodd o'r diwedd. Disgynnodd tawelwch rhyngddynt, ac edrychodd Anna o'i chwmpas fel pe bai'r dodrefn yn gallu ei helpu. Beth ddaeth drosot ti'r dwpsen, meddyliodd. Trodd yn ôl at Mrs Gray, oedd yn edrych arni'n bryderus.

'Beth ddigwyddodd iddo?' gofynnodd mewn llais isel.

'Boddodd e yn y bath pan oedd e'n flwydd oed,' atebodd Anna, ac ychwanegu, 'er, nid boddi wnaeth e, yn gwmws. Mae babanod yn gallu dal eu hanadl mewn sioc, mae'n debyg, ac os oes 'na broblem gudd â'r galon, mae'n stopio. Un bach eiddil wedd e.'

'Beth oedd ei enw fe?'

'Gwydion. Bydde fe'n bymtheg nawr. Wedd e dwy flynedd yn ifancach na Llio. Un eiliad wên nhw'n sblashio ac yn chwerthin yn y bath a'r eiliad nesa . . .'

'Ody Llio'n ei gofio fe?' Ysgydwodd Anna ei phen.

'Sai'n meddwl 'ny. Dy'n ni ddim erioed wedi siarad amdano. Ond pan fydda i'n cael hunllefe, yr un rhai yw nhw, am foddi.' Edrychodd arni'n ddifrifol. 'Fy mai i wedd e, ch'weld. Wên i wedi anghofio tynnu'r tywelion o'r cwpwrdd crasu, a chodes i i mofyn un.'

'Ble wedd y cwpwrdd? Mas ar y landin?'

'Nage, yn y stafell ymolchi. Fydden i fyth wedi gadael y stafell. Agores i'r drws, tynnu dou dywel mas, a throi'n ôl atyn nhw. 'Na i gyd oedd isie. Sgreches i am Mal a gwnaethon ni'n dau ein gore i'w gael e i ddechre anadlu, ond wedd e wedi mynd.' Ysgydwodd Mrs Gray ei phen.

'Ddylech chi ddim beio'ch hunan. Os oedd problem 'da'i galon e, galle'r peth fod wedi digwydd unrhyw bryd.'

'Dyna beth wedodd y meddygon hefyd,' meddai Anna â gwên drist.

'Ody Mal yn eich beio chi?'

'Nadi. Ddim o gwbwl. Yn rhyfedd ddigon, dyw hynny ddim yn gwneud unrhyw wahaniaeth i'r euogrwydd. Dwi'n gwbod y galle calon Gwydion fod wedi stopio pan wedd e'n ddeg neu'n ugen oed, ond tasen i heb droi fy nghefen y diwrnod hwnnw, bydde fe wedi cael byw 'pyn bach yn hirach. Falle fydde fe ddim wedi marw wedyn, achos gallen nhw fod wedi gweld y broblem ymhen amser, a'i wella.'

'Mae'n rhaid fod colli plentyn fel 'na wedi rhoi straen ofnadw arnoch chi. Ife dyna pam wahanoch chi?' Ystyriodd Anna hyn am ennyd.

'Ie, yn y pen draw, dwi'n credu. Es i'n bell miwn i 'nghragen, ch'weld, ac erbyn i fi ddod mas 'to, roedd Mal wedi danto'n llwyr a syrthio i freichie Sheryl. Cofiwch, dwi'n credu 'i bod hi wedi bod yn aros ei chyfle ers sbel.' Tynnodd Mrs Gray ryw wep fach sur.

'Ma' gwastod rhywun sy'n gweld cyfle i elwa, on'd oes e?' meddai, gan ychwanegu mewn ymdrech amlwg i droi'r pwnc. 'Fel Debs nawr. Synnen i ddim na fydde honna'n cwmpo ar 'i thraed a chael fflat newydd, gwell.'

'Sena i'n gwbod, wir,' atebodd Anna.'Dwi'n dechre amau ei bod hi'n gwbod yn iawn pwy osododd y tân, a'i bod hi ofan am ei bywyd.' Sniffiodd Mrs Gray'n amheus. Fel llawer i berson oedrannus sy'n byw ar bensiwn bach, credai Mrs Gray fod pobl ifanc yn derbyn haelioni di-ben-draw gan y gwasanaethau lles. Nid oedd Anna'n meddwl felly. Os oedd Debs wedi dewis diflannu, rhaid bod ei hofn yn fwy na'i phryderon am gael Meilo 'nôl, hyd yn oed.

'Ta beth, bydd mwy o fwyd 'da fi i'w roi yn eich rhewgell chi heno,' meddai Anna'n fwy sionc. 'Dwi'n bwriadu mynd ati nawr.'

'Dewch chi miwn fel y mynnwch chi,' meddai Mrs Gray. Symudodd fymryn yn ei chadair, a gwelodd Anna ei bod yn gwisgo'r gardigan a roddodd yn anrheg Nadolig iddi o dan ei hoferôl neilon.

'Mae'r gardigan yn ffitio, 'te,' meddai â gwên.

'Ody! Mae'n lyfli. A wedd Ranald yn dwlu ar y siwmper a'r crys a'r tei.'

'Dwi'n falch. Bydda i'n defnyddio'ch anrhegion chi heddi. Roedd twll mawr yn fy hen faneg ffwrn i.'

'Gweles i 'ddi pw' ddwrnod yn eich cegin chi,' meddai Mrs Gray. ''Na beth roiodd y syniad i fi. Byddwch chi'n matsio bob tamed nawr.' Roedd hynny'n wir, oherwydd cafodd Anna set gyflawn o fenig ffwrn, ffedog a llieiniau sychu llestri gan y ddau ohonynt. Roeddent mor llachar nes y gallech eu gweld o bell. Chwaeth Ranald, yn bendant.

Yn unol â'i gair, treuliodd Anna weddill y diwrnod yn coginio, a threuliodd lwybr rhwng ei chartref a fflat Mrs Gray er mwyn rhewi'r danteithion. Gan fod Ranald wedi mynd i weld ei ferch a'i theulu yn ôl ei arfer ar ddydd San Steffan, credai Anna fod yr hen ddynes yn falch o'r mynd a'r dod, ac oherwydd hynny, neilltuodd amryw bethau ar ei chyfer, a bwytasant hwy i swper gyda'i gilydd.

'Faint o bobl wedoch chi sy'n dod i'r bwffe 'ma?' gofynnodd Mrs Gray, â'i cheg yn llawn.

'Hanner cant, mae'n debyg.'

'Ry'ch wedi cwcan digon i bum cant,' meddai hithau gan chwerthin. 'Ond sena i'n grwnsial!'

Ni chredai Anna ei bod wedi coginio gormod. Gwyddai o brofiad faint o fwyd y gallai hanner cant o bobl ei gladdu. Un llond pen yn unig oedd tartled, wedi'r cyfan. Felly, palodd ymlaen yn ddygn, a phan edrychodd ar y cloc, gwelodd fod hanner nos wedi hen fynd heibio. Roedd y jwg goffi'n wag hefyd. Wiw iddi wneud un arall, neu ni chysgai am ddyddiau. Roedd y ffwrn yn dal yn llawn hambyrddau, a phenderfynodd mai'r rhain fyddai'r rhai olaf. Tartledi crwst gwag oedd ynddynt, yn barod iddi eu llenwi ar ddiwrnod y bwffe â *crème pâtissière*. Ar fore'r bwffe, byddai'n coginio sleisys o afalau bwyta ac orennau bach mewn surop caramel tew a'u gosod yn y casiau. Eisteddodd ar gadair galed a gwylio'r ffwrn, gan feddwl am yr hyn oedd ar ôl i'w wneud. Dibynnai popeth ar beth oedd gan yr archfarchnad i'w gynnig. Gobeithiai y byddai eog mwg a chaws glas ar gael yn rhad. Nid oedd yn bwriadu mynd draw at Mrs Gray eto heno. Gallai'r pobiad olaf hwn oeri dros nos ar fwrdd y gegin. Cododd i'w tynnu ymhen tipyn, ac wrth iddi osod yr hambwrdd olaf ar ben y popty, clywodd sŵn rhywbeth yn cwympo uwch ei phen. Safodd yn stond am eiliad a gwrando. Hwyrach y gallai pethau gwympo'n naturiol, ond yr oedd yr un mor debygol fod y diawliaid ar y stad wedi penderfynu bod pethau wedi tawelu digon iddynt fentro ysbeilio fflat Debs. Neu gallai Debs ei hun fod wedi dychwelyd. Tynnodd Anna ei ffedog yn gyflym a mynd i'r cyntedd i mofyn y pastwn. Agorodd y drws yn llechwraidd a'i adael ar y latsh. Doedd hi ddim eisiau unrhyw rwystr os oedd angen iddi ddychwelyd ar frys.

Cripiodd i fyny'r grisiau'n ofalus, a'r cysgod yn ei chuddio, a phipo i weld a oedd mwy nag un ohonynt. Os oedd y lle'n cael ei fwrglera, y tric arferol oedd gadael rhywun y tu allan i wylio, ond nid oedd neb ar y landin uchaf, na chwaith yn sefyllian yn ffug-ddiniwed islaw. Gan gadw'i chefn at y fflat agosaf, dynesodd Anna fesul cam. Ni allai weld fod dim yn wahanol am eiliad, ond yna cydiodd cwthwm o wynt yng nghornel y gynfas blastig dros y drws, a gwelodd nad oedd yn gwbl sownd mwyach. Siffrydodd y plastig, a daeth sŵn traed brysiog o gefn y fflat. Llamodd Anna am y grisiau a chuddio eto, cyn sylweddoli y gallai'r ysbeiliwr ddewis eu defnyddio. Roedd yn rhy hwyr, beth bynnag, oherwydd gwthiwyd y plastig i'r naill ochr ac ymddangosodd ffigwr dyn ifanc. Goleuwyd ei broffil am ennyd gan lamp ar y stryd. Darren, cyn-sboner Debs oedd yno. Daliodd Anna ei hanadl, ond roedd e'n siarad ar y ffôn wrth iddo gerdded, a throdd am y grisiau eraill. Ar ei phedwar y tu ôl i'r canllaw concrid, gwrandawodd Anna. Synnwyd hi taw fe oedd yr ysbeiliwr ond synnwyd hi'n fwy fyth o'i glywed yn siarad yn uchel ac yn ddi-hid.

'Mae e 'da fi – 'sdim isie i ti boeni rhagor, ocê? A mae e'n gweithio 'fyd. Sai'n gwbod pam dy fod ti'n poeni gymint – hen ffôn rybish yw e. Gallet ti gael un newydd yn hawdd. Ie, olreit, paid â dachre. Mae e gyda fi ac mae e'n saff.' Arhosodd Anna nes i sŵn ei lais wywo cyn dod i lawr y grisiau ar ei phen-ôl. Plygodd yn ei hanner wrth redeg ar hyd y landin at ei drws ei hun, rhag ofn iddo ddigwydd edrych i fyny. Yn ôl yn ei chartref, gallai glywed ei chalon yn curo yn ei chlustiau. Gormod o goffi a chyffro, penderfynodd. Cynhesodd dipyn o laeth i'w yfed, yn y gobaith y byddai'n ei helpu i gysgu.

A allai hi fod wedi camgymryd pwy fu yn y fflat? Na, Darren oedd e'n bendant.

Daethai wyneb yn wyneb ag ef ar y grisiau pan geisiodd fynd â Meilo. Tyfai ei wallt mewn cudyn anystywallt ar gefn ei ben, fel crib ceiliog. Ni ellid camgymryd hwnnw. Os taw ef fu'n gyfrifol am osod y tân, roedd torri i mewn i'r lle eto'n dwpdra tu hwnt i bob rheswm. Efallai nad ef a wnaeth, ond rhyw gyd-gynllwyniwr. Ond os felly, sut gadawyd ffôn y person hwnnw yn y fflat? Byddai'n fwy tebygol o lawer iddo fod wedi'i golli ar y landin, a byddai hithau, neu'r Frigâd Dân wedi'i weld a mynd ag e fel tystiolaeth bosib. Yfodd y llaeth yn fyfyrgar a throi am y gwely.

# PENNOD 18

Rywbryd yn oriau mân y bore, hanner dihunodd Anna pan glywodd y dŵr yn rhedeg yn y stafell ymolchi. Gan na chlywodd erioed am leidr yn cael cawod, cymerodd yn ganiataol fod Llio wedi dod adref ac aeth yn ôl i gysgu.

Pan gododd tua wyth, ac ymlwybro allan o'i stafell yn ei gŵn wisgo, y peth cyntaf a welodd oedd y bwtsias a roddodd yn anrheg Nadolig i Llio'n sefyll o dan y cotiau ger y drws. Roedd drws stafell Llio ar gau. Gallai gysgu faint fynnai, oherwydd roedd gan Anna nifer o bethau i'w gwneud y bore hwnnw. Brysiodd i ymolchi a gwisgo. Wrth wneud te yn y gegin, gan fod meddwl am yfed mwy o goffi'n troi arni, sylwodd fod un dartled yn eisiau o'r hambyrddau ar ben y ffwrn. Lwcus na lyncodd Llio hambwrdd cyfan ohonynt, meddyliodd. Ffoniodd y pobydd ar ôl brecwast, ac archebu rholiau bara ffansi i'w casglu ar fore'r bwffe. Gwyddai y byddai'n rhaid iddi fynd i'w mofyn mewn tacsi, ac archebodd un yn y fan a'r lle. Un broblem fawr oedd ar ôl nawr, a'r ddiod oedd honno. Tybed beth oedd y drefn ynghylch hynny? Roedd yn rhy gynnar i ffonio Seimon a gofyn iddo nawr, ond gallai wneud hynny o'r archfarchnad. Os oedd angen iddi brynu llawn troli o win a sudd ffrwythau, gallai alw am dacsi arall i'w cario i'r fflat, ac arbed taith unswydd i'w casglu.

Gadawodd nodyn i Llio ar fwrdd y gegin, pacio'r tartledi olaf yn ofalus, cydio yn ei bag llaw a chant a mil o fagiau plastig, a phicio drws nesa i fflat Mrs Gray. Agorodd y drws â'i hallwedd yn dawel, heb ddisgwyl y byddai'r hen wraig wedi codi eto, ond er mawr syndod iddi, roedd honno'n dal i eistedd yn ei chadair, a'i llygaid ynghau. Agorodd nhw'n sydyn o glywed y sŵn.

'Jiw jiw,' meddai, 'Ody 'ddi'n fore, 'te?' Gwenodd Anna arni'n bryderus.

'Ody. Fuoch chi ddim yn y gwely neithiwr?'

'Naddo, bach. Gormod o drafferth. Dwi'n rhy ddiog at ddim.'

'Rhoia i'r rhain yn y rhewgell a gwneud dished i chi. Fydda i ddim yn hir.' Yn y gegin, tynnodd Anna wep yn breifat, a rhoi'r tegell i ferwi. Heb Ranald, roedd Mrs Gray yn fwy na chaeth yn y tŷ, roedd hi'n gaeth yn y gadair, bron.

'Ma' dished ar 'i ffordd,' galwodd yn uchel. Clywodd sŵn straffaglu codi ac aeth 'nôl i'r stafell fyw. Rywsut, roedd Mrs Gray wedi tynnu ei ffrâm ati ac roedd hi ar ei thraed, er ei bod yn simsan.

'Tŷ bach,' meddai'n lletchwith. Safodd Anna'r tu ôl iddi wrth iddi gerdded yn boenus o un stafell i'r llall. Sut oedd hi'n ymdopi fel hyn bob dydd?

'Bydda i'n iawn nawr,' meddai Mrs Gray a chau'r drws.

'Torra i gwpwl o sangwejus i chi,' meddai Anna drwy'r pren. 'A llenwi'r fflasg.' Ni theimlai y gallai ei gadael nes ei bod yn ôl yn ei chadair yn ddiogel, a bod ganddi rywfaint o fwyd a diod. Aeth i weld beth oedd yn yr oergell.

Dyna lle'r oedd hi pan glywodd yr allwedd yn troi yn y drws, ac ymddangosodd cap tartan Ranald drwy'r adwy. Roedd e'n cario nifer o fagiau.

'Odw i'n hwyr?' gofynnodd yn syn.

'Nadych,' gwenodd Anna. 'Fi sy wedi codi cyn bod hi'n gall.' Gwyliodd ef yn gosod ei fagiau ar fwrdd y gegin. Roedd ei frest yn codi ac yn disgyn fel megin.

'Ranald bach,' meddai'n dawel. ''Shteddwch funud. Mae'r tegell wedi berwi.'

'Ody 'ddi'n iawn?' sibrydodd yr hen ŵr.

'Ody. A byddwch chithe hefyd unwaith i chi gael dished.' Sychodd Ranald y chwys oddi ar ei wyneb.

'Wên i mewn dou feddwl ynghylch mynd at fy merch ddoe. Ond roedd Madam yn tyngu y bydde hi'n iawn.'

'Aeth hi i gysgu yn y gadair, 'na i gyd,' meddai Anna. 'Ro'n i miwn a mas tan tua deg neithiwr. Ceson ni swper gyda'n gilydd. Wedd hi ddim yn unig.' Gosododd fŵg o'i flaen a'i wylio'n ei godi â dwylo crynedig.

'Am faint mwy allwch chi wneud hyn?' gofynnodd Anna.

'Dwi'n iawn y rhan fwyaf o'r amser,' atebodd Ranald. 'Ond wedd ddoe'n ddiwrnod blinedig.'

'Bydde'n dda 'sech chi'n gallu trefnu i rywun ddod

miwn i'w helpu i godi a gwisgo. Fydde dim raid i chi ruthro 'ma bob bore wedyn.'

'Chi'n iawn,' murmurodd Ranald, gan droi ei ben i weld a oedd unrhyw sôn fod Mrs Gray yn dod allan o'r stafell ymolchi. 'Ond mae hi mor annibynnol, ch'weld.' Roedd Anna'n deall yn iawn. Roedd Mrs Gray, waeth pa mor sionc oedd hi'n feddyliol, wedi dod yn ddibynnol ar Ranald i wneud popeth drosti. Roedd yn broblem.

Roedd y pâr oedrannus yn dal i chwarae ar ei meddwl yn yr archfarchnad, ac ysgydwodd ei hun er mwyn canolbwyntio ar ffeindio'r pethau roedd eu hangen arni. Bu'n ofalus i beidio â phrynu llwyth na allai ei gario ar y bws os oedd angen, ac yna aeth draw at y silffoedd diod a ffonio Seimon. Pan atebodd, gallai Anna glywed rhyw beiriant yn chwyrnu yn y cefndir.

'Pa fath o ddiodydd fydd eu hangen ar gyfer y parti?' holodd. 'Dwi yn yr archfarchnad ar y foment, ac os oes gyda chi syniad go dda, galla i eu prynu nawr.'

'Peidiwch â thrafferthu,' atebodd Seimon. 'Mae gyda fi restr o'r hyn fyddwn ni'n ei gael fel rheol. Dwi'n arfer picio draw i'r Cash and Carry i mofyn popeth.' Clywodd ef yn siffrwd papurach. 'Ie, 'co ni.'

'Odych chi yn y gwaith, 'te?' gofynnodd Anna.

'Odw, yn anffodus. Mae contract pwysig gyda ni ar y gweill.' Roedd yn well gan Anna gredu ei fod yn falch o ddianc rhag awyrgylch anodd y teulu a'r tŷ, ond roedd synnwyr cyffredin yn dweud bod unrhyw un sy'n rhedeg ei fusnes ei hun yn gweithio byth a beunydd. 'Grondwch, odych chi'n brysur iawn heddi?' meddai Seimon yn sydyn. 'Mae croeso i chi ddod draw i weld y lle. Fe gewch chi syniad o beth sydd yma, a beth fydd angen i chi ddod gyda chi.' Bu saib wrth iddi feddwl am eiliad. 'Ac mae'r peiriant coffi'n gweithio . . .'

Pan gyrhaeddodd Anna'r fflat, roedd eisoes yn tynnu am un ar ddeg. Wrth iddi roi ei phwrcasau i gadw, penderfynodd fynd â'i dillad gwaith gyda hi i swyddfa Seimon. Gallai ddisgyn o'r bws gyferbyn â'r dafarn, ac os oedd hi'n gynnar am ei shifft, oedd yn dechrau am bedwar, gallai gael brechdan a dished. Clywodd sŵn traed Llio'n croesi'r cyntedd i'r stafell ymolchi, ac ymhen munud neu ddwy, ymddangosodd hi wrth y drws. Roedd golwg arni. Doedd hi ddim yn edrych fel model o gwbl y bore hwnnw, a'i gwallt yn bigau a'i hen ŵn wisgo'n hongian fel rhacsyn dros ei phajamas. Ymlusgodd draw at y peiriant coffi.

''Sdim coffi i gael, 'te?' gofynnodd yn swrth.

'Mae digon yn y cwpwrdd,' atebodd Anna. 'Doedd dim whant coffi arna i, ond mae croeso i ti wneud peth.' Sniffiodd Llio cyn symud draw at y tegell a'i lenwi dros y sinc. Gwelodd Anna fod ganddi farc mawr coch ar asgwrn ei boch.

'Beth ddiawl ddigwyddodd i ti neithiwr?' gofynnodd. 'O ble gest ti'r hwrnell 'na?' Gwenodd Llio'n ddirgel.

'Dylset ti weld y person arall,' meddai'n hunanfodlon.

Edrychodd Anna arni'n ddifrifol, ond anwybyddwyd hi. Ochneidiodd Anna'n dawel fach, ond gan nad oedd golwg fod Llio am ymhelaethu, rhoddodd y nwyddau olaf yn y rhewgell yn ddistaw. Wrth gasglu ei dillad gwaith, synhwyrodd hi'n mynd heibio'r drws i'w stafell, a chlywodd y drws yn cau. Croesodd ei bysedd, os oedd stori Llio'n wir, na fyddai pwy bynnag a gledrwyd ganddi'n cwyno wrth yr heddlu. Nid oedd eisiau iddi ddod dan sylw fel rhywun ymosodol. Ar y llaw arall, os taw dyna oedd ymateb Llio i fygythiad, roedd yn annhebygol y byddai wedi trywanu Jarvis. Byddai'n fwy tebygol o fod wedi taflu *left hook* ato. Roedd rhyw gysur yn hynny, sbo.

Gwthiodd Anna'r botwm ar y blwch ar ddrws swyddfa Seimon. Ni wyddai fod clwstwr o swyddfeydd newydd wedi cael eu hadeiladu yn y fan hon. Roeddent mewn math o encil eang gyda nifer o swyddfeydd eraill, a digon o le i barcio o'u blaenau. Roedd ganddi frith gof o hen weithdy diwydiannol, ond roedd hwnnw wedi mynd. Er bod y swyddfeydd yn wynebu'r stryd, gallai Anna weld fod eu cefnau'n wynebu'r afon. Man delfrydol. Gwnaeth y blwch sŵn statig yn sydyn.

'Helô?' gofynnodd yn ansicr.

'Anna!' Roedd llais Seimon yn swnio fel Dalek drwy'r peiriant. 'Ddwa i lawr nawr.'

Gwelodd ei draed yn carlamu i lawr y grisiau o'r llawr cyntaf drwy'r panel gwydr. *Chinos* golau a siwmper las tywyll oedd amdano heddiw. Cafodd ei wallt amser i sychu, ac roedd yn oleuach ac yn fwy cyrliog nag a welodd e o'r blaen. 'Dewch miwn!' Dilynodd ef i fyny i'r swyddfa.

'Bois bach,' meddai, o weld yr ehangder o'i blaen a'r ffenestri mawr, o'r llawr i'r nenfwd a ddangosai'r afon a'r coed ar ei glannau. 'Mae'r lle'n fwy o lawer nag mae e'n ymddangos o'r tu fas.'

'Ody, dwi'n gwbod. Tardis parod yw e. Ni sy pia'r holl lawr uchaf, er bod swyddfeydd pobl eraill ar y llawr gwaelod.' Aeth at ddarn o'r mur ar y dde a thynnu arno. Symudodd y mur yn ôl ar ryw fecanwaith cudd, ac agorodd stafell fawr arall o'u blaenau. 'Pan fyddwn ni'n cael y bwffe, bydd y ddwy stafell yn un a bydd digon o le i bawb.' Chwifiodd ei fraich er mwyn cwmpasu'r byrddau dylunio a gweddill y dodrefn. 'Bydd yr holl gardifeins hyn yn cael eu gwthio 'nôl. Mae'r gegin fan hyn.' Camodd draw i'r chwith ac agor drws go iawn. Pipodd Anna i mewn yn swil. Roedd Llio'n iawn. Roedd galwedigaeth Seimon yn bendant yn talu. Ar un arwyneb, safai'r peiriant coffi mwyaf a welodd Anna erioed. Roedd yn debyg i rywbeth mewn caffi o'r pumdegau. Ffliciodd Seimon swits arno, a dechreuodd hisian yn fygythiol. Gwnaeth Anna ryw sylw edmygus yn ei gylch.

'Mae ganddo feddwl mawr o'i hunan ond dwi'n dechrau ei feistroli!' atebodd Seimon, gan arllwys cwpanaid yr un iddynt. Agorodd y cypyrddau er mwyn dangos y llestri iddi, a thynnodd Anna lyfr nodiadau a nodi beth oedd yn eisiau.

'Ffor' y'ch chi moyn i ni weini'r bwyd?' gofynnodd Anna.

'Eich dewis chi yw hynny,' meddai Seimon. 'Ond fel rheol, byddwn ni'n rhoi byrddau at ei gilydd, gosod y bwyd arnyn nhw a gadael i bobl lenwi eu platie. Mae hynny'n rhyddhau eich gweithwyr chi wedyn i gynnig diodydd.' Amneidiodd Anna.

'Bydd angen tri neu bedwar bwrdd, siŵr o fod,' meddai. 'Galla i brynu llieiniau papur mawr i fynd drostyn nhw a napcynau o'r un patrwm.'

''Rhoswch eiliad,' meddai Seimon. 'Mae gyda ni rai gwyn, plaen yn rhywle.' Aeth i dwrio, a gwelodd Anna fod stoc go dda o lieiniau a napcynau yno eisoes. Gwelodd Seimon hi'n gwenu o weld y pecynnau di-ri. 'Wên nhw ar gynnig arbennig sbel yn ôl, a phrynes i gannoedd,' meddai'n resynus. 'Shwd mae'r paratoade'n dod mlaen?'

'Yn bur dda,' atebodd Anna. 'Wên i'n coginio 'sbo hanner nos neithiwr.'

'Wir? Dwi'n siŵr y cysgoch chi'n sownd wedi'r marathon hwnnw.'

'Dyna oedd y bwriad, ond glywes i rywun yn ceisio torri i mewn i'r fflat lan llofft. Yr un lle'r oedd y tân, chi'n gwbod.'

'On'd y'ch chi'n byw bywyd cyffrous!' Ysgydwodd ei ben.

'Mae e'n rhy gyffrous o lawer ar hyn o bryd. Ond wedyn, ro'n i'n disgwyl i rywbeth o'r fath ddigwydd. Bai'r cyngor yw e. Dylen nhw fod wedi rhoi pren dros y drws cyn gynted ag y gorffennwyd archwilio'r lle.'

'Gafodd llawer ei ddwgyd?'

'Naddo. Ac nid lladron oedd 'na, ond cyn-sboner y ferch, Debs.' Meddyliodd Seimon am eiliad.

'Nage hwn'co fuodd yn cwmpo mas 'da 'ddi? Beth oedd e'n ei wneud 'na?'

'Dwi ddim yn siŵr iawn. Cafodd e afael ar ffôn, dwi'n gwbod gymaint â hynny. Wên i'n cwato wrth y grisie'n ei wylio fe.' Chwythodd Seimon aer o'i fochau. 'Duw helpo, Anna, buoch chi'n lwcus na welodd e chi! Mae'n swnio fel rhywun cwbl ddienaid.'

'Mae hynny'n wir. Ond fel ffafr i rywun wedd e'n mofyn y ffôn. Dwi wedi bod yn pwslo ynghylch hynny.'

'Beth am y groten? Shwd mae hi erbyn hyn?'

''Sda fi ddim syniad. Mae'n debyg ei bod hi wedi diflannu o'r ysbyty. Galwodd yr heddlu gyda 'nghymdoges i ofyn iddi gadw llygad mas amdani. Ond dyw hi ddim wedi dod 'nôl, ddim hyd yn oed i mofyn dillad.' Ochneidiodd Seimon.

'On'd yw pobl yn byw rhyw fywydau rhyfedd? Alla i ddim dychmygu dianc o ysbyty heb ddim byd ond fy nillad, nac unman i fynd. Meddyliwch adael eich holl eiddo!'

Ym marn Anna, roedd hynny'n dibynnu'n llwyr ar faint roeddech chi'n berchen arno i ddechrau.

Byddai'n bendant yn her fwy o lawer i Seimon nag i Debs, druan.

'Dwi'n siŵr ei bod hi wedi mynd at ryw ffrind,' meddai. 'Bydd hi'n awyddus i gael cyfeiriad lleol, sefydlog er mwyn cael Meilo 'nôl wrth y gwasanaethau lles.' Ni chredai hynny o reidrwydd, ond wyddech chi fyth.

'Wrth gwrs,' meddai Seimon. 'Wên i wedi anghofio'n llwyr am y plentyn. Mae hynny'n rhoi gwawr wahanol ar bethau. Sôn am blant – ydych chi wedi sylwi nad yw Celyn a Llio ar y telere gore ar hyn o bryd?'

'Wên,' atebodd Anna. Fwy na thebyg na wyddai Seimon pam, ac nid oedd am gynhyrfu'r dyfroedd ymhellach trwy ddweud wrtho. 'Fel 'na mae merched, mae arna i ofan. Mae'r hormonau'n rhedeg yn rhemp a gallan nhw gweryla â'u cysgod.' Gwenodd arni a rhwbio'i braich. Safent mor agos at ei gilydd nes y gallai hi aroglu rhyw bersawr ysgafn, glân, drud ar goler ei grys.

'Dwi'n falch eich bod chi'n gweld pethau fel 'na. Bydde'n beth ofnadw tasen ni i gyd yr un fath.' A hithau ar fin cytuno ag ef, a chan obeithio nad dim ond eu cysylltiad busnes oedd ar ei feddwl, syfrdanwyd Anna o glywed y drws allanol yn slamio a sŵn traed yn carlamu i fyny'r grisiau. Trodd Seimon ei ben, a chamodd Anna 'nôl oddi wrtho'n reddfol wrth i ddynes ifanc ddieithr ymddangos drwy'r drws o'r grisiau. Hwpodd Seimon ei ben trwy ddrws y gegin i'w chyfarch ac astudiodd Anna ei nodiadau.

'Helô Mererid!' meddai'n hynaws, heb arlliw o letchwithdod yn ei lais. 'Cest ti ddigon ar blwm pwdin yn glou.'

'Diolch byth eich bod chi 'ma!' meddai honno. 'Ro'n i'n ofni y bydde'r swyddfa ar glo. Mae'r cyfrifiadur gartre wedi mynd ffwt a llygru'r co' bach. O'n i'n ofni 'mod i wedi colli popeth, ond wedyn cofies i ei fod gen i ar ddisg arall fan hyn.' Amneidiodd i gyfeiriad Anna, ond roedd ei holl fryd ar adalw'r wybodaeth roedd ei hangen arni a rhuthrodd at ei desg. Roedd Anna'n falch o hynny.

'Wel,' meddai Anna wrth Seimon, gan symud at y drws, 'diolch i chi am ddangos y gegin i fi. Mae gen i syniad gwell nawr o beth fydd ei angen. A byddwch chi'n mofyn y diodydd, fel y trefnon ni.'

'Bydda – af i bore fory.' Hebryngodd hi at y drws blaen a chodi llaw arni wrth iddi gerdded ymaith. Taflodd Anna gipolwg i fyny at y ffenestri eang uwch ei phen, a gweld y groten a aflonyddodd arnynt yn syllu'n ddwys ar sgrin ei chyfrifiadur.

Blydi Mererid, meddyliodd wrthi ei hun, a chamu'n benderfynol at yr arhosfan fysiau.

'A beth ddigwyddodd ar ôl 'ny?' gofynnodd Anna gryn amser wedyn, wrth wrando ar hanes Indeg a'r fwyell gan Carmel. Aethai Steffan i gymryd ei saib ac yfed ei goffi yn y cwrt cefn. Doedd hi ddim wedi cyfaddef iddi weld dim, ac, yn rhyfedd ddigon, roedd pawb fel petaent yn cymryd yn ganiataol ei bod hi a Rob wedi gyrru ymaith cyn y digwyddiad. Clywodd fwy nag un yn dweud taw digwydd clywed rhyw sŵn gweiddi'r tu ôl iddo wnaeth Rob, a dyna pam roedd e wedi ffonio John. Gwyddai llawer o'r staff rannau o'r stori, ond, wrth reswm, Carmel oedd â'r wybodaeth fanylaf, er nad oedd hi yno o gwbl.

'Ffys fowr,' meddai Carmel. 'Ffoniodd John yr heddlu ar unwaith, ond wedd hi wedi hen fynd. Aethon nhw â'r fwyell. Yn ôl y staff, roedd hi wedi colli'i phen yn llwyr. Fel rhyw *Mad Monk*. Ond wedyn . . .' Meddyliodd am ennyd. 'Wedd hi ddigon yn 'i phethe i'w baglyd hi o 'ma, on'd wedd hi?'

'Roedd y lleill yn lwcus na throdd hi'r fwyell arnyn nhw.'

'Fydde hi ddim isie iddyn nhw weld 'i hwyneb hi. Bydde rhai ohonyn nhw wedi ei nabod hi'n syth.' Ysgydwodd Anna ei phen a gosod plât arall ar y silff boeth. Nid oedd wedi gweld Rob, felly nid oedd wedi gallu gofyn iddo beth oedd y fersiwn swyddogol. Nes iddi gael gwybod, nid oedd am gyfaddef dim. Sylweddolodd fod Carmel yn edrych arni'n chwilfrydig.

'Lwcus fod Rob wedi rhoi lifft i ti, a'ch bod chi wedi gadael cyn iddi gyrraedd, ontefe?' meddai. Edrychodd Anna i fyny ar y sgrin, lle'r roedd dwy archeb newydd gyrraedd.

'Falle taw 'na pam roedd hi mor gynddeiriog,' atebodd yn ddi-hid. 'P'un o'r rhain wyt ti moyn neud? *Mixed grill* neu *ribs*?'


Bu'n rhaid iddi aros i Carmel gymryd ei saib cyn y gallai ofyn wrth Steffan beth oedd wedi digwydd i Llio y noswaith gynt.

'Cawsoch chi hwyl fawr neithiwr, 'te,' meddai. Edrychodd Steffan arni'n ddryslyd.

'Wedd e'n olreit,' meddai'n amheus. 'Dim byd arbennig.' Trodd Anna'r ddwy stecen ar y gril cyn ymhelaethu.

'Aeth hi'n ffeit, yn ôl Llio. Mae ganddi hwrnell ar ei boch, ta beth.'

'Ffeit? 'Da pwy?' Swniai'n anghrediniol, ond yna chwarddodd. 'Dala'i throed ar y pafin wnaeth hi, a chwmpo'n fflat ar ei hwyneb,' meddai. 'A wedd hi ddim hyd yn oed yn feddw. Yfodd hi orenj jiws drwy'r nos.' Ciledrychodd Anna arno. Ni wyddai pwy i'w gredu. Nid oedd golwg o unrhyw anaf arno yntau. Fel petai'n synhwyro ei bod hi'n ei amau, ychwanegodd Steffan,

'Sgathrodd hi ei phenelin hefyd, medde hi.' Trodd ymaith i dynnu salad o'r oergell gan adael Anna'n pendroni. Roedd yn gwbl nodweddiadol fod Llio wedi honni iddi fod mewn sgarmes a'r un mor nodweddiadol fod Steffan wedi rhoi esboniad diniwed.

'Byddet ti'n gofalu amdani tase hi'n cael ei bygwth, yn byddet ti?' gofynnodd Anna.

'Wrth gwrs!' atebodd y crwt. Amneidiodd Anna wrthi ei hun.

'Dyna beth wedes i wrth ei thad ddoe,' atebodd. Ni ddywedodd Stefan ddim, ond tybiodd Anna ei fod wedi gwingo rhyw fymryn. Pam, tybed?


Roedd pethau'n wael, meddyliodd Anna ryw ddwyawr yn ddiweddarach, os oeddech chi'n cymryd eich saib yn cuddio yn y tŷ bach. Y gwir oedd ei bod hi wedi cael hen ddigon ar wrando ar yr holl siarad am Indeg. Roedd gormod o ofn arni ddweud y peth anghywir, felly ni ddywedodd fawr ddim. Ni welodd Rob o gwbl drwy gydol ei shifft. Daeth i benderfyniad sydyn wrth iddi olchi ei dwylo, a martsiodd i lawr y cyntedd i'w swyddfa. Cnociodd ar y drws.

'Miwn!' clywodd. Roedd e ar ei bengliniau'n tacluso ffeiliau ar y llawr. Safodd Anna ac edrych i lawr arno – profiad na chawsai'n fynych.

'Wyt tithe'n cwato?' gofynnodd. Gwnaeth Rob geg hwyad â'i law a chlepian ei wefusau i ddynodi cwacio.

'Paid â disgwyl i fi gydymdeimlo,' meddai Anna.

'Rwyt ti'n gwbod fy marn i am y peth. Ac mae'n waeth i fi nag i ti, os rhywbeth.'

'Shwd?'

'Am nad ydw i'n gwbod beth i'w weud. Siaradodd yr heddlu â ti?' Ysgydwodd ei ben yn styfnig.

'Wên i ddim 'na, wên i?' Dyna'r stori, felly. Roedden nhw wedi gyrru i ffwrdd cyn i Indeg ymddangos gyda'r fwyell. Roedd e wedi llwyddo i argyhoeddi'r gweithwyr o hynny, rywfodd, er bod Anna'n argyhoeddedig y byddai un ohonynt wedi sylwi nad oedd y car wedi diflannu pan ruthrasant allan o'r dafarn. Lwc pur oedd hi nad oedd neb arall yn y cwrt cefn a arweiniai at y maes parcio pan ymosododd Indeg ar y car.

'A beth am dy gar di?' gofynnodd. ''Sneb wedi sylwi ar y difrod?' Cododd Rob ac ystwytho'i gefn.

'Ces i fencyd car arall oddi wrth y mêt sy'n mynd i'w gywiro fe. Bydda i'n neud 'ny nawr ac yn y man pan fod angen gwaith ar y car. 'Sdim rheswm i neb gysylltu hynny ag Indeg.'

'Mae e'n mynd i gostio'n ddrud i ti,' meddai Anna. Wfftiodd Rob hyn.

'Ma'n *no claims bonus* i wedi hen fynd.'

'Nid dyna beth o'n i'n feddwl. Byddi di'n difaru dy ened ryw ddydd nad wyt ti wedi cael gorchymyn llys yn ei herbyn i'w chadw hi draw.' Eisteddodd Rob yn drwm yn ei gadair y tu ôl i'r ddesg.

'Fydde hwnnw ddim gwerth taten rhost,' meddai'n bendant.

Roedd hi'n dal i deimlo'n rhwystredig trwy weddill ei shifft, a phrin y gwrandawodd ar Steffan yn parablu. Fodd bynnag, pan ddechreuodd grybwyll y bwffe, sylweddolodd yn sydyn nad oedd hi wedi gofyn i Llio a fyddai'n fodlon gweini. Dywedodd hynny wrtho.

'Gwranda,' ychwanegodd. 'Wyt ti wedi sôn wrth Llio am hyn o gwbwl?'

'Odw, sownd,' atebodd. 'Ond wên i'n meddwl eich bod chi wedi hen drefnu'r peth gyda hi. 'Sdim rhyfedd nad oedd ganddi lot i'w ddweud.' Nac oedd, wir, cytunodd Anna. Ac nawr roedd perygl y byddai Llio'n pwdu'n llwyr ac yn gwrthod. Rhywbeth arall i deimlo'n rhwystredig yn ei gylch.

Roedd hi wedi hanner nos erbyn i Anna ddringo'r grisiau i'r fflat. Ni fu ganddi gwmni i gerdded adref y noson honno, na lifft chwaith. Gorffennodd Steffan ei shifft am naw, ac nid oedd golwg o Rob yn unman. Efallai ei fod yn brysur, neu gallai fod yn ei chosbi am ddweud y drefn wrtho. Neu, roedd e wedi penderfynu ei bod yn rhy beryglus cynnig lifft iddi rhagor. Os felly, meddyliodd Anna, roedd Indeg eisoes wedi ennill y frwydr. Neidiodd pan glywodd sŵn cnocio wrth iddi gerdded heibio i ffenest Mrs Gray. Tynnwyd y llenni lês yn ôl rhyw fymryn a gwelodd ei hwyneb yn syllu allan arni, a'i gwefusau'n dweud, 'Dewch miwn am ddished.' Roedd Anna ar fin ysgwyd ei phen oherwydd ei bod wedi blino'n llwyr, pan agorwyd y drws, a daeth pen Ranald drwy'r adwy.

'Mae newyddion,' meddai'n gyfrinachgar, a dilynodd Anna ef i gynhesrwydd y fflat.

'Ond odyn nhw wedi'i gyhuddo fe?' gofynnodd Anna bum munud yn ddiweddarach. Roedd y ddau'n llawn cyffro am fod y newyddion ar y teledu wedi datgan bod yr heddlu'n holi rhywun dan amheuaeth yng nghyswllt y llofruddiaeth. Gwyddai hynny ers dydd Nadolig, ond nid oedd ganddi'r wyneb i gyfaddef hynny nawr.

'Seno fe 'run peth?' gofynnodd Mrs Gray.

'Nadi,' meddai Ranald. 'Ddim o bell ffordd. Ond rhywun buodd e'n delio cyffurie ag e yw'r boi, dwi'n siŵr. Bydden i wedi clywed yn gynharach, ond dwi ddim wedi bod yn y Legion yr wythnos hon.' Os na fu'r newyddion ar y teledu cyn hyn, dywedai lawer am yfwyr yr Afr eu bod nhw'n gwybod ddeuddydd ynghynt.

'Os taw dim ond ei holi maen nhw,' cynigiodd Anna, 'dim ond hyn a hyn o amser sydd gyda nhw. Bydd yn rhaid iddyn nhw ei gyhuddo fe neu ei adael e'n rhydd.'

'Oni bai eu bod nhw'n gofyn am estyniad,' meddai Ranald yn wybodus. Tybiai Anna'n dawel fach fod yr heddlu wedi gwneud hynny eisoes.

''Sdim sôn am Debs, sbo?' gofynnodd Mrs Gray'n sydyn.

'Nac oes,' atebodd Anna ac yna cofiodd am rywbeth

arall, sef ymweliad Darren â'r fflat. Brysiodd i roi braslun o'r digwyddiad iddynt, a sylwi bod y ddau'n edrych ar ei gilydd yn syn.

'Odych chi wedi rhoi gwbod i'r heddlu?' gofynnodd Ranald. Ysgydwodd Anna ei phen.

'Wel, dylech chi,' ychwanegodd Mrs Gray. 'Beth ddiawl oedd e'n neud 'na? A 'da phwy oedd e'n siarad ar y ffôn?'

'Dyna beth oedd yn ddirgelwch i fi. Dyw'r peth ddim yn gwneud synnwyr.'

'Oni bai taw Debs roedd e'n ei ffonio,' cynigiodd Mrs Gray. 'Gallai hi fod wedi gofyn iddo'i mofyn drosti. Fydde hi ddim wedi cael amser i'w achub ar noson y tân.'

'Debs? Ar ôl yr holl weiddi a chwmpo mas?' Cododd Mrs Gray ei hysgwyddau.

'Fel 'na maen nhw,' meddai.

'Bues i'n amau,' meddai Anna, 'taw Darren feddyliodd am osod y tân, a threfnu i rywun arall wneud y weithred. Felly, pan weles i fe'n dod mas o'r fflat, meddylies i'n syth taw mofyn eiddo ei gyd-gynllwyniwr wedd e. Ond os mai'r llosgwr oedd wedi colli'r ffôn, bydde fe wedi bod ar y landin, a bydde rhywun wedi'i godi e. Ond yn y fflat wedd e'n whilo amdano.'

'Sy'n dadle taw ffôn Debs wedd e,' mynnodd Mrs Gray. 'Bydde hi wedi'i adael e yn ei stafell wely, neu ym mhoced ei chot, a dweud wrtho ble i whilo. Chi'n gwbod shwd rai yw'r pethe ifanc 'ma. Allan nhw ddim bod heb eu ffôn am ddeng munud.'

'Odych chi wir yn credu fod gan Darren ddigon yn ei ben i gynllwynio fel 'na?' gofynnodd Ranald. Roedd yn bwynt da, a gwnaeth Anna geg gam.

'Falle ddim, o beth weles i. Doedd e ddim yn rhoi'r argraff o fod yn gyfrwys.'

'Allwch chi byth â gweud,' meddai Mrs Gray yn ddoeth. 'Galle fe fod wedi dwyn perswâd ar rywun i roi'r lle ar dân er mwyn i Debs orfod mynd â Meilo 'nôl ato fe achos fydde ganddi ddim unman i fynd.'

'Na fydde wrth gwrs,' meddai Anna gan godi ar ei thraed. Doedd hi ddim wedi meddwl am y senario hwnnw, er nad oedd gan Darren, yn ôl Debs, gartref sefydlog. 'Dylen i ffonio'r heddlu. Mae'n hen bryd i'r cyngor selio'r fflat, ta beth. Sai'n gwbod faint mwy o gripan bwti'r lle ganol nos gall fy nyrfs i ddiodde.' Hebryngodd Ranald hi at y drws. Trodd Anna ato. 'Os yw o unrhyw gysur i chi,' meddai'n dawel, 'dwi ddim yn credu y daw Darren 'nôl eto.' Gwnaeth Ranald ryw ystum igam-ogam â'i ben.

'Dyw hynny ddim yn fy mhoeni i. Dwi'n dueddol o feddwl os halodd Debs e i mofyn ei ffôn, fydde hi ddim yn credu taw fe osododd y tân. Ac mae hi'n ei nabod e'n bur dda.'


Ydy hi, tybed, meddyliodd Anna, wrth ddiosg ei chot yn ei chyntedd. Gallai Darren fod wedi bod yn brygowthan yn feddw wrth ei fêts am annhegwch y sefyllfa, ac un o'r rheiny wedi penderfynu gwneud ffafr ag ef. Aeth yn rhy hwyr heno i ffonio'r heddlu. Wrth gwrs, gallai'r llosgwr fod wedi galw ar Debs ac esgus bod yn ffrind, colli ei ffôn yn ddiarwybod iddo, a gosod y tân ar ôl gadael. Ysgydwodd ei phen. Byddai'r heddlu'n siŵr o ofyn i Debs a fu unrhyw un yno. Synnai nad oeddent wedi gofyn iddi hithau a welodd hi rywun yn y cyffiniau. Ni osodwyd y tân yn hir iawn cyn iddi gyrraedd.

'Beth wyt ti'n neud?' meddai llais o ben arall y cyntedd. 'Ti 'di colli rhywbeth? Fel dy farblis, er enghraifft?' Pipai Llio arni o ddrws ei stafell wely.

'Dim ond meddwl,' atebodd. 'Hoffet ti siocled poeth?'

'Siocled iawn? Y stwff tywyll wedi'i doddi yn y llaeth, gyda siwgr brown a sinamon?'

'Ie.'

'Mae'n ddrwg 'da fi na ofynnes i wrthot ti o'r blaen, yn enwedig gan fod y peth yn digwydd nos yfory,' ymddiheurodd Anna. Cawsai gyfle o'r diwedd i ofyn i Llio a fyddai'n fodlon gweini yn y bwffe. 'Am ryw rheswm, ac ar ôl yr holl strach, wên i'n meddwl 'mod i wedi gwneud. Steffan atgoffodd fi.' Nid atebodd Llio am eiliad, ond trodd ei llwy yn y mŵg i godi'r siocled toddedig o'r gwaelod. Brysiodd Anna ymlaen. 'Fyddi di ddim ar dy ben dy hunan. Mae Steffan a'i famgu wedi cytuno hefyd.' Gwelodd hi'n amneidio'n araf.

'Fydden i'n cael fy nhalu?' gofynnodd o'r diwedd.

'Wrth gwrs! Fydd y gweini ddim yn galed, achos bwffe yw e.'

'I beth mae angen pobl i weini arnot ti, 'te?'

'Y diodydd,' atebodd Anna, 'a'r te a'r coffi ar y diwedd. A bydd raid casglu platie a gwydre budron a golchi'r llestri.'

''Sdim rhaid i fi wisgo ffedog fach dwp, oes e?'

'Nag oes, sownd! Blows wen a throwsus neu sgert ddu. Cei di ddewis. Mater o sylwi ar anghenion pobl yw gweini, yn y pen draw. A bod yn neis wrthyn nhw.'

'Hyd yn oed os yw nhw'n ddiawledig,' ychwanegodd Llio â gwên fileinig.

'Yn hollol,' atebodd Anna, yn falch nad oedd hi wedi pwdu. Ar y llaw arall, nid oedd ganddi ddim amheuaeth na allai rhyw westai anghwrtais gael llond plât o fwyd dros ei ben petai'n camfyhafio. Gyda thamaid o lwc, byddai Steffan wrth law i dawelu'r dyfroedd. Fodd bynnag, a barnu wrth ei hymateb, roedd Llio i'w gweld yn reit awyddus i dderbyn y cynnig. Efallai fod hynny oherwydd mai dyma ei gwaith cyflog cyntaf. Cododd Llio a mynd i strelio'i mŵg.

'Weda i ddim gair wrth Dad,' meddai dros ei hysgwydd. 'Ti'n gwbod shwd mae e. Fydde fe ddim yn fodlon.' Gan nad oedd Anna wedi crybwyll y peth wrtho chwaith, amneidiodd. O feddwl am y peth, byddai wedi disgwyl iddo fod o'i blaid. Er na awgrymodd y dylai Llio chwilio am swydd Sadwrn erioed, credai Anna mai oherwydd cymhlethdodau'r penwythnosau a dreuliai gyda'i ferch roedd hynny. Onid oedd Mal yn annog y bobl ifanc dan ei ofal i gael swydd er mwyn iddynt ddysgu cyfrifoldeb a phrydlondeb? Efallai na chredai fod hynny'n berthnasol i'w ferch ei hun. Ta beth, roedd yn rhyddhad fod Llio'n awyddus i wneud.

'Mae'r swyddfa'n hyfryd,' meddai. 'Dyle hi fod yn noson dda.'

'Shwd wyt ti'n gwybod fod y swyddfa'n neis?' gofynnodd Llio.

'Es i draw 'na i weld y cyfleustere,' atebodd Anna. 'Wên i ddim eisiau cyrraedd y lle ar y diwrnod a gweld fod cant a mil o bethau'n eisiau. O'r hyn weles i, mae popeth gyda nhw. Bydd Ieuan yn cludo'r bwyd i fi, ac os oes lle, awn ni'n dwy yn y fan gydag e, Steffan ac Eirwen.'

'Bydd angen iddyn nhw slimo, 'te,' meddai Llio. 'Wyt ti'n gobeithio y bydd hyn yn arwain at rywbeth mwy?' Am eiliad, meddyliodd Anna fod Llio wedi dyfalu nad dim ond diddordeb proffesiynol oedd ganddi yn Seimon, ond sylweddolodd mewn pryd taw am waith coginio roedd hi'n sôn.

'Falle,' atebodd yn ofalus. ''Sdim dal pwy fydd 'na, oes e? Ac os nad aiff y peth yn dda, bydd hynny'n ddiwedd arni.' Mewn llawer i ffordd, ychwanegodd wrthi ei hun, wrth i Llio ddylyfu gên a dweud nos da.

# PENNOD 20

Erbyn i Anna fynd i'w gwely'r noson honno, roedd mor flinedig nes y bu bron iddi anghofio gosod ei chloc larwm. Roedd wedi treulio'r dydd yn coginio ac yn siopa, ac yna bu'n rhaid iddi wneud shifft hwyr. Dyna'r fargen a drawyd gyda Carmel er mwyn cyfnewid shifft â hi ar ddiwrnod y bwffe. Cysgodd Anna o'r diwedd, a'i meddwl yn llawn rhestrau a threfniadau, ond pan ganodd y cloc larwm, gallai dyngu na fu'n cysgu am fwy nag awr. Gorweddodd yng nghynhesrwydd y dwfe yn ewyllysio'i hun i godi. Daeth cnoc ar y drws, ac ymddangosodd Llio, yn cario mygaid o goffi. Ni ddigwyddai hyn heblaw ar ei phen-blwydd a Sul y Mamau, felly gwnaeth ymdrech i ddihuno.

'Wên i ddim yn disgwyl i ti godi mor gynnar,' meddai'n ffwndrus.

'*Chop-chop*!' meddai Llio. 'Wedest ti ddoe fod angen mofyn y bara. Ddwa i gyda ti.'

Wrth gwrs, y bara, meddyliodd Anna. Am eiliad, roedd hi wedi anghofio pam roedd angen iddi hithau godi. Pwysodd 'nôl ar y gobennydd i yfed y coffi.

'Bydd angen mynd draw at Mrs Gray yn syth wedyn i dynnu pethe mas o'r rhewgell. Ma' isie i'r tartledi gwag fod yn barod i'w llenwi yn gynnar prynhawn 'ma. Meddylia tase rhywun yn torri dant ar rywbeth wedi'i rewi.' Gwenodd Llio fel petai gweld y fath beth yn rhywbeth hynod ddymunol.

'Betia i nad wyt ti'n ffysan hanner cymint yn y dafarn,' meddai.

Canodd y ffôn yn y cyntedd tra oedd Llio yn y gawod. Ieuan oedd yno, yn cadarnhau faint o'r gloch y dylai ddod i'w mofyn nhw.

'Meddwl o'n i, rhwng llwytho'r fan a phopeth, y bydde'n well i ni gyrraedd tua hanner awr wedi pump.' Diolchodd Anna iddo. Pe na bai lle iddi hi a Llio yn y fan, rhoddai hynny amser iddynt archebu tacsi. Petai'n dechrau ei busnes ei hun ymhen amser, cludiant fyddai'r eitem angenrheidiol gyntaf. Am ennyd, daeth pwl o ddiflastod drosti. A oedd hi'n ffôl i feddwl y gallai gyflawni'r cam cychwynnol hwn, hyd yn oed? Daeth Llio allan o'r stafell ymolchi a'i gweld yn syllu ar y ffôn.

'Ti'n neud e 'to,' meddai a chwyrlïo'i bys wrth ei thalcen.

Roedd y pobydd wedi rhoi'r archeb i'r naill ochr iddynt. Edrychai'n anferth.

'Faint o fara wyt ti'n disgwyl i'r blwmin bobl 'ma fyta?' hisiodd Llio, cyn troi'n llwythog i gario rhan dda ohono i'r tacsi.

'Sai'n gwbod!' atebodd Anna'n ffrwcslyd. 'Ond os oes lot ar ôl, gallwn ni ei rewi fe.'

Tynnodd ei phwrs er mwyn talu. Erbyn iddi gario gweddill yr archeb allan i'r tacsi, nid oedd sôn am Llio, ond roedd y dyn tacsi yn aros amdani a'r gist ar agor.

'Mae hi wedi gweld ffrind 'groes y ffordd,' meddai. Gwelodd Anna Llio'n sgwrsio â rhywun cyfarwydd – croten â chadair wthio. Debs. Edrychai'r un fath ag arfer, ac roedd Meilo'n sugno'i ddwrn ac wedi'i lapio mewn blanced liwgar. Roedd Anna ar fin galw ei henw pan sylweddolodd fod Debs wedi'i gweld. Cyn iddi allu codi llaw arni, trodd y ferch y gadair wthio'n sydyn, a ffarwelio â Llio. Roedd hi wedi diflannu rownd y gornel ar amrantiad. Daeth Llio 'nôl atynt, ei dwylo yn ei phocedi ac yn goesau i gyd.

'Debs oedd honna?' gofynnodd Anna'n ddiniwed mewn llais isel pan oeddent ar y ffordd adref.

'Ie,' atebodd Llio. 'Mae'n well, a mae Meilo'n iawn hefyd.'

'Wedodd hi unrhyw beth am y tân?'

'Wedd hi ddim isie stopio a gweud y gwir. Gorffes i redeg ar 'i hôl hi.'

'I ble'r oedd hi'n mynd mor gynnar?'

'I'r clinig. Mae hi a Meilo'n cael *check-ups* bob dwy funud, medde hi. Achos y mwg.'

'Ac am ei bod hi wedi gadael yr ysbyty cyn pryd. Doedd hi ddim isie siarad â fi, roedd hynny'n amlwg.'

'Mm. Falle 'i bod hi'n meddwl y byddet ti'n grac wrthi am jengyd fel 'na. Ond roedd hi'n hala i gofio atat ti, sa'ch 'ny.'

'Caredig iawn,' meddai Anna, gan bendroni ynghylch beth wnaeth hi i Debs erioed i ennyn y fath ymateb. A fedrai Darren fod wedi'i gweld hi rywfodd, y noson y bu yn y fflat, a bod ar Debs ofn y byddai'n ddig am hynny, hefyd? Cofiodd ei bod hi wedi addo ffonio'r heddlu ynghylch y peth. Ochneidiodd yn dawel.

Erbyn canol y prynhawn, teimlai Anna ei bod wedi gwneud cymaint ag y gallai. Roedd wedi stemio'r asbaragws a chymysgu'r saws *hollandaise* (gorchwyl llawn perygl bob amser) a gosod y cigoedd Eidalaidd a'r madarch gwyllt a'r artisiogau mewn olew yn barod i'w trefnu ar blât mawr ar gyfer yr antipasti. Roedd y *crème patissière* yn y tartledi o dan y sleisys afal ac oren mewn caramel, roedd hi wedi llenwi'r *profiteroles* â hufen a gwneud y saws siocled i'w arllwys drostynt. Yr unig beth na allai mo'i wneud oedd cymysgu caws meddal a saws rhuddygl poeth i fynd gyda'r samwn mwg, oherwydd pan aeth i chwilio yn y cwpwrdd dim ond llwyaid o'r saws oedd ar ôl yn y potyn. Gwirfoddolodd Llio i redeg i'r siop fach drosti. Yn wir, roedd Llio wedi bod yn gaffaeliad drwy'r dydd, a gallai Anna faddau ei thueddiad i samplu pob dim oherwydd hynny. Roedd ei hoergell yn llawn dop, ac un Mrs Gray yr un mor llawn. Y gamp fyddai pacio'r bwydydd i gyd yn ddiogel i'w cludo i swyddfa Seimon. Aeth i dwrio yn y gobaith o ddod o hyd i focsys plastig â chaeadau da. Hebddyn nhw, byddai'n rhaid iddi ddibynnu ar haenen lynu a ffoil.

'Yffach gols!' Clywodd Llio'n slamio'r drws ffrynt a rhwbio'i thraed yn gynddeiriog ar y faten. Daeth i'r gegin fel corwynt.

'Ffycin beics!' Iaith, meddyliodd Anna wrthi ei hun yn nyfnderoedd pellaf un o gypyrddau'r gegin, cyn tynnu ei phen allan.

'Gest ti dy gwrso?'

'Do, 'te!' Ymbalfalodd ym mhocedi ei chot a thynnu potyn a newid. 'Beth sy'n bod arnyn nhw?' Sniffiodd a sychu ei thrwyn ar gefn ei llaw. Swniai'n fyr o wynt. ''Na beth o't ti moyn, ontife?'

'Sawl un oedd 'na'r tro hwn?' gofynnodd Anna.

'Tri o'r jawled,' atebodd Llio. Aeth i'r sinc a golchi ei dwylo, er mawr ryddhad i'w mam. 'Ond dim ond dou fydd o hyn mas.'

'Beth wnest ti?'

'Rhoies i gic i un ohonyn nhw. Daeth e off a sgathrodd e a'r beic reit ar draws y ffordd. Gallech chi weld y sbarcs o bell.'

'Gafodd e ddolur?'

'Odw i'n hido?' Gwelodd yr olwg bryderus ar wyneb ei mam ac ychwanegu, 'Naddo. Cododd e ar 'i draed, ta beth. Arhoses i ddim i weld mwy.'

Yng nghefn fan Ieuan, ni allai Anna weld fawr ddim. Gan mai hi oedd y lleiaf o bell ffordd, eisteddai yn y gofod y tu ôl i'r seddau blaen yn dal gafael ar bentwr tal o focsys. Eisteddai Llio nesaf at y drysau cefn a hambwrdd mawr ar ei harffed. Roedd Steffan ac Eirwen fel sardinau yn ymyl Ieuan ar y fainc flaen. Ni wyddai sut roedd e'n newid gêr. Roedd ei chalon yn ei gwddf bob tro yr aent dros dwll yn y ffordd. Pipodd dros ben y bocsys a gweld eu bod, o'r diwedd, yn troi i mewn i'r cwrt eang o flaen swyddfa Seimon. Taflodd Ieuan gipolwg dros ei ysgwydd arni.

'Sbesial,' meddai. 'Ma'n nhw wedi cadw lle parcio i ni. *Reserved for caterers*. Ry'n ni'n mynd lan yn y byd, bois.'

Er mawr ryddhad iddi, pan osododd hi ac Eirwen bopeth allan ar arwynebau gwaith y gegin, roedd pob dim wedi goroesi'r daith. Allan yn y brif stafell, gellid clywed Seimon yn dweud wrth Steffan a Llio sut i symud y byrddau at ei gilydd.

'Mae golwg neis ar Llio,' sibrydodd Eirwen, wrth iddi drefnu tartledi'n gywrain ar hambyrddau metel yn barod i'w rhoi yn y popty am bum munud. 'Ac mae golwg neis ar y rhain, hefyd,' ychwanegodd. 'Beth yw nhw?'

'Mozzarella a thomatos heulsych,' atebodd Anna. 'Mae 'da fi gardie bach yn rhywle.'

Edrychodd Eirwen yn edmygus ar yr ystod o blatiau.

'Buoch chi wrthi am sbel,' meddai. 'Mae'r cwbwl lot yn edrych yn broffesiynol dros ben.' Ymddangosodd Steffan wrth y drws, ac agorodd ei lygaid yn fawr pan welodd y wledd.

'Cadw di dy bawenne i ti dy hunan,' meddai ei

famgu â gwên, gan estyn y pecyn o lieiniau bwrdd iddo. 'A gwnâ'n siŵr fod y llieinie'n gorwedd yn deidi.'

'*Nag, nag, nag*,' meddai Steffan, gan lyfu ei wefusau.

Rhwng y gwaith gosod a cheisio amseru ym mha drefn i roi bwydydd yn y popty, ni sylweddolodd Anna fod y rhan fwyaf o'r gwesteion wedi cyrraedd nes iddi bipo trwy ddrws y gegin. Safai amryw'n darllen y cardiau bach o flaen y platiau ac yn sgwrsio wrth ddewis beth i'w fwyta. Roedd torf arall wedi ymgynnull yn y stafell bellaf, a chododd sŵn y siarad a'r chwerthin yn uwch fyth wrth i fwy o bobl ddod i mewn a chael eu croesawu gan Seimon a'i gydweithwyr.

'Mas o'r ffordd!' arthiodd Llio'r tu ôl iddi. 'Mae'r plât 'ma'n uffernol o dwym!' Symudodd Anna i adael iddi fynd heibio. Roedd Eirwen yn iawn, roedd golwg neis ar Llio, er na fyddai Anna wedi argymell iddi wisgo'r union sgert ddu, fer honno oedd fel bandej am ei phen-ôl. O leiaf roedd ganddi deits duon tenau amdani, ac esgidiau â sodlau, yn lle'r hen sanau trwchus a bwtsias trymion yr arferai eu gwisgo. Ac roedd ei gwallt yn llai syfrdanol nag arfer, hefyd. Gwelodd Anna fod y gwesteion yn sylwi arni – sut allen nhw beidio, a hithau ben ac ysgwyddau'n dalach na llawer ohonynt? Synnodd o weld Llio'n gwenu ac yn sgwrsio. Roedd Steffan draw yn y gornel, yn arllwys diodydd ac yn agor poteli gwin fel rhywun a fu wrthi ers degawdau. Ymunodd Eirwen â hi wrth y drws.

'Ma'n nhw byta, ta beth,' sibrydodd Anna.

'Bydden nhw'n dwp i beidio,' atebodd Eirwen. 'Mae mwy o bethe'n barod i fynd mas. Dwi'n mynd i roi'r llestri te a choffi'n barod ar hambwrdd. Shwd mae gweithio'r peiriant coffi 'na? Mae ofon arna i fynd yn agos ato.'

'Bydd yn rhaid i fi ofyn i Seimon,' meddai Anna. Edrychodd i lawr ar ei ffedog wen dros drowsus du plaen. 'Odw i'n ddigon smart i fynd mas atyn nhw?' Clywodd Eirwen yn rhochio chwerthin yn ei thrwyn.

'Sefwch tu ôl i Llio. Sylwith neb arnoch chi.'


Erbyn hyn, roedd ciw hir wrth y byrddau bwyd, a bu'n rhaid iddi fynd o'u hamgylch er mwyn cyrraedd at Seimon. Gwenodd arni.

'Maen nhw'n byta fel cŵn ar eu cythlwng,' meddai. Gwnaeth Anna ryw ystum bach diymhongar.

'Pigo fel ieir maen nhw fel rheol,' meddai Seimon yn dawel, 'a gweud eu bod ar ddeiet.'

'Mae Eirwen isie gwbod sut i weithio'r peiriant coffi,' meddai Anna. 'Mae hi ei ofan e.' Chwarddodd Seimon yn iach.

'Nid hi yw'r unig un.' Caeodd y drws ar waelod y grisiau yn sydyn, a chlywsant sŵn traed yn eu dringo.

'Gobeithio taw'r rhain yw'r dwetha i ddod,' meddai Seimon. 'Sena i wedi blasu briwsionyn o fwyd 'to. Ddwa i miwn i'r gegin unwaith i fi gael gwared arnyn nhw.' Ond roedd Anna eisoes wedi troi a'i baglyd hi 'nôl i'r gegin, oherwydd trwy'r gwydr yn y drws adnabu'r hwyr-ddyfodiaid. Mal a Sheryl. Roedd Llio ar ei ffordd allan i'r brif swyddfa eto â mwy o fwyd.

'Mae dy dad a Sheryl yma,' sibrydodd Anna. Trawyd hi gan syniad yn sydyn. 'O't ti'n gwbod 'u bod nhw wedi cael eu gwahodd, on'd o't ti?' Cododd Llio ael arni.

'Syrpreis bach neis iddyn nhw,' meddai'n amwys wrth iddi fynd heibio. Ai dyna pam y gwnaeth Llio'r fath ymdrech â'i dillad a'i cholur? A fu dadl rhyngddynt ynghylch gweithio, a hithau'n dymuno dangos i'w thad y gallai wneud swydd yn dda? Neu ai math o brotest oedd e ynghylch y ffaith fod yr ysgariad wedi gorfodi Anna a hithau i ymuno â'r werin dlawd, tra oedd Mal a Sheryl yn parhau i gymdeithasu â'r dosbarth canol? Byddai gweini arnynt yn ddelwedd berffaith o hynny. Ar y llaw arall, gallai fod yn ddim byd ond diawlineb pur, er mwyn cynhyrfu'r dyfroedd. Roedd Anna'n siŵr o un peth; doedd hi ddim yn bwriadu dod allan o'r gegin eto nes i'r gwesteion adael.

'Reit,' meddai llais Seimon wrth ei phenelin. 'Beth sy angen i fi ei wneud?' Pwyntiodd Anna at y peiriant coffi, ac Eirwen yn sefyll yn ei lygadu, a chamodd Seimon draw gan esgus torchi llewys. Cyn pen pum munud, ar ôl nifer o gamau gwag, roedd y bwystfil yn hisian ac yn poeri i mewn i jwg anferth, ac roedd Eirwen yn chwerthin am ben cymhlethdod y broses.

'Chi'n iawn,' meddai Seimon. 'Byddai jar o Nescaff a llwy'n haws o lawer.' Yna trodd at Anna. 'Dwi'n mynd i fyta nawr,' meddai, 'cyn i'r mulfrain lyncu'r cyfan.' Roedd y ciw bwyd yn ffurfio rhwystr i ddrws y gegin erbyn hyn, ond gwthiodd Seimon drwyddo a diflannu. Symudodd Anna allan o olwg y drws. Byddai Mal, os nad Sheryl, wedi ymuno â'r ciw yn syth. Yn ddelfrydol, byddai'n hoffi cau'r drws, ond ni theimlai y gallai. Roedd hi'n falch ei bod wedi cofio dod â menig plastig tenau iddi hi ac Eirwen eu gwisgo. Dyma'r union fath o bobl a fyddai'n cwyno am hylendid. Daeth o hyd i'r diheintydd chwistrell a gwneud sioe fawr o lanhau'r arwynebau. Roedd hi newydd orffen pan sylweddolodd fod Eirwen yn ceisio tynnu ei sylw, ac aeth draw ati, gan gadw'i chefn at y gwesteion.

'Pwy yw'r fenyw gwallt gole 'na wrth y drws?' sibrydodd Eirwen. 'Mae ei llyged hi ym mhob man. Seni 'ddi'n byta dim, ond mae'n edrych miwn fan hyn bob gafael. 'Na'r drydedd waith nawr.' Yn wir, gallai Anna deimlo llygaid rhywun ar ei gwar, ond ni chymerodd arni fod Eirwen wedi dweud dim. Aeth at y sinc a golchi ei dwylo'n drylwyr. O gornel ei llygad gwelodd Delyth, gwraig Seimon, yn rhythu arnynt. Safai Celyn wrth ei hochr, mewn ffrog goch a ddangosai ei bogail drwy'r brethyn tynn, ac roedd yn anodd gwybod p'un o'r ddwy a edrychai'n fwy gelyniaethus. Dyna reswm arall dros weddnewidiad Llio. Doedd dim syndod ei bod wedi cytuno i weini. O'i safbwynt hi, roedd y bwffe'n fodd o ladd haid gyfan o adar ag un ergyd.

'Cer i ishte lawr, Mam, er mwyn popeth,' clywodd

Anna dros ei hysgwydd, a phan edrychodd eto, roedd Delyth wedi mynd ac roedd Celyn wedi symud ymlaen yn y ciw. Manteisiodd ar y cyfle i ateb cwestiwn Eirwen, ac esbonio pam y bu Delyth yn syllu'n ddrwgdybus arnynt.

'Jiw jiw,' meddai honno. 'Lwcus nad o'n i'n llyfu 'mysedd, ontefe?'

Yn raddol, aeth y ciw yn llai, daethpwyd â phlatiau gweini gwag yn ôl i'r gegin i'w hail-lenwi, a thynnodd Anna'r pwdinau o'r oergell. Nid oedd hi wedi gweld Mal yn y ciw o gwbl, ond wedyn, gwnaeth ei gorau glas i beidio â bod yn weladwy.

'Caiff Steffan gario'r hambwrdd te a choffi mas yr un pryd â'r pwdine, os yw hynny'n siwtio,' awgrymodd Eirwen. Roedd hi'n berwi'r tegell am yr eildro ac yn trefnu siwgr a llaeth.

'Wrth gwrs,' meddai Anna. 'Mae gyda chi well syniad na fi o sefyllfa fel hon. Dyw fy nghwsmeriaid i ddim i gyd yn byta'r un pryd.'

''Merch fach i,' meddai Eirwen, 'senach chi'n gwbod mor ffodus y'ch chi! Os oes rhywbeth yn rong ar y bwyd yn y clwb, mae e'n rong i bawb. A dylech chi eu clywed nhw'n cwyno . . .' Ymddangosodd Steffan yr eiliad honno â hambwrdd o wydrau. Agorodd Anna ddrws y peiriant golchi llestri drosto. Roedd eisoes yn hanner llawn platiau a chytleri.

'Byddwn ni 'ma drwy'r nos os arhoswn ni i hwnnw

bennu,' meddai Eirwen. 'Bydd 'na o leia dri llwyth rhwng popeth.' Roedd hi yn llygad ei lle. Ni fwriadwyd i'r peiriant olchi llestri i hanner cant ar y tro.

'Cystal i ti lwytho a'i roi e i fynd 'te, Steffan,' meddai Anna. 'Golchwn ni'r gweddill â llaw.' Daethai â bwndel o lieiniau sychu llestri a photel o hylif rhag ofn. Rhwng y pedwar ohonynt, ni ddylai fod yn orchwyl amhosibl.

Bu'n rhaid iddi adael y gegin er mwyn helpu cario bwyd ond, yn ffodus, roedd bron pawb yn sefyll mewn grwpiau bach drwy'r ddwy stafell erbyn hynny. Pipodd Anna yma ac acw, a gweld fod Mal a Sheryl draw yn y stafell bellaf a chriw o bobl o'u hamgylch. Er eu bod yn sefyll â'u cefnau ati, gallai weld fod Mal yn traethu, fel arfer, ac yn yfed drachtiau o win coch wrth siarad. Roedd ganddo blât llawn bwyd ar fwrdd cyfagos, a phan siaradai rhywun arall, roedd e'n ei stwffio i'w geg orau gallai. Roedd Sheryl yn gwisgo'i *poncho* eto, ac yn sipian sudd oren. O leiaf roedd Mal wedi eillio a chael torri ei wallt. Hen bryd, meddyliodd Anna. Edrychai'n fwy trwsiadus nag y gwelodd ef ers misoedd. Ymunodd Seimon â nhw, a chafodd Anna sioc o weld y ddau'n sefyll ochr yn ochr. Er bod Mal yn drymach a'i wallt yn wynnach, gallent fod yn frodyr o'r pellter hwnnw. Roedd ganddynt yr un gwallt cyrliog ac ysgwyddau llydan. Nid oedd wedi meddwl am eiliad ei bod hi'n ffansïo Seimon oherwydd ei fod yn ei hatgoffa o Mal ar lefel isymwybodol. Doedd bosib! Ysgydwodd ei hun. A ble oedd Llio? Ni allai ei gweld yn unman. Hwyrach ei bod wedi cael digon ar fod yn weinyddes berffaith ac wedi mynd i guddio yn y tai bach.

'Wyt ti wedi gweld Llio?' gofynnodd i Steffan. Roedd e wrthi'n taflu napcynau papur budr oddi ar blatiau i mewn i sach blastig. Ysgydwodd ei ben.

'Wedd hi bwti'r lle funud yn ôl,' meddai. 'Falle aeth hi mas am eiliad – dyw ffôns ddim yn gweithio'n dda fan hyn. Am ein bod ni lawr mewn pant, sbo, ac mae gormod o goed.'

Cafodd Anna'r argraff taw meddwl am reswm byrfyfyr a wnaeth, ond roedd ganddi ormod i'w wneud i'w holi ymhellach.

'Wyt ti'n fodlon mynd mas a chyhoeddi fod pwdin, te a choffi ar gael?' gofynnodd. 'Neu falle fydde'n well 'da ti ofyn i Seimon wneud?'

''Naf i fe,' meddai Steffan, a chau genau'r sach. 'A wedyn af i 'nôl i arllwys, ocê?'

'Cofia siarad yn neis,' galwodd ei famgu, ond roedd e wedi mynd.

Roedd Anna ac Eirwen wedi golchi a sychu pentyrrau o lestri a'u rhoi i gadw cyn i'r gwesteion cyntaf ddechrau gadael. Yn anffodus, doedd Mal a Sheryl ddim yn eu plith, ond pipodd dau neu dri i mewn i'r gegin a chanmol y bwyd. Gorfu i Anna ysgrifennu ei rhif ffôn ddwywaith i wahanol bobl. Gwenodd Eirwen yn braf arni a wincian.

'Cewch chi weld nawr,' meddai. 'Daw mwy o waith

o'r bwffe hwn.' Gwerthfawrogai Anna ei sylwadau calonogol, ond roedd yn amheus a ddeuai digon o waith arlwyo i'w rhan i'w galluogi i roi'r gorau i weithio yn yr Afr am sbel. Nes i'r diwrnod hwnnw wawrio, gorchwyl ychwanegol, caled fyddai paratoi bwffes ar ben ei gwaith beunyddiol. Roedd anfanteision i'w gwaith yn yr Afr, yn sicr, ond roedd y tâl misol rheolaidd yn werthfawr. Serch hynny, nid oedd am swnio'n rhy besimistaidd.

'Os daw unrhyw archeb bwffe arall, bydda i'n gwbod ble i ddod am gymorth,' meddai'n ddiolchgar. 'Allen i ddim fod wedi dod i ben â hwn hebddoch chi a Steffan. Heb sôn am Ieuan a'i fan.' Neidiodd Eirwen fel petai rhywun wedi ei phinsio.

'Nefoedd!' meddai. 'Addewes i ei ffonio fe i roi syniad iddo pryd i ddod i'n mofyn ni.' Edrychodd ar ei watsh. 'Mae'n hanner awr wedi deg eisoes. I ble'r aeth yr amser, gwedwch? Fydd awr arall yn ddigon?'

'Mae'n dibynnu pryd caiff Seimon wared ar y bobl 'ma. Mae wastod rhywun sy'n gyndyn i fynd gartre.' Roedd ganddi syniad pur dda pwy fyddai hwnnw, hefyd. Tynnodd Eirwen ei ffôn a gwgu arno.

'Dim signal,' meddai, gan symud at y drws. 'Dwy funud fydda i.' Am y tro cyntaf y noson honno, roedd Anna ar ei phen ei hun. Aeth ati i gymoni a gosod bwyd sbâr mewn bocsys. Nid oedd ots ganddi ei bod wedi gwneud gormod, oherwydd roedd digon ar ôl iddi fedru cynnig rhan dda ohono i Eirwen. Yna trodd at y sinc er mwyn golchi'r platiau mawr.

Synhwyrodd symudiad y tu ôl iddi. Roedd Seimon yn pwyso yn erbyn yr arwyneb gwaith ac yn gwenu arni. Roedd sŵn clatsian y platiau wedi boddi ei ddyfodiad.

'Gobeithio fod popeth yn iawn,' meddai Anna, am na wyddai beth arall i'w ddweud.

'Roedd e'n grêt,' atebodd Seimon. ' "Aruthrol" oedd y gair glywes i sawl gwaith. Dwedodd o leia ddau o'r gwesteion eu bod yn bwriadu gofyn i chi wneud rhywbeth tebyg iddyn nhw.' Amneidiodd Anna'n swil.

'Dwi'n falch iawn fod pawb wedi'u plesio. Yn enwedig chi.'

'O, dwi ar ben fy nigon,' meddai Seimon, ac er bod ei dwylo hi'n wlyb o'r sinc, a'i ffedog yn llaith, camodd ati a'i chofleidio am eiliad hir. Sawrodd Anna'r persawr glân a ddefnyddiai unwaith eto, a theimlo cryfder ei freichiau amdani. Ymlaciodd. Ni chofleidiwyd hi fel hyn gan ddyn ers blynyddoedd – ddim ers Mal. Efallai taw'r ddelwedd sydyn o'i chyn-ŵr a ddaeth i'w meddwl a'i gwnaeth yn ymwybodol o'r hyn oedd yn digwydd y tu allan i'r gegin. Trodd ei phen i gyfeiriad y drws, a gweld Steffan yn troi ar ei sawdl wrth gario hambwrdd yn llawn cwpanau a soseri. Roedd e wedi'u gweld ac wedi penderfynu peidio â tharfu arnynt. Ond aeth y foment felys heibio.


'Oes unrhyw olwg o Llio?' gofynnodd Anna pan ddaeth Eirwen yn ôl i'r gegin rai munudau'n ddiweddarach. Tynnodd honno wep ddiflas.

'Mae'n ishte ar fainc tu fas wrth y bordydd picnic ar lan yr afon. Weles i ddim ohoni nes wên i bwti bennu galw Ieuan. Wedd hi'n tecstio rhywun.' Oedodd cyn ychwanegu, 'Weden i ei bod hi'n ypset ynghylch rhywbeth.' Beth oedd wedi digwydd, tybed? A oedd ei thad wedi dweud rhywbeth wrthi, neu Celyn? Nid oedd Llio'n ypsetio'n hawdd. Roedd hi'n fwy tueddol o fynd yn grac. Sychodd Anna ei dwylo.

'Oes ots gyda chi os af i mas ati?' gofynnodd. 'Sai'n meddwl fod lot mwy i ddod.'

'Cerwch chi, bach,' meddai Eirwen, yn gafael yn benderfynol mewn lliain sychu llestri.

Roedd llu o bobl ar eu ffordd allan, a bu'n rhaid i Anna aros i dderbyn mwy o ganmoliaeth ar ei ffordd i lawr y grisiau. Pigodd lwybr gofalus rhwng y ceir. Y tu ôl i'r bloc, dim ond y goleuadau o'r swyddfa uwch ei phen a oleuai'r glaswellt a arweiniai i lawr at yr afon, ac roedd y byrddau picnic yn ddim ond cysgodion. Dim syndod nad oedd Eirwen wedi sylwi ar Llio yn syth. Cafodd Anna anhawster gweld ei blows wen o dan y coed.

'Wyt ti'n iawn?' galwodd. Ni ddaeth ateb, a chamodd Anna dros y borfa tuag ati. Eisteddai â'i thraed ar y fainc, a'i phengliniau dan ei gên. Gorweddai ei ffôn ar y bwrdd o'i blaen. 'Bydd Ieuan yn cyrraedd cyn bo hir, a gallwn ni fynd gartre,' meddai Anna. 'Mae wedi bod yn nosweth hir.'

'Di-ddiwedd,' atebodd Llio. 'Shwd mae Steffan yn diodde'r orie a'r holl blydi pobl?'

'Dyw e ddim yn gorfod gweini byrdde,' meddai Anna, gan sylwi na ddefnyddiwyd yr enw 'Blob'. 'Dy'n ni ddim yn gweld y cwsmeriaid. Fydden inne ddim yn dewis gweithio gyda'r cyhoedd. Maen nhw'n gallu bod yn lletchwith.'

'Mm.' Cododd Llio ei ffôn ac edrych arno. Gwasgodd fotwm, a goleuodd y sgrin ei hwyneb. Roedd peth o'i cholur wedi rhedeg.

'Fuodd rhywun yn gas wrthot ti?' gofynnodd Anna'n dawel. Cnodd Llio ei boch fel petai'n ceisio penderfynu p'un ai arllwys ei chwd neu wadu.

'Do,' murmurodd o'r diwedd.

'Pwy?' Teimlodd Anna ei gwrychyn yn codi. 'O beth weles i, wêt ti'n neud yn dda.'

'Mam Celyn.'

'Pryd oedd hyn? Wên i ddim yn credu eu bod nhw wedi aros yn hir iawn.'

'Gadawon nhw am bo' fi'n ddigon i'w gwneud hi'n sâl, medde hi.'

'Cer o 'ma! Beth wnest ti o'i le?'

'Dim byd. Jyst y ffor' wên i wedi gwisgo ...'

'Beth? Nonsens llwyr. Hi sy off 'i phen.'

''Na beth wedes i wrthi. Gofynnes i wrthi "Beth y'ch chi'n ddisgwyl i fi wisgo? Siwt asbestos?" ' Gwenodd Anna wrthi ei hun yn y tywyllwch.

'Ti'n gwbod nad dy wisg di yw'r broblem, on'd

wyt ti?' Edrychodd Llio arni'n syn, ac aeth Anna ymlaen. 'Y ffaith dy fod di'n edrych mor *glam* ynddi yw'r broblem. Cenfigen oedd e. Roedd pawb yn edrych arnat ti. A dyw gweinyddes ddim i fod i dynnu'r holl sylw wrth Celyn, sy'n ferch i'r bòs, yn enwedig yn ei ffrog goch newydd sy'n rhy fach iddi.' Clywodd Llio'n rhoi rhyw chwerthinad bach sur.

'Wedd hi'n lot rhy fach iddi, 'fyd.'

'Wedd hi'n fola ac yn ben-ôl i gyd,' cytunodd Anna. 'Welodd dy dad di?'

'Siŵr o fod, ond wedd e'n parablu fel pwll y môr â phobl. Es i ddim yn agos atyn nhw. Caf i glywed digon nes mlaen, galli di fentro.' Nid oedd yr hyder a'i cymhellodd i gytuno i weini wedi para, felly.

'Os cei di unrhyw drafferth, rho wbod i fi,' meddai Anna. 'Dere miwn nawr i helpu clirio. Mae'r rhan fwya o bobl wedi mynd. Galli di gwato yn y gegin os wyt ti moyn.'

Gwyliodd hi'n ei dadblethu ei hun o'r fainc a cherddasant yn ôl i gefn y bloc. Pipodd Anna rownd y gornel a arweiniai at y maes parcio. Nid oedd neb i'w weld.

'Bant â ti,' meddai Anna. 'Ond cofia edrych drwy'r gwydr yn y dryse cyn eu hagor.'

Rhedodd Llio nerth ei thraed ar draws y maes parcio ac i mewn drwy'r drws, a gadael Anna ymhell ar ei hôl. Roedd tacsi'n troi i mewn o'r ffordd fawr, a dallwyd hi am eiliad gan ei oleuadau. Agorodd y drws i lawr gwaelod y swyddfa, a chyn i Anna allu dianc i gefn yr adeilad, gwelodd Mal a Sheryl yn dod allan. Roedd Mal yn simsanu ar ei draed, braidd, a Sheryl yn ymbalfalu yn ei bag. Gwasgodd Anna ei hun yn erbyn y mur, yn y gobaith na fyddent yn ei gweld yn sefyll yng nghysgod y drws, ac y gallai sleifio drwyddo y tu ôl iddynt. Ar eu cyfer nhw roedd y tacsi, fwy na thebyg. Doedd Mal yn bendant ddim mewn cyflwr i yrru adref, ac ni chlywodd erioed fod Sheryl yn gyrru. A welodd Llio nhw'n dod i lawr y grisiau mewn pryd, a rhuthro i mewn i'r tai bach?

Cerddodd Sheryl yn benderfynol i gyfeiriad y tacsi, ond nid oedd golwg fod Mal am symud.

'Escoffier!' meddai'n sydyn, mewn llais tawel. 'Wên i'n gwbod fod blas y bwyd yn gyfarwydd o rywle.'

'Ti'n feddw. Cer gartre,' hisiodd Anna, er ei bod yn amlwg nad oedd e mor feddw ag yr ymddangosai.

'A ffrwyth ein llwynau'n addurno'r achlysur, hefyd. Syniad pwy oedd hwnna?'

'Fi. Roedd angen pob cymorth gallen i ei gael arna i.'

'Oedd hwn yn achlysur addas, tybed? Feddyliodd yr un o'r ddwy ohonoch chi y galle fe fod yn lletchwith i fi? Naddo, sownd.'

'Lletchwith i *ti*? O, mae'n ddrwg 'da fi!' atebodd Anna'n chwyrn, gan obeithio nad oedd ei llais yn cario. 'Meddylia fynd i barti a dod i wbod taw dy gyn-wraig a dy ferch sy'n darparu'r bwyd. Y gwarth! Y cywilydd! Ond o leia mae e'n llafur onest. Beth wyt ti'n ei wneud i ennill dy damed? Brygowthan.' Nid atebodd Mal, ac ysgogodd hynny Anna i fynd yn ei blaen. 'Rwyt ti wedi mynd i danco'n ddifrifol, Mal, ac mae e'n pydru dy ymennydd di. Os clywa i dy fod ti'n dannod hyn i Llio, byddi di'n difaru dy enaid!' Synhwyrodd ei fod ar fin troi i'w hwynebu, ond achubwyd hi gan sŵn traed yn dod i lawr y grisiau. Ymddangosodd criw bach, a chyfnewid gair ag ef. Cerddodd Mal gam ymlaen, a rhoddodd hynny gyfle i Anna ddianc i mewn i'r adeilad. Llamodd i fyny'r grisiau fel ewig ac i mewn i'r swyddfa, a'i gwynt yn ei dwrn. Roedd ei chyd-weithwyr, chwarae teg, yn rhoi llestri i gadw ac yn pacio sbarion y bwyd.

'Nawr 'te,' meddai, yn fwy hwyliog o lawer nag a deimlai. 'Faint o'r bwyd sbâr 'ma allwch chi fynd ag e, Eirwen?'

Gan nad oedd angen cymaint o le ar gyfer y bwyd yn y fan ar y ffordd adref, aeth Steffan i'r cefn gyda Llio. Eisteddodd Anna yng nghanol y fainc flaen rhwng Ieuan ac Eirwen, a gwrando'n flinedig ar y sesiwn holi ac ateb llawn asbri rhyngddynt. Gwnaeth synau addas, a phwyso'i phen yn ôl yn erbyn y rhwyll. Eisteddai Steffan â'i gefn tuag ati, a daeth yn ymwybodol fod seiat arall yn cael ei gynnal yn dawel iawn y tu ôl iddynt. Rhwng y chwerthin ynghylch y peiriant coffi, ac ebychiadau o syndod gan Ieuan, ni allai Anna glywed popeth a ddywedwyd, ond cafodd ei hun yn clustfeinio.

'Ffor' o'n i fod i wbod?' Roedd Llio'n hisian fel neidr.

''Set ti wedi meddwl, bydde'r peth yn amlwg . . .'
Deuai llais Steffan o waelod ei fol.

'O, wrth gwrs! Dwi i fod yn *clairvoyant*, odw i?'

'Dy fai di dy hunan yw e am 'whare gême.'

'Ti'n un pert i siarad am 'whare gême ar ôl beth
wnest ti i fi yn y parti!'

'Dim ond achub dy ffycin groen di, 'na i gyd.'

'Yr arwr mawr! O! Dwi mor ddiolchgar . . .'

'Dylet ti fod. Sena ti'n gwbod yr hanner.'

'Dim ond achos dy fod ti'n pallu gweud wrtha i.'

Heb i Anna sylwi, roeddent wedi cyrraedd y fflatiau.
Mynnodd dalu pawb yn y fan a'r lle, gan gynnwys
Ieuan, a llwyddodd i berswadio Eirwen i fynd â phecyn
ychwanegol o roliau bara.

Safodd ar y landin a chodi llaw arnynt. Daeth Steffan
o gefn y fan i eistedd gyda'i famgu, ond er i Eirwen a
Ieuan godi llaw wrth ymadael, nid edrychodd Steffan i
fyny o gwbl.

# PENNOD 21

Clywodd Anna ei ffôn yn canu ym mhoced ei throwsus gwaith, a brysiodd i roi'r sosejys yn y ffwrn cyn ei ateb. Nid oedd ymhell wedi wyth o'r gloch y bore, ond bu Carmel yno ers pump, ac roedd hi wedi mynd allan am fwgyn.

'Bore da!' meddai Seimon ar y pen arall. 'Odw i wedi dy ddihuno di?' Er bod Anna'n falch iawn o glywed ei lais, gobeithiai'n fawr nad ffonio i ddweud bod rhywun yn sâl ar ôl y bwffe oedd e.

'Nac wyt,' atebodd. 'Dwi yn y gwaith, yn ffrio sosejys.'

'A dyna lle'r o'n i'n meddwl taw fi oedd yr unig un rhinweddol! Dw inne yn y gwaith hefyd, ond ar fy mhen fy hunan.'

'Manteisia ar y tawelwch. Mae'r lle 'ma wastod fel ffair.'

'Gyrhaeddoch chi adre'n ddiogel, felly? Dim tanau, bwrgleriaethau nac anfadwaith cyffredinol?'

'Na – ond wên i wedi blino gymaint, dwi'n amau a fydden i wedi clywed unrhyw beth. Ta beth, gwelon ni Debs a'r babi ddoe. Mae'r ddau'n iawn, sy'n un peth yn llai i bryderu yn ei gylch.'

'Falch o glywed. Buodd y Cyngor yn glou yn trwsio'r fflat.'

'Naddo. Mae e'n dal yn yfflon. Yn y dre welon ni nhw. A gweud y gwir, dim ond ei gweld hi o bell wnes i. Buodd Llio'n siarad â hi, ond baglodd hi 'ddi o 'na pan welodd hi 'mod i ar fin mynd draw atyn nhw.'

'Ar ôl i ti ei hachub hi a'r plentyn? 'Na groten anniolchgar!'

'Ofan cael termad oedd hi, siŵr o fod, am adael yr ysbyty cyn pryd.'

'Fel roedd fy nhadcu'n arfer ei weud – os gwnewch chi gymwynas anferth â rhywun, bydd e'n elyn am oes. Hen ddiawl sinigaidd oedd e, cofia.' Chwarddodd Anna, ond agorodd y drws o'r stafell gefn yn araf, a gwelodd Carmel a Steffan yn trafod rhywbeth ar y trothwy.

'Mae'n ddrwg 'da fi, ond mae archeb arall wedi cyrraedd,' meddai'n frysiog.

'Dim problem. Mae angen i fi dy dalu di o hyd. Ddwa i draw cyn bo hir. Hwyl am nawr!'

Gallai fod wedi anfon siec drwy'r post, meddyliodd Anna wrth iddi ffrio wyau. Ond roedd ganddi ymweliad arall i edrych ymlaen ato nawr. A oedd modd trefnu y byddai yn y fflat ar ei phen ei hun? Tybed pryd fyddai Llio'n mynd draw i'r Ffrij eto? A fyddai'n gyndyn i fynd? A fyddai Mal yn gallu gwrthsefyll y demtasiwn i sôn am y bwffe?

'Dihuna, ac ateb y cwestiwn!' meddai Carmel.

'Beth?' Nid oedd Anna wedi clywed dim. 'Oedd 'na gwestiwn?'

'Oedd. Beth wyt ti'n meddwl y dylai Rob ei wneud ynghylch Indeg?' Safai Steffan yn troi'r bîns yn y crochan. Sylwodd Anna nad oedd e'n edrych arni.

'Mynd at yr heddlu'n syth,' atebodd, yn ddi-flewyn ar dafod. 'Dyle fe fod wedi cwyno pan fandaleiddiwyd ei gar flynyddoedd yn ôl, a chwyno bob tro nes bod rhestr hyd braich gyda nhw'n cofnodi pob digwyddiad. Mae e wedi gadael i bethe fynd yn llawer rhy bell.'

'T'weld!' meddai Carmel wrth Steffan yn fuddugol-iaethus. Yn amlwg, dyna bwnc llosg y drafodaeth na fu Anna'n gwrando arni. ''Sdim iws i ti weud yn wahanol!' Sniffiodd Steffan yn ddiflas.

''Na i gyd wedes i yw na fydden nhw'n ei gredu fe, nac yn neud dim ynghylch y peth. Triwch chi gwyno am gymdogion swnllyd ar y stad, a gewch chi weld. Halodd hi flynyddoedd i ni gael gwared ar ryw haid ddi-wardd drws nesa ond un. Wedd Mamgu'n ffonio ac yn sgrifennu at bobl reit rownd. Wedd hi fel Beirut 'na.'

'Beth weithiodd yn y diwedd?' gofynnodd Carmel.

'Dim byd swyddogol. Gwnaethon nhw fflit ganol nos. Wên nhw ddim wedi talu'r rhent ers misoedd.' Chwifiodd Carmel law ddiamynedd tuag ato.

'Ma' hynny'n wahanol. Tase Rob wedi cwyno a chwyno, falle na fydde hi wedi gallu profi ei bod hi yn rhywle arall bob tro. Dim ond un digwyddiad fydde 'i angen.' Clustfeiniodd am eiliad. Daeth sŵn mecanyddol o bellter mawr.

'Damo!' meddai. 'Mae'r lorri'n gynnar.' Gwelodd Steffan ei gyfle i ddianc.

'Odych chi moyn i fi fynd i helpu dadlwytho?'

'Os galli di ofyn iddyn nhw am y bocsys cig moch, bydde fe'n help,' meddai Carmel.

Gobeithiai Anna y byddai Carmel wedi blino ar y pwnc ar ôl i Steffan adael y gegin, ond yn ofer.

'Rhoi'r lle ar dân fydd y peth nesa,' meddai, gan gracio pedwar wy ar y platiau gril. Neidiodd fflam o'r olew poeth a chwarddodd. 'Os na wna i hynny drosti!' Ni atebodd Anna am eiliad, ond tyfodd y rhwystredigaeth y tu mewn iddi.

'Dyw Rob ddim yn mynd i wneud dim,' meddai o'r diwedd. 'Dwi wedi rhoi'r gore i ddadle 'dag e ynghylch y peth.'

'Mae e'n fwy o bryder i ti nag i neb ohonon ni,' meddai Carmel, a chipolwg graff arni. 'Rwyt ti'n sylweddoli ei bod hi'n mynd i dy dargedu di, on'd wyt ti?'

'Am ei fod e'n rhoi lifft i fi weithie?'

'Paid ag esgus bod yn dwp. Os oedd hi'n barod i stelcian crotesi am fod Rob yn gweud helô wrthyn nhw, beth wnaiff hi i ti, cannwyll ei lygad e?'

'O, ca' dy ben! 'Sdim byd rhyngon ni.'

'Ody Rob yn gwbod hynny?' Fflíciodd Carmel yr wyau drosodd yn ddiamynedd. 'Sena ni'n dau'n gwbod p'un sy fwya peryglus i ti – derbyn lifft wrtho fe neu gerdded adre yn y tywyllwch ar dy ben dy hunan. Bydd Steffan yn mynd 'nôl i'r ysgol cyn bo hir, cofia.' Ai dyna pam gafodd hi gwmni dros yr wythnosau diwethaf? Yn amlwg, roedd y staff i gyd yn credu ei bod hi a Rob ar fin dyweddïo! Gwelodd Carmel yn ysgwyd ei phen arni'n ddiobaith.

'Beth 'se Indeg 'di cyrraedd gyda'r fwyell cyn i chi adael y maes parcio?' gofynnodd yn daer. Cnodd Anna ei boch, heb ddweud gair, ond roedd hynny'n ddigon.

'Jawl erio'd!' Trawodd Carmel ei thalcen â chledr ei llaw. 'O'ch chi ddim wedi gadael! 'Na pam mae e wedi cael mencyd car arall – dyw newid batri ddim yn cymryd mor hir â 'ny! O, blydi 'el! Dylen i fod wedi dyfalu hynny'n syth. Whalodd hi'r ffenestri?'

'Naddo, ond tolciodd hi'r boned. Y ffenestri fydde wedi'i chael hi nesa, ond baciodd Rob yn glou. Wên i'n siŵr y bydde un o'r staff wedi'i gweld hi,' meddai Anna. 'Mae wastod rhywun mas y bac yn cael ffag.'

'Lwc y jawl yw e,' meddai Carmel yn ffyrnig, gan osod yr wyau ar blatiau. Agorodd ddrws y ffwrn a thynnu sosejys a chig moch. Gwyliodd Anna hi'n codi bîns o'r crochan. Roedd y platiau ar y silff boeth cyn iddi siarad eto.

'Ei ladd e wnaiff hi yn y diwedd,' meddai'n bendant. ''Na beth mae pobl â chenfigen patholegol yn ei wneud.' Edrychodd Anna arni'n syn.

'Es i ar Google,' esboniodd Carmel. 'A t'mod y peth gwaetha? Ar ôl iddyn nhw ladd, maen nhw'n well. Neis, ontefe? Mae'r pŵr dab y buon nhw'n gwneud eu bywyd nhw'n uffern yn gorpws ar y llawr, ac ma'n nhw fel y gog.'

Pe na bai ei gydweithwyr yn disgwyl iddo ei hebrwng adref, amheuai Anna a fyddai Steffan wedi cerdded yn ôl i'r stad gyda hi'r diwrnod hwnnw. Roedd wedi ei hosgoi gymaint â phosib drwy'r shifft. Nid oedd Anna'n synnu. Er mai dim ond coflaid a welodd Steffan, roedd pobl ifanc yn gallu bod yn biwritanaidd tu hwnt. Hwyrach ei fod yn credu ei bod hi'n chwarae gêmau gyda Rob. Cerddasant ymlaen yn ddistaw ac yn lletchwith ac roedd Anna'n falch o weld y fflatiau'n codi o'u blaen yn pellter. Roedd e ar fin troi ymaith heb ffarwelio pan ddywedodd Anna, 'Diolch i ti am dy gwmni, Steffan. Dwi'n deall ei fod yn drafferth i ti.' Gwridodd y bachgen a ffromi.

'Bydda i 'nôl yn yr ysgol cyn bo hir,' meddai. 'Beth wnewch chi wedyn?'

'Beth alla i 'i wneud? Rhedeg fel y gwynt, sbo. Ond all Indeg ddim â bod mewn dau le ar unwaith, all hi?' Edrychodd Steffan draw dros y llain werdd. Pwy oedd e'n disgwyl ei weld yn y fan honno?

'Synnen i byth,' meddai'n amwys. 'Pan nad ydw i ar gael, peidiwch â pheryglu'ch hunan, 'na i gyd.' Roedd Anna'n falch ei fod wedi penderfynu siarad â hi unwaith eto.

'Dyw perygl ddim yn hawdd ei weld bob amser,' meddai. 'Fel Llio yn y parti, er enghraifft. Roedd yn beth da dy fod ti yno.' Nid oedd am ei gyhuddo'n uniongyrchol o'i chloi hi yn y pantri. Syllodd Steffan arni'n ddifynegiant.

'Chi'n meddwl 'ny?' gofynnodd. 'Weithe, dwi'n credu taw neud pethe'n waeth wnes i.' Cododd ei law arni, a'r tro hwn, cerddodd i ffwrdd heb edrych yn ôl.

Roedd nodyn iddi ar fwrdd y gegin oddi wrth Llio, yn dweud ei bod hi wedi mynd i'r dref i mofyn padiau papur ar gyfer y tymor newydd. Stwffiodd Anna ei dillad gwaith i'r peiriant golchi a gwneud coffi. Roedd digon o waith tŷ i'w wneud, ond roedd hi wedi blino. Tybed a fyddai gweddillion y bwffe'n dderbyniol i swper heno? Tra oedd hi'n chwilota yn yr oergell, canodd ei ffôn, a gwelodd fod Llio wedi anfon neges destun ati.

*Cael byrger gyda ffrindiau. Ocê?* Tecstiodd yn ôl, *Iawn – rho wbod pan wyt ti ar y bws adre*, yn falch nad oedd yn rhaid iddi goginio i neb arall. Gwnâi tartledi eildwym y tro yn iawn iddi hi. Daliwyd ei llygad gan enw Donna Davies yn y rhestr rifau ffôn. Roedd hi'n dal heb roi gwybod iddi am ymweliad Darren â'r fflat. Gwasgodd y botwm i'w ffonio cyn y gallai newid ei meddwl. Pan atebwyd y ffôn, roedd cymaint o sŵn yn y cefndir nes y bu'n rhaid i Anna wthio'i bys i'w chlust rydd. Dywedodd ei phwt mor gryno ag y gallai, am ei bod yn ymwybodol fod ffonau'n canu a'r swyddfa'n brysur.

'Diolch i chi am ffonio,' meddai Donna. 'Mae'n neis fod rhywun yn cadw llygad ar agor, ond gan fod Debs wedi mynd i fyw at Darren yn nhŷ ei fam, fwy na thebyg taw hi halodd e draw i mofyn ei ffôn a beth bynnag arall y galle fe 'i achub.'

'Iawn, falch o glywed,' atebodd Anna, cyn ffarwelio. Safodd yno am dipyn cyn cofio bod drws yr oergell yn dal ar agor. Ni wyddai beth i feddwl am y newyddion hyn. A oedd Debs wedi mynd i fyw at fam Darren mewn gwirionedd, neu ai dyna beth roedd hi wedi'i ddweud wrth yr heddlu a'r gwasanaethau cymdeithasol? O'r hyn a gofiai Anna, nid oedd Debs yn gallu dioddef mam Darren, er mai siarad yn ddifeddwl yr oedd hi, efallai. A nawr, dyma nhw'n deulu bach cytûn. Roedd yn amau a fyddai'r trefniant hwnnw'n para'n hir, os oedd yn bodoli o gwbl. Os oedd yn wir, dyna ddiwedd ar y theori taw Darren osododd y tân – a hyd yn oed os taw mam Darren feddyliodd am wneud hynny fel ffordd o gael ei bachau ar ei hŵyr, ni allai Anna gredu y byddai hi'n fodloni peryglu Meilo bach fymryn yn fwy na'i dad. Os aeth Debs i fyw at fam Darren, roedd arni ofn yn ei chalon. Pwy allai hi fod wedi'u cythruddo i'r fath raddau? Doedd gan Anna ddim syniad gyda phwy roedd hi'n cymdeithasu. Fel petai wedi'i chlywed hi'n pendroni, daeth tair cnoc ar y wal o fflat Mrs Gray.

'Shwd aeth y bwffe?'

'Iawn,' atebodd Anna, gan osod mŵg o de ar fwrdd bach Mrs Gray a'r ddau arall ar y bwrdd coffi. 'Byton nhw lond eu bolie, ta beth. Wedd 'na ddim lot ar ôl.' Roedd Ranald yn eistedd yn y gadair freichiau ger y tân.

'A shwd daeth Llio i ben â bod yn weinyddes?'

'Ddim cynddrwg. Wedd hi wedi blino'n shwps cyn diwedd y noson, ond wedyn, dyw hi ddim wedi arfer.'

'Fydden i ddim wedi para pum munud,' meddai Mrs Gray gan chwerthin. 'Hyd yn oed pan wên i yn y siop, wên i'n ishte ar stôl fach tu ôl i'r cownter.' Gwyddai Anna taw hi a'i gŵr fu'n rhedeg yr unig siop ar y stad.

'Wrthoch chi brynodd Mrs Singh y siop, ife?'

'Ie, pan ddaeth hi'n bryd i ni ymddeol. Wedd neb arall moyn y lle.' Dim rhyfedd, felly, fod Mrs Gray yn adnabod pawb.

'Ffonies i'r heddlu a rhoi gwbod iddyn nhw am ymweliad Darren â lan llofft,' meddai Anna.

'Do fe nawr?' Roedd Mrs Gray yn awyddus i glywed mwy.

'Dwi ddim yn gwbod pam y trafferthais i, oherwydd wedd y blismones ddim yn gweld y peth yn od o gwbwl. Mae'n debyg fod Debs a Meilo wedi mynd i fyw at fam Darren.' Edrychodd Mrs Gray arni ac amneidio.

'Lle da iddi fod, os yw e'n wir.' Gwenodd Anna. Gallai ddibynnu bob amser ar Mrs Gray i ddeall yn syth, ond roedd Ranald yn syllu ar y ddwy ohonynt.

'Pam na fydde fe'n wir, 'te?' gofynnodd.

'Achos 'sdim lot o Gymraeg rhyngddi hi a mam Darren,' atebodd Anna. 'Y peth cynta feddylies i oedd taw esgus byw 'na mae hi, er mwyn cael Meilo 'nôl. Ond erbyn meddwl, falle eí fod yn wir. Dwi'n meddwl fod Debs wedi cael cymaint o ofan ar ôl y tân nes ei bod hi wedi whilo am unrhyw loches. Y cwestiwn yw, pwy mae hi eu hofan nhw?'

'Ddim Darren, ta beth,' ychwanegodd Mrs Gray.

'Na, ond pwy yw ei ffrindie hi? Wes sboner arall 'da 'ddi?' Cnodd Mrs Gray ei gwefus.

'Ddim i fi glywed. Mae'n treulio lot o amser gyda grŵp o grotesi a'u babis. Maen nhw i gyd yn byw yn yr un bloc o fflatie.' Meddyliodd am ennyd. 'Dwi'n credu taw 'na ble'r oedd hi'r nosweth gafodd y crwt ei ladd. Wedodd hi rywbeth am barti Nadolig wrtha i drwy'r ffenest ar ei ffordd lawr. Clywes i 'ddi'n dod 'nôl marcie un, yn tynnu'r gader wthio lan y steire pan o'n i'n molchi cyn mynd i'r gwely. Seno fe'n bell o dy fyngalo di, ody e?'

'Nadi, mewn ffordd,' amneidiodd Ranald. 'Ond 'sdim ffordd drwodd o'n stryd i. Mae'r fflatie ar y stryd sy'n cefnu ar stryd Leila, ch'weld.'

'Ddim yn bell o'r tŷ lle trywanwyd Jarvis, 'te.'

'Na, ond bod gerddi a garejys rhyngddyn nhw, heb sôn am feidr gefen.' Cofiodd Anna'n sydyn am rywbeth arall.

'Y teledu newydd,' meddai. 'Angofies i sôn amdano wrth y blismones, er bod yr heddwas fuodd yn sefyll tu fas yn gwbod amdano. Bydden i'n dwlu gwbod o ble gafodd hi'r arian. Maen nhw'n costio cannoedd. Allai Darren fod wedi rhoi'r arian yn anrheg iddi?'

''Sda fe ddim dime goch,' meddai Mrs Gray yn bendant.

'Oni bai 'i fod e wedi mencyd arian 'da'i fam,' cynigiodd Ranald. 'Neu ei ddwyn e. Ond mae teli'n beth mowr i'w ddwyn.'

'Yn wahanol i flode o'r fynwent a photel o Chardonnay,' meddai Anna gan wenu. 'Ond dwi'n siŵr fod y teledu'n bwysig, rywsut. Dywedodd Debs wrtha i yn yr ysbyty ei fod o dan garantî. Mae hynny'n awgrymu taw hi brynodd e.'

Roedd wedi nosi erbyn i Anna ddychwelyd i'w fflat, er nad oedd ymhell wedi pump. Roedd ei sgwrs gyda'r ddau drws nesaf wedi gwneud iddi feddwl. Am y tro cyntaf ers y llofruddiaeth a'r tân, teimlai fod ganddi drywydd y gallai ei ddilyn. Heb weld y fan a'r lle, nid oedd hi'n debygol o allu tawelu'r cynrhonyn bach a fu'n cosi ymylon ei hymwybyddiaeth ers tro bellach. Sylweddolodd fod arni angen gwybod a oedd hi'n iawn. Edrychodd ar y dortsh a orweddai ar y silff ger y drws. Ni châi gyfle gwell na hwn, felly gwisgodd ei chot a'i sgarff yn gyflym, cipio yn y dortsh, gwirio fod ei ffôn yn ei phoced, a mynd allan. Brysiodd drwy'r strydoedd, gan obeithio na fyddai gyrwyr y motobeics wedi gorffen eu te eto. Serch hynny, dilynodd nifer o heolydd hosan cyn gweld car yn troi i mewn i feidr gefn na sylwodd arni o'r blaen. Safodd yng nghysgod y clawdd a gwylio. Clywodd y gyrrwr yn cau drws rhydlyd y garej ac agor y gât i'w ardd gefn ag allwedd. Ni fentrodd Anna i lawr y feidr nes i'r gât honno gau'r tu ôl iddo. Byddai'n rhaid iddi fod yn garcus. Dyma'r adeg pan fyddai llawer o bobl yn cyrraedd adref o'r gwaith.

Ar yr olwg gyntaf, nid oedd y fath beth yn bodoli â bloc o fflatiau oedd yn cefnu ar y feidr. Tai pâr oeddent i gyd, a gwrychoedd trwchus ar waelod y gerddi. Sgleiniodd ei thortsh i oleuo'r ffordd. Sbeciodd orau gallai drwy'r gwrychoedd, gan ddechrau meddwl ei bod wedi camgymryd y feidr. Trodd ei sylw at yr ochr arall. Pa mor agos oedd hi nawr at ardd gefn y tŷ lle bu farw Jarvis? Roedd mwy o garejys yma, a rhai ohonynt yn siabi dros ben. Codwyd nhw o frics hyd yr hanner, ac yna arbedwyd arian trwy wneud gweddill y waliau o styllod pren. Tyfai porfa rhyngddynt, a phwyntiodd Anna'r dortsh i lawr rhwng dau arbennig o dila. Gwelodd dwll mawr yn wal yr un ar y dde, a gwasgodd ei hun i'r gofod cul rhyngddo a'i gymydog er mwyn gweld yn well. Roedd y pren pwdr wedi cael ei rwygo, a phan sgleiniodd Anna'r dortsh i mewn i'r twll, gwelodd fod soced trydan yn y gornel bellaf. Digon posib mai oddi yma y 'benthyciwyd' y trydan ar gyfer y gerddoriaeth, felly ni allai tŷ'r parti fod yn bell. O'r hyn y gallai gofio, roedd y cêbl yn rhedeg yn syth o gefn y tŷ, dros y lawnt a thrwy'r gwrych. Ceisiodd bipo drwy'r brigau'r tu ôl i gefn y garej.

Roedd bwlch bach yn y gwrych, a rhai o'r brigau lleiaf wedi torri, ond nid oedd lle i neb ddringo drwyddo. Tybiai eu bod wedi anfon rhywun bach, tenau i lawr y feidr i fwydo'r cêbl drwy'r gwrych tra oedd rhywun arall yn dringo i mewn i'r garej drwy'r twll i roi'r plwg yn y soced. Gwyddai nawr ei bod hi yn y lle iawn, ond ble yn y byd oedd y bloc o fflatiau? Os nad oedd o fewn tafliad carreg i dŷ'r parti, nid oedd ei theori'n dal dŵr. Ni wyddai beth yn union oedd ei theori, chwaith. Dim ond rhyw syniad aneglur oedd ganddi y gallai Debs fod wedi bod yno ar yr adeg dyngedfennol, ond nid oedd rheswm iddi fod yn y feidr o gwbl os nad oedd yn llwybr llygad rhwng fflat rhyw ffrind iddi a'i chartref. Hyd yn oed petai hi wedi clywed dadl yn yr ardd, pam fyddai hi'n trafferthu mynd i weld? Cerdded i'r cyfeiriad arall yn gyflym oedd greddf y rhan fwyaf o bobl ar y stad o glywed unrhyw gweryl.

Aeth Anna 'nôl at y feidr yn ddiflas ac yn oer. Penderfynodd y byddai'n cerdded i'r pen pellaf, ac os nad oedd bloc o fflatiau i'w weld, byddai'n mynd adref. Trodd, a dechrau cerdded yn ôl. Hwyrach ei bod hi'n dychmygu pethau, ond roedd y tai'n haws eu gweld nawr. Codai rhyw wawr felynllyd dros eu toeau o'r stryd yr ochr arall. Rhaid fod goleuadau'r stryd wedi cynnau'n awtomatig. Erbyn hyn, roedd hi 'nôl wrth y garejys tila unwaith eto.

Yn sydyn, gyda chymorth y goleuadau, gwelodd rywbeth newydd. Oherwydd iddi sgleinio'r dortsh yn isel drwy wrychoedd cefn y tai, doedd hi ddim wedi sylwi fod un o'r parau'n wahanol i'r lleill. Roedd dihangfa dân fetel yn ymestyn yr holl ffordd o'r llawr uchaf lawr i'r ardd. Daliai'r golau'r ymylon siarp, a thaflu cysgodion sinistr dros y wal. Crogai balconi llydan o lawr uchaf y ddau dŷ, a arweiniai at un set o risiau. Newidiwyd un o ffenestri cefn y lloftydd yn ddrws ar y ddau. Nid oedd dim byd tebyg i'w weld ar y tai eraill. Rhaid fod un pâr ohonynt wedi cael ei newid yn bedwar fflat, am fod hynny'n rhatach na chodi bloc newydd sbon. Safodd ac ystyried. Roedd y ddau fflat uchaf mewn tywyllwch, ond deuai golau o'r fflatiau gwaelod. Byddai wedi hoffi archwilio'r lle'n well, ond ni feiddiai os oedd rhywun adref. Os taw dyma lle'r oedd Debs y noson honno, roedd hi bron gyferbyn â'r tŷ lle lladdwyd Jarvis. Y broblem fawr oedd nad oedd allanfa i'r feidr o'r fflatiau. Estynnai'r gwrych yn ddi-dor ar hyd y cefn, am fod y ffordd fawr mor agos.

Doedd hi ddim cam ymhellach ymlaen, felly, oni bai . . . Syllodd unwaith eto ar yr allanfa dân. Beth petai Debs wedi dod allan a sefyll arni er mwyn cael mwgyn? Dyna'r arferai ei wneud yn ei fflat ei hun. Oni fyddai'n debygol o wneud yr un peth yng nghartrefi ei ffrindiau? I fyny ar y llawr cyntaf, byddai wedi gallu gweld dros y gwrychoedd. Os oedd hi'n digwydd bod ar y balconi pan fu Jarvis yn dadlau â rhywun yn yr ardd, roedd hi yn y lle delfrydol i weld a chlywed popeth, a hynny heb gael ei gweld. Prin y byddai neb yn meddwl edrych i fyny a draw i'r dde. Ond beth fyddai hi wedi gallu ei weld mewn gwirionedd? Dim byd ond ffigyrau tywyll ar y lawnt.

Pam fyddai hynny o unrhyw ddiddordeb iddi?

A fu'r ddau'n ymladd, tybed? Stampiodd Anna ei thraed, yn rhannol oherwydd yr oerfel, ond hefyd mewn rhwystredigaeth. Canodd ei ffôn yn ei phoced, a gwelodd neges wrth Llio'n dweud ei bod yn aros am y bws adref. Roedd hi wedi atodi llun ohoni hi a'i ffrindiau'n glafoerio dros fyrgers anferth. Gwenodd Anna arno cyn cau'r ffôn. Roedd y genhedlaeth ifanc yn tynnu llun o bopeth, meddyliodd. Yna caeodd ei llygaid, a gweld Darren unwaith eto, yn siarad yn daer ar ei ffôn wrth ddod allan o fflat drylliedig Debs. Dyna'r ateb. Roedd Debs wedi tynnu llun o'r ffeit ar y lawnt. Llun hynod werthfawr a pheryglus.

Trodd am y ffordd fawr. Cyneuwyd golau yng nghegin un o'r fflatiau uchaf erbyn hyn. Goleuwyd un ochr o'r allanfa dân yn glir, ond roedd yr ochr arall mewn cysgod dudew. Am eiliad, dychmygodd Anna fod Debs yn dal i sefyll yno'n gwylio. Aeth rhyw sgryd bach drwyddi. Edrychodd yn ôl dros ei hysgwydd mewn pryder sydyn. Ai cysgod rhywun oedd hwnna, yn llechu'r tu ôl i fur y garejys isaf? Ni arhosodd eiliad yn hwy, ond brysiodd o'r fan.

*Wel, wel. Beth mae hi'n ei wneud yn y fan hon? Bues i bron â chael harten pan sylweddoles i pwy oedd yn loetran lan ar bwys y garejys uchaf. 'Sneb 'ma fel rheol pan fydda i'n cerdded drwodd. Dyw'r hwdis ddim yn cwato fan hyn. Rhy agos at eu cartrefi, sbo. Ody 'ddi'n nabod rhywun yn un o'r hewlydd? Oes ganddi ryw*

*ffansi man mae hi'n ei weld yn un o'r tai? Ond weles i*
*mohoni'n dod mas o un o'r gerddi. Wedd hi'n whilo am*
*rwbeth, weden i. Falle gollodd hi ei nicyrs y tro dwetha*
*daeth hi lawr 'ma. Ma' hi wastod gyda rhyw ddyn neu*
*'i gilydd. Mae un ohonyn nhw'n ddigon ifanc i fod yn*
*fab iddi. O'n i'n meddwl ei fod e wedi 'ngweld i heno.*
*Wrth gwrs, lladdwyd y crwt 'na rhwle rownd ffor' hyn.*
*Falle taw 'na beth oedd hi'n ei wneud. Edrych i weld*
*a wedd rhywbeth pwysig wedi cael ei adael 'ma. Beth*
*allai hynny fod? A pham fydde hi'n whilo amdano oni*
*bai fod ganddi gydwybod euog? Maen nhw'n gweud*
*fod llofruddion wastod yn dod 'nôl i leoliad y drosedd.*
*Falle taw hi laddodd e. A nawr dwi wedi'i gweld hi'n*
*whilo'r feidr. Wên i'n gwbod y bydden i'n ei gweld hi'n*
*neud rhywbeth rhyw ddydd.*

# PENNOD 22

'Ti 'di bod gartre'n hir?' Pan gyrhaeddodd Anna'r fflat, roedd Llio ar ei phengliniau yn y cyntedd yn trosglwyddo'i phwrcasau i'w bag ysgol.

'Naddo.' Ochneidiodd a rhwbio'i stumog. 'Beth ddiawl maen nhw'n ei roi mewn byrgers, gwed? Nefoedd, mae e'n drwm.'

'Braster a siwgr,' atebodd ei mam, gan hongian ei chot. Roedd ar fin dechrau esbonio ble bu hithau pan ganodd cloch y drws. Safai Ranald ar y trothwy, yn chwys botsh.

'Ody popeth yn iawn?' gofynnodd Anna, wedi'i dychryn. Edrychodd Ranald arni'n syn, yna amneidio.

'Dwi newydd fod lawr yn y Red Cross,' esboniodd. 'Glywes i fod modd rhentu cadair olwyn oddi wrthyn nhw. Odych chi'n credu y gallwn ni gario Blod lawr y stâr ynddi rhyngon ni? Chi'n gwbod bydde hi'n dwlu gweld fy myngalo i.' Nefoedd wen, meddyliodd Anna. 'Shwd ar y ddaear y llwyddoch chi i wthio'r gadair o waelod y dre i fan hyn?' gofynnodd.

'Nid gwaelod y dre oedd y broblem, ond gwaelod y stâr,' meddai Ranald. Edrychodd yn bryderus ar wyneb amheus Anna.

'Dwi wedi pacio cês bach iddi a chwbwl. Unwaith

bydd hi ar y pafin yn y gadair, byddwn ni'n iawn.'
Er nad oedd Anna'n credu hynny am eiliad, teimlai'n
euog nad oedd hi wedi meddwl am ffordd lai trafferthus
o gludo Mrs Gray i fyngalo Ranald. Dilynodd hi a
Llio ef i mewn i'r fflat drws nesaf, lle'r eisteddai Mrs
Gray yn ei chot fawr, yn y gadair olwyn, a'r cês ar ei
phengliniau.

'Bois bach, shwd wnest ti hynny?' gofynnodd Ranald,
yn llawn edmygedd. Gwenodd Mrs Gray arno'n hapus.
Yn amlwg, roedd hi wedi gadael ei chadair arferol,
ac wedi twthian rywsut i'w symud ei hun a'r cês i'r
gadair olwyn.

'Mae'n rhyfeddol beth gallwch chi neud pan fod rhaid
i chi,' meddai. Yn wyneb y fath agwedd benderfynol,
nid oedd dim amdani ond rhoi cynnig ar y dasg. Roedd
gwthio'r gadair dros y trothwy i'r landin ac i ben y
grisiau'n hawdd ond pan welodd Mrs Gray'r dibyn, fel
petai, cydiodd yn dynn ym mreichiau'r gadair.

'Reit,' meddai Anna. 'Af i am 'nôl yn codi'r gwaelod
a chei di, Llio, afael yn y ddwy handlen a gwneud yn
siŵr nad yw'r gadair yn tipio mlaen. Dylen ni fod yn
gallu mynd lawr un gris ar y tro. Ranald, os byddech
chi gystal â chario'r cês, bydde hynny'n help mawr.'
A hithau ar fin cymryd pwysau'r gadair, clywodd Anna
waedd o'r heol islaw.

''Rhoswch eiliad!' Trodd a gweld Dilwyn, ei
chymydog, yn brysio tuag atynt. Ni fu Anna'n falchach
o weld neb erioed, ond serch hynny, hyd yn oed â dau

ohonynt wrth yr olwynion blaen, roedd pwysau Mrs Gray yn bygwth eu taflu oddi ar eu traed. Gallai Anna weld ei hun a Dilwyn yn cwympo ar eu pennau i'r gwaelod, a Mrs Gray yn dilyn yn fuan wedyn.

'Er mwyn popeth!' meddai Llio. 'Mae dwy droed chwith 'da'r ddou 'noch chi!' Erbyn hyn, roedd Mrs Gray yn gwichian fel llygoden. Gwelodd Anna fod Dilwyn yntau'n simsanu. Ceisiodd ddal mwy o'r pwysau, a theimlo ei choesau'n gwegian.

'Hoi!' gwaeddodd Llio yn sydyn, gan ddychryn pawb. Y tu ôl iddi, daeth Anna'n ymwybodol o gorff mawr, ond ni feiddiodd droi ei phen.

'Be chi'n trio'i neud?' daeth llais Steffan.

'Canu carole!' atebodd Llio. 'Cymera'r handlenni hyn er mwyn popeth. Mae'r ddou ar y gwaelod mor wan â phwsi mwg!' Gwthiodd Steffan heibio iddynt a gafael yn y gadair, ac aeth Llio i gymryd lle Anna a Dilwyn. Safodd y ddau bwsi mwg yn erbyn wal y grisiau'n ddiolchgar, a gadael iddynt fynd ati. Ymhen ychydig eiliadau, roedd Mrs Gray a'i chadair yn ddiogel ar y llwybr, er mawr ryddhad i bawb.

'Mae isie i fi golli pwyse, wes wir!' meddai Mrs Gray, wrth i Ranald ffysan o'i hamgylch. Ymddangosai fod y cês yn mynd i fod yn rhwystr, ond roedd Llio wedi cymryd yr awenau erbyn hyn. Cododd ef o arffed Mrs Gray.

'Gwthia di, caria i,' meddai wrth Steffan. 'Fyddwn ni ddim yn hir. Gafaelwch yn fy mraich i os y'ch chi moyn, Ranald.' Gwyliodd Anna a Dilwyn y criw bach yn araf ymlwybro ymaith. Y peth olaf glywodd Anna oedd Steffan yn gofyn yn bryfoclyd wrth Mrs Gray, 'Chi'n ffansïo neud *wheelie*?' a hithau'n ateb, 'Gad hi, wnei di!' gan chwerthin. Cododd Anna ael ar Dilwyn a gwenodd yntau. Dringasant y grisiau, gan deimlo pob gris yng nghyhyrau eu coesau.

'Dwi wedi mynd yn rhy hen i whare dwli fel 'na,' murmurodd Dilwyn.

'A finne,' cytunodd Anna. 'Ond diolch i chi am gynnig helpu.' Chwiliodd Dilwyn yn ei boced am ei allwedd, gan dynnu amlen drwchus allan yn gyntaf. Chwifiodd yr amlen i gyfeiriad Anna.

'Bydd isie'r gwylie 'ma arna i ar ôl hwnna. Dwi'n mynd nos yfory. Es i at yr asiant teithio'r prynhawn 'ma i mofyn y tocynne.'

'Gwylie? 'Na neis. I ble?' Crychodd Dilwyn ei dalcen yn y golau gwan.

'Dwi wedi anghofio'r enw. Rhyw ynys yw e, lle ma'r towy'n dwym drwy'r flwyddyn.'

'Rhywle fel Tenerife, falle?'

'Ie, ond ddim Tenerife. Rhyw enw fel y bachan yn y Beibl fuodd farw, ond daeth e 'nôl yn fyw.' Meddyliodd Anna am eiliad.

'Lanzarote?' mentrodd.

''Na fe!' Yna ysgydwodd ei ben. 'Ond alla i ddim cofio enw'r bachan sa'ch 'ny.'

'Lazarus,' cynigiodd Anna. Gwenodd Dilwyn arni eto, a goleuodd ei wyneb trwm.

'Dylech chi fynd ar *Mastermind*,' meddai'n hwyliog, a chodi llaw cyn diflannu trwy ei ddrws blaen.

Gwiriodd Anna fod y tân a'r holl oleuadau wedi eu diffodd yn fflat ei chymdoges cyn cloi ei drws. Awgrymai'r cês taw'r bwriad oedd i Mrs Gray aros ym myngalo Ranald am rai dyddiau. Fwy na thebyg y byddai'r trefniant yn un parhaus. Gwnelai fyd o wahaniaeth i Ranald druan pe na bai'n rhaid iddo ruthro draw i'r fflat bob bore. Hwyrach nad oeddent wedi penderfynu hynny eto, ond dyna roedd Anna'n ei ragweld. Byddai'n gweld eu heisiau.

Yn ôl yn y fflat, chwiliodd am swper. Roedd gweddillion y bwffe'n cynhesu yn y ffwrn erbyn i Llio ddychwelyd ar ei phen ei hun. Daeth i sefyllian yn nrws y gegin gan gnoi ewin ei bawd yn fyfyrgar.

'Ddaeth Steffan ddim 'nôl gyda ti, 'te?' gofynnodd Anna.

'Naddo. 'Mond isie gair oedd e. Mae e wedi clywed rhywbeth diddorol.' Beth bynnag a glywodd Steffan, roedd wedi effeithio ar hwyliau Llio. Eisteddodd yn swp ar gadair wrth y bwrdd.

'Mae Nic wedi dod 'nôl o'i wyliau,' meddai.

'Ble fuodd e?' gofynnodd Anna, gan sylweddoli fod hyn yn rhan o'r hanes.

'Ciwba,' atebodd Llio. 'Aethon nhw bant bron yn syth ar ôl i'r ysgol bennu, a dim ond ddoe daethon nhw 'nôl. Wedd e ffaelu mynd ar-lein o gwbwl yn ystod ei wylie, medde fe, ond y funud ddaeth Nic gartre, aeth e ar ei dudalen gymdeithasol a gweld yr holl strach. Ffonodd e Steffan.'

'Beth oedd 'da fe i'w weud?' Gwnaeth Llio ryw sŵn yn ei gwddf.

'Wel, ar y nos Wener, cyn iddo fynd bant ar y bore dydd Sadwrn, wedd e mas yn y dre. A 'na pwy welodd e oedd Celyn. Wedd hi gyda rhyw set ryff iawn yr olwg. Dim ond hi wedd Nic yn 'i nabod.' Diddorol yn wir. Dyna noson y llofruddiaeth, pan waharddwyd Celyn rhag gadael y tŷ.

'Ac mae e'n siŵr taw Celyn oedd hi?' Amneidiodd Llio.

'Ody. Mae hi'n gwisgo rhyw gapan twp a chlustiau cwningen arno. Maen nhw'n fflapan lan a lawr wrth iddi gerdded.'

'Welodd Celyn ddim o Nic, yn amlwg.'

'Naddo. Tase hi wedi gweld unrhyw un o'r ysgol, fydde hi ddim wedi gallu haeru 'i bod hi yn y tŷ drwy'r nos.'

'Roedd e'n risg sa'ch 'ny,' cynigiodd Anna, ond roedd Llio'n dal i feddwl.

'Dylen i fod wedi cofio cyn hyn,' meddai'n isel. 'Mae Celyn yn gallu gadael y tŷ heb i neb wbod. Dangosodd hi i fi shwd roedd hi'n 'i neud e. Mae'n gallu dringo mas o ffenest ei en suite i do fflat y garej, a lawr o'r fan honno i'r iet fowr sy'n gwahanu cefen y tŷ o'r ffrynt.'

'Wyt ti wedi'i gweld hi'n 'i neud e?'

'Nadw, ond seno fe'n galed. A dyw'r tŷ ddim yn bell o ganol y dre.'

'Ond beth oedd hi'n neud yn y dre?'

'Whilo am fws, mwy na thebyg. Fydde hi ddim wedi sylweddoli nad yw'r bysys yn rhedeg ar ôl hanner awr wedi un ar ddeg. Dyw hi ddim yn gorfod mynd ar y bws yn aml iawn.'

'A phwy wyt ti'n credu oedd y criw gyda hi?' Tynnodd Llio wep wrth ystyried.

'Os nad oedd Nic yn eu nabod nhw, cryts o'r stad, weden i. Wedd Celyn yn nabod un neu ddou, fel Elton, brawd Jarvis. Os digwyddodd hi gwrdd â fe, falle'i bod hi'n meddwl bydde hi'n ffordd dda o gael cwmni i gerdded i'r parti.' Yna ysgydwodd ei phen. 'Ond sai'n cofio gweld Elton 'na, ac yn bendant ddim Celyn. So, beth wnaethon nhw?'

'Wyt ti'n gwbod faint o'r gloch oedd hi pan welodd Nic hi?' Yng nghefn meddwl Anna, llechai'r syniad fod Llio eisoes yn feddw gaib yn y pantri pan gyrhaeddodd y criw o'r dref. Ond wedyn, nid oedd unrhyw brawf iddynt gyrraedd o gwbl.

'Naddo. Ond bydde hi'n werth gofyn. Beth dwi ddim yn deall yw, os oedd hi mas yn y dre ac yn gallu dod i'r parti, pam 'i bod hi'n brygowthan nawr? A pham na ffoniodd hi fi i weud wrtha i i aros wrth yr arhosfan fysys?'

'Ody Elton yn debyg i Jarvis?' Byrdwn cwestiwn Anna oedd y syniad y gallai Celyn fod wedi penderfynu chwifio ei chlustau cwningen i gyfeiriad Elton, os nad oedd diddordeb gan ei frawd hŷn ynddi. Edrychodd Llio arni'n graff.

'Nadi. Hen un bach salw ag acne yw e. Gwahanol dadau, t'weld.' Amneidiodd Anna'n ddoeth.

'A bydde gweld Celyn gydag Elton ddim yn gwneud Jarvis yn genfigennus? Mae brodyr yn gallu bod yn gystadleuol dros y peth lleia, t'mod.' Gwnaeth Llio ryw ystum igam-ogam â'i phen.

'Falle. Bydde Jarvis wedi 'styried fod dwyn wajen Elton yn jôc fawr, er mwyn ei sbeito. Ond dyw hynny ddim yn golygu ei fod yn ffansïo Celyn. Dim ond ei defnyddio hi fydde fe wedi'i neud, i ddangos i Elton ei fod yn gallu cael unrhyw ferch roedd e moyn. Mae'r peth yn ych-a-fi. Cyn yr holl drafferth ar y we, fydden i fyth wedi credu y galle hi fod mor dwp.'

'Os taw dyna beth oedd ar ei meddwl. Ond ar ôl gweld ei negeseuon cas, galla i gredu y bydde'r sylw a'r cwmpo mas yn atyniad mawr.'

'Ma' hynny'n wir. Ei mam sy'n cael yr holl sylw gartre.' Tapiodd Llio ei bys ar y bwrdd. 'Ond sena i'n deall byth pam 'i bod hi wedi gweud shwd gelwydd ynghylch lle'r oedd hi. Oni fydde hi wedi bod yn gallach cau ei phen, rhag ofon bod rhywun wedi'i gweld hi?'

'Dwi'n cytuno, ond cofia, nes i Nic ddod gartre, wedd neb yn gwbod taw celwydd oedd e. Galli di fentro, gan na chyhuddwyd hi yn y dyddie cynnar, fod Celyn wedi dod i gredu ei bod hi'n eitha diogel.' Crychodd Anna ei thalcen. 'Ond mae'n dal yn rhyfedd, os taw gyda phobl oedd yn nabod Jarvis yr oedd hi, nad yw un ohonyn nhw wedi gweud dim ar y we.'

'Falle 'u bod nhw'n gallach na Celyn,' meddai Llio'n ddirmygus. Neu'n cadw'n dawel am resymau mwy ysgeler, meddyliodd Anna, er na ddywedodd hynny. Os aeth y criw o'r dref i'r stad, a chyrraedd ar ôl i Llio feddwi, onid oedd yn bosib fod un ohonyn nhw, hyd yn oed ei frawd ei hun, wedi trywanu Jarvis? Byddai hynny'n rheswm da dros ben i beidio â dweud dim.

'Am beth wyt ti'n pwslo nawr?' gofynnodd Llio'n sydyn. Bu'n rhaid i Anna feddwl yn gyflym.

'Dim ond meddwl wên i fod gofyn lot o hyder i fynd i grwydro'r dre yn hwyr y nos. Mae Celyn wedi cael ei magu'n neis. Oni fydde arni ofan?' Chwarddodd Llio'n dawel.

'Yn wahanol i fi, ti'n feddwl. Wedd hi wedi meddwl am hynny. Wedd cyllell fach gyda hi, nes bo'n weddol ddiweddar, ta beth.' Syllodd Anna ar ei merch a syllodd honno'n ôl yn herfeiddiol arni.

''Sda fi ddim cyllell, paid â phoeni.'

'Dwi ddim yn credu bydde angen un arnat ti.'

'Diolch.'

'O ble gafodd hi'r gyllell?'

'O'u cegin nhw, wrth gwrs. 'Sneb byth yn cwcan 'na. Mae gwerth miloedd o bunnoedd o fresys gyda hi ar gefen ei dannedd, so mae'n gorfod torri afale a phethe achos allith hi ddim cnoi'n normal. 'Na beth wedd ei hesgus hi, tase rhywun yn gofyn.'

'Shwd gyllell yw hi?' Estynnodd Llio ei bysedd i ddynodi tua dwy neu dair modfedd. Ceisiodd Anna beidio â dangos ei syfrdandod, ond sylwodd Llio.

'Mae'n edrych fel 'se newyddion Nic yn bwysicach nag o'n ni'n feddwl, on'd yw hi?' Cododd ar ei thraed a chwilio am ei ffôn yn ei phoced ôl. 'Dwi'n mynd i siarad â phobl,' meddai.

'Cyn i ti fynd,' meddai Anna, 'os aeth Celyn i'r parti, sut gyrhaeddodd hi gartre cyn i fi ganu cloch y drws?' Cododd Llio ei hysgwyddau.

'Tacsi?' cynigiodd. 'Dyw hi ddim yn brin o arian – neu falle redodd hi'r holl ffordd. Os taw hi laddodd hi Jarvis, bydde hyd yn oed Celyn yn rhedeg fel milgi.'


Bwytaodd Anna ei swper yn awtomatig. A allai hyn oll fod yn wir? Ai Celyn, yn ei chapan cwningen, roedd Debs wedi'i gweld yn dadlau â Jarvis o'i nyth eryr ar y ddihangfa dân? Byddai'r sgarmes honno wedi bod yn un ddoniol i'w gwylio, ac yn beth gwych i dynnu llun ohono, neu'n well fyth, ei ffilmio. Hwyrach na feddyliodd Debs gam ymhellach na hynny, nes iddi glywed y newyddion am farwolaeth Jarvis. Ond sut ar y ddaear ddaeth hi i gysylltiad â Celyn wedyn? Gallai fod wedi'i gweld a'i hadnabod pan alwodd draw i weld Llio. Gallai fod wedi eu dilyn, a chael syniad lle'r oedd Celyn yn byw. Neu, gallai fod wedi ei dilyn ar noson y llofruddiaeth a'i bygwth bryd hynny. Llen fwg oedd yr ymgyrch ar y we, yn bendant, ond fel y dywedodd Llio, roedd yn rhyfedd nad oedd hi wedi ei ffonio ar noson y parti i ddweud wrthi ei bod ar ei ffordd. Efallai nad oedd wedi ffonio'n fwriadol, yn y gobaith o ddal Llio a Jarvis yn caru. Pwy wyddai beth oedd yn cymell merch yn ei harddegau? A oedd hi'n ddigon gorffwyll i ddianc o'r tŷ ganol nos yr eildro i osod y tân yn fflat Debs? Neu a wnaeth rhywun arall hynny drosti? Ar y llaw arall, os taw dim ond mynd i'r dref wnaeth Celyn y noson honno, gallai fod wedi cerdded adref yn hawdd ymhell cyn i Anna gyrraedd. Efallai ei bod wedi sylweddoli nad oedd ganddi ddim gobaith gyda Jarvis, ac na fu'n agos at y stad. Efallai fod noson yn crwydro gyda chriw o fechgyn wedi diwallu ei hangen am sylw a chyffro.

Canodd ei ffôn. Pan welodd taw Rob oedd yn galw, ochneidiodd. Pwy oedd wedi methu â dod i'r gwaith heno, tybed?

'Wyt ti'n brin o weithwyr eto?' gofynnodd ar ôl y cyfarchion arferol.

'Beth? Nadw. Ddim 'na pam dwi'n galw, 'les. Bues i'n edrych ar yr amserlen waith. Dwi'n rhydd fory, fel wyt tithe. Mae Mam angen planhigion at ei gardd gefen, ac mae ei phen-blwydd hi cyn bo hir. Fyddet ti'n ffansïo dod draw i'r ganolfan arddio newydd 'na 'da fi? 'Sda fi ddim syniad am liwie a phethe. Mae siop fferm fowr 'na hefyd, sy'n gwerthu bwyd organig a sa i'n gwbod beth i gyd. Cig aligator, a phasteiod estrys, medden nhw.' Roedd Anna wedi clywed sôn am y lle, ond heb gludiant, ni allai fynd yno fel rheol.

'Mae'r ddaear fel haearn, 'chan.'

'Dwi'n gwbod. Ond mae conserfatori 'da Mam, a gallen nhw ishte'n fan 'na nes bod y towy'n well. Bydden i'n falch o dy gyngor di. Dwi'n siŵr o brynu rhywbeth twp fel arall. A dwi'n gweithio bob dydd tan ei phen-blwydd ar ôl fory.' Roedd e wedi paratoi ei ddadl yn dda, meddyliodd Anna, a byddai'n gyfle iddi ail-lenwi ei rhewgell â phethau diddorol. Trefnwyd y byddai Rob yn dod i'w nôl hi am un ar ddeg, a sylwodd Anna fod ei lais yn fwy llon nag y bu ar ddechrau'r sgwrs wrth iddynt ffarwelio.

Caeodd ei ffôn a chnoi ei gwefus. A oedd hi wedi bod yn gall i gytuno? Bu Rob yn ddigon craff i beidio ag argymell mynd allan fin nos. Rhy amlwg o lawer. Trwy awgrymu y byddai hi'n gwneud ffafr ag ef, cadwyd popeth yn gyfeillgar a diniwed. Efallai y deuai cyfle iddi roi cynnig arall ar ei berswadio i wneud rhywbeth ynghylch Indeg. Y peth olaf a ddymunai oedd i'w perthynas waith suro. Nid oedd hi eisiau chwarae â'i emosiynau, ond roedd yn rhaid iddi fyw, wedi'r cyfan. Am eiliad, teimlodd yn ddig ag e, ond a bod yn deg, all neb help pwy maen nhw'n ei hoffi. Hyd yn oed pe na bai Indeg yn llechu yn y cysgodion fel y bwci bo, roedd yn amau a fyddai wedi mynd ar ddêt go iawn gyda Rob. Roedd ganddo lawer o nodweddion da, ond nid oedd hi erioed wedi teimlo'r sbarc cychwynnol hwnnw o atyniad yn ei gwmni. Ail orau cysurus fyddai Rob iddi bob amser. A dyna dy broblem di, ontefe, meddyliodd yn chwyrn. Dyw'r ail orau diogel byth yn ddigon. Roedd wedi nodi yng nghefn ei meddwl, wrth gytuno i fynd i'r ganolfan arddio, fod yr amseru'n ddelfrydol, oherwydd pe digwyddai i Seimon alw, byddai'n debygol o fod gyda'r nos ar ôl iddo gau'r swyddfa. Gwthiodd ei swper i ffwrdd â brathiad sydyn o gywilydd. Pa fusnes oedd ganddi i gynllunio bod gartref i weld Seimon ac yntau'n ddyn priod ac yn dad i lofrudd Jarvis, o bosib? Nid Celyn oedd yr unig un oedd yn bwydo'n afiach ar gyffro.

Aeth i'r gwely'n gynnar â llyfr y noson honno. Gorweddodd yno'n gwrando ar fwmial Llio'n siarad ar ei ffôn. O bryd i'w gilydd, âi ei merch allan i'r gegin neu i'r tŷ bach, gan ddal i barablu. Sylweddolodd fod casineb yr ymgyrch wedi bod yn faich ar Llio. Doedd hi ddim wedi ei chlywed yn chwerthin mor ddi-hid ers sbel hir. Diolchodd i'r drefn am Nic a'i lygaid barcud.

Gollyngodd ei llyfr ar y llawr, a diffodd y lamp. Roedd yn tynnu am hanner nos. Roedd popeth wedi tawelu yn stafell Llio erbyn hyn, a chaeodd Anna ei llygaid yn ddiolchgar. Canodd ei ffôn yn sydyn ar y bwrdd bach.

'Anna?' Swniai llais Mal yn dew. Gwthiodd Anna ei hun i fyny ar ei phenelin rhydd.

'Beth sy'n bod? Wyt ti'n iawn?'

'Ie, wel, odw, sbo. Ond mae "iawn" yn gysyniad cymharol. Shwd wyt ti?'

'Yn hanner cysgu. Mae Llio wedi mynd i gysgu hefyd.'

'Ry'ch chi'ch dwy gartre'n saff a'r drws wedi'i gloi, odych chi?'

'Odyn wrth gwrs. Ble arall fydden ni?' Nid oedd Mal fel petai'n gwrando. Cliriodd ei lwnc, ac yna clywodd Anna ei ddannedd yn rhincian yn erbyn gwydr. Ers pryd buodd e wrthi? Rhaid fod Sheryl wedi'i throi hi am y llofft.

'Cer i'r gwely, Mal,' meddai Anna'n ddiamynedd.

'Ffaelu'n deg,' atebodd.

'Cysga ar y soffa, 'te.' Bu tawelwch maith.

'Mal?' Gallai glywed rhyw sŵn llafurus, ac yntau'n mwmial o dan ei anadl. ''Sdim iws i fi fod fan hyn . . . 'sdim iws . . .' Edrychodd yn ddig ar ei ffôn ac yna ei gau. Rhyngddo fe a'i gawl, meddyliodd, cyn tynnu'r cwrlid drosti unwaith eto.

'Mae off 'co!' meddai Llio bore drannoeth, pan hwpodd ei phen i mewn i stafell wely Anna i ofyn pryd oedd hi'n meddwl codi gan ei bod yn ddeg o'r gloch. Eisteddodd Anna i fyny yn syth.

'Beth sy wedi digwydd?'

'Nic!' meddai Llio, gan wneud rhyw ddawns robotig yn y fan a'r lle. 'Dwi'n credu buodd e lan drwy'r nos yn sgrifennu ar ei dudalen gymdeithasol. Mae e'n tasgu! A seno fe'n hido pwy sy'n ei darllen hi! Cofia, dwi'n credu taw Steffan sy'n rhoi'r geirie yn 'i ben e. Mae peth o'r stwff yn rhy ddwfwn i Nic.' Ceisiodd Anna ofyn cwestiwn call.

'Fuodd 'na unrhyw ymateb wrth Celyn?' Chwarddodd Llio fel dihiryn mewn melodrama Fictoriaidd.

'Seni 'ddi'n gwbod ble i droi. Mae'n cachu brics,' meddai, 'yn enwedig nawr bod pobl eraill yn dechre newid 'u cân. Sa i wedi gweld negeseuon "Druan ohonot ti, Celyn fach" a "Dwi'n cytuno'n llwyr" ers orie nawr.'

'Wyt ti wedi cynnig unrhyw sylwade?' Tynnodd Llio linell fel sip ar draws ei cheg.

'Dim blydi gair. Tawelwch urddasol.' Rhwbiodd ei dwylo. 'Cewn ni weld p'un o'r cachgwn fydd y cynta i sgrifennu "Druan ohonot ti" ar fy nhudalen i.'

Awr yn ddiweddarach, roedd Anna yn y stafell ymolchi yn tynnu lipstic dros ei gwefusau a dobian tamaid o liw dros ei hamrannau. Byddai'n rhaid i'w dillad wneud y tro, ond pan welodd Rob yn sefyll wrth y drws mewn siaced led ffurfiol, gwyddai fod angen iddi wneud rhyw fath o ymdrech. Syllodd arni ei hun yn y drych uwchben y sinc, a theimlo'n siabi mewn mwy nag un ffordd. Cysurodd ei hun ei bod, efallai, yn rhoi'r argraff nad oedd yn ystyried hwn fel dêt. Tynnodd wep hyll arni'i hun a rhoi'r gorau i fwy o ymbincio.

'Mae 'na dafarn neis rhywle ffor' hyn,' meddai Rob, gan arafu er mwyn osgoi dafad ar yr heol gul. 'Maen nhw wedi ennill gwobre am eu bwyd. Os nad oes raid i ti ruthro 'nôl, bydde'n gyfle i gael rhyw snac bach.' Gwyliodd Anna'r ddafad yn dringo'r clawdd cyn ateb.

'Iawn,' meddai. Fel Llio'r noson gynt, teimlai y dylai fod wedi rhagweld hyn. Wedi'r cyfan, doedd neb yn trafferthu â'u gwisg i gerdded o amgylch canolfan arddio. Nid oedd wedi sylwi i ble yn union yr oeddent yn mynd. Edrychai pob man yn debyg allan yn y wlad rhwng y cloddiau uchel. Byddai'n edrych ar bris y bwyd, ac os oedd yn ddrud, byddai'n talu ei siâr. Ymhen hanner munud, roedden nhw'n troi i mewn i faes parcio a oedd eisoes yn bur lawn, wrth ymyl adeilad hynafol, prydferth. Wrth i Rob facio i mewn i un o'r lleoedd olaf ger y fynedfa, sylweddolodd Anna ei fod wedi treulio'r daith gyfan yn magu'r dewrder i estyn y gwahoddiad.

Fwy na thebyg byddai wedi archebu bwrdd o flaen llaw. Beth petai hi wedi gwrthod?

'Mae golwg lewyrchus ar y lle,' meddai. Gwenodd Rob arni â rhywfaint o ryddhad.

'Fy uchelgais i yw bod yn fanijar ar dafarn fel hon.' Tynnodd wep ddoniol. 'Dim ffeits, dim drebs digywilydd yn dwyn y cytleri, neb yn 'hwdu yn y tai bach. Ond 'na fe, falle fydde'r hen wmed 'ma'n hala ofon ar y cwsmeriaid 'fyd.' Chwarddodd Anna'n sych.

'Fydde dim ffeits fan hyn taset ti'n fanijar, yn bendant. Ond wedyn, mae gwaith ofnadw wrth hen adeilad. Synnen i fyth nad yw e'n rhestredig. Chewch chi ddim newid bwlb gole heb ganiatâd.'

'Paid â thaflu dŵr oer dros fy mreuddwyd i, 'les!' atebodd, ond roedd e'n dal i wenu. Roedd y dafarn dan ei sang, a'r nenfydau mor isel nes y bu'n rhaid i Rob blygu ei ben wrth iddynt ddilyn y gweinydd at eu bwrdd. Rhoddwyd nhw i eistedd wrth ffenest ym mlaen yr adeilad. Yn y pellter, dros y cloddiau, ymestynnai caeau ar hyd y gorwel, ac ambell goeden yn sefyll fel milwr yn y pridd moel. Syllodd Anna allan ar yr olygfa. Âi ambell gar heibio, ond heblaw am hynny, nid oedd dim i amharu ar y llonyddwch.

'Reit,' meddai Rob, gan estyn am y fwydlen. 'Beth sy gyda nhw i'w gynnig heddi?'

Roedd y bwyd yn dda, heb amheuaeth, ac erbyn iddynt gyrraedd y pwdin, teimlai wast trowsus Anna'n dynn.

Gwyliodd Rob yn rhofio rhywbeth dan hufen tew i'w geg fel petai heb fwyta dwy saig cyn hynny. Aeth car arall heibio yn araf. Gwthiodd Anna ei phowlen i'r naill ochr. Cododd Rob ei aeliau.

'Beth oedd yn bod arno fe?' gofynnodd.

'Dim byd,' atebodd Anna, ''Sdim mwy o le 'da fi, 'na i gyd. Benna di fe os wyt ti moyn.'

''Sdim rhyfedd dy fod ti mor fain,' meddai, gan dynnu ei phwdin tuag ato, 'a finne mor fowr.' Ystyriodd ennyd. 'Mae dy gyn-ŵr di'n ddyn mowr hefyd, on'd yw e?'

'Mal? Ody. Wên i ddim yn gwbod dy fod ti wedi'i weld e erio'd.'

'Dim ond unwaith, yn y maes parcio sbel yn ôl. Falle nage fe wedd e. Galle fod whompyn o ffansi man 'da ti. Neu fwy nag un.'

'Dwi'n synnu nad wyt ti wedi 'u gweld nhw'n ffurfio ciw trefnus tu fas y drws.'

''Na pwy wedd y rheiny, ife?' Roedd pwdin Anna'n diflannu fel gwlith y bore. 'Ody dy ferch di'n debyg i ti?'

'Nadi. Wel, falle 'i bod hi, ond ar raddfa fwy o lawer. Mae'n dal, fel ei thad, ond yn denau.'

'Ody 'ddi'n bert?'

'Wyt ti'n disgwyl i unrhyw fam weud fod ei phlentyn hi'n salw?'

'Nadw, sbo. Ond 'sdim dal, oes e?'

'Nac oes. Galle hi fod yn brydferth, ond mae'n well 'da hi fod yn *goth*.' Cymerodd lymaid o'i diod feddal.

'Falle fod hynny'n beth da, cofia. Gall bod yn brydferth fod yn faich.'

'Dylet ti wbod.' Croesodd Anna ei llygaid arno.

'Meddylia taset ti wedi cael hanner dwsin o *goths* tal, gorjys,' chwarddodd Rob. 'Bydde lle 'da ti i gwyno wedyn.'

'Mae ei thad yn credu ei bod hi'n edrych fel model,' meddai Anna. 'Ond wedyn, hi yw ei dywysoges fach e. Sena i'n gwbod beth yw barn ei llysfam amdani.'

'Oes gyda Mal a'i wraig newydd blant eraill?'

'Nac oes, diolch byth!' Bu bron iddi gnoi ei thafod i atal y geiriau, ond roedd yn rhy hwyr. Ceisiodd beidio â dal llygad Rob. Pam ddywedodd hi hynny o'i flaen? Ceisiodd droi'r peth yn hanner jôc. 'Mae un *diva* yn y teulu'n hen ddigon. A ta beth, dwi ddim yn credu y gallen i gau 'mhen 'se Sheryl yn magu'r truan bach yn ecolegol-wleidyddol-gymdeithasol-gywir. Mae'n ddigon anodd bod yn rhesymol ac yn gwrtais wrthi fel mae hi. ' Crychodd ei thrwyn, gan obeithio iddi ddweud y peth iawn.

'Ond buest ti gyda nhw dros y Nadolig, on'd do fe?'

'Dwi'n cadw fy holl ddirmyg dan reolaeth er mwyn Llio.' Edrychodd arno'n resynus.

'Weithe, dwi'n meddwl taw sbeit yw e ar fy rhan i. Byddai'n fwy gonest o lawer tasen i'n crafu fel cath, ond dwi'n gwenu ac yn cynnig gwneud bwyd. Dwi mor neis, mae e'n ddigon i droi dy stwmog di.' Pwffiodd Rob a chrafu ei ben.

'Ody'r Sheryl 'ma'n neis wrthot ti a Llio?'

'Ody. Gweodd hi bob o siwmper ofnadw i ni fel anrheg Nadolig. Treuliodd hi wythnose'n eu gwneud, dwi'n siŵr.'

'Gwnest tithe ryw gacen siocled anferth iddyn nhw.'

'Do. Mae 'na fath o gystadleuaeth rhyngon ni i weld pwy all fod y fwyaf meddylgar. Mae Mal ar ben ei ddigon. Mae e'n credu ei fod e wedi cyflawni'r amhosib.' Gwthiodd Rob ei gadair yn ôl a chodi ar ei draed.

''Sgusoda fi am funud. Fydda i ddim yn hir.' Gorffennodd Anna ei choffi, ac edrych drwy'r ffenest. Doedd hi ddim wedi bwriadu sôn wrth Rob am ei theimladau ynghylch chwalfa ei phriodas, ond efallai ei bod wedi gwneud y peth iawn. Gallai wneud iddo feddwl ddwywaith cyn ceisio dechrau perthynas â hi, os mai dyna oedd ei fwriad. Diolchodd i'r drefn nad oedd hi wedi crybwyll y gwir reswm pam roedd hi'n falch nad oedd gan Mal a Sheryl blant. Nid oedd yn credu y gallai fod wedi dioddef genedigaeth plentyn iddynt, yn enwedig mab. Byddai'r boen o weld Mal yn ei ddal yn ei freichiau wedi rhwygo'i chalon o'i brest.

Roedd mwy o geir ar y ffordd y tu allan erbyn hyn, a phobl yn gadael y dafarn ar ôl bwyta. Dyna gar bach gwyn arall. Sawl un ohonyn nhw oedd 'na? Y tro hwn, bu'n rhaid iddo arafu oherwydd bod ceir yn troi allan o'r maes parcio. Yr un un oedd e, penderfynodd, oherwydd cofiodd fod brigau bach coeden fythwyrdd yn sownd o amgylch gwaelod yr erial ar y to. Ni allai weld y gyrrwr dros y gwrych. Dychwelodd Rob, ac edrychodd Anna i fyny arno.

'Shwd gar sy 'da Indeg?' gofynnodd.

Ni chafodd Anna amser i ofyn a gâi dalu am ei bwyd. Roeddent wedi gadael trwy gefn yr adeilad a'i baglyd hi drwy'r maes parcio cyn iddi gael ei gwynt ati.

'Sawl gwaith welest ti'r car?' galwodd Rob dros ei ysgwydd.

'Tair neu bedair gwaith, yn mynd 'nôl a mlaen. Os taw hi yw hi.' Datglodd Rob y drysau gan gadw un llygad ar y ffordd.

'Hi yw hi, 'sdim amheuaeth. Wên i'n meddwl y bydden ni'n saff fan hyn. 'Sdim unman y galle hi barcio a gwylio. Siapa 'i! Mae'n rhaid iddi fynd hanner milltir cyn y gall hi droi rownd. Falle collwn ni 'ddi nawr.' Dringodd Anna i'r car, ond roedd e wedi tanio'r injan cyn iddi gau ei gwregys diogelwch. Saethasant allan o'r fynedfa a throi i'r chwith. Gafaelodd Anna'n llechwraidd yn ymyl y sedd. Gallai weld Rob yn taflu cipolygon yn ei ddrych asgell, a cheisiodd beidio ag edrych y tu ôl iddi. Gobeithiai na fyddai neb yn dod y ffordd arall wrth iddynt rasio i lawr nifer o heolydd cul. Roedd dwylo Rob wedi'u clensio'n dynn am yr olwyn.

'Dilynodd hi ni, 'te,' meddai Anna ymhen rhai munudau.

'Mae'n rhaid,' atebodd rhwng ei ddannedd. 'Yr holl

ffordd o 'nghartre i. Damo! Dylen i fod wedi whilo am le parcio yn y cefen, mas o'r golwg.'

'Wedd y maes parcio'n eitha llawn,' atebodd Anna. 'A wên ni'n ishte yn y ffenest, cofia.'

'Cystal i ni fod wedi rhoi arwydd mowr lliwgar dros ein penne ni'n gweud "'Co ni!"' ' atebodd Rob. Trodd yn sydyn eto, i mewn i fynedfa gudd. Sbonciodd y car dros lwybr garw.

'Dal yn dynn!' gorchmynnodd. 'Y ffordd gefen i'r ganolfan arddio yw hon. Gobeithio bod y lle'n weddol lawn, neu byddwn ni fel pelicanod yn yr anialwch.' Roedd Anna'n falch o weld y maes parcio'n agor o'u blaenau. Adeiladwyd y ganolfan ar ochr y bryn a pharciodd Rob yn ofalus y tro hwn, y tu ôl i ddau gerbyd 4 x 4 anferth.

'Croesa dy fysedd na fydd pawb yn gadael cyn ni,' meddai.

Trwy gydol eu hymweliad, ni allai Anna ymlacio. Cafodd ei hun yn craffu'n ddrwgdybus ar bob car a ddringai'r rhiw o'r fynedfa flaen, ac ar bob dynes â gwallt golau. Gorfu iddi wneud ymdrech i ganolbwyntio ar y planhigion, a cheisiodd beidio â theimlo'n chwith pan sylweddolodd y byddai angen troli isel arnynt i'w cario i'r car. Sut allen nhw redeg os oeddent yn llusgo un o'r rheiny? Aeth drwy'r siop fferm fel corwynt, gan daflu bwydydd i mewn i'r troli nes iddi weld bod Rob yn edrych yn syn. Agorodd ei cheg i ymddiheuro, ond sylwodd taw ar becyn o gig carw roedd e'n edrych.

'Ti'n bwriadu byta Bambi, wyt ti?' gofynnodd.

'Ydw,' atebodd, gan glepian ei dannedd. 'Ble mae'r cig aligator?'

'Ych-a-fi!' mwmialodd Rob. Buont yn lwcus. Roedd y cerbydau mawr yn dal yn eu lle wrth iddynt lwytho'r nwyddau. Rhoddwyd y planhigion i sefyll yn y bwlch y tu ôl i'r seddi blaen, a chwifiai'r rhai talaf eu pennau plufiog dros Anna.

'Gobeithio bydd dy fam yn hoffi'r rhain,' meddai.

'Bydd hi'n dwlu arnyn nhw,' atebodd Rob wrth facio. Roedd Anna'n disgwyl iddo ddilyn yr un feidr gefn i'r ffordd fawr ond yn lle hynny aeth i lawr y rhiw i'r brif fynedfa. Yn amlwg, roedd y ganolfan arddio'n gyrchfan i bobl wedi ymddeol, oherwydd ymhen dim, roeddent yn dilyn o leiaf ddau gar araf a gofalus dros ben. Clywsant sŵn corn car y tu ôl iddynt, a rhewodd Anna, ond yna lledaenodd y ffordd rhyw fymryn, a rhuodd bachgen mewn fan heibio, a'i gap pêl-fas wedi'i droi tu chwith, gan grafu ochr ei fan yn erbyn y clawdd. Amneidiodd Rob tuag ato a'r crwbanod o'u blaenau.

'Mae isie i chi watsio unrhyw un sy'n gyrru'n gwisgo hat,' meddai'n bendant. 'Mae colled arnyn nhw i gyd, un ffordd neu'r llall.' Nid oedd Anna wedi ystyried hyn o'r blaen. Roedd het am ben y bobl yn y car o'u blaen, a phan drodd y car cyntaf i'r dde, gallai Anna weld fod y sawl a yrrai'r car o flaen hwnnw hefyd yn gwisgo het.

Diflannodd y bachgen yn y fan dros ael y bryn. Edrychai Rob yn ei ddrych ôl yn gyson.

'Mae eitha ciw'n tyfu,' meddai. 'Sai'n gweld pam fod yn rhaid iddyn nhw fynd cweit mor araf â hyn. O, diolch byth!' Roedd y car nesaf wedi penderfynu troi, ond gorfu i bawb y tu ôl iddo arafu i bum milltir yr awr. Unwaith iddo fynd o'r golwg, cyflymodd Rob er mwyn dal y car cyntaf yn y ciw.

'Un dyn bach ar ôl!' meddai, ond roedd llygaid Anna wedi'u hoelio ar y car hwnnw. Car bach gwyn yn cludo un person yn unig. Rhywun mewn het ffwr. Indeg.

'Tro bant cyn gynted ag y galli di!' hisiodd. 'Neu tynna miwn i'r gilfan gynta weli di!'

'Y? O, *shit*!' Daeth ei ebychiad yn rhy hwyr. Erbyn hyn roeddent yn union y tu ôl iddi, ac er i Anna weddïo na fyddai hi'n sylwi arnynt, gwelodd hi'n codi ei llygaid i'r drych ôl. Roedd yn ffodus fod Rob wedi tynnu 'nôl ac arafu rhyw fymryn, oherwydd bu'n rhaid iddo sefyll ar y brêc yn sydyn pan wnaeth Indeg hynny. Tynhaodd Anna ei chorff, yn barod i'r car y tu ôl iddynt daro i mewn i gefn car Rob, ond dim ond canu ei gorn wnaeth hwnnw. Digwyddodd hyn nifer o weithiau nes i Rob golli amynedd. Roedd y ffordd yn dechrau lledaenu eto, a symudodd Indeg draw i'r canol er mwyn eu rhwystro rhag mynd heibio iddi. Pe digwyddai rhywun ddod o'r cyfeiriad arall nawr . . . Daliodd Anna ei hanadl pan glywodd Rob yn rhoi rhyw rhoch yn ei wddf. Caeodd ei llygaid wrth iddo symud yn benderfynol i'r chwith yn hytrach nag i'r dde.

Clywodd frigau'n crafu yn erbyn ei hochr hi o'r car, a sŵn rhygnu wrth i'r olwynion fygwth mynd i'r ffos. Pipodd Anna'n ofnus ar Rob, oedd yn crymu dros yr olwyn lywio. Â'i droed dde ar y llawr, llamasant heibio i gar Indeg wrth i'r ffordd gulhau a throi unwaith eto fel cynffon mochyn. Wrth i Rob dynnu'r olwyn yma ac acw, meddyliodd Anna y byddent yn siŵr o ddymchwel. Gorfododd ei hun i beidio â sgrechian. Ni ddywedodd Rob air, ond roedd ei lygaid yn gwibio i'r drych ôl yn ddi-baid. Ni feiddiodd Anna edrych yn ôl nac edrych ar y sbidomedr chwaith. Pan synhwyrodd ei fod yn cyflymu eto fyth, aeth ceg Anna'n sych. Meddyliodd fod Indeg wedi'u dal nhw, ond roedd Rob wedi gweld tractor yn dechrau troi allan o fynedfa cae tua canllath o'u blaenau. Saethasant heibio iddo, a gwelodd Anna'r olwg syfrdan ar wyneb y gyrrwr. Y tro hwn, syllodd yn ei drych asgell. Roedd y tractor yn tynnu trêlar llawn gwrtaith. Ni fyddai neb yn gallu goddiweddyd hwnnw. Cafodd ei hun yn anadlu fel rhedwr ar ddiwedd ras galed.

'Sori,' meddai Rob yn y distawrwydd. 'O'n i'n ffaelu meddwl beth arall i'w neud.' Ceisiodd Anna ysgafnhau'r awyrgylch.

'Wedest ti ddim dy fod ti'n ymarfer am Fformiwla Wan, 'chan! Sôn am ras.' Clywodd ef yn rhoi chwerthiniad bach sur.

'Mae'n rhaid ei bod hi wedi gyrru rownd a rownd yn whilo amdanon ni,' meddai. 'Mae'n ddrwg 'da fi, ond dwi'n credu y bydde'n gallach i ni fynd gartre'r ffordd hir. Tria gadw dy lygaid ar agor, rhag ofon. Rwyt ti'n siarpach na fi. Ti welodd hi'r tro cynta.'

'Sena i'n teimlo'n siarp iawn,' atebodd. 'Rhwng popeth, yn ddiweddar, dwi'n teimlo fel rhywun sy ar goll mewn niwl. Mae pethe ofnadw'n digwydd, ond sena i'n gallu gweld pam na phwy sy'n eu gwneud nhw.' Gwnaeth Rob ystum amwys.

'Wyt ti'n dal i bryderu ynghylch y llofruddiaeth? Wên i'n meddwl fod popeth drosodd 'da honno.'

'Gobeithio 'i fod e. Ond sai'n credu 'ny. Wedes i wrthot ti fod fflat y roces uwch ein penne ni wedi cael ei roi ar dân?'

'Jawl, naddo! Pryd oedd hyn?' Erbyn i Anna orffen dweud yr hanes wrtho, roeddent ar y briffordd a arweiniai at y dref. Roedd e'n dal i edrych yn ei ddrych ôl, ond nid oedd yn cydio mor dynn yn yr olwyn lywio, ac roedd e'n bendant yn gwrando.

'So, rwyt ti'n meddwl fod y Debs 'ma wedi blacmelio rhywun er mwyn cael arian i byrnu'r teli mowr?'

'Odw. Sai'n gallu gweld shwd fydde hi wedi cael gafael mewn gymint o arian fel arall. A phan es i draw i gefen y tŷ lle lladdwyd Jarvis, roedd dihangfa dân y fflatie lle mae ei ffrindie hi'n byw yn edrych dros yr ardd. Dwi'n meddwl ei bod hi wedi ffilmio'r cwmpo mas. 'Na pam halodd hi Darren, ei chyn-sboner, i mofyn y ffôn o'r fflat. Er, seno fe'n gyn-sboner, rhagor. Mae hi a'r babi 'nôl yn byw 'da fe nawr, yn nhŷ ei fam.'

'A ble mae hwnna?'

'Dim syniad. Bydd yn rhaid i fi ofyn wrth Ranald a Mrs Gray pan wela i nhw.'

'Wyt ti wedi siarad â'r heddlu ynghylch y teli a phopeth arall?'

'Sawl gwaith, ond ddim ers i fi sylweddoli fod cysylltiad â Debs.'

'A buest ti'n cerdded ar hyd y stad ganol nos yn busnesan, sbo.'

'Hanner awr wedi pump. Sena i'n galw hynny'n ganol nos.'

'Dylet ti roi gwbod i'r heddlu.'

'Gallen i weud yr un peth wrthot ti.' Sniffiodd Rob yn ddiflas.

'Wel, paid â neud 'ny 'to. Os oes whant whare ditectif arnot ti, ffonia fi. Ddwa i 'da ti.'

Gwyddai'n iawn y byddai ei gael ef yn sefyll y tu ôl iddi fel rhyw oleudy'n ddigon i'w hatal. Erbyn hyn, roeddent yn nesáu at gyrion y stad.

'Wyt ti angen help 'da'r planhigion?' gofynnodd, er mwyn troi'r sgwrs. Ysgydwodd Rob ei ben.

'Na, bydda i'n iawn. Mae hi'n whare bingo heddi. Bydd amser 'da fi i'w rhoi nhw yn y conserfatori'n dawel fach. Ceiff hi syrpreis.' Stopiodd y car ger grisiau'r fflatiau. Pipodd Rob i fyny drwy'r ffenest flaen.

'Mae'r gole mlaen, so mae Llio gatre. Arhosa i fan

hyn nes bo ti drwy'r drws.' Ochneidiodd Anna o dan ei hanadl. Gobeithiodd nad oedd e'n mynd i ddechrau pryderu yn ei chylch.

'Diolch yn fawr am y cinio a chwbwl,' meddai.

'Ody'r "cwbwl" yn cynnwys cwrso ar hyd cefen gwlad yn trio osgoi Indeg? Gallen ni fod wedi bennu lan yn y ffos.'

'Nid dy fai di oedd hynny.' Gwenodd arni'n drist.

'Falle nag oedd e'n ddigon cyffrous i rywun sy wedi arfer â llofruddiaethau a thanau amheus.'

'Cer o 'ma!' Doedd hi ddim wedi bwriadu ei gofleidio, ond fe wnaeth. Dringodd o'r car, gafael yn ei bagiau a chamu i fyny'r grisiau. Ar y landin, cododd ei llaw arno cyn rhoi ei hallwedd yn y drws.

# PENNOD 24

Pe na bai wedi plygu i roi ei bagiau i lawr cyn tynnu ei chot, fyddai Anna ddim wedi sylwi ar y bwrdd coffi'n gorwedd ar ei ochr yn y stafell fyw trwy'r drws cilagored. Pipodd drwy'r adwy, a thynnu anadl pan welodd y llanast. Roedd un gadair freichiau ar ei phen, a dymchwelwyd mygaid o goffi dros y carped a thros bentwr o bapurau ysgol Llio. Beth ddigwyddodd? Os mai damwain oedd hi, pam nad oedd Llio wedi glanhau? Ble'r oedd hi? Hwyrach i'r peth ddigwydd eiliadau ynghynt, a'i bod yn mofyn clwtyn a dŵr poeth o'r gegin, er na allai Anna glywed dŵr yn rhedeg.

Brysiodd i lawr y cyntedd at ddrws y gegin, gan feddwl dweud wrthi am ddefnyddio tywelion papur yn gyntaf. Pan welodd Llio yn sefyll wrth y sinc yn dal y bwrdd torri bara dros ei phen, gwywodd y geiriau ar ei gwefusau. Roedd Llio'n anadlu'n drwm.

'Beth sy'n bod?' gofynnodd Anna. 'Wyt ti wedi gweld corryn mowr?' Chwarddodd Llio'n sur, a llyncu poer.

'Odw . . .' meddai, mewn llais cras, fel petai dolur gwddf poenus arni, 'ac os symudith e, mae e'n mynd i ga'l wannad arall.' Roedd ei llygaid wedi eu hoelio ar rywbeth yng nghornel y gegin, a deuai ei hanadl o rywle'n ddwfn yn ei bol. Doedd Anna ddim yn deall ei hymateb, ond yna sylweddolodd fod dwy o'r cadeiriau o amgylch y bwrdd wedi'u dymchwel hefyd, a'u bod yn gorwedd ar draws coesau ffigwr llonydd. Rhuthrodd ato, a syllu i lawr yn anghrediniol. Ni symudodd Llio o'r fan. Lled-orweddai Seimon Picton-Jones yn erbyn y cwpwrdd pellaf, a gwaed yn treiglo'n araf i lawr ei dalcen.

'O'r nefoedd, Llio, beth wnest ti? Wyt ti wedi'i ladd e?' Roedd hi ar fin plygu drosto, pan siaradodd Llio eto.

'Cadw draw! Os daw e at 'i bethe . . .' Rhoddodd besychiad tew, a drodd yn gyfog gwag. Pwysodd dros y sinc am eiliad, ond sythodd ar unwaith pan glywsant ochenaid o'r llawr.

Gwthiodd Seimon ei hun i fyny ryw fymryn, a'i lygaid ar y llawr, yn ysgwyd ei ben.

'Pam fwrest ti fi?' sibrydodd. Cododd ei ben a gwelodd Anna. 'Paid â gadael iddi 'mwrw i eto, plis. Sai'n gwbod pam . . .' Edrychodd Anna ar y naill a'r llall yn ffwndrus. Ni allai ddychmygu beth fyddai wedi arwain at hyn. Pwy ymosododd ar bwy? Pa reswm ar y ddaear oedd gan Seimon i geisio dolurio Llio? Roedd y straen o ddal y bwrdd bara trwm yn gwneud i freichiau Llio grynu, ond sgyrnygodd ei dannedd arno.

'Ti'n gwbod yn iawn! Dod 'ma'n neis-neis yn gofyn am Mam. Ishte ar y soffa a gofyn "Ble ma' Debs nawr?"' Aeth ei llais yn wichlyd wrth iddi ddynwared ei eiriau. 'Pam wyt ti moyn gwbod, hy?' Roedd Llio'n gandryll ag ef am ryw reswm. Oedd hi'n sâl, tybed? Rhoddodd Anna ei llaw ar ei braich.

'Gronda, fydde'n well i ti fynd i orwedd? Oes gwres arnot ti?' Edrychodd Llio arni o rywle pell, ond ni symudodd.

'Ti'n meddwl 'mod i'n mynd i dy adael di ar dy ben dy hunan 'da hwn? Gofyn wrtho pam driodd e 'nhagu i!' Trodd ei phen am i fyny, a gwelodd Anna farciau coch, gwaedlyd ar ei gwddf. Gwyddai'n syth beth wnaeth y marciau, sef y tsiaen drom a wisgai Llio bob amser, ymhlith geriach eraill. Gwelodd Llio hi'n syllu.

'Pan wedes i am y trydydd tro nag o'n i'n gwbod lle mae Debs yn byw nawr, gafaelodd e yn y tsiaen a'i throi hi.' Llyncodd eto. 'Pam wyt ti'n meddwl fod y lownj yn yfflon?' Tynnwyd sylw Anna gan lais Seimon o'r llawr.

'Naddo, naddo, pwysodd hi mlaen a daliodd y tsiaen yng nghornel y ford goffi. Pan dries i helpu, aeth hi'n wyllt. Mae'n rhaid i ti 'nghredu i.' Sychodd ei law dros ei wyneb, ac aeth Anna'n oer drosti. Os bu'n eistedd i aros amdani, pam na thynnodd ei fenig? A sut allai'r tsiaen fod wedi gadael marciau mor ddwfn ar draws blaen gwddf Llio os mai ar gornel y bwrdd coffi y daliodd hi? Os oedd hynny'n wir, ar gefn ac ochrau ei gwddf y byddai'r marciau. Safodd rhwng y ddau.

'Pam oeddet ti eisiau gwbod lle mae Debs yn byw?' gofynnodd yn rhesymol, gan deimlo Llio'n ymlacio'r mymryn lleiaf y tu ôl iddi. Ysgydwodd Seimon ei ben eto.

'Er mwyn cynnig rhywfaint o help iddi,' mwmialodd. 'Ar ôl i ti ddweud ei bod hi wedi colli popeth, o'n i'n meddwl . . .'

'Rybish!' torrodd Llio ar ei draws gan rochian. 'Mae hyn i gyd i neud â Celyn. Wedd e'n gwbod ei bod hi mas y nosweth honno.' Crychodd Seimon ei dalcen a syllu'n ymbilgar ar Anna â'i lygaid glas, treiddgar.

'Ry'n ni'n gwbod fod Celyn wedi dianc o'r tŷ,' meddai Anna'n bwyllog.

'Alle hi byth,' meddai Seimon. 'Bydden i wedi'i chlywed hi.'

'Twsh!' meddai Llio. 'Mae hi wedi 'i neud e ganwaith.' Amneidiodd Anna'n araf.

'Buoch chi'ch dau'n cwmpo mas achos bod Celyn isie mynd i'r parti,' meddai. 'Est ti i'w stafell hi'n hwyr y nosweth honno i weld a oedd hi'n ypset? 'Sdim angen i ti neud hynny'n aml. Ry'ch chi'n ffrindie da fel rheol. A dyna pryd welest ti ei bod hi wedi mynd, ontefe? A'r peth cynta wnest ti oedd ei ffonio hi, ond wedd y ffôn bant. Wedd hi ddim isie i ti gysylltu â hi.'

''Na pam ffoniodd hi ddim fi,' meddai Llio, mewn llais a awgrymai fod dirgelwch mawr wedi'i ddatrys.

'Ie,' meddai Anna. 'Felly'r peth nesa oedd neidio miwn i'r car a mynd i whilo amdani. Ble ddest ti o hyd iddi – ar y stad?' Gallai weld ei fod rhwng dau feddwl ynghylch faint i'w ddatgelu.

'Nage,' meddai o'r diwedd. 'Dim unman yn agos i'r stad. Tu ôl i'r Co-op, yng nghanol y binie a'r annibendod, 'da chriw o gryts yn yfed seidr ac yn smoco sai'n gwbod beth.'

'A beth wnest ti wedyn?'

'Rhoies i shgwdad iddi, a'i gorfodi i ddod gartre. Buon ni'n dadle'r holl ffordd.' Swniai'n flinedig.

'Pam na wedest ti hynny wrtha i?'

'Wedd cywilydd arna i, ocê? A wên i wedi gorfod addo i Celyn na fydden i'n gweud gair wrth neb, rhag ofan i'w mam ddod i glywed. 'Na'r unig reswm y cytunodd hi i ddod lawr i siarad â ti.'

'Paid â'i gredu fe,' meddai Llio. 'Wedd rheswm arall 'da fe dros beidio bod isie i unrhyw un wybod 'i fod e wedi bod mas. Aeth e draw i'r stad i whilo amdani. Wedd e'n gwbod fod y parti'n digwydd. 'Na pam ballodd e adael i Celyn ddod. Lot o hen frawl wast wedd y stwff ynghylch ei harholiade hi.' A hithau ar fin dweud na allai hynny fod yn wir oherwydd ei bod wedi cymryd cyhyd i ddod o hyd i'r tŷ, sylweddolodd Anna nad oeddent wedi gyrru ar hyd y rhan honno o'r stad o gwbl nes iddi gofio gweld y gweithwyr yn gosod sgriniau dros y ffenestri. Roedd e wedi osgoi gyrru'r ffordd honno'n fwriadol. Dechreuodd Llio beswch y tu ôl iddi, a'r tro hwn, chwydodd i'r sinc. Trodd Anna ati'n reddfol. Roedd sŵn y tagu'n frawychus. Roedd hi'n dal i afael yn y bwrdd torri bara, er bod ei holl gorff yn ysgwyd. Rhoddodd Anna ei braich amdani, ond hisiodd Llio'n ddiamynedd.

'Cadw dy lygad ar . . .' dechreuodd yn floesg, cyn i bwl arall ddod drosti. Anwybyddodd Anna hyn, ac ymbalfalu am ei ffôn ym mhoced ôl ei jîns. Roedd angen triniaeth feddygol ar Llio ac, o bosib, ar Seimon hefyd, ond roedd hi'n hidio llai am hynny. Yn ei brys, gwasgodd y botymau anghywir. Wrth iddi roi ail gynnig arni, synhwyrodd symudiad llechwraidd o gornel ei llygad, a chyn iddi allu gwneud dim, trawyd ei ffôn o'i llaw. Sgathrodd ar hyd llawr y gegin o'i gafael. Camodd yn ôl yn erbyn Llio a'i chlywed yn rhegi, ond erbyn hyn roedd Seimon ar ei draed ac yn ymbalfalu ar yr arwyneb gwaith ar y chwith. Dilynodd Anna drywydd ei law. Rhaid bod Llio'n torri caws er mwyn gwneud brechdan pan ganodd cloch y drws, meddyliodd mewn fflach o fewnwelediad ffôl. Hyrddiodd ei hun yn erbyn yr arwyneb er mwyn cyrraedd y gyllell a adawyd yno. Caeodd ei bysedd o'i hamgylch, ond roedd e yno gyda hi, yn fwy na hi ac yn gryfach, a rhwygwyd yr arf oddi arni. Cyn y gallai gael ei gwynt ati, teimlodd ei fraich o amgylch ei chorff yn carcharu ei breichiau, a llafn y gyllell yn erbyn ochr ei gwddf.

'Cadw 'nôl!' gwaeddodd Seimon, ac am eiliad gwibiodd y gobaith drwy ei meddwl y byddai Mrs Gray neu Dilwyn yn clywed y waedd. Ond doedden nhw ddim yno. Ni feiddiai symud modfedd, a phrin y cyrhaeddai blaenau ei thraed y llawr. Arafodd popeth. Clywodd ef yn rhoi cic i'r cadeiriau. Safai Llio o'u blaen, a chyfog o amgylch ei cheg, yn anadlu fel megin. Wrth gwrs, meddyliodd, hi mae Seimon ei hofn, nid fi. Ei unig obaith o adael y fflat ar ei draed oedd atal

Llio rhag ymosod arno. Gwyddai, ar ôl iddi lwyddo i'w rwystro rhag ei thagu â'r tsiaen, fod yn rhaid iddo ei chadw hyd braich.

'Ti'n meddwl dy fod ti'n dianc?' chwyrnodd Llio, gan bwyso'r bwrdd bara yn ei dwylo, fel petai'n amcangyfrif yr ongl gywir i'w daro.

'Paid â dod gam yn agosach! Sena i isie gwneud dolur i neb, nadw wir!'

'Tam' bach yn hwyr i hynny, on'd yw e?' Swniai Llio mor filain, aeth ias oer i lawr asgwrn cefn Anna. 'Ma' digon o bobl fydde'n anghytuno . . . A beth am Meilo? Pwy siort o gythrel fydde'n trio llosgi babi bach yn fyw?' Teimlodd Anna'r anadl ddofn a gymerodd ei hymosodwr.

'O'n i ddim yn gwbod . . .' dechreuodd, yna atal ei hun. Er bod llafn cyllell wrth ei gwddf, nes iddo ddweud y geiriau, roedd rhan fach o feddwl Anna'n barod i gredu taw ymateb yn reddfol a difeddwl mewn ofn a gorffwylltra yr oedd e, er mwyn amddiffyn Celyn. Ond diflannodd pob amheuaeth fel petai rhywun wedi troi swits yn ei phen yr eiliad honno. Syllodd yn arwyddocaol ar Llio ac yna'n ddisymwth, ciciodd 'nôl a chrafu sodlau ei bwtsias i lawr blaen crimogau Seimon, a gwthio ei dau benelin i'w asennau pan laciodd ei afael am ennyd. Yna, plygodd bron at y llawr, a chlywed clec anferth wrth i Llio ei gledro â'r bwrdd pren. Gallai Anna deimlo ei bod wedi cael ei thorri gan y gyllell, ond dihangodd o dan fwrdd y gegin a chydio yn ei ffôn. Prin y sylwodd ar y gwaed ar ei bysedd wrth iddi wasgu 999. Cripiodd i fan lle gallai weld yn well. Dros sŵn rhuo a dymchwel, a Llio'n taro popeth o fewn cyrraedd, a Seimon yn gwneud rhyw ystumiau pwtian gyda'r gyllell, clywodd lais yn gofyn, 'Pa wasanaeth ydych chi ei angen?'

Wrth iddi weiddi'r cyfeiriad, clywodd sgrech o boen. Saethodd y gyllell o law Seimon, a sglefrio ar draws y llawr tuag ati. Tynnodd hi o'r golwg y tu mewn i'w siwmper, ond yn sydyn, gwthiwyd y bwrdd drosodd ag un hyrddiad. Baglodd Seimon drosti, ei arbed ei hun rhag syrthio ar yr eiliad olaf, a rhedeg i lawr y cyntedd at y drws blaen. Clywsant y drws yn slamio'r tu ôl iddo, a disgynnodd tawelwch dros bob man. Pwysodd Llio dros y sinc unwaith eto ag ochenaid ddwys. Cododd Anna'n sigledig a chamu draw ati.

'Mae'r heddlu ar 'u ffordd,' meddai, gan rwbio'i chefn yn gysurol. Yn wir, roedd seirenau i'w clywed yn dynesu eisoes. Sniffiodd Llio a rhedeg y dŵr.

'Bydd y bastad wedi hen jengyd,' meddai. 'Ca'th e grasfa, ta beth. Ma' hynny'n rhyw gysur.'

'Dwi'n meddwl dy fod ti wedi torri ei arddwrn e,' meddai Anna, gan geisio gwenu. Edrychodd ei merch arni ag arlliw o'r hen Llio eironig.

''Na drueni,' meddai, 'wên i'n anelu am 'i ben e.' Yna tynnodd wep a oedd y peth tebycaf i ddagrau ag a welodd Anna ganddi erioed. 'Dorrodd e ti,' meddai.

Aethant allan i'r landin yn gafael yn dynn yn ei gilydd. Roedd cerbydau'n rasio tuag at y fflatiau o bob cyfeiriad. Rhyw hanner canllath i ffwrdd, roedd ambiwlans wedi ei barcio'n rhyfedd, ar ongl ar draws y ffordd. Bu'n rhaid i'r cerbyd y tu ôl iddo yrru ar draws y llain werdd er mwyn ei osgoi cyn ailymuno â'r llwybr o'i flaen. Neidiodd dau heddwas allan ar frys, a rhedeg nerth eu traed tuag at yr ochr a guddiwyd gan yr ambiwlans. Gwyliodd Anna fel rhywun wedi'i hypnoteiddio wrth i ddau gar arall ymddangos o'r dde, a stopio yn union o flaen y fflatiau. Roedd car rhywun yn y ffordd. Pwy fuodd yn ddigon dwl i'w adael yn y fan honno, tybed? Pwysodd dros y rheilin, cyn tynnu 'nôl yn gyflym. Roedd ei phen yn troi, ac roedd hi'n dechrau dychmygu pethau.

'Ha!' meddai Llio'n sydyn, gan bwyntio draw i'r chwith, lle'r oedd cludwely'n cael ei ddadlwytho o'r ambilwans. 'Jengodd e ddim! Drycha! Rhedodd e o fla'n yr ambiwlans. Gydag unrhyw lwc, bydd e wedi torri mwy na'i arddwrn.' Trodd yn syn o sylweddoli fod Anna'n eistedd ar y llawr.

'Mam?' Clywodd Anna'r gair, ond ni allai ymateb heblaw am ysgwyd ei phen. Ceisiodd ei hargyhoeddi ei hun ei bod yn benysgafn oherwydd sioc a cholli gwaed. Ni allai fod wedi gweld yr olygfa erchyll a seriwyd ar ei meddwl. Ni allai fod wedi gweld car Rob wedi'i barcio o flaen y fflatiau, na'r ddwy fraich fawr, gyhyrog yn gorwedd dros yr olwyn lywio, na chochni'r gwaed fel paent wedi'i sarnu dros du mewn y ffenest flaen.

# PENNOD 25

Cododd Anna ei phen pan sylweddolodd fod rhywun yn sefyll o'i blaen. Bu'n eistedd am funudau hir ar ris isaf cefn y trydydd ambiwlans a gyrhaeddodd, yn dal pad o wadin trwchus yn erbyn y clwyf ar ei gwddf. Roedd un ambiwlans wedi gadael eisoes, a'i oleuadau'n fflachio a'i seiren yn canu'n groch. Roedd drws chwith agored yr ambiwlans yn cuddio'r car, ac roedd hi'n falch iawn o hynny. Ni wyddai a oedd Rob yn fyw neu'n farw, ond roedd yn amau bod llygedyn o obaith – pam fyddent yn trafferthu â'r seirenau fel arall? Roedd yr un a drawodd Seimon yn dal i sefyll draw yn y pellter.

'Anna?' Plygodd Donna Davies drosti a golwg bryderus arni. 'Nefoedd wen!' murmurodd o dan ei hanadl. 'Beth ar y ddaear ddigwyddodd fan hyn?'

'Seimon Picton-Jones,' meddai Anna, gan chwifio'i llaw i gyfeiriad yr ambiwlans arall, lle gellid gweld a chlywed Llio'n taeru yn y gwyll. Roedd haul gwan y gaeaf yn prysur wywo. Daliai parafeddyg hi wrth ei braich, yn ceisio dwyn perswâd arni i ddod o'r fan. 'Cyrhaeddes i adre tua hanner awr yn ôl, a dyna lle'r oedd e'n ymosod ar Llio. Aeth pethau'n ffradach. Dyna shwd ges i hwn. Dwi'n credu taw fe neu ei ferch drywanodd Jarvis, a gosod y tân yn fflat Debs.'

Edrychodd Donna arni'n sgoiwedd am eiliad.

'Chi 'di colli eitha lot o waed,' meddai'n amheus.

'Ddim cymaint â Rob, druan,' atebodd Anna.

'Robert Lewis?' gofynnodd Donna. 'Y bachan yn y car? Odych chi'n ei nabod e?' Amneidiodd Anna, a gwingo wrth i hynny roi plwc i'w chlwyf.

'Fe yw rheolwr tafarn yr Afr, lle dwi'n gweithio,' meddai'n flinedig. 'Buon ni mas yn y ganolfan arddio yn prynu planhigion ar gyfer pen-blwydd ei fam gynne. Buodd raid iddo yrru fel llecheden ar ein ffordd adre er mwyn osgoi ei gyn-wraig. Hebryngodd e fi at waelod y grisie.' Hyd yn oed wrth iddi ddweud y geiriau, gwyddai ei bod yn swnio'n gwbl ddryslyd.

Plethodd Donna ei haeliau, ac edrych ar yr ambiwlans arall dros ei hysgwydd.

'Falle'ch bod chi'n nabod hwnco hefyd, 'te?' gofynnodd, a gwneud ystum â'i bawd at un o geir y heddlu, a barciwyd ar y llain werdd am nad oedd lle iddo yn unman arall. Syllodd Anna ar yr heddwas a eisteddai yn y sedd gefn. Yn swatio'n swrth yn erbyn y drws arall, mor bell i ffwrdd oddi wrtho ag y gallai, ac yn edrych mor styfnig â mul, eisteddai Rocky.

'Odw,' meddai, 'Rocky yw hi. Un o blant Leila. Chwaer Jarvis, gafodd ei ladd.'

'Merch yw hi?' meddai Donna. 'Wedech chi fyth.' Gwenodd Anna er gwaethaf ei phenysgafnder.

'Beth mae hi'n ei neud 'ma?' Cliriodd Donna ei gwddf.

'Hi ffoniodd ni ynghylch eich manijar chi. Hi ddaeth hi o hyd iddo, a defnyddio'i ffôn i gysylltu â ni. Medde hi, ta beth. Cofiwch, falle na, achos ers iddi'n galw ni, mae wedi pallu gweud dim.' Cyffyrddodd â braich Anna yn gysurlon. 'Cewn ni air pellach yn yr ysbyty. 'Co Llio nawr.' Bu dwy alwad i'r heddlu felly, sylweddolodd Anna. Nid oedd wedi ei tharo tan hynny ei bod yn rhyfedd iddynt gyrraedd mor fuan ar ôl ei galwad. Roedd Donna'n dechrau cerdded i ffwrdd.

'Peidwch â gadael i Seimon fynd!' galwodd Anna. 'Mae e'n ddyn peryglus.' Clywodd hi Donna'n chwerthin yn dawel wrth iddi droi ei phen.

'Seno fe'n mynd i unman,' meddai, 'Mae e wedi torri'i goes.' A'i arddwrn, meddyliodd Anna, ond ni ddywedodd hynny.

'Fyddwch chi'ch dwy'n iawn fan hyn am bum munud?' gofynnodd y nyrs. 'Daw'r meddyg atoch chi whap.' Gwenodd arnynt, a diflannu drwy'r llenni lliwgar cyn y gallent ei galw 'nôl. Tu allan, swniai fel petai rhywun yn cynnal gornest baffio. Noson arferol yn yr Adran Frys, felly, er nad oedd yn hwyr iawn. Pwysodd Anna yn ôl yn erbyn cefn y gadair, a thaflu cipolwg draw ar Llio, a orweddai ar wely yn ei hymyl. Daliai bowlen gardbord lwyd ar ei bol, ac yn y golau llachar, didostur, roedd yn wyn fel y galchen.

'Wyt ti'n ocê?' sibrydodd Anna.

'Odw, sbo,' sniffiodd Llio. ''Blaw bo fi'n teimlo fel y jawl. Beth amdanat ti?'

'Gweddol,' atebodd Anna. 'Ody dy ffôn 'da ti?' Ymbalfalodd Llio ym mhoced ei throwsus a'i estyn iddi.

'Sena ti i fod i iwsio ffôn symudol fan hyn,' meddai.

'Twsh y baw!' meddai Anna a phwnio'r rhifau er mwyn ffonio Mal. Dywedodd ei phwt wrtho'n gryno, ond roedd hi'n gwenu mewn rhyddhad pan estynnodd y ffôn yn ôl i Llio. 'Bydd e 'ma cyn gynted ag y gall e fod.'

'Reit,' meddai Llio, ond roedd hi eisoes yn tecstio. Sylwodd ar dawelwch ei mam. 'Beth nawr?' meddai, cyn i bwl arall o gyfog gwag ddod drosti'n sydyn. Serch hyn, daliai ei bysedd i bwnio botymau.

'Pwy wyt ti'n ei decstio?'

'Steffan. Os galli di alw Dad, galla inne decstio'r Blob.'

'Hyd yn oed wrth chwydu?' Poerodd Llio i'r bowlen a throi ei phen i syllu arni.

'Dwi'n neud yr un peth â ti – mofyn y gynnau mowr. Rhag ofan y caf i'n arestio.' Nid oedd yr agwedd hon ar bethau wedi taro Anna. Ceisiodd ei hargyhoeddi ei hun na fyddai hynny'n digwydd.

'Dylen i fod wedi mynd â ti o'r fflat cyn gynted ag y gweles i ti'n sefyll drosto yn y gegin,' meddai'n resynus. 'Mae'n ddrwg 'da fi. Bues i'n imbed o araf i sylweddoli shwd un wedd e.'

'Dim probs,' meddai Llio. 'Wên i'n credu ei fod e'n

ddyn neis hefyd. A wedd e – o'i gymharu â'i ferch a'i wraig. Ond mwya i gyd dwi'n meddwl am y peth, mwya i gyd dwi'n credu taw fe fuodd wrthi o'r dechre.'

'Roeddet ti'n swnio'n siŵr o hynny yn y fflat.'

'Trio'i gael e i gyfadde rhywbeth wên i.' Gorffwysodd ar ei hochr ar un benelin. 'Y peth sy'n gweud wrtha i taw fe yw'r llofrudd yw'r tân yn fflat Debs, achos sai'n gweld shwd galle Celyn fod wedi'i osod e. Bydde angen car arni i allu gadael y stad yn glou, heb sôn am gyrraedd y lle ganol nos. Ond sai'n deall pam fod raid gosod y tân yn y lle cynta, oni bai fod Debs wedi gweld rhywbeth.'

'Dyna un peth dwi'n weddol siŵr ohono,' meddai Anna. Rhoddodd fraslun o'i theori am y teledu iddi. 'Mae'r ffaith fod teledu newydd sbon yn fflat Debs wedi bod yn fy mhoeni i ers y bore ar ôl y tân.'

'Ond shwd est ti o fan 'na i Debs yn blacmelio pwy bynnag laddodd Jarvis?'

'Dwedodd Mrs Gray wrtha i fod ffrindie 'da Debs mewn fflatie ar y stad. Es i i weld.'

'Ar dy ben dy hunan?'

'Os galla i gerdded drwy'r stad am bump y bore, 'sbosib na alla i wneud 'ny am bump y prynhawn! Mae dihangfa dân un o'r fflatie ar y llawr uwch yn edrych yn syth dros ardd gefen y tŷ lle lladdwyd Jarvis.' Gwenodd arni. 'Ti roddodd y cliw dwetha i fi. Wyt ti'n cofio anfon tecst ata i â llun ohonot ti a dy fêts yn byta byrgers?' Arhosodd iddi amneidio. 'Wên i'n sefyll yn y feidr tu ôl i'r fflatie pan ddaeth y tecst. Dyna beth ganodd y gloch, achos gofies i am Darren yn dod 'nôl i'r fflat i mofyn ffôn Debs. Wedd e'n siarad â hi pan ddaeth e mas, ac yn synnu ei bod wedi gwneud shwd ffws amdano, achos hen ffôn wedd e.'

'Seren aur. Deg mas o ddeg,' meddai Llio.

'Mm. Yr unig beth dwi ddim yn deall yw shwd cafodd Debs afael yn Seimon. Dwi'n gwbod daeth e i'r fflat gyda Celyn, a galle Debs fod wedi'i adnabod e pwr'ny, ond shwd lwyddodd hi i gysylltu â fe? Digwyddodd hi ei weld e yn y dre wedyn, tybed?'

'Mae hynny'n hawdd,' meddai Llio. 'Mae sticer yn ffenest gefen y car ag enw a rhif ffôn y busnes arno. Os wedd Debs ar ei landin yn cael mwgyn, fydde dim isie iddi fynd i whilo'n bell.' Chwythodd Anna anadl hir.

'Sylwes i ddim arno,' cyfaddefodd.

'Naddo sownd, achos o't ti'n rhy fishi'n fflyrtan.' Ceisiodd Anna edrych yn syn, ond nid oedd Llio wedi gorffen. 'Wrth gwrs, ffordd o gadw llygad arnon ni wedd hynny i gyd.'

Digon gwir, meddyliodd Anna. Fel y swm arian annisgwyl a roddodd Seimon iddi fel blaendal am y bwffe. Roedd wedi ceisio prynu ei ffordd allan o drybini. Am ba hyd fyddai Seimon wedi meithrin perthynas gyda hi yn y gobaith o gael rhagor o wybodaeth? A fydde fe wedi dechrau affêr go iawn gyda hi? Pryd fyddai e wedi colli amynedd? Nid oedd modd iddo wybod pan gyrhaeddodd y fflat mai dim ond Llio fyddai yno, ond gwelodd ei gyfle i arbed amser yn syth. Aeth cryndod drwyddi o feddwl mai hi oedd wedi dweud wrtho efallai fod Llio'n gwybod lle'r oedd Debs yn byw.

'Beth sy'n bod arnat ti?' Torrodd llais Llio ar draws ei meddyliau.

'Fy mai yw hyn i gyd,' meddai Anna. 'Ddylen i ddim fod wedi sôn wrth Seimon am weld Debs yn y dre. Mae'n ddrwg 'da fi.'

'O jawl, ca' dy ben!' Roedd yn amlwg fod Llio'n gwbl ddiffuant. 'Beth amdana inne'n meddwi'n dwll ar nosweth y parti? 'Sen i 'di aros yn sobor, neu'n well fyth, wedi aros gartre . . .' Agorodd y llenni'n sydyn, a gwelsant wyneb pryderus Steffan yn edrych arnyn nhw.

'O'r nefoedd wen!' meddai'n gryg. 'Beth dwi wedi 'i neud?'

'Dim byd!' atebodd Llio. 'Dere miwn a phaid â bod mor ddramatig.' Ond ni symudodd Steffan o'r fan. Anadlai'n fas ac yn gyflym, a meddyliodd Anna ei fod ar fin llewygu. Cododd yn boenus o'i chadair a gafael yn ei fraich.

'Dere,' meddai. 'Dyw hyn ddim hanner cynddrwg ag mae e'n edrych. Ishte lawr. Dere i fi mofyn dŵr i ti. Redest ti'r holl ffordd?' Amneidiodd Steffan, a gadael iddi ei arwain at gadair. Eisteddodd yn drwm, a sychu ei law dros ei wyneb. Arllwysodd Anna ddŵr o'r jwg oedd ar y locer a'i roi iddo. Llyncodd y cyfan mewn un llwnc, ac yna edrych i fyny arnynt.

'Fy mai i yw hyn,' dechreuodd, a rhochiodd Llio'n ddirmygus.

'Ti'n rhy hwyr,' meddai. 'Ma'r ddwy ohonon ni eisoes wedi penderfynu taw ni sydd ar fai.' Ysgydwodd Steffan ei ben. Roedd ei wallt yn wlyb â chwys.

'Na, chi'n rong,' meddai. Cyn y gallai Llio wthio pin arall i'w swigen, chwifiodd Anna ei llaw arni i'w thewi.

'Pam wyt ti'n meddwl 'ny?' gofynnodd yn dawel. Rhwbiodd ei bengliniau â'i ddwylo fel petai pwysau'r byd ar ei ysgwyddau.

'Achos weles i fe – Seimon bechingalw.' Gwingodd o dan ei got.

'Pryd?' Swniai Llio'n anghrediniol, ond o leiaf cyfyngodd ei hun i un gair.

'Ar nosweth y parti.'

'Do, wrth gwrs. Wedd e 'na 'da Mam.'

'Nage. Sbel cyn hynny. Wên i ar fy ffordd i'r gegin i whilo am ddiod feddal i ti a wedd drws y bac ar agor. Gweles i fe mas yn yr ardd 'da Jarvis.' Edrychodd y ddwy arno'n stwn.

'Pam na wedest ti hynny wrth yr heddlu?' gofynnodd Anna.

'Achos wên i'n meddwl taw tad Llio wedd e.' Lledaenodd ei ddwylo. ''Na pam rhoies i ti yn y cwtsh, t'weld. Er mwyn i ti beido cael stŵr imbed am fod 'na, ac er mwyn osgoi ffeit fowr. Wên i'n mynd i gerdded 'nôl i'r fflat 'da ti, ar ôl i bopeth bennu.' O'r diwedd, meddyliodd Anna, a phwyso ymlaen.

'Beth ddigwyddodd wedyn?'

'Es i'n ôl i'r stafell fyw a chael cwpwl mwy er mwyn peido edrych yn wahanol i bawb arall. Wên i'n weddol gysglyd erbyn hynny, ta beth. Pan gerddodd Jarvis miwn ac ishte yn y gadair, wên i'n meddwl fod tad Llio wedi mynd. Wên i'n cysgu pan gyrhaeddoch chi a Seimon. Ta beth, wedd Llio'n saffach yn y cwtsh.'

''Nabyddest ti ddim o Seimon yr eildro?' Daliai Llio i swnio'n anghrediniol.

'Naddo! Wedd e'n edrych yn wahanol. Wedd e'n gwisgo siaced ole'r tro cynta, a wedd 'i wallt e'n gwrliog.' Ceisiodd Anna gofio beth oedd Seimon yn ei wisgo pan hebryngodd hi 'nôl i'r stad. Cot lwyd, drom, efallai. Cofiodd fod ei wallt yn sgleinio, ac wedi'i gribo'n ôl o'i dalcen. Roedd Steffan wedi sylwi ar y tawelwch llethol. 'Allen i byth â gweud wrth yr heddlu! Shwd fywyd fydde 'da Llio, a'i thad wedi lladd rhywun?' meddai. 'Ac erbyn i fi sylweddoli pwy mor debyg mae Seimon i dad Llio ar noson y bwffe, wedd hi'n rhy hwyr.'

'Wnest ti'r cysylltiad pwr 'ny, neu ddim ond sylwi ar y tebygrwydd?' Gwingodd eto ac edrych ar Anna o gornel ei lygad.

'Sai'n siŵr. Wên i'n meddwl falle 'mod i wedi gwneud camgymeriad, ac ma' lot o ddynon yn debyg i'w gilydd, on'd d'yn nhw? Daeth Seimon 'nôl i'r parti gyda chi, wedi'r cyfan. O'n i'n ffaelu deall hynny, os taw fe laddodd Jarvis.' Nid oedd e am grybwyll yr olygfa a welodd yng nghegin y swyddfa ar ddiwedd y bwffe, meddyliodd Anna. Croesodd rhywbeth arall ei meddwl.

'Pam wedest ti bod Llio'n saffach yn y cwtsh? Os wedd y peryg drosodd, gallet ti fod wedi ei gadael hi mas o 'na.' Pwffiodd Steffan.

'Wedd mwy nag un peryg i Llio'r nosweth honno.' Syllodd arni'n ei wylio o'r gwely. 'Sylwest ti ddim, naddo fe? Holl bwynt y parti wedd i bawb fod mor feddw a *stoned* nes bydde neb yn sylwi fod Jarvis wedi dy arwain di bant i rywle. Wyt ti'n gwbod faint o ddiodydd gariodd e i'r tŷ? Wên nhw yn un o'r stafelloedd lan llofft. Yfon nhw'r cwbwl lot. Mae'n syndod na fuodd neb farw o wenwyn alcohol.' Cnodd Llio ymyl ewin ei bawd.

'Shwd wyt ti'n gwbod?' Syllodd Steffan ar ei ddwylo.

'Achos fues i'n cadw llygad arno ers sbel. Wên i'n ishte tu ôl i Elton ar y bws ar y ffordd gartre o'r ysgol tra wedd e'n siarad â'i frawd mowr ar y ffôn. Glywes i lot o gynllunie a chwmpo mas a rhegi, ond diwedd y stori wedd y galle Elton gael Celyn tase fe'n ei chadw hi mas o ffordd Jarvis. Clywes i fe'n rhoi ei rhif ffôn hi iddo. Wedd e i fod i gynnig cwrdd â hi yn y dre a mynd â hi i'r parti, a gweud wrthi fod Jarvis wedi gofyn amdani'n benodol.'

'Ond wedodd Seimon eu bod nhw wedi aros yn y dre,' protestiodd Llio.

'Do. 'Na beth oedd y cytundeb. Wedd Jarvis ddim isie i Celyn ddod i'r parti o gwbwl, achos bydde hi'n glynu wrtho fel gelen drwy'r nos.' Edrychodd ar Llio yn ansicr. 'Wyt ti'n gweld nawr pam o't ti'n saffach yn y cwtsh?'

'Ife dyna pam eisteddest ti yn yr un stafell â Jarvis am orie?' gofynnodd Anna. 'Rhag ofan iddo fynd i whilo amdani?' Amneidiodd Steffan.

'Wên i ddim yn sobor, cofiwch,' meddai'n ymddiheurol, 'ond wên i'n benderfynol o beido â gadael y jawl mas o 'ngolwg i. Wên i bwti marw isie cysgu, ond arhoses i ar ddihun nes iddo gau 'i lyged.' Llyncodd yn anghysurus. 'Bob tro wedd e'n rhoi ryw gryndod, neu gic fach, wên i'n croesi 'mysedd na fydde fe'n dihuno.' Ysgydwodd ei ben. 'Gwylies i Jarvis yn marw, on'd do fe?' Ni chawsant amser i ymateb. Agorodd y llenni, a gwthiodd Donna Davies ei phen i mewn.

'O, da iawn,' meddai. 'Ma' cwmni 'da Llio. Gaf i air bach 'da chi, Anna?' Wrth iddynt adael y stafell, agorodd drws y lifft ym mhen pellaf y coridor, a gwelodd Anna ddau ffigwr cyfarwydd yn sefyll yno. Edrychai Mal yn arbennig o anniben, ond roedd Sheryl fel pin mewn papur yn ei poncho lliwgar, a'r bag a roddodd Llio iddi'n anrheg Nadolig ar draws ei chorff. Agorodd Donna ddrws swyddfa fechan ar y chwith, a chamodd Anna i mewn, yn ddiolchgar am beidio â gorfod eu hwynebu'r funud honno.

# PENNOD 26

Syllodd Anna'n ddall ar sgrin wag y cyfrifiadur yn y swyddfa yr arweiniwyd hi iddi. Unrhyw beth i osgoi ymdopi â'r geiriau roedd Donna wedi eu gollwng i'r distawrwydd eiliad ynghynt. Teimlodd hi'n gafael yn ei llaw a daeth ei llais yn ei ôl.

'All e ddim â bod yn wir,' sibrydodd. 'Mistêc yw e.'

'Ma'n ddrwg 'da fi,' murmurodd Donna. 'Gwnaethon nhw eu gore, ond stopiodd ei galon e ddwywaith yn yr ambiwlans. Ac eto cyn y gallen nhw roi llawdriniaeth iddo. Mae Rob wedi marw.'

'Ond roedd e'n ddyn cryf...' Clywodd sŵn papurau'n siffrwd, ond anwybyddodd e. Gwelodd Rob unwaith eto yn llygad ei meddwl, yn crychu ei drwyn arni'n prynu cig carw. Cliriodd Donna ei gwddf.

'Beth oedd e'n ei wneud yn eistedd yn y car o flaen eich fflat chi, Anna?' Tynnodd Anna ei hun yn ôl i'r presennol.

'Magu hyder i ddringo'r stâr a chanu cloch y drws?' gofynnodd.

'Ond ro'n i'n credu eich bod chi wedi bod allan yn y ganolfan arddio, a'i fod e wedi'ch hebrwng chi gartre?'

'Do. Wedodd e ei fod am adael y planhigion yn nhŷ ei fam cyn mynd adre. Wedd y planhigion yn dal yn y car? Sylwes i ddim, rhwng popeth.' Ysgydwodd Donna ei phen. 'Sai'n gwbod pam ddaeth e 'nôl, 'te,' meddai Anna. 'Tase fe wedi dod lan, galle fe fod yn fyw. Galle fe fod wedi atal hyn.' Pwyntiodd at ei gwddf. 'Un o'r pethe dwetha dwedodd e wedd y bydde fe'n aros i weld 'mod i'n ddiogel yn y fflat. Codes i'n llaw arno o'r landin cyn agor y drws.' Trodd y swyddfa'n niwl o'i hamgylch, a theimlodd dyndra yn ei brest. Credai iddi wylo pob deigryn o'i chorff pan gollodd Gwydion, ond daethant o rywle unwaith eto. Sychodd ei hwyneb yn frysiog.

'Hi,' meddai'n gryg. 'Daeth hi o hyd iddo. Hi enillodd yn y diwedd.'

'Pwy?'

'Ei gyn-wraig. Indeg.' Gwasgodd Anna ei dwylo rhwng ei phengliniau er mwyn canolbwyntio. Rhoddodd y disgrifiad gorau y gallai o ddigwyddiadau'r prynhawn, ac am yr ymgyrch hir yn erbyn Rob. Crynai ei chorff â phob brawddeg, a gallai deimlo'r clwyf ar ochr ei gwddf yn pwlsio. 'Tries i 'ngore i ddwyn perswâd arno i gwyno i chi,' meddai, 'ond wedd e'n pallu'n deg. Pam na wrandawodd e? Roedd Carmel yn iawn . . .'

'Pwy yw Carmel?'

'Mae hi'n gweithio gyda fi yng nghegin yr Afr. Wedodd hi y bydde Indeg yn ei ladd e un diwrnod.' Pwysodd yn ôl yn y gadair, a derbyn hances bapur gan Donna. Daeth rhyw grawcian o drosglwyddwr Donna, a chododd ar ei thraed.

'Dwy funud fydda i,' meddai, a gadael y stafell.

Chwythodd Anna ei thrwyn. Bu mor siŵr na fyddai Rob yn marw. Teimlodd y clwyf. Pan dynnodd ei llaw, roedd yn goch â gwaed.

Sychodd hi ar yr hances bapur, a'i gweld ei hun yn rhoi hances i Seimon er mwyn iddo sychu gwaed Jarvis oddi ar ei ddwylo. O edrych 'nôl, tybiodd y byddai wedi gadael y gwaed yn ei le petai hi heb wneud hynny, er mwyn cuddio unrhyw olion gwaed cynharach. Agorodd y drws, a brysiodd Donna i mewn. Edrychai'n bryderus a braidd yn lletchwith.

'Beth sy 'di digwydd?' gofynnodd Anna. Ni atebodd Donna ar unwaith.

'Cyn-wraig Rob. Indeg. Mae hi newydd gyrraedd y fflatie. Mae'n cael sterics dros bob man.'

'Newydd gyrraedd, wir! Mae hi wedi dod 'nôl, chi'n feddwl.' Rhoddodd Donna besychiad bach.

'Ym, wel, na, sai'n credu 'ny.'

'Pa gelwydde mae hi'n eu rhaffu nawr? Yn ôl Rob, mae'n gallu gweu stori o ddim.' Edrychodd Donna ar ei chlipfwrdd.

'Y peth yw, ch'weld, cafodd hi ddamwain car. Aeth hi i'r ffos mas yn y wlad, a dyna le fuodd hi nes i rywun mewn 4 x 4 stopio a'i thynnu hi mas. Cymerodd hi rif ffôn y dyn, ac maen nhw wedi ei alw. Mae'r stori'n wir.' Hawdd credu fod Indeg wedi mynd i'r ffos, ond roedd Anna'n dal yn argyhoeddedig taw hi drywanodd Rob.

'Beth mae hi'n ei wneud ar y stad yn y lle cynta?' gofynnodd. 'Ac wrth droed y fflatie o bob man? Pwy reswm sy 'da hi dros fod 'na, oni bai ei bod hi'n dilyn Rob? Wên i wedi llwyddo i'w cholli hi ar yr hewl o'r ganolfan arddio. Bydde hi wedi bod yn gynddeiriog ar ôl gyrru rownd a rownd drwy'r prynhawn yn whilo amdanon ni. Galle hi fod wedi parcio o'r golwg, ei drywanu a rhedeg 'nôl i'r car er mwyn ymddangos yn ddiniwed pan welodd hi'r cerbyde brys yn rhuthro heibio.' Edrychai Donna'n amheus.

'Mae'n dweud ei bod hi wedi dod at y fflatie ar ras, achos ei bod hi'n credu fod Rob mewn perygl. A taw chi drywanodd e, am eich bod chi'n genfigennus o'r ffaith eu bod nhw ar fin dod 'nôl at ei gilydd.' Ni wyddai Anna p'un ai i chwerthin neu i wylo. Pwysodd ymlaen fymryn.

'Os nad oedd y planhigion yn y car,' meddai mor bwyllog ag y gallai, 'mae hynny'n golygu fod Rob wedi bod draw i dŷ ei fam a'u gadael nhw yno cyn dod 'nôl. Ro'n i yn fy fflat gyda Llio a Seimon Picton-Jones ar hyd yr adeg, nes i hwnnw ruthro allan a chael ei daro gan yr ambiwlans. Doedd 'da fi ddim syniad fod car Rob ar waelod y stâr nes i fi edrych dros y rheilin. Pryd fydden i wedi cael cyfle i wneud dim iddo? A doedd Rob ddim ar fin ailgydio yn ei berthynas ag Indeg. Ffantasi llwyr yw hynny, ac mae'n rhan o'i chenfigen patholegol ohono.'

'Am ei fod e mewn perthynas â chi?' gofynnodd Donna. Yn amlwg, doedd hi ddim wedi'i hargyhoeddi'n llwyr. Nid oedd Rob wedi tanbwysleisio gallu Indeg i wneud i bobl gredu ei fersiwn hi o bob digwyddiad.

'Nac oedd,' meddai Anna. 'Roedden ni'n dod mlaen yn dda, dyna i gyd. Efallai fod ganddo obeithion, ond doedd gen i ddim bwriad o gael fy rhwydo mewn perthynas. Yr unig beth sy'n cadw dau ben llinyn ynghyd i fi yw fy swydd. Beth petai'r berthynas yn suro? Bydden i'n ffôl i beryglu'r unig gyflog sydd gen i.'

'Roeddech chi'n gwbod ei fod e'n eich hoffi chi, felly.' Edrychodd Anna arni.

'Wrth gwrs 'mod i'n gwbod. Pe na bai Rob yn ddyn mor addfwyn, galle'r holl sefyllfa fod wedi bod yn un anodd dros ben.'

'Ac roeddech chi ar delere da wrth adael y car?'

'Wên, wrth gwrs. Wên i'n cydymdeimlo ag e. Mae Indeg wedi trio pob ffordd o sbwylio'i fywyd e. 'Sdim angen i chi 'nghredu i. Gofynnwch wrth y gweithwyr yn yr Afr, yn enwedig y rhai sy wedi gweithio 'na ers amser. Gallan nhw roi rhestr hir i chi o'r holl bethe mae hi wedi'u gwneud.' Meddyliodd Donna am hyn.

''Sdim cofnod 'da ni o hyn,' meddai o'r diwedd. Teimlodd Anna'i phen yn pwyo wrth iddi feddwl. Yna cofiodd am ddigwyddiad y fwyell.

'Oes,' meddai'n bendant. 'Dydd Nadolig. Galwyd chi i'r Afr. Bydd cofnod 'da chi o hynny. Dyle'r cofnod ddweud fod y gweithwyr wedi gweld ffigwr mewn cwcwll yn dawnsio o amgylch y maes parcio â bwyell fawr, wedyn yn ei baglyd hi. Y gwir yw fod Indeg wedi defnyddio'r fwyell i ymosod ar gar Rob. Wên i yn y car am 'i fod e wedi cynnig lifft i fi, a nabyddes i hi. Buodd raid iddo adael ar ras, ond gollyngodd hi'r fwyell ar y llawr cyn rhedeg bant. Falle fod y fwyell 'da chi byth. A gallwch chi ffonio'r garej lle cafodd y car ei drwsio. Dyle'r rhif fod yn ei ffôn e. Wedd tolciade yn y boned. Bydd perchennog y garej yn siŵr o gofio. Wedd e'n trwsio car Rob byth a hefyd oherwydd Indeg.'

'Pam na fydde'r cofnod yn gweud hynny?'

'Am fod Rob yn gwrthod cwyno amdani. Ma' rhwbeth mawr yn bod arni, a wedd Rob yn ormod o ŵr bonheddig i dynnu nyth cacwn am ei phen fel mae hi'n ei haeddu.' Eisteddodd yn ôl yn ei chadair. Nid oedd pwyso mlaen wedi gwneud unrhyw les i'r clwyf.

'Ac o'r hyn ry'ch chi'n ei wbod, doedden nhw ddim mewn cysylltiad â'i gilydd fel arall?' gofynnodd Donna. Edrychodd Anna arni'n betrus. Roedd Rob wedi sôn am hynny.

'Wedd hi'n benderfynol o'i ffonio fe,' atebodd, 'ac er ei fod e'n blocio'i rhif, wedd hi'n prynu cerdyn SIM a rhif newydd arno o hyd. Gallwch chi wirio hynny gyda'i gyflenwr ffôn e.'

'Pam na fydde fe'n cael rhif newydd?' gofynnodd Donna'n rhesymol.

'Am fod y drafferth o wneud yn siŵr fod ei rif newydd gan bawb yn y gwaith wedi achosi probleme yn y gorffennol,' atebodd Anna. ''Na beth wedodd e, ta beth, pan ddaeth galwad ffôn oddi wrthi yn syth ar ôl y digwyddiad dydd Nadolig.' Amneidiodd Donna'n fyfyrgar, ond ni chynigiodd sylw pellach.

'Beth am Rocky?' gofynnodd Anna'n sydyn. 'Welodd hi pwy bynnag drywanodd Rob?'

'Bydde'n neis cael gwbod!' meddai Donna'n sych. 'Ry'n ni'n aros i rywun ddod draw o'r uned gwasan-aethau plant i'w gwarchod. Hyd yn hyn, mae wedi aros yn gwbwl fud. Cofiwch, falle taw'r sioc yw 'ny, ond dyw hi ddim i'w gweld mewn sioc.' Ystyriodd Anna hyn am ennyd.

'Galla i ddeall hynny,' meddai. 'Mae gan deulu Rocky resyme da iawn dros beidio â siarad â'r heddlu. Synnen i ddim tase hi'n llawn gwybodaeth am bob math o bethe, tase rhywun yn gallu ei pherswadio i siarad. Mae'n loetran o amgylch y stad ddydd a nos.' Tynnodd wep fach drist. 'Weithie, dwi'n credu fod Rocky'n cadw llygad arna i, ond dwi ddim yn gwbod pam.' Pan welodd Donna'n codi ael, brysiodd i ychwanegu, 'Nid mewn ffordd gas o gwbwl. Buodd hi'n help i fi sawl gwaith. Mae 'na rywbeth yn amddiffynnol ynghylch y peth.' Symudodd Donna yn ei chadair.

'Oes ganddi reswm i feddwl eich bod chi mewn perygl, neu'n cael eich bygwth?'

'Dim ond gan ei mam,' atebodd Anna. Yna sylwedd-olodd beth oedd ar feddwl y blismones. 'Doedd 'na ddim drwgdeimlad rhyngdda i a Rob. Os gwelodd hi ni'n cyrraedd, bydde hi wedi 'ngweld i'n cario bagie lan y stâr a chodi llaw arno. Bydde'n gwbwl amlwg ein bod ni wedi bod yn siopa gyda'n gilydd.'

'Fydde hynny'n rheswm iddi fod yn genfigennus ohono? Am 'i fod e'n ffrind i chi?'

'Dwi'n amau 'ny. Fy achub i rhag trybini gyda'i theulu mae hi wedi'i wneud cyn belled. Mae arna i ddyled iddi am hynny.' Arhosodd eiliad cyn crybwyll y syniad a fu'n troi yng nghefn ei meddwl. 'Os byddech chi'n caniatáu hynny, bydden i'n eitha bodlon bod yn gwmni iddi mewn unrhyw gyfweliad. Falle fydde hi'n barod i siarad â fi.' Agorodd Donna ei cheg, ond canodd ei ffôn yn ei phoced, ac â gwep resynus, camodd allan o'r stafell unwaith eto. O weld y drws yn cau'r tu ôl iddi, difarodd Anna wneud y cynnig. Gellid dehongli hynny fel ymgais i ddylanwadu ar Rocky, a sicrhau na fyddai'n dweud dim byd a allai ei chysylltu hi nac Anna â llofruddiaeth Rob. Ond pan ddaeth Donna yn ei hôl, roedd hi'n ysgwyd ei phen ac yn syllu'n anghrediniol ar y ffôn.

'Ody'r stafell 'ma wedi'i bygio, gwedwch?' gofynnodd. 'Chredwch chi fyth, ond dwi newydd gael neges. Mae Rocky'n gwrthod siarad â neb oni bai eich bod chi 'na.'

'Ody hynny'n mynd i greu probleme i chi?' gofynnodd Anna.

'Pw!' meddai Donna, fel petai hyn yn ddim o'i gymharu â'r problemau oedd ganddi eisoes. 'Maen nhw'n mynd i ddod â hi i'r ysbyty gyda'r fenyw o'r uned gwasanaethau plant. Mae honno'n credu fod gorsaf yr heddlu yn "ormesol". Ble maen nhw'n disgwyl i ni gyfweld â phobl? Yn Bytlins? Ta beth, dwi newydd glywed eu bod nhw'n barod i drin eich clwyf chi nawr.' Edrychodd arni'n bryderus unwaith eto. 'Mae golwg digon piff arnoch chi. Odych chi'n siŵr eich bod chi'n teimlo'n 'tebol i wneud hyn?' Gwenodd Anna ac amneidio. Byddai wedi cerdded dros farwor poeth er mwyn bod yn bresennol, ond hwyrach ei bod yn gallach chwarae rhan y ddioddefwraig ddewr. Sylwodd na ddywedwyd gair am y gyflafan yn ei fflat hyd yma. Hwyrach fod llofruddiaeth Rob yn bwysicach, ond gwyddai y byddai'n rhaid iddi ateb mwy o gwestiynau drwgdybus cyn diwedd y nos.

Pan ymddangosodd Anna yn ôl drwy'r llenni o amgylch gwely Llio beth amser yn ddiweddarach, roedd wedi cael nifer o bwythau poenus yn ei chlwyf, a gwisgai ddigon o wadin drosto i lenwi soffa. Teimlai fel petai wedi bod drwy'r felin. Edrychodd pawb arni â wynebau syn, ond o leiaf roedd Llio'n falch o'i gweld.

'Jawl!' meddai. 'Rhoion nhw glusten arall i ti, neu beth?' Cododd Steffan i wneud lle i Anna eistedd.

'Dwi'n teimlo fel petawn i wedi mynd deg rownd gyda Joe Calzaghe,' murmurodd. Pesychodd Mal yn bryderus.

'Buodd plisman 'ma funud yn ôl. Newyddion trist iawn am Rob.' Amneidiodd Anna arnynt.

'Ofnadw,' meddai, ond nid ymhelaethodd.

'Gest ti wbod unrhyw beth am Seimon?' gofynnodd Llio. 'Ody e 'ma? Achos maen nhw'n sôn am fy nghadw i miwn dros nos. *No way* os yw'r bastad hwnnw yn y ward nesa.'

'Fydd e ddim,' meddai Anna'n gysurlon. 'Mae e wedi'i torri'i goes, ta beth.'

'Hwrê!' meddai Llio, gan anwybyddu'r olwg a gafodd gan ei thad. Pwysodd Sheryl ymlaen gan grychu ei thalcen.

'Ody'ch gwddwg chi'n dost iawn?' gofynnodd.

'Galle pethe fod yn waeth o lawer,' atebodd Anna, a rhochiodd Mal mewn cytundeb.

'Gallech chi'ch dwy fod yn gyrff!' meddai.

'Wyt ti'n meddwl y bydden i wedi gadael i hynny ddigwydd?' chwyrnodd Llio. 'Bydden i wedi llifio'i ben e off 'da'r gyllell fara 'se'r cachgi heb redeg bant.' Meddyliodd Anna iddi glywed Steffan yn chwerthin cyn iddo ei droi'n beswch ffug, ond edrychodd Mal yn ddifrifol iawn ar Llio.

'Dwi'n gobeithio'n fawr nad wyt ti'n mynd i weud pethe twp fel 'na wrth yr heddlu,' meddai. 'Alli di byth â bod yn rhy ofalus, yn enwedig os yw e'n honni taw ti ymosodd arno fe gynta.' Buont yn trafod y digwyddiad yn ei habsenoldeb, felly. Gobeithiai nad oedd Llio wedi rhoi fersiwn wedi'i gorliwio iddynt, er ei bod yn anodd gwybod sut allai hi wneud hynny. Bob nawr ac yn y man, wrth iddi dderbyn triniaeth, roedd golygfeydd o'r gyflafan yn y fflat wedi fflachio ar draws ei meddwl a gwneud iddi grynu.

'Beth ofynnon nhw wrthot ti?' gofynnodd Llio'n sydyn.

'Dim byd am Seimon,' cyfaddefodd Anna, 'ond lot am Rob, druan.'

'Beth?' Gwthiodd Llio ei hun i fyny ar y gobennydd. 'Yffach, Mam, mae isie i ti roi'n hochor ni o'r stori. Pam na wedest ti pan gest ti gyfle?'

'Achos ofynnon nhw ddim i fi. Mae marwolaeth Rob

yn cael blaenoriaeth, dwi'n credu. Daw'n tro ni wedyn.'
Edrychodd Llio arni'n rwgnachlyd, ac o ystyried y peth,
roedd ganddi bwynt. Pwy wyddai pa straeon fyddai
Seimon wedi'u creu cyn iddi gael ei chyfweld eto? Ar
ôl i Donna lyncu celwyddau Indeg, hwyrach y dylai
achub y blaen ar Seimon. Roedd ganddi fanylion y
gallai'r heddlu ymchwilio iddynt. Cododd ar ei thraed
yn boenus.

'Falle base hi'n gall i fi gael gair â Donna,' meddai.
'Mae'n dal yn yr ysbyty'n rhywle.' Cododd Mal yn syth.

'Ddwa i 'da ti. Galla i mofyn cwpwl o gylchgrone a
siocled i Llio 'run pryd, os yw'r siop yn dal ar agor.'


Arhosodd Mal nes eu bod allan o glyw'r criw yn yr
Adran Frys cyn dweud dim.

'Ody e'n wir,' gofynnodd, 'bod Seimon wedi trio'i
thagu 'ddi?'

'Ody. Os edrychi di ar y marcie ar ei gwddw hi, galli
di weld nad damwain wedd hi.'

Cerddasant yn eu blaen am ennyd.

'Oeddet ti'n meddwl taw stori fawr wedd y cyfan?'
gofynnodd Anna, gan edrych arno o gornel ei llygad.
Gwnaeth Mal rhyw ystum anghysurus, fel petai mewn
cyfyng gyngor.

'Wên i'n meddwl taw trio'i lwc wnaeth e, t'mod, heb
sylweddoli 'da phwy roedd e'n 'mel. Mae hi wedi bod
'nôl a mlaen i'w tŷ nhw, wedi'r cyfan.'

'Ac mae ei wraig e mor od,' ychwanegodd Anna.

'Wel, ody . . . ac ma' Llio mor bert. Feddylies i falle
'i fod e wedi gweld ei bod hi ar ei phen ei hunan yn y
fflat a bod fflyrtan wedi troi'n gas. Ond mae ei stori hi'n
gwbwl wahanol.'

''Da fi roedd e'n fflyrtan, Mal, nid Llio.' Daliodd Mal
ei anadl am eiliad hir.

'Dwi ddim am fod yn anfonheddig a datgan syndod
ynghylch hynny,' dechreuodd.

'Well i ti beidio,' meddai Anna â gwên. 'Ond dwi'n
meddwl fod ganddo resymau eraill.'

'Rhesymau sy'n ymwneud â'r llofruddiaeth ar y
stad?'

'Ie. 'Na pam dwi'n whilo am y blismones. Falle bydd
hi isie siarad â ti hefyd.'

'Pam?'

'Achos nes iddo weld Seimon Picton-Jones ar noson
y bwffe, roedd Steffan yn credu taw ti welodd e'n dadle
gyda Jarvis yn yr ardd y nosweth honno. Dyna pam
gloiodd e Llio yn y pantri.' Safodd Mal yn ei unfan a
syllu arni.

'Pam na wedodd e hynny wrth yr heddlu?'

'Er mwyn i Llio beidio gorfod byw am weddill ei
hoes â'r gwarth o fod yn ferch i lofrudd.'

'Odyn ni mor debyg, 'te?'

'Mae e'n smartach o lawer na ti, ond mae pob cath
yn ddu yn y tywyllwch, on'd yw nhw?'

'Diolch yn fawr.'

'Oes alibi 'da ti?' Ni chafodd Mal amser i ateb,

oherwydd draw ger y brif fynedfa, gellid gweld Donna'n sefyll yn aros. Trodd ei phen a chododd ei llaw arnynt. 'Falle fydda i 'da nhw am sbel,' meddai Anna. 'Maen nhw moyn i fi fod yn bresennol pan fyddan nhw'n cyfweld â Rocky. Hi ddaeth o hyd i gorff Rob, t'weld.'

'Reit,' meddai Mal. 'Mae'r siop yn dal ar agor. Arhosa i ddim amdanat ti.'

''Sdim golwg ohonyn nhw 'to,' meddai Donna. 'Gallech chi fod wedi gorffwys am damed yn hwy.'

'Na allen,' meddai Anna. 'Mae angen i chi roi rhai pethe ar waith cyn i neb gyfweld â Seimon Picton-Jones a chyn i Rocky gyrraedd.'

'Fel beth?' Ceisiodd Anna gasglu ei meddyliau.

'I ddachre, dylech chi drefnu i rywun siarad â Steffan.' Gwelodd y blismones yn crychu ei thalcen wrth geisio cofio pwy oedd e. 'Gwelodd e Seimon yn dadle gyda Jarvis yn yr ardd ar noswaith y llofruddiaeth. Nabyddodd e ddim o Seimon pan ddaeth e'n ôl i'r parti gyda fi, ond pan welodd Steffan e eto pan oedd e'n gweini mewn bwffe gwaith ro'n i'n ei gynnal yn swyddfa Seimon, sylweddolodd e taw fe wedd e.'

'Galle fe fod wedi gweud hyn wrthon ni ei hunan, 'sbosib!' Hawdd deall ei rhwystredigaeth, a brysiodd Anna ymlaen gan obeithio na fyddai Mal yn dod allan o'r siop am sbel.

'Roedd e'n meddwl fod popeth yn iawn am fod Jarvis wedi cerdded i mewn i'r stafell fyw yn ymddangos yn holliach ar ôl y ddadl. A ta beth, doedd Steffan ddim wedi gwneud y cysylltiad tan heno. Hynny yw, nes i hyn ddigwydd. Yr ail beth yw fod isie i chi archwilio ffôn Debs.'

'Debs o'r fflat gafodd ei roi ar dân?'

'Ie.' Ceisiodd esbonio'n gryno a phwyllog am y teledu newydd sbon, a'i theori am sut gafodd Debs yr arian i'w brynu. Gallai weld Donna'n ceisio gwneud synnwyr o'r wybodaeth.

'Ry'ch chi'n credu taw Seimon roddodd y fflat ar dân er mwyn cael gwared ar y lluniau neu'r ffilm o'r ffôn?' gofynnodd. Amneidiodd Anna.

'Dyna oedd holl bwynt yr ymosodiad ar Llio. Wedd e'n gwbod fod y perygl yn dal i fodoli, ac roedd e'n credu fod Llio'n gwbod ble mae Debs yn byw nawr, am ein bod ni wedi ei gweld hi yn y dre. Ac mae cywilydd arna i gyfadde mai fi roddodd y syniad yn ei ben.'

'Ond dyw hi ddim yn gwbod?'

'Nadi. Wedd Debs ddim yn mynd i weud hynny wrthon ni. Ddim ar ôl iddi ein gweld ni yng nghwmni Seimon wrth y fflatie. Ro'n i'n gwbod fod ofan arni pan es i i'w gweld hi yn yr ysbyty, ond cymerodd amser i fi weld pam.' Gallai weld o'i gwep fod y frawddeg olaf hon yn canu cloch â'r blismones.

'Dyna feddylies inne, a gweud y gwir. Dwi wastod wedi meddwl ei bod hi'n gwbod yn iawn pwy roddodd y fflat ar dân, ond bod gormod o ofon arni i ddweud.' Roedd car heddlu'n dynesu'n araf dros y rampiau cyflymder.

'Y trydydd peth,' meddai Anna'n gyflym, 'yw fod Seimon wedi cyfadde iddo fynd mas i whilo am ei ferch, Celyn, ar noswth y parti. Er bod ei rhieni wedi gwrthod gadael iddi fynd, dringodd hi mas drwy'r ffenest a jengyd. Mae isie i chi siarad â Steffan am y trefniant wnaeth Jarvis gyda'i frawd Elton i gadw Celyn yn y dre'r noswth honno. Wên nhw tu ôl i'r Co-op yn cambihafio pan ddaeth Seimon o hyd iddyn nhw. Mae'n bosib fod Rocky 'na hefyd. Ry'n ni'n credu fod Seimon yn gwbod ymlaen llaw lle'r oedd y parti'n cael ei gynnal, a'i fod wedi mynd i'r stad gynta. Roedd cyllell 'da Celyn yn yr ysgol, yn ôl Llio.' Gwibiodd llygaid Donna at y car ac yn ôl at Anna.

'Ond os wedd hi yn y dre drwy'r nos, beth yw arwyddocâd y gyllell?'

'Dwi'n meddwl fod Seimon wedi gweld y gyllell yn ei meddiant, a mynd â hi oddi arni. Falle ar y ffordd i'r ysgol rhyw ddiwrnod. Bydd y gyllell wedi hen fynd erbyn hyn, ond falle fod rhyw olion ar ôl yn ei flwch menig.' Ni wyddai a glywodd Donna hyn. Roedd drws cefn y car wedi agor, a daeth pen-ôl swmpus dynes mewn ffrog flodeuog i'r golwg. Edrychai fel petai Rocky yr un mor gyndyn o gael ei chyfweld yn yr ysbyty ag y bu yng ngorsaf yr heddlu.

'Diolch yn fawr i chi am gytuno i fod yma,' meddai'r ddynes wrth Anna rhyw bum munud wedyn.

Llwyddwyd i berswadio Rocky o'r sedd gefn o'r

diwedd, a rhoddwyd nhw mewn swyddfa bitw arall. Credai Anna fod y ddynes, a gyflwynwyd iddi fel Ceirios, yn wirioneddol falch o'i phresenoldeb. Roedd ei henw'n gweddu iddi i'r dim, oherwydd ar ôl y gwaith o gael Rocky o'r car – heb gyffwrdd â hi o gwbl, wrth reswm – edrychai'n union fel ceiriosen goch, sgleiniog.

'Nawr 'te, Rocky,' meddai Donna. 'Mae gyda ni gwpwl o gwestiyne i ofyn i ti gynta, am y nosweth fuodd dy frawd farw.' Edrychodd Ceirios arni'n amheus, fel petai hyn yn annheg, ond ni newidiodd wyneb Rocky. Nid oedd hyn yn addawol.

'Bydde'n help mawr i fi os gallet ti feddwl 'nôl,' meddai Anna'n dawel. Cyffyrddodd ag ochr ei gwddf. 'Cafodd Llio a fi ein hanafu heno, ac mae'n bosib fod cysylltiad rhwng y ddau beth.' Edrychodd ar Donna pan ddywedodd hyn, rhag ofn iddi ddweud y peth anghywir, ond amneidiodd y blismones. Mwmialodd Rocky rywbeth o dan ei hanadl, ac edrychodd Ceirios yn chwith.

'Os wyt ti moyn . . .' meddai, gan godi ar ei thraed, a chyfnewid lle gyda Rocky er mwyn i'r ferch allu eistedd yn ymyl Anna. Plygodd Rocky'n agosach ati.

'Beth ddigwyddodd i chi?' sibrydodd.

'Ymosodwyd arnon ni yn y fflat,' meddai Anna, yn ymwybodol fod Donna, Ceirios a'r heddwas a eisteddai wrth y drws yn plygu mlaen hefyd.

'Ble'r oeddet ti y noson buodd Jarvis farw?' gofynnodd Donna. 'Dwi'n gwbod nad oeddet ti yn y parti, ond

364

oeddet ti ar y stad? Yn dy gartre, falle?' Ysgydwodd Rocky ei phen.

'Ffaelu bod gartre,' sibrydodd eto. 'Wedd pawb mas, a s'da fi ddim allwedd.' Gwelodd Anna fod Ceirios yn ffromi, a gobeithiai nad oedd hyn yn mynd i droi'n sgwrs ynghylch bywyd teuluol Rocky.

'Beth wnest ti, 'te?' gofynnodd, cyn i Ceirios allu agor ei cheg.

'Dilynes i Elton i'r dre.' Dywedwyd hyn mewn murmur isel. Roedd yr heddwas ger y drws yn gwneud nodiadau'n llechwraidd.

'Wedd e ar 'i ben 'i hunan?' gofynnodd Donna.

'Na. Wedd e gyda'i ffrindie a rhyw groten sai'n nabod.'

'Shwd un wedd hi?' Cododd Rocky ei hysgwyddau.

'Roces fowr, gwallt gole. Wedd rhyw gapan cwningen stiwpid 'da hi ar 'i phen.'

'Welest ti i ble'r aethon nhw?'

'Lle maen nhw wastod yn mynd. Tu ôl y Co-op. Wedd poteli o seidr 'da nhw.'

'Gest ti gynnig peth?' gofynnodd Anna â gwên, er mwyn ceisio ysgafnhau'r sgwrs.

'Naddo! Senan nhw byth moyn fi. *Bygyr off, Rocky*! Gorffes i sefyll tu fas ar y stryd ac aros. Wên i 'na am sbel.'

'Wedd hi'n oer, sbo,' cynigiodd Donna.

'Wên i bwti sythu. Ma' mwy o gysgod dan y to dros y binie lle wên nhw.'

'Beth ddigwyddodd wedyn?' Meddyliodd Rocky am hyn.

'Cysgodes i am damed yn nrws y siop, achos ddaeth hi i'r glaw. Wên i ddim isie mynd rhy bell, rhag ofon iddyn nhw adael hebdda i. 'Na pryd ddaeth y dyn yn y car i mofyn y roces.'

'Ife? Wyt ti'n cofio faint o'r gloch oedd hi pan ddaeth e?' Gwyddai Anna fod Donna'n ceisio cadw'r cyffro o'i llais. Dangosodd Rocky ei garddwrn wag iddi.

'Dim watsh. Ond wedd hi wedi hanner nos, achos glywes i'r cloc mowr yn taro, a wên i ddim wedi cyrraedd cefen y Co-op pwr 'ny.'

'A phan stopiodd y car, oeddet ti'n gallu gweld pwy oedd ynddo?'

'Wên. Sai'n meddwl y gwelodd e fi'n cysgodi.' Arhosodd ennyd, a chrychu ei thrwyn. 'Cynnodd e'r gole tu fiwn i'r car. Wedd e'n chwys botsh er 'i bod hi mor oer. Wedd twba o weips 'da fe, a sychodd e'i wmed a'i ddwylo 'da dou neu dri ohonyn nhw cyn dod mas o'r car. Wedd e'n edrych arno fe'i hunan yn y drych fel 'se fe'n whilo am faw.' Ysgydwodd ei phen at y fath ymddygiad anesboniadwy.

'Beth wnaeth e wedyn?'

'Cloiodd e'r car a thowlu'r weips i'r bin mowr gwyrdd ar y gornel. Weles i ddim byd wedyn nes iddo fe a'r roces ddod 'nôl, ond gallen i glywed lot o weiddi o'r cefen, ac Elton a'r cryts yn wherthin. Wedd y dyn a'r roces yn cwmpo mas yn gacwn yr holl ffordd i'r car. Wedd hi'n galw bob enw arno.'

'Wyt ti'n cofio beth roedd e'n ei wisgo?' gofynnodd Donna.

'Rhwbeth gole,' meddai Rocky. 'Anorac, dwi'n meddwl. Wedd e'n sheino.' Cododd Donna ar ei thraed, a'i ffôn eisoes yn ei llaw.

'Dwy funud,' meddai, a gadael y stafell. Eisteddodd pawb yn fud am eiliad, a sylwodd Anna fod yr heddwas wedi rhoi ei lyfr nodiadau o dan ei glun, rhag ofn i Rocky sylwi arno.

'Ody'ch ffrind chi 'di marw?' gofynnodd Rocky yn sydyn, mewn llais uwch. Amneidiodd Anna'n drist.

'Wên i'n gwbod y bydde fe,' meddai Rocky'n gwbl ddifynegiant. 'Wedd e wedi went cyn i'r ambiwlans ddod.'

'Buest ti'n ddewr iawn i drio'i helpu fe,' meddai Anna, a gwelodd Ceirios yn amneidio'n frwd. Agorodd y drws a daeth Donna i mewn eto. Edrychodd o'r naill i'r llall yn ddisgwylgar. 'Ro'n i'n canmol Rocky am drio helpu Rob,' esboniodd Anna.

'Bydde'r rhan fwya o bobl wedi rhedeg bant,' ychwanegodd Ceirios. Nid oedd Rocky i'w weld yn meddwl fawr ddim o hyn. Cododd ei hysgwyddau eto, a thynnu torch llewys ei hwdi i lawr dros ei bysedd. Eisteddodd Donna, a thynnodd yr heddwas ei lyfr nodiadau unwaith eto.

'Bydde fe'n help mowr i ni,' dechreuodd, 'taset ti'n

gallu cofio shwd ddigwyddodd pethe heddi. Welest ti Anna a Rob yn cyrraedd?'

'Do. A'th hi lan y stâr a miwn i'r fflat. Arhosodd e am funud fach, a wedyn fe a'th e. Wedd e'n pwyso dros y seddi a phipo lan i neud yn siŵr ei bod hi yn y fflat.'

'Ble'r oeddet ti?'

''R ochor arall i'r patshyn gwyrdd o flaen y fflatie.'

'Gest ti dy gloi mas o'r tŷ 'to?' gofynnodd Donna.

'Mm. Ond wedd hi ddim cynddrwg achos wedd hi'n sych ac yn ole dydd.'

'Pryd ddaeth e 'nôl?'

'Ar ôl tamed. Wedd e ddim yn hir iawn. A wedd y stwff wedi mynd o gefen y car. Stwff fel cardifeins Nadolig.' Gwnaeth rhyw ystum chwifio â'i llaw.

'Planhigion o'n nhw,' esboniodd Anna.

'Ac am faint fuodd e 'na wedyn?' gofynnodd Donna

'Dim mwy na cwpwl o funude. Dechreues i gerdded i lawr y llwybr i gael golwg well arno fe.' Edrychodd ar Anna. 'Wên i ddim yn gwbod pwy wedd e, o'n i? Na pham ddaeth e 'nôl.'

'Welest ti pwy ymosododd arno?' Sniffiodd Rocky.

'Ddim i ddachre, achos bagles i dros garreg a neud dolur i 'nhroed. Bues i'n hopo a rhegi am sbel fach. Pan dryches i lan, wedd rhywun yn sefyll wrth ffenest y car. Peth nesa, wedd gwaed yn pistyllio dros 'i ddillad e.' Plethodd ei gwefusau am eiliad. 'Wedd twll mowr yn 'i wddwg e, ond wedd 'i ffôn e'n canu. Buodd raid i fi fystyn miwn i'w boced e i'w mofyn e.'

'Pwy oedd ar y ffôn?' Tynnodd Rocky wep ddiflas.

'Sai'n gwbod. Rhyw fenyw. Tries i ofyn am help, ond wedd hi ddim yn grondo. Pan glywodd hi'n llais i, dechreuodd hi weiddi a sgrechen. Mla'n a mla'n. Wedd hi off 'i phen. Gwasges i'r botwm i bennu'r alwad a galw'r ambiwlans.' Crychodd Donna ei thalcen. Roedd rhan o'r hanes yn eisiau.

'Alli di ddisgrifio dillad y person ymosododd arno?'

'Trowser tywyll a chot fowr werdd a hwd â ffwr rownd yr ymyl fel *parka*. Wedd yr hwd reit lan.'

'Wyt ti wedi gweld y person 'ma ar y stad o'r blaen?' Rholiodd Rocky ei llygaid.

'Cant a mil o weithe.' Edrychodd yn syth ar Anna, a daliodd honno ei hanadl. A oedd hi'n mynd i'w chyhuddo? 'Mae hi wedi bod yn eich watsio chi ers oese. Dwi wedi colli cownt sawl gwaith dwi wedi'i gweld hi'n cwato bwti'r lle.'

'Menyw?' meddai Donna'n syn. Cododd calon Anna. Edrychai'n fwyfwy tebygol fod ei theori am Indeg yn gywir, er nad oedd yn esbonio'r alwad ffôn olaf i Rob.

'Ie,' meddai Rocky, fel petai hynny'n gwbl amlwg. 'Mae hi wastod yn y got â'r hwd. Cot rhywun arall yw hi. Seni 'ddi'n ei ffitio hi. Fydden i ddim wedi sylwi arni, ond mae'n trio sefyll mas o'r golwg yn rhywle bob tro.' Edrychodd ar Anna unwaith eto. 'Wedes i pw' nosweth y dylech chi watsio'ch cefen, on'd do fe?' Ystyriodd Anna hyn am ennyd cyn cofio am y noson y lladdwyd Jarvis.

'Do,' meddai'n dawel. 'Wên i'n meddwl taw fy rhybuddio i am y dorf wêt ti.'

'Hynny 'fyd,' meddai Rocky. 'A'th pethe'n ddigon ryff.'

'Pam wyt ti wedi bod yn cadw llygad arna i, Rocky?' mentrodd Anna. 'Ti 'di helpu fi sawl gwaith nawr.' O'r ffordd y cododd Rocky ei hysgwyddau, ofnai ei bod wedi gofyn un cwestiwn yn ormod, ond atebodd y plentyn yn lletchwith.

'Am bo chi wastod yn rhedeg gartre at eich merch.' Bu tawelwch am ennyd hir. Pesychodd Donna.

'O ble ddaeth y fenyw?' gofynnodd. Ysgydwodd Rocky ei phen.

'O'r chwith, weden i, achos gallen i weld reit lawr i'r fflatie ar y dde o'r llwybr, a wedd hi ddim 'na. Mae'n rhaid 'i bod hi wedi dod rownd y car o'r cefen, a fel roedd e'n edrych lan 'to, dyma hi'n tynnu rhwbeth hir o'i phoced a'i stico fe yn ochor 'i wddwg.'

'Welest ti hi'n neud hynny?'

'Do. Daeth ei braich hi 'nôl, a miwn ag e. Falle bo fi 'di gweiddi pan o'n i'n rhedeg, achos wrth iddi godi ei braich 'to, 'drychodd hi rownd a 'ngweld i. Wên i ar 'u penne nhw erbyn hynny, ac yn gafel yn ei llawes hi. Rhoiodd hi hwp i fi a gwmpes i 'nôl. Wedd rhwbeth â lot o liwie mlaen 'da 'ddi o dan y got, a fel penne ceffyle arno. Gweles i fe ar 'i llawes hi. Erbyn i fi godi, wedd hi wedi mynd. 'Na pryd ddechreuodd 'i ffôn e ganu.'

'Welest ti ei hwyneb hi?'

'Sa i erioed wedi gweld mwy na'i thrwyn a'i gên hi. Mae'n troi ei phen bob tro. Seni 'ddi moyn i neb ei gweld hi, ch'weld.'

'Fyddet ti'n ei nabod hi taset ti'n ei gweld hi heb yr hwd?' gofynnodd Donna, er y gellid gweld nad oedd yn obeithiol.

'Bydden, a byddech chithe hefyd,' meddai Rocky, gan wenu am y tro cyntaf. 'Achos pan afaeles i yn 'i llawes hi, daeth e lan damed, a gnoies i 'ddi ar 'i braich.' Pwyntiodd at fan fymryn uwchben y garddwrn.

'Cnoead bach neu un mowr?' gofynnodd Donna.

'Gwd hansh! Bydd marcie 'da 'i am sbel.'


Y tu allan i'r swyddfa, lle'r oedd yr heddwas yn ysgrifennu datganiad ffurfiol ar ran Rocky o dan lygad gofalus Ceirios, safai Anna'n aros i Donna bennu ei galwad ffôn. Gellid credu bod y byd a'r betws yn yr ysbyty'r noson honno, a rhwng sŵn y siarad a'r trolïau'n cael eu gwthio'n wichlyd yma ac acw, ni allai ddal pob gair o'i sgwrs. Hoffai wybod pryd roeddent yn bwriadu gofyn iddi beth ddigwyddodd yn y fflat. Caeodd Donna ei ffôn a throi'n ôl ati.

'Dwi newydd gael gair â'r bobl wrth y fflatie. 'Sdim marc ar fraich Indeg.' Gwenodd yn siomedig. 'Mae'n edrych fel petai'n gweud y gwir am unwaith.'

# PENNOD 28

Edrychodd Anna o'i hamgylch yn bryderus. Roedd ciwbicl Llio yn yr adran frys yn wag, a nyrs yn newid y gynfas a'r flanced. Syllodd braidd yn ddrwgdybus ar Anna.

'Dwi'n whilo am fy merch,' mwmialodd Anna, yn ymwybodol iawn o'i golwg wyllt a chlwyfus. 'Roedd hi yma hanner awr yn ôl.'

'O reit!' Goleuodd wyneb y nyrs. 'Mae hi wedi cael ei symud i stafell dros nos, ar yr ail lawr. Cyrhaeddodd y teulu cyfan bwti bum munud yn ôl, ac maen nhw wedi mynd gyda hi.' Syllodd yn fanylach ar y rhwymyn ar wddf Anna. 'Chi'n siŵr eich bod chi'n iawn?'

'Dwi wedi cael fy nhrin, diolch,' atebodd, gan ymdrechu i edrych yn fwy gwrol nag y teimlai. Brysiodd ymaith rhag ofn i'r nyrs fynnu ei chadw yno. Suddodd ei chalon wrth feddwl gorfod dod o hyd i ward arall ar lawr uwch, ond agorodd drysau'r lifft nid nepell i ffwrdd, a rhuthrodd ato. Nid oedd neb arall yn dymuno ei ddefnyddio. Syllodd ar ei hadlewyrchiad yn y metel sgleiniog. Roedd yr adrenalin a roddodd nerth iddi'n pylu, ond roedd angen iddi balu mlaen. Pwy oedd y 'teulu cyfan' y cyfeiriodd y nyrs atynt, tybed?

Cafodd yr ateb i'w chwestiwn yn gyflym. Clywodd lais Mal o ben pellaf y coridor, ac erbyn iddi gyrraedd gwely Llio, a oedd mewn stafell unigol, sylweddolodd fod Ieuan ac Eirwen yno hefyd. Edrychai Llio'n flinedig, ac roedd cysgodion tywyll o dan ei llygaid. Gorweddai cylchgronau a phecyn o *jelly babies* ar y cwrlid. Safai'r dynion yn rhes, ac eisteddai'r merched ar yr ychydig gadeiriau caled oedd ar gael. Roedd y stafell yn chwilboeth, ac roedd Mal eisoes wedi tynnu ei siaced, ond roedd Sheryl i'w gweld yn ddigon hapus i aros yn y *poncho* fythol bresennol. Gwnaeth Eirwen le i Anna wrth erchwyn y gwely, ac eisteddodd yno'n fud, gan adael i'r sgwrsio lifo drosti. Er syndod iddi, gafaelodd Llio yn ei llaw.

'Odw i'n edrych cynddrwg â ti?' gofynnodd yn isel.

'Yn waeth,' atebodd Anna, a gwenodd y ddwy'n gynllwyngar ar ei gilydd. Roedd Ieuan yn syllu ar Sheryl, ac yn amneidio fel petai'n ceisio cofio rhywbeth.

'Senach chi'n gweithio i'r Cownsil, odych chi?' Ysgydwodd Sheryl ei phen â gwên fach.

'Na, dwi'n gweithio gyda 'ngŵr.' Roedd Mal a Steffan hefyd yn cynnal sgwrs dawel, ond ni allai Anna glywed am beth. Roedd Steffan yn egluro rhywbeth, a Mal yn amneidio o bryd i'w gilydd.

'Bois bach!' meddai Eirwen, gan dynnu ei sgarff, 'wên i'n meddwl fod yr *hot flushes* wedi hen bennu. Ond pan wên i'n cwcan mewn cartre nyrsio, wedd y lle wastod fel ffwrnes.'

'Car,' meddai Ieuan yn sydyn, 'wedd eich car chi'n pallu mynd. Batri fflat. Sbel yn ôl nawr. Wên i wedi dod gartre'n hwyr a gweles i chi ar bwys y garejys.'

'O ie,' meddai Sheryl. 'Ro'n i wedi bod yn gweld fy mam. Gwnaethoch chi rywbeth glew ag e. Wedd 'da fi ddim syniad.' Edrychodd i fyny dros ei hysgwydd ar Mal. 'Wyt ti'n cofio, Mal? Buodd raid i ni gael batri newydd yn glou wedyn.' Nid oedd yr ystum a wnaeth Mal yn dynodi ei fod yn cofio, i Anna o leiaf. Fwy na thebyg nad oedd yn gwrando, a'i fod yn dal i bendroni dros yr hyn allai fod wedi digwydd petai Steffan wedi dweud wrth yr heddlu taw fe fu'n dadlau gyda Jarvis yn yr ardd.

'Wên i mor falch pan gyrhaeddoch chi,' parhaodd Sheryl yn ddiffuant. 'Gwedes i wrth Mal bod rhyw ddyn caredig wedi fy helpu i, ond wedd hi mor dywyll, o'n i ffaelu'ch gweld chi'n iawn. Mae'n ddrwg iawn 'da fi na nabyddes i chi.' Gwenodd ar Ieuan, ac edrychodd hwnnw'n swil ac yn falch. Roedd hanner meddwl Anna yn synnu at allu Sheryl i fod yn ddi-glem ac yn ddeniadol yr un pryd. Roedd yr hanner arall yn gofyn cwestiynau. Pam na wyddai hi fod Sheryl yn gyrru? Ac ymhle ar y stad oedd ei mam yn byw? Ni allai gofio unrhyw gyfeiriad at y ffaith fod Sheryl yn gyrru ar ei phen ei hun. Mal oedd yn gyrru bob amser, ac os nad oedd Mal yn ffit i yrru, doedd y car ddim yn symud o'r ffald. Efallai eu bod wedi penderfynu peidio â datgelu'r ffaith, rhag ofn iddi hi a Llio ddisgwyl lifft i bob man. Cymerodd yn ganiataol na allai Sheryl yrru, oherwydd roedd yn cydweddu'n berffaith â'i darlun meddyliol ohoni fel merch ddibynnol, ddiymadferth. Ar y llaw arall, roedd ganddi gof nad ar y stad roedd mam Sheryl yn byw, ond mewn byngalo rhyw hanner milltir i ffwrdd. A oedd hi wedi symud? Ni wyddai. Pwysodd yn ôl yn ei chadair, gan deimlo'n ffrwcslyd. Erbyn hyn, roedd Eirwen yn defnyddio un o'r cylchgronau fel ffan.

'Chi moyn un?' gofynnodd i Anna.

'Dim diolch. Wedon nhw unrhyw beth am brofion i Llio?'

'Ddim i fi glywed.' Gwenodd Eirwen ar Llio, a rhoi pwt bach i'w choes o dan y cwrlid. 'Isie cadw llygad arnot ti maen nhw, 'na i gyd. Byddi di'n well whap, cei di weld. Senat ti wedi hwdu ers sbel fach nawr.' Ffaniodd ei hun yn gynt, a throi at Anna. 'Mae amal cymint o angen y gwely 'ma arnoch chi â sy ar Llio. Falle gallwch chi siaro.'

'Falle bydd raid i ni,' atebodd Anna. 'Sai'n gweld fy hunan yn mynd gartre heno. Byddan nhw isie cyfweld â ni cyn diwedd y nos.'

''Sdim hast i'w weld arnyn nhw, wes e?' Roedd yn rhaid i Anna gytuno.

'Dylen i fynd i whilo am y blismones 'to, tra bo chi i gyd 'ma. Byddwch chi moyn mynd gartre cyn bo hir.' Edrychai fel petai'r un syniad wedi taro Mal a Sheryl. Yn ystod eu sgwrs, cododd Sheryl ar ei thraed, a sibrwd rhywbeth wrtho.

'Gwaelod y coridor ac i'r chwith,' clywodd Anna ef yn ateb. ''Sdim isie i ti frysio. Dwi am gael gair â'r nyrs cyn i ni fynd.' Cerddodd Sheryl at y drws, oedd yn gilagored. Gwyliodd Anna hi'n ei wthio â'i hysgwydd i'w agor yn lletach. Beth oedd yn bod ar ddolen y drws? Oedd hi'n ofni dal haint? Teimlodd Anna benelin Eirwen yn ei phwnio.

''Na bert,' meddai, gan bwyntio at y *poncho*. 'A'r holl gamelod 'na drosto.' Lamas, meddyliodd Anna'n flinedig, ond roedden nhw'n debyg i gamelod, sbo. Neu geffylau. Na. Ni allai hynny fod yn wir. Cododd ar ei thraed fel pyped ar linyn, ac edrychodd Mal draw ati. Clywodd eiriau rhesymol yn dod o'i cheg.

'Os galla i gael gafael ar y blismones eto, falle gaf i ryw syniad pryd maen nhw'n bwriadu cyfweld â ni heno.'

'Wyt ti angen cwmni?' gofynnodd Mal. Ysgydwodd Anna ei phen.

'Mae'n iawn. Byddi di isie mynd adre cyn bo hir.'

'Arhoswn ni nes i chi ddod 'nôl,' meddai Ieuan. Brysiodd Anna i lawr y coridor. Doedd hi ddim eisiau cwmni Mal, o bawb. Ni allai weld Sheryl yn unman, ond hwyrach ei bod eisoes wedi cyrraedd y tai bach. Trodd y gornel i mewn i'r prif goridor. Gwyddai mai tai bach unigol yma ac acw oeddent. Beth ddywedodd Mal? Ar y chwith, ife? O gornel ei llygad, gwelodd Sheryl yn pwyso yn erbyn y mur ryw ugain llath o'i blaen. Tybiodd ei bod yn gorfod aros i'r ciwbicl fod yn wag. Arafodd Anna, ac aros gyferbyn â pheiriant gwerthu siocled a chreision.

Roedd ciw o bobl o'i blaen, a safodd y tu ôl iddynt, fel petai'n aros ei thro. Cadwodd ei llygad ar Sheryl. Roedd y dyn ar flaen y ciw yn cael anhawster am fod y peiriant yn gwrthod ei ddarn punt, a bu llawer o chwilio pocedi a chydymdeimlo gan y person y tu ôl iddo. Rhwng popeth, bu bron i Anna golli'r eiliad pan agorodd drws y tŷ bach, ac ymddangosodd dynes oedrannus yn gwthio ffrâm. Er ei bod yn ei chael yn anodd cadw'r drws trwm ar agor, ni symudodd Sheryl o'r fan yn syth. O'r diwedd, camodd ati, ond edrychodd o'i hamgylch gyntaf. Gobeithiai Anna fod y ddeuddyn o'i blaen yn ei chuddio. Gwenodd yr hen ddynes ar Sheryl, ond roedd yr holl broses yn drafferthus ac, yn sydyn, ymddangosodd llaw dde Sheryl o waelod y poncho a gafael yn ymyl y drws. Fesul modfedd, brwydrodd yr hen ddynes i gerdded heibio iddi, ond erbyn hynny, roedd Anna wedi gadael y ciw a chamu'n bwrpasol tuag atynt. Ceisiodd Sheryl wasgu ei hun rhwng y drws agored a'r ddynes yn ei brys i fynd i mewn i'r tŷ bach, ac wrth iddi straffaglu i atal y drws rhag cau, cwympodd ymyl y *poncho* yn ôl.

Croesodd Anna ei bysedd fod holl fryd Sheryl ar ei gorchwyl, ac er nad oedd yn edrych yn syth arni, hoeliwyd ei llygaid ar ei llaw dde. Cyn iddi ollwng y drws, plygodd Sheryl a chodi maneg y ddynes o'r llawr. Roedd Anna wedi mynd heibio iddynt, diolch i'r drefn, ond edrychodd yn ôl dros ei hysgwydd. Roedd golau llachar y tŷ bach yn sgleinio ar law a garddwrn noeth Sheryl. Llamodd calon Anna i'w gwddf, a rhedodd nerth ei thraed am y drws ym mhen pellaf y coridor.

Ble ar y ddaear oedd Donna? Bu Anna'n sefyllian wrth ddrws blaen yr ysbyty, a gofyn amdani wrth ddesg y dderbynfa, ond ni wyddent ymhle'r oedd hi nawr. Roedd y munudau'n ticio heibio, a gallai Mal a Sheryl adael unrhyw bryd. Os na allai ddal Donna nawr, sut allai ei rhybuddio? Aeth i eistedd ger y drysau mawr, a sylweddoli bod ei chalon yn curo'n galed. A oedd ei chyflwr clwyfus, cynhyrfus yn ei thwyllo? Ceisiodd ei hargyhoeddi ei hun y gallai Sheryl fod wedi cael llosgad o'r ffwrn, neu anaf o rywle arall.

''Sgusodwch fi?' Sylweddolodd fod y fenyw y tu ôl i'r ddesg yn ceisio dal ei sylw. Pwyntiodd i lawr y coridor, a gwelodd Anna Donna a heddwas arall yn cerdded tuag ati dan sgwrsio. Ni fyddai hyn yn hawdd. Ar ôl iddi fod mor siŵr taw Indeg drywanodd Rob, byddai'n edrych fel petai'n benderfynol o gyhuddo rhywun, ni waeth pwy, nawr.

'Ody Rocky wedi gadael?' gofynnodd, pan ddaeth y ddau o fewn clyw. Ysgydwodd Donna ei phen, ac edrych ar ei chydweithiwr am gadarnhad.

'Nadi, ddim 'to. Oeddech chi isie ei gweld hi?' Symudodd Anna ei phwysau o un droed i'r llall.

'Nag o'n. Isie iddi weld rhywun arall ydw i. Rhywun sy'n gwisgo dilledyn ag anifeiliaid tebyg i geffyle arno, a chnoead ar ei llaw dde wrth yr arddwrn.' Daeth golwg amheus dros wyneb cydweithiwr Donna. Welai Anna ddim bai arno. Clywodd ef yn rhochian.

'Bydd dwsine o'r rheiny 'ma, gallwch chi fentro. Cnoi, sgramo, cico – maen nhw i gyd wrthi.' Gwgodd Donna arno er mwyn iddo gau ei ben.

'Rhywun a allai fod â rheswm dros drywanu'ch ffrind chi?' gofynnodd. Ysgydwodd Anna ei phen yn ddiobaith.

'Sai'n gwbod! Sena i'n meddwl ei bod hi'n ei nabod e, hyd yn oed. Ond y peth yw, mae hi'n fy nabod i.'

'Wes hanes cythryblus rhyngddoch chi?'

'Na – wel, ddim nawr. Ail wraig fy nghyn-ŵr yw hi. Sheryl Morrissey.' Ceisiodd Donna gadw ei hwyneb yn ddifynegiant, ond doedd ei chydweithiwr mor boleit.

'Cyfleus,' meddai'n sych. Trodd Donna ac edrych arno.

'Mae Anna wedi bod yn iawn am lot o bethe cyn belled,' meddai'n amddiffynnol. 'Ac mae wedi costio'n ddrud iddi.'

'Falle fod rheswm dilys 'da Sheryl dros yr anaf ar ei garddwrn,' cynigiodd Anna, er mwyn peidio â swnio'n hollol baranoid. 'Ond mae'n rhyfedd, sa'ch 'ny, nad yw hi wedi dangos ei dwylo o gwbwl yr holl amser mae hi wedi bod yma.'

'Shwd weloch chi'r cnoead, 'te?' gofynnodd yr heddwas.

'Roedd hi'n mynd mewn i'r tŷ bach, ac roedd y drws

379

yn drwm. Buodd raid iddi ddefnyddio'i llaw dde. Ro'n i'n cerdded heibio a digwyddes i weld. Dyna pam dwi wedi bod yn whilo amdanoch chi.'

'Wedd hi'n gwbod eich bod chi wedi siarad â Rocky?'

'Wedes i ddim wrthi'n uniongyrchol, ond roedd raid i fi egluro wrth Mal, fy nghyn-ŵr. Oes 'na ffordd i chi drefnu fod Rocky'n gweld Sheryl? Allech chi ddod â hi lan i stafell Llio am eiliad?' Edrychodd Donna arni'n ddifrifol.

'Dwi'n gwbod fod Rocky wedi gweld y fenyw sy wedi bod yn eich stelcian chi sawl gwaith, ond mewn dillad gwahanol, a heb gael golwg dda ar ei hwyneb. Mae'n ddigon posib na fydd hi'n gallu ei hadnabod o gwbl.'

'Os nad yw Rocky'n ei hadnabod, bydd hynny'n ddiwedd ar y mater,' meddai Anna.

Safodd Anna yn y lifft gan bendroni'n ddiflas. Bu'n anghywir ynghylch Indeg. Gallai fod yr un mor anghywir ynghylch Sheryl. Pe deuai Mal i wybod ei bod wedi cyhuddo Sheryl ar gam, byddai eu bywyd teuluol bregus yn chwalu'n rhacs. Roedd hi bron yn difaru iddi siarad â Donna. Ond wedyn, os taw cnoead oedd gan Sheryl ar ei garddwrn, o ble ddaeth e? Ac os nad hi fu'n ei stelcio, pwy? Indeg? Paid â hel meddyliau i'r cyfeiriad yna eto, rhybuddiodd ei hun. Roedd yn deimlad annifyr sylweddoli fod ganddi'r fath elynion cudd.

Agorodd drws y lifft, ac edrychodd i lawr y coridor. Doedd neb yn y golwg. A allent fod wedi gadael yr ysbyty trwy allanfa arall? Mawr obeithiai nad oeddent. Wrth iddi droi'r gornel, suddodd ei chalon. Roedd Mal a Sheryl yn gadael stafell Llio, ac Eirwen ac Ieuan yn eu dilyn.

'Unrhyw lwc?' galwodd Mal, pan welodd hi. Cododd Anna ei hysgwyddau, gan osgoi edrych ar Sheryl.

'Mater o aros yw hi,' meddai. 'Ond wedyn, dwi ddim yn mynd i unman ar frys, odw i?'

'Rho alwad pan alli di,' meddai Mal. 'Yn enwedig os oes angen oedolyn yn y cyfweliad gyda Llio.' Gwenodd Sheryl yn wanllyd, ac aethant ar eu hynt. Gwnaeth Eirwen ystum â'i bawd i mewn i stafell Llio.

'Seno fe isie gadael,' sibrydodd. 'Mae e'n gallu bod yn stwbwrn imbed. Ewn ni ddim am funud fach, rhag ofon eich bod chi isie cael gwared arno. Falle grondith e arnoch chi.' Ceisiodd Anna wenu. Roedd Mal a Sheryl eisoes wedi diflannu o'r golwg. Yn stafell Llio, roedd Steffan ar ei draed.

'Dwi'n aros,' meddai'n herfeiddiol, cyn i Anna agor ei cheg.

'Iawn,' atebodd hithau. Gan nad dyna'r ymateb yr oedd yn ei ddisgwyl, syllodd arni am eiliad.

''Sdim ots 'da chi?' gofynnodd.

'Nac oes, wir. Mae'n well 'da fi dy fod ti dan draed fan hyn na bod Llio ar ei phen ei hunan ar unrhyw adeg.'

'Wedes i, on'd do fe?' meddai Llio o'r gwely.

'Af i i weud wrth Mamgu,' meddai Steffan, a hwpo'i ben drwy'r drws. Daliwyd ei sylw gan rywbeth allan yn y coridor, a throdd yn ôl atynt am eiliad. 'Ffeit arall!' meddai'n ddireidus. 'Dwi'n credu af i i fod yn ddoctor. Ma' ysbytai mor cŵl!' Diflannodd o'r golwg, a gwelodd Anna fod lliw Llio wedi troi. Ymbalfalodd am y bowlen, a symudodd Anna draw ati.

O bell, deuai gweiddi a sŵn nifer o leisiau, Mal yn eu plith. Wrth iddi ddal pen Llio dros y bowlen, meddyliodd Anna pa mor rhyfedd oedd hi ei bod bob amser yn adnabod ei lais. Druan ohono. Ni fyddai'n gallu dweud wrtho beth oedd ei rhan hi yn hyn oll byth. Pwysodd Llio 'nôl ar y gobennydd, yn anadlu'n ddwfn. Clywsant sŵn traed yn rhedeg, a byrstiodd Steffan drwy'r drws.

'Myn yffarn i!' meddai. 'Chredwch chi fyth pwy ma' Rocky'n gweud laddodd Rob!'

# PENNOD 29

'Pwy sy 'na, Ranald?' Camodd Anna heibio i'r hen ŵr
â gwên, a chodi llaw ar Mrs Gray, oedd yn eistedd yn
stafell fyw eang y byngalo.

'Dim ond fi!' meddai. 'Wên i'n meddwl ei bod yn
bryd i fi alw draw.'

'Ody, 'te,' atebodd honno. 'Senan ni wedi'ch gweld
chi ers oes pys. Rhy fishi'n dysgu'r heddlu shwd i ddala
dihirod!'

'Peidwch â sôn,' atebodd Anna, gan eistedd ar y
soffa. 'Dwi wedi cael hen ddigon, rhwng popeth.' Gellid
clywed y tegell yn canu yn y gegin a thynnodd Anna
ei chot. 'Mae golwg gartrefol iawn arnoch chi 'ma,'
cynigiodd. Fel y tybiodd Anna, nid oedd Mrs Gray
wedi dychwelyd i'r fflat, a daeth fan symud tŷ i waelod
y grisiau un diwrnod i gludo ei heiddo i gyd draw i
fyngalo Ranald. Roedd hi'n eistedd yn ei hen gadair
uchel a'r bwrdd bach wrth ei hymyl.

'Dwi fel y gog!' atebodd Mrs Gray. 'Dylen i fod wedi
neud hyn sbel yn ôl. Ma' bywyd Ranald yn haws hefyd,
gobeithio. Ma' dwy roces imbed o neis yn dod fore a
nos. Dwi'n gallu mynd mas weithe, 'fyd. Buon ni mas
am ddrinc bach pw' nosweth.'

'Dwi'n falch iawn,' meddai Anna yn ddiffuant. Ymddangosodd Ranald wrth y drws yn dal hambwrdd.

'Nawr 'te,' meddai Mrs Gray, 'beth yw'r diweddara?' Cymerodd Anna ei mẁg a setlo ar y soffa.

''Sdim lot yn digwydd ar hyn o bryd. Mae'r gwasanaethau cymdeithasol wedi penderfynu gadael Rocky yn ei chartre. Y tro dwetha buon ni'n dwy'n siarad ar y ffôn, wedd sôn am erlyn Leila am ei hesgeuluso.' Sniffiodd Mrs Gray a chnoi ar ei bisged.

'Wedd. Ddaw dim byd o hynny, cewch chi weld.' Cytunodd Anna'n ddistaw.

'Ond 'sdim dwywaith nag yw ei bywyd hi'n well nag oedd e. Mae 'da hi allwedd i'r tŷ, a watsh a ffôn. Mae'n debyg bod rhyw fenyw'n galw bob wythnos hefyd, fel math o help teuluol swyddogol. Yn ôl Rocky, mae'n holi perfedd Leila bob gafel, ac yn gwneud iddi fyhafio.'

'Ma' Leila wedi sobri tamed,' cytunodd Ranald. 'Sai'n ei gweld hi mas ar y lash hanner cymint nawr.' Pwffiodd Mrs Gray'n angrhediniol.

'Wneiff hynny ddim para. Y peth sy wedi newid bywyd Rocky fach yw eich cael chi a Llio'n ffrindie iddi. Ody 'ddi'n dod atoch chi o gwbwl?'

'Ody. Sawl gwaith yr wthnos. O leia mae'n cael pryd teidi o fwyd a 'bach o lonydd. Dwi wedi synnu gymint ma' Llio wedi cymryd ati. Fydden i ddim wedi meddwl fod lot o amynedd 'da 'ddi, ond mae'n mynd trwy ei gwaith ysgol gyda Rocky, hyd yn oed.'

'Whare teg iddi!' meddai Mrs Gray.

'Cofiwch,' chwarddodd Anna, 'ar ôl iddi fynd, ma' Llio'n rholio'i llyged ac yn cwyno ei bod hi'n anobeithiol o araf. Ond wedyn, oes disgwyl i'r un fach fod ar y blaen â'i gwaith? O'r hyn dwi'n ei ddeall, wedd hi ddim yn mynd i'r ysgol hanner yr amser.'

'Nag o'dd, sownd,' meddai Ranald, gan ysgwyd ei ben. 'Neb yn hido, neb yn codi i neud brecwast iddi – mae'n syndod ei bod hi cystal. Ma' stwff da yn Rocky – falle wedd ei thad hi'n well na rai'r lleill, pwy bynnag wedd e.'

'Oes unrhyw sôn am Debs a'r babi?' gofynnodd Mrs Gray. Tynnodd Anna wep.

'Y peth dwetha glywes i oedd eu bod nhw wedi dod o hyd i'r ffilm wnaeth hi o Seimon. Buodd hi'n ddigon slei i gael gwared arni o'i ffôn, ond buon nhwythe'n slei hefyd, a mynd drwy gyfrifiadur mam Darren. Dwi'n deall pam na wedd Debs yn fodlon gwaredu'r ffilm yn llwyr, achos dyna'r unig shiwrans wedd gyda 'ddi. Wedd hi'n gwbod yn iawn fod Seimon yn barod i ladd er mwyn ei dinistrio.'

'Shwd gethoch chi glywed hynny?'

'Ma' Donna'r blismones a finne'n ffrindie mowr erbyn hyn. 'Sdim syndod, ar ôl yr holl amser ry'n ni wedi'i dreulio gyda'n gilydd. Sai'n credu ei bod hi i fod i weud pethe fel 'na wrtha i, ond wedd hi mor ddiolchgar, achos mae'r ffilm yn dystiolaeth bendant. 'Na'r broblem ch'weld – heb y ffilm, yr unig beth gallen nhw 'i brofi oedd 'i fod e wedi ymosod arna i a Llio.'

'Wedd e'n un ciwt y jawl,' murmurodd Mrs Gray.

'Ma' hynny'n wir, ond dim ond i raddau,' cyfaddefodd Anna. 'Dwi'n ei chael yn anodd iawn madde iddo am fod yn barod i losgi Meilo a thagu Llio, ond galla i weld sut aeth popeth yn draed moch ar ôl i Debs ei flacmelio. Dylen i fod yn ei ddiawlio fe, ond sai'n meddwl 'i fod e wedi mynd mas â'r bwriad o neud dolur i neb nosweth y parti. Poeni am Celyn wedd e. Ofan wnaeth iddo dynnu'r gyllell mas o'r blwch menig yn y car a'i rhoi yn ei boced.'

'Chi'n garedicach na fydden i!' rhochiodd Mrs Gray. 'Ar ôl beth nath e, fydden i ddim yn trafferthu trio'i ddeall e.' Roedd ganddi bwynt.

'Dwi'n gwbod,' meddai Anna, 'ond mae gwneud ymdrech i ddeall yn helpu, rywffordd. Ch'weld, mae enw drwg 'da'r stad, a bydde Seimon, yn ei gartre crand ym mhen arall y dre, yn credu fod yr holl le fel jwngwl, a bod angen arf ar bawb. Ar ôl y ffeit, rhaid ei fod e wedi jengyd heb feddwl ei fod e wedi gwneud llawer o ddim, yn enwedig os gwelodd e Jarvis yn cerdded 'nôl miwn i'r tŷ. Bydde hi wedi bod yn rhy dywyll iddo weld gwaed ar y gyllell nes iddo gyrraedd y car. Unwaith iddo sylweddoli ei fod e wedi trywanu Jarvis, wedd e'n chwys botsh, ond llwyddodd e i ddod o hyd i Celyn a'i gorfodi hi i ddod gartre.'

'Pan ganoch chi gloch y drws yn y bore bach, wedd e'n bown' o feddwl taw'r heddlu wedd 'na,' cynigiodd Ranald. Tynnodd Anna wep arno.

'Dwi'n siŵr ei fod bron â chael harten. Ond dyna pryd dechreuodd e fod yn giwt. Sylweddolodd e tase fe'n mynd 'nôl i'r parti, bydde rheswm dros unrhyw olion y galle fe fod wedi'u gadael ar gorff Jarvis yn ystod y ffeit. Falle 'i fod e'n gobeithio nad oedd Jarvis wedi'i anafu'n ddrwg. Cafodd e sioc ddifrifol o weld ei fod e wedi marw. Dwi'n cofio sefyll tu fas yn aros am yr heddlu, a fynte'n gweud, "Galle fe fod yn fyw".'

'Ond wedd e'n cymryd risg ofnadw wrth fynd 'nôl,' mynnodd Ranald. 'Galle unrhyw un o'r cryts fod wedi'i nabod e.'

'Gallen, tasen nhw ddim mor feddw, a bai Jarvis wedd hynny, achos 'i fwriad e oedd gwneud yn siŵr fod pawb yn rhy feddw i sylweddoli taw Llio wedd ei darged e. Buodd Seimon yn lwcus taw Steffan wedd yr unig un wedd mewn cyflwr i sylwi, ac fe gadwodd hwnnw'n dawel am ei fod e'n credu taw Mal oedd e. Weithe, dwi'n pendroni ynghylch beth fydde wedi digwydd tasen i heb fynd i dŷ Seimon o gwbwl y nosweth honno. Ffonies i cyn mynd, ch'weld, ond atebodd neb. Ddim hyd yn oed peiriant ateb.'

'Pam?' gofynnodd Mrs Gray, gan grychu ei thalcen.

'Sai'n gwbod. Falle fod gormod o ofan ar Seimon i ateb. Falle 'u bod nhw'n arfer troi'r ffôn bant yn y nos. Chewn ni fyth wbod, ond tase fe wedi ateb pan ffonies i, a dweud wrtha i taw ar y stad roedd y parti, bydden i wedi mynd i whilo ar fy mhen fy hunan. Galle fe fod wedi cadw draw yn llwyr, ond wrth gwrs, roedd e isie gwbod beth oedd Llio wedi'i weld. Roedd hi'n ei nabod e'n weddol, wedi'r cyfan. Nes i fi gyrraedd eu tŷ nhw, doedd e ddim yn gwbod nad oedd Llio wedi gadael y parti. Ac ar ôl hynny, roedd e'n amau falle y bydde hi'n cofio rhywbeth unwaith iddi sobri. Roedd raid iddo gadw llygad arnon ni. 'Na pam ofynnodd e i fi baratoi'r bwffe. Ond o achos 'ny y gwelodd Debs e, a'i adnabod o'r landin.'

'O edrych ar y peth fel 'na, nid ciwt oedd e, ond twp! Collodd e gyfle i roi pellter rhyngddo a'r llofruddiaeth dro ar ôl tro,' meddai Ranald. 'Nefoedd wen! Tase fe wedi galw tacsi i chi fynd gartre o'i dŷ'r noswaith honno, fydde neb wedi bod yn ddim callach.' Amneidiodd Anna ar yr hen ŵr.

'Tyfodd yr holl beth fel caseg eira ar ôl hynny. Cofiwch, dwi'n credu y bydde Mal wedi neud rhwbeth tebyg ar noswaith y parti – heb y gyllell, wrth gwrs. Bydde fe wedi martsio miwn i'r parti i mofyn Llio, gan gredu y galle fe siarad yn neis â nhw. Fwy na thebyg y bydde fe wedi cael crasfa, ond falle fydde neb wedi marw.' Sipiodd pawb eu te yn dawel. Gwyddai Anna pam. Roedd sôn am Mal wedi eu hatgoffa o Sheryl. 'Ma' Sheryl yn y ddalfa o hyd,' meddai. 'Mae Mal yn mynd i'w gweld hi pan gaiff e. Mae e wedi cyflogi cyfreithwr da, a seicolegydd hefyd.'

'Bydd hwnnw'n gweithio'n galed am 'i arian,' meddai Mrs Gray yn sych. 'Odych chi rywfaint 'mhellach mlaen ynghylch pam laddodd hi'ch ffrind chi?'

'Odw, cyn belled ag y gall unrhyw un ddeall shwd beth. Mae'n debyg, ym marn wyrdroedig Sheryl, nag o'n i i fod i gael sboner.' Gwenodd o weld y ddau'n codi eu haeliau.

'Ar ôl iddi ddwyn eich gŵr chi!' Roedd Mrs Gray yn stwn.

'Y broblem, o safbwynt Sheryl, oedd fod Mal yn mynnu ein bod ni'n parhau i fod yn gyfeillgar er mwyn Llio. Tase fe wedi'n gadael ni'n llwyr a thorri pob cysylltiad, falle fydde Sheryl wedi bod yn iawn.'

'Bydde hi wedi teimlo mai hi oedd wedi ennill,' meddai Ranald gan amneidio.

'Bydde. Ond fel wedd pethe, dyna lle ro'n ni'n dwy dan draed byth a hefyd, a Mal 'nôl a mlaen yn mofyn Llio, a rhoi lifft i'r gwaith i fi. Alle hi fyth gael gwared arnon ni. Ac i wneud pethe'n waeth, roedd hi wedi penderfynu fod gyda fi lond y lle o sboneri. Wedd Steffan yn un, mae'n debyg. Felly, roedd hi'n gorfod rhannu Mal 'da fi, a'r un pryd, ro'n i'n mynd mas gyda dynion eraill. Doedd hynny ddim yn wir, wrth gwrs. Cydweithiwr caredig oedd Rob druan, a dim ond fy hebrwng i'r fflat wnâi Steffan.' Yn ei chalon, diolchai i'r drefn nad oedd ei pherthynas â Seimon wedi datblygu i'r pwynt lle'r oedd e'n galw'n fynych o dan lygad barcud Sheryl, ond nid oedd yn bwriadu crybwyll hynny wrth neb. Ysgydwodd Mrs Gray ei phen mewn anobaith.

'Am faint fuodd hi'n eich gwylio chi?'

'Misoedd, os nad blynyddoedd. Roedd hi'n esgus

mynd i weld ei mam, ond mae hi'n byw tu fas i'r stad. Do'n i ddim hyd yn oed yn gwbod fod Sheryl yn gyrru.'

'Beth am Mal? Wedd e wedi dechre amau?' Eisteddodd Anna'n fud am eiliad. Cofiodd am yr alwad ffôn oddi wrtho pan oedd e wedi meddwi. Petai hi heb fod mor ddiamynedd, a fyddai wedi arllwys ei gwd bryd hynny? A allai hi fod wedi achub Rob pe gwyddai fod Sheryl yn ei stelcian, a pham?

'Wedd,' meddai o'r diwedd. 'Sai'n gwbod faint mae e wedi'i weud wrth yr heddlu, ond dwi wedi cael clywed lot. Wedd hi wedi dechre ymosod arno. Dwi'n cofio gweld clwyf ar ei dalcen pan ro'n ni 'na dros y Nadolig, ond feddylies i ddim am eiliad . . .'

''Sdim rhyfedd, a fynte'n ddyn mowr, cryf.' Yn amlwg, roedd gan Mrs Gray atgofion melys amdano'n ei chario'n ôl i'w fflat. 'Beth am yr un arall boncyrs? Gwraig Rob.' Sionciodd Anna.

'Chredwch chi fyth, ond daeth hi miwn i'r dafarn wthnos dwetha.'

'Tawn i'n marw! Ar ôl beth wnaeth hi iddo? Weloch chi 'ddi?'

'Naddo. Ro'n i mas y bac yn cwcan fel arfer. Ond ces i glywed y clecs. Gwrthododd y staff y tu ôl i'r bar werthu diod iddi, a buodd raid i'r manijar newydd wneud. Yn ôl y gweithwyr eraill, wedd golwg siabi arni, fel 'se hi ddim yn gofalu am ei gwisg rhagor.'

''Sda hi ddim rheswm i boeni am ei golwg nawr,' meddai Ranald yn graff. 'Ody'r manijar newydd yn iawn?'

'Ody. Menyw yn 'i thridege o'r enw Diane yw hi. Buodd y bragdy'n gall i beidio â rhoi neb tebyg i Rob yn ei le. Ond mae pawb yn gweld 'i isie fe.'

'Ffor' y'ch chi'n dod gartre ganol nos nawr?' gofynnodd Mrs Gray.

'Mae Mal yn rhoi lifft i fi,' atebodd Anna. 'Mae e wedi symud mas o'r Ffrij, ac mae'r lle ar werth. Mae e'n rhentu fflat yn y dre nawr.' Gwelodd syniad yn ffurfio tu ôl i lygaid hollweledol Mrs Gray, a brysiodd i ddweud, 'Mae'n haws mewn sawl ffordd, achos mae Llio'n gallu cerdded 'na o'r ysgol. 'Sdim angen trefniade cymhleth. Dwi'n credu fod y Ffrij wedi mynd yn faich ofnadw, ta beth.'

'Pan fydd pobl o'r dre yn prynu tŷ yn y wlad,' meddai Ranald, 'maen nhw'n meddwl y gallan nhw fyw ar y golygfeydd.' Amneidiodd Anna, a symudodd y sgwrs at bynciau eraill. Nid oedd am gyfaddef ei bod hi a Mal wedi ailgynnau eu perthynas yn dawel bach unwaith eto. Doedd Llio ddim yn ymwybodol o'r sefyllfa – wel, hyd y gwyddai Anna. A doedden nhw ddim yn rhannu cartref, dim ond gwely ar ambell brynhawn pan nad oedd yn rhaid i'r un o'r ddau fod yn y gwaith, ac roedd Llio'n ddiogel yn rhywle arall. Efallai na fyddai'n para. Efallai mai dim ond porthladd mewn storm oeddent i'w gilydd. Roedd yn rhy gynnar i ddweud. Yng nghanol yr holl drybini, daeth y cyffro yn ôl i'w perthynas. Roedd hynny siŵr o fod yn arwyddocaol – y dewis peryglus amdani bob tro.

Wrth iddi gerdded adref, yn llawn te a bisgedi, croesodd ei meddwl yn sydyn ei bod hi'n deall cymelliadau Sheryl, achos roedd y ddwy wedi cyfnewid eu lle yn mywyd Mal erbyn hyn. Byddai Mal yn gwneud popeth allai dros Sheryl oherwydd, er gwaethaf ei ffaeleddau, roedd ganddo gydwybod. Byddai'n ymweld â hi'n rheolaidd yn y carchar neu'r uned iechyd meddwl hyd y diwedd. A fyddai Anna yn dechrau poeri â chenfigen bob tro yr âi Mal i weld Sheryl ymhen amser? Gobeithiai'n daer na fyddai, ond mae cenfigen fel llyngyryn, yn llechu'n ddwfn yn yr ymysgaroedd. Does 'na ddim rhesymeg i'r peth, dim ond yr angen i'r llyngyryn fwydo a ffynnu. Nid oedd rheswm yn y byd dros fod yn genfigennus o rywun yn sefyllfa druenus Sheryl. Ond wedyn, bu Anna'n destun cenfigen afresymol yn ei thro, a phwy yn eu hiawn bwyll fyddai eisiau ei bywyd hi, hyd yn oed nawr? Tybed a fyddai Sheryl fyth yn gwella a chael ei rhyddhau? Roedd cywilydd arni gyfaddef ei bod yn gobeithio'n dawel bach na wnâi, oherwydd beth fyddai'n digwydd wedyn? Cerddodd ymlaen, gan geisio meddwl am rywbeth llai diflas. Cofiodd fod angen iddi ffonio ei rhieni. Roeddent ar fin cychwyn o Bortiwgal i'w gweld, gan addo anrhegion Nadolig hwyr a chinio mawreddog. Y cynllun oedd iddi hi a Llio fynd allan atynt dros y Pasg. Roedd hynny'n rhywbeth i edrych ymlaen ato. Cyn hynny, roedd ganddi ddau ginio arall i'w paratoi fel arlwywr annibynnol. Doedd hi ddim wedi disgwyl i neb o'r canmolwyr brwd ei ffonio ar ôl y bwffe, ond roedden nhw wedi gwneud.

Cyrhaeddodd y llain werdd o flaen y fflatiau, a gweld fod Llio, Steffan a Rocky yn chwarae gêm ddwl ar y grisiau. Roeddent yn taflu pêl fach o un set o risiau i'r llall wrth rasio i fyny ac i lawr. Cyn bo hir, byddai'n dechrau sôn wrth Llio am Gwydion. Roedd yn hen bryd. Gallai glywed y chwerthin o bell, a chamodd yn hyderus tuag atynt.

## DIOLCHIADAU

Hoffwn ddiolch i Gyngor Llyfrau Cymru a Gwasg Gomer am eu cymorth a'u cefnogaeth i'r gwaith, ac i Luned Whelan am ei hamynedd, ei hymroddiad a'i chraffter.

# *Nofelau eraill gan Gwen Parrott*

GWYN EU BYD

Gwen Parrott

Cyfres
Dela Arthur

CYW MELYN Y FALL

Gwen Parrott

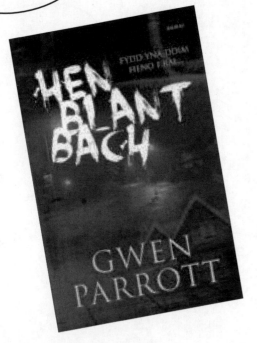